HERBJØRG WASSMO

DET STUMMA RUMMET

HERBJØRG WASSMO

DET STUMMA
RUMMET

Översättning av Staffan Söderblom

pan

ISBN 91-7263-228-3
© Herbjørg Wassmo 1983
Norstedts Förlag, Stockholm
Originalets titel: Det stumme rommet
Omslag: Lena Olofsson
Tryck: Nørhaven Paperback A/S, Danmark 2001

* * *

www.panbok.com
Pan ingår i P.A. Norstedt & Söner AB,
grundat 1823

En Panpocket från Norstedts

1

Hamrade! Hamrade och hamrade. Hjärtat var ett odjur som slukade henne.

Hon försökte sätta sig upp. Ville maka kudden bättre bakom ryggen och hjälpa kroppen att komma upp. Men hon hittade ingen kudde.

Luft! Hon böjde sig bakåt mot sänggaveln för att kunna pressa i sig luften snabbare.

Hon trodde hon låg i vindsrummet på Bekkejordet, hos moster Rakel och morbror Simon. I den vita sängen. Med den rosa nattbordslampan vid sidan. Visst! Hon kände ju igen allting. Men nej...

Munnen öppnade sig på vid gavel. Hon flämtade. Det hjälpte lite. Konstigt vad oroligt den rosa nattlampan lyste ikväll. Den fladdrade som norrsken – eller...

Var fanns hon nu? Ansiktet och halsen. Svettig. Från kväljande lukt. Och så var det inte Bekkejordet iallafall. Inte var det nattlampan heller. Det var lådan. Lådan vid väggen på Tobias fiskebod. Hon hade glidit ner från lådan. Och därborta på dörren fanns *hans* ansikte. Det växte mot henne. Trasslade in sig i hennes hamrande hjärta. Blev större och större. Hon kände att hon bara ville ge vika. Bara låta allting ske. Men nej, hon fick inte.

Så var *han* alltså död? Ja! De tippade honom upp och ner på dörren de häktat av gångjärnen och försökte få liv i honom. Försökte få upp saltvattnet. Men det klarade de inte! Ingen skulle klara det. För Tora hade låtit *honom* vara därnere bland tångruskorna. Hade låtit honom drunkna. Hon

5

skulle aldrig bada i havet mera. Bara hon fick luft.

– Käre Gud jag hade bara sockorna på mej ska du veta. Det tog sån tid... därför nådde jag inte fram innan...

Han hade fått ansikte. Det lyste blått emot henne med gammal mörk skäggstubb. Ögonen var stängda, men öppna. Hon såg tydligt de starka vita tänderna mellan de halvöppna blåaktiga läpparna. Så var han död!

Nu stod hon överst på byggnadsställningen till morbrors fiskebruk. Vinden strök över hennes hud. Över allt. Och stövlarna föll och föll. Föll de? Nej, det var hon som föll. Hon föll in i regnbågen, in i flöjttonerna, in i branden. Men det var *han* som var död.

Var det så att människorna inte kunde se någon dö utan att göra sig kvitt det onda som fanns emellan?

Då kunde han inte vara död!

Äntligen orkade hon titta på hans ansikte utan att vända sig undan. Det var ett vanligt mansansikte, ett sådant hon såg i Byn varje dag. Ett sådant som alla karlar hade. Alldeles vanligt – som man kunde skydda sig mot.

Och äntligen kunde hon andas igen. Långsamt lugnade sig hjärtat. Allting försvann i ett ångande roterande mörker.

Hon kände igen sig vid köksbänken. Mor höll en klut över hennes ansikte. Illamåendet var ingenting farligt. Det hade hon känt förr. Hon grep mors hand och höll den fast. Hon kände att det hängde många ord i rummet som ingen hade sagt. Mörkret stod i det öppna fönstret som en vägg. Det drog välsignat. Kyligt. Friskt.

Mor var blek, men inte rådlös. Hon hade någonting att göra. Hon hade klarat värre ting än svimningar.

Det var den dagen de hämtade Henrik Toste och förde honom att straffas för mordbrand på Simon Bekkejordets fiskebruk och sjöbodar. Det var den dagen Tora sa till Ingrid att lingonen visst var mogna uppe i Veten.

Det var varken branden på Simons brygga eller kammaren på Bekkejordet, utan den slitna köksbänken i Tusenhemmet, och Tora lutade sig tungt mot den. Färgen var alldeles borta runt knopparna på skåpdörrarna. För mor var det bättre med avskavd färg och nakna träet än gammal smuts.

Först nu insåg Tora vad som hade hänt. Det hade sprängt verkligheten. Det gick en halvtimma innan hon sa någonting. Ingrid tog det lugnt och gick till och från. Tre gånger hämtade hon kallt friskt vatten ur kranen och gav dottern att dricka utan att hon bad om det.

Vid sextiden förberedde hon sig för kvällsskiftet på filéfabriken. Letade lugnt fram sina saker. Rösten var som vanligt när hon bad Tora ligga kvar i sängen så länge. Och Tora nickade. Hon hade fått färg på kinderna. Det oroade Ingrid med all denna färgen. Det var olikt Tora. Kanske borde hon hämta doktorn iallafall?

Borde hon skicka bud till fabriken att de fick kalla in en reserv för henne ikväll? Men, nej. Inte ikväll. Hon måste igenom det. Just ikväll! Det kunde inte hjälpas. Tora fick klara sig. Hon var seg.

– Du har väl inte feber?

– Feber? Varför det? Toras röst var matt, men inte alls så det verkade allvarligt.

– Nej, för då ska jag väl stanna hemma, va?

– Nej, jag har'nte feber.

Tora begrep.

Elisif på vinden hade skickat Sol ner till Ingrid med en lapp. Det stod att ifall Ingrid behövde uppbyggelse så var hon välkommen att böja knä klockan sex i bönehuset samma kväll. Ingrid svarade inte. Och hon gick till kvällsskiftet som hon var uppskriven för.

Hon gick så hastigt ner i Byn att svetten rann. Men det

7

fanns ingenstans hon mindre längtade till. Hon knöt på sig det vita förklät och hucklet. Darrade bara litegrand på handen när hon satte sig vid bordet med askarna och cellofanen. Alla blickar vändes mot henne efter hand som flickorna kom på plats.

Så kom karlarna. De hade ögon de också. Ingrid tittade inte upp. Bara väntade. Stirrade ner i stålskivan.

Ansiktet var en mask.

Hade hon tittat upp – hade hon kanske uppfångat en och annan blick som varken var fientlig eller fylld av skadeglädje. Men Ingrid hade trätt en kapsel omkring sig.

Hon satt framåtlutad och väntade. Så kom fisken.

Och hon skruvade upp tempot och var jävlig. Allaredan under första rasten fick hon retliga ord om att slå av på takten. Där fanns en ung otränad istället för Grete. Anlaug. Men Ingrid tänkte: – Låt henne klara sig själv. Låt henne slipas. Låt henne kämpa och lära sig lagarna i Byn, hon också.

Efter fem timmars skift hämtade Ingrid kappan tillsammans med de andra tre i arbetslaget. Hansine vacklade lite när hon drog på sig gummistövletterna. Hon var alldeles blek. – Är du sjuk? frågade Anlaug. Ingrid upptäckte att Frida stod och kikade bort mot henne. Hon skyndade sig med förklät och skruvade muggen på termosen med stela fingrar. Det låg någonting i luften.

– Nej, inte sjuk precis. Bara trött. Hansine stödde sig mot väggen. Då såg Ingrid att tårarna rann nerför de gråa kinderna. Det var som om Ingrid vaknade. Det rörde sig någonting inom henne. Någonting hon hade trampat ner så länge.

Hon hade nog sett Hansines lilla runda mage. Fyra-fem månader påväg redan. Hon hade tre sedan tidigare. De hade kommit tätt. Hon hade packat ett år bara. Från det hon kunde stå på benen efter sista ungen. Ingrid kunde minnas att

8

hon hade pumpat brösten under rasterna första tiden. Hansine stod och grät.

– Kom nu bara, jag ska skjutsa dej hem på cykeln, sa Frida och samlade ihop Hansines saker och stoppade dem i nätkassen.

De hårda ögonkasten träffade Ingrid i nacken. Hon kände hur de smärtade. Ville vända sig om och säga att det var sant att hon satt upp tempot onödigt mycket. Ville räcka ut en hand. Men hon förmådde inte. Hon hade aldrig varit en av dem. Trängde sig inte på heller. Skulle visa dem att hon kunde stå utanför och ändå klara sig. Så slog det henne att det var så här de fick dem splittrade. De som tjänade på allting till sist. Sådana som han Dahl.

De slog igen plånboken när fartygen la ut från kajen med si eller så många ton fiskfilé. Det var sant som Grete predikade: Packa för skitlön, ifall du inte arbetade med blodsmak i munnen!

Det var de som gjorde att vänskapen inte överlevde i det trånga rökfyllda kafferummet med den nakna plastade bordsskivan och den brunsvedda metallaskkoppen med Bodø Aktiebryggeri på. Det var de som gjorde att det inte blev tid över för ett vänligt ord, inte utrymme för annat än jakten på att hålla tempot! Nej, Ingrid! sa det inom henne. Är det detta det handlar om ikväll? Är du ärlig? Är det inte så att du stänger dig inne i din egen präktiga bitterhet och låter de andra fara illa? Hade du inte skruvat upp tempot så hade kanske fisken hamnat i kylrummet och tagits på två skift, och Hansine hade fått gå hem och gjort undan smutstvätten och vilat ryggen sin efteråt.

Det betydde ingenting att hon skruvade upp farten. Ingenting...

Ingrid gick hemåt. Hon såg sig inte över axeln – hur det gick med de andra tre. Hon visste att de pratade. Med låga rostiga nattröster fulla av trött vanmakt. Pratade med ensta-

9

viga ord. Med bett i. Hårdhet. Bitande motvilja. Mot henne, Ingrid. Men hon skulle få fina pengar i lönekuvertet. Hon kunde svara för sig den här månaden. Med allt!

Hon skulle betala Rakel för klänningstyget hon fick den där gången i Breiland.

Siffrorna i Ottars butik stod tätt som sill i stim under hennes namn. Hon skulle göra upp! Och ändå skulle hon ha tillräckligt för att resa till Bodø och se till Henrik, ifall hon inte sov någonstans den natten hon var tvungen att vara borta.

Ingrid hade fått ett trots inom sig. Det gjorde henne istånd att gå upprätt uppför backarna. Det föll henne inte in att fundera över den saken.

Hon gick hastigt. Men tempot syntes inte på henne. Hon var sitt eget skal. Var lika blek när hon grep dörrvredet hemma som när hon vek ihop förklät på fryseriet.

Hon kikade in till Tora och bytte några ord.

– Jag är... trött, jag lägger mej nu, sa hon till sist. Mest för att få ett slut på det.

Ingrid gick in i vardagsrummet till den stora tomma sängen. Hon visste inte om hon saknade någonting. Hon var väl alltför trött.

Så drog hon för gardinerna och tvättade sig i kallvatten. För att få bort den värsta fisklukten. Trodde själv att hon lyckades.

Tora låg i kammaren och undrade över varför mor inte tagit med sig varmt vatten från köket. Det slog ner i henne en vild omsorg om modern. Men det var som om hon inte hade krafter för den ikväll. Hjärtat hotade att börja hamra igen. Hon vände sig mot väggen, försökte skilja kvistmärkena från resten av den omålade träytan. Men det fanns ingen mening med det.

2

Henrik måste straffas. Han dömdes skyldig till bägge mord-
bränderna på Simons brygga och bodar. Den första vägde
tyngst, visste folk att berätta. Det hade kommit fram under
förhören att Henrik kände till att folk låg och sov i bodarna. I
allt sju människor som kunde gått förlorade. Folk funderade
när det blev bekant att Rakel hade vittnat till förmån för sys-
terns man, sedan Simon var den som anmält honom. Folk
pratade med låg röst och glittrande ögon om detta.

Som förmildrande omständighet hävdades att brandstifta-
ren led av långvariga depressioner, som tog sig uttryck i alko-
holmissbruk under längre perioder. Och att han stått under
påverkan av alkohol när illdådet utfördes.

Folk på Ön muttrade och visste ingenting om Henriks de-
pressioner. Undanflykter hittade man åtskilliga när det gäll-
de att rädda skinnet. Depressioner! Han Henrik! En galning
och en snyltare. Det var det han var. En parasit.

Karlarna stod i Ottars butik och mindes hur stöddig han
Henrik hade varit när det pratades om att Simon satt på väv-
loftet och grinade efter branden. De fnös och betackade sig.
Och det var som om Ingrid växte framför ögonen på karlar-
na ju mera de la ut texten om slusken, Henrik – och hans
meriter. Historierna blev långa och invecklade och grävdes
fram i all sin bredaste mångfald från tiden innan Henrik och
Ingrid kom ihop. Någon kunde berätta att det varit ett visst
byte före *det* giftermålet. Om det var Simon och Ingrid som
höll ihop – eller om det var Rakel och Henrik, det kunde man
inte enas om. Men ett byte var det!

Det hände att den ena gubben blev allvarligt förbaskad på den andre för att han berättade fel. Och karlarna trädde emellan och diskussionen gick lika snabbt som förmiddagen. En sak kunde de enas om: Henrik var och förblev en slashas. Och ingen begrep hur Ingrid stod ut under samma tak med en sådan. För rätt skulle vara rätt. Om Ingrid hade bolat med tyskarna och skaffat sig en unge, så var hon iallafall ett rejält fruntimmer numera.

Rakel var lurig hon. Att vittna till förmån för den där slusken! Depressioner! Jo, jo. Det var bara Simons käring som kunde häva ur sig sådana fina ord.

Simon gick i tankar och visste inte att han var Öns store hjälte. Han tyckte han hade köpt det sista kapitalet till alltför hög ränta. Dessutom var han bekymrad för Rakel. Hon var inte islag. Han märkte det på flera småsaker. Hon skrattade inte för full hals längre. Höll sig mest för sig själv. Gick inte sina vändor runt Byn. Ursäktade sig med att hon var trött eller hade alltför mycket att stå i.

Simon förstod att det var processen mot Henrik. För Rakel blev det lika mycket en process mot Ingrid. Det gjorde ont. Simon visste inte mera om vad som utspelat sig mellan de två kvinnorna än vad han själv sett och hört. Det var inte mycket. Och Tora hade han inte sett sedan han stod med den darrande flickungen i armarna vid Tobias fiskebod efter att han bärgat både mannen och barnet. Ännu for en underlig vek känsla genom honom när han tänkte på hur hårt hon klamrat sig till honom. Kanske kom den av att han inga ungar hade själv?

Det hade varit bättre om de sluppit rättegången. Men när de nu hade gått igenom den fick de lov att ta det som kom. Rakel fick alltså rätt i vad hon en gång sagt: "Det är precis såna folk är. Att dom tänder mordbrand."

Det var sådan han Henrik var! Inte folk mest. Men det var

illa nog. Och Simon skulle gärna gjort någonting för Ingrid och flickungen. Men han kom alltid till en stängd dörr när han ville prata med henne.

Han kunde tydligt se att hon var hemma. Och då hjälpte det föga att han inte kände någon skuld över att inte ha skonat Henrik och tagit tillbaka anmälan. Han kunde och ville inte låta en sådan man gå fri.

I djupet av sitt hjärta föraktade Simon sådana gärningar och tog avstånd från dem. Han hade ingen möjlighet att förstå dem. Den annars så milde Simon hade varit orubblig.

Sanningen skulle i dagen.

Mannen hade sig själv att skylla. Var han inte gift med en utmärkt kvinna? Kunde han inte föra sig som folk? Var det värre för Henrik att leva än för andra? Henrik hade rubbat Simons idé om att ondskan inte fanns där Simon fanns. Den fanns någonstans långt borta.

Han höll ett långt och argsint anförande om dessa ting för Rakel. Hade inte märkt att hon var ovanligt tyst – för att vara hon. Han hade till sist avkrävt henne samtycke. Men hon hade bara betraktat honom och sagt att det fick bli hans sak – vad han ville göra. Så hade hon satt igång med disken i rasande fart.

Simon hade stått kvar mitt på golvet. Det gick upp för honom att Rakel inte alls var överens om anmälan av svågern för mordbrand. Och han begrep inte att hon kunde vara oenig. Hade inte mannen förklarat sig skyldig kanske? Rentav med ett flin i ansiktet – där i rättssalen! Medan Simon och domarna och hela rättssalen hörde på. Hade inte mannen varit så förhärdad att han sagt att han visste det låg sju gubbar och sov i bodarna?! Han blev inte klok på Rakel. Hon hade sina egna lagar och sin egen rättvisa.

Simon hade huvudet fullt. Han insåg inte att han var en storartad hjälte på Ön. Att han var den ståtlige och äregirige Simon som reste sig i hela sin väldighet och skickade svågern i fängelse – för att rättvisa skulle skipas. Han var så enastående i folks ögon att de hade mycket att prata om under lång tid och hösten blev mindre gråkall för dem.

Han gick omkring i det nya fiskebruket och kontrollerade och kommenderade så smått. Kanske skulle han komma igen för fullt nästa säsong. Karlarna hade fullgod tro på att han klarade det omöjliga.

3

Det måste vara riktigt som hon hade gjort. Måste vara! Dessutom hade morbror Simon säkert förstått att det var *han* som tänt på, fastän hon inte sagt någonting.

Skammen? Varför kände hon ingen skam över att han satt i fängelse? Som hon förstod att mor gjorde? Var det för att hon hade en far någon annanstans? Död och i jorden innan hon blev född. Men ändå. Eller var det för att hon var så glad åt att kunna känna sig trygg för farligheten i kammaren att hon inte förmådde känna någon skam? Han angick henne inte.

Tora strök förbi det stora nya butiksfönstret hos Ottar. Han hade utvidgat butiken. Vägen fick göra en stor krök nu. Folk mumlade om att Ottar var så storkarlsaktig att han byggde ut bara för att få ett skyltfönster så folk kunde se alla hans varor – och att han gjorde det så bakvänt att vägen måste göra en stor krök. Men egentligen tyckte de om det. Var stolta över fönstret som om det skulle varit deras eget. Ottar hade kläder också numera. Han ställde ut bomullsjumprar med resår i livet och hög hals. De hade ränder i "delikata färger", som Ottar sa.

Ja, och så hade det just kommit in teddyjackor. Som var vändbara. Ottar slätade till frisyren och vrängde jackorna så det röda kom in och det grå och luddiga kom ut. Han knäppte igen knapparna på avigan också – och det hela var ett underverk.

Tora stod med pannan mot rutan och glodde in. Den som kunde haft en sådan jacka.

Sol och hon hade vågat sig in i butiken och provat jackan en dag. Den var härlig och varm och luktade så gott.

Den passade inte till Sol, och det hade hon varit glad över – så var det ingenting att tänka på, sa hon. Men Tora hade sett de vattnigt blåa ögonen. De flöt ut över ansiktet. Hade inga gränser.

Sols klumpiga kropp, Sol från Tusenhemmet. Hon skämtade om den själv. Så slapp de andra. Allt hon förtjänade på skurning lämnade hon ifrån sig hemma. Tora visste det, fastän Sol aldrig sa ett ord om saken. Elisif, som skulle kallas mor därhemma, hade fullt upp med att dyrka sin Gud, så Sol fick göra allt arbete där också.

Tora tyckte hon såg Sols hand dröja vid teddyjackan därinne i fönstret, som den hade gjort den eftermiddagen de var i butiken och provade. Den kraftiga starka tummen verkade så malplacerad på det nya plagget.

Det var samma hand som Tora sett tusentals gånger i arbete. Den hade hållit i gnagda blyertsstumpar, medan hon satt på köksbänken med sina läxor – och alla stolarna var undanstuvade för att inte småungarna skulle kunna klättra upp till henne. Tydliga svarta ränder under naglarna. Jämt. Det berodde inte på att hon var orenlig. Men det sista Sol gjorde innan hon satte sig med läxorna var oftast att skura golven. Hon måste ha det ordentligt omkring sig när hon gjorde läxor. På det viset liknar hon mamma, tänkte Tora.

Att skura trapporna sätter sig under naglarna. Att tömma aska. Det sätter sig under naglarna. Att skyffla kol. Att elda.

Allt satte sig som sorg under naglarna på arbetshänder. Hur ihärdig Sol än var med att peta dem fanns det alltid ränder under naglarna.

De hade blivit ännu rödare, händerna – sedan hon slutade skolan och gick och skurade hela dagen.

Ljusbruna fräknar pyntade upp ovanför handlederna. Men det såg också malplacerat ut. Huden var torr och sprucken. Skrynklig och rynkig på ovansidan, blank som havsspolade stenar på undersidan. Små sår och rispor här och där. Ingenting att prata om eller klaga över. Inte såpass stora att det var någonting att använda klutar eller plåster på. Fanns bara där... Hon bar dem med sig vart hon gick.

Och jackan passade inte. Varken till händerna eller kroppen. Tora kände tvärt en oförklarlig ömhet för moderns och Sols händer. Det liknade den känslan hon hade ibland när hon häktade någon småfisk av kroken och dröjde en sekund eller två med att kasta den tillbaka ut i havet, för att hon undrade om den var alltför skadad för att klara sig. Och tanken brukade stanna inom henne en lång stund efteråt. Hon tyckte hon såg fisken därnere. Simma på snedden med omtöcknade kraftlösa slag med stjärten. Såg att den hade fått käkbenet tvärt avslitet. Såg att det stack fram en benflisa ur det gråa fiskskinnet. Men det var en så liten fisk – ett så litet ben. Det fanns så många fiskar i havet. Så många händer. Så många sår. Som var större.

På hemvägen drev Tora förbi fiskeboden där Frits och Randi bodde. Det var mörkt därinne. Så de var väl inte hemma.

Han var hennes sår, under skinnet. Frits. Inte bara det att han var döv och inte kunde prata. Mera det att hon alltid tänkte på farligheten när hon såg honom. Den morgonen hon hade sprungit ifrån honom under torrfiskhässjorna hade hon förlorat honom. För att han inte visste. Aldrig fick veta att han var den förste som tagit i henne efter... att *han*...

Till sist gick hon ogärna i närheten av kajerna och boden där Frits bodde. Sommaren igenom hade hon suttit bland strandstenarna och glott ut över holmarna medan den sura vinden oombedd smög sig in under den slitna jackan och drev tårar i ögonen på henne. Det fanns ett och annat hon inte hade något namn på.

Hon visste inte vad hon saknade mest: Randi, böckerna,

17

musiken – eller Frits.

Så lät hon bli att tänka på det.

Det hade kommit någonting främmande över hennes tankar när det gällde honom. Det var ett slags valhänt förväntan. Hela sommaren hade hon önskat att de skulle träffas. Och hon ville det inte. Hon ville gå dit. Sitta med det röda överkastet över benen och läsa. Ville titta upp på honom – forska i hans ansikte när han inte var uppmärksam. Men samtidigt – ville hon inte. Nu låg moderns skam som ett lock över alltihop. *Han* satt i fängelse. Tora kunde inte gå dit mera. Borde helst inte gå någonstans.

Likväl drev hon ofta förbi när hon var ensam. På sista tiden var hon jämt ensam.

Nu hade han rest till sin dövskola. Frits...

Han skulle inte komma hem förrän till julen. Randi hade träffat Sol och frågat efter Tora. Hade skickat en hälsning och besked att hon måste komma ner till dem innan Frits reste. De skulle ha tårta – ha fest. Men det var den torsdagen när mor kom ensam med lokalbåten från staden, och Tora kom sig inte för med att gå.

Sedan var det så mycket hon aldrig blev färdig med. Kom sig liksom inte ur fläcken. Drev bara omkring i Byn och nickade när någon hälsade. Tora undrade lite över att alla var så snabba med att hälsa på henne. Det slog henne att det var för att de tyckte synd om henne. Och myrorna började krypa nerefter ryggen och halsen på henne. Hon kunde bli brännande röd – fastän ingen tittade på henne.

Så var det mor. Det var som om Ingrid ogillade att Tora gick till någon. Och hon kunde inte tänka sig att gå till Bekkejordet.

Bänkduken hon skulle brodera till moster hade blivit klar medan mor var på arbetet, men hon hade gömt den under madrassen och inte förmått sig att gå upp med den. Hon kunde förstås ha gått utan att mor visste om det. Men det var

18

mer än tillräckligt med de väggarna som redan fanns mellan dem.

Idag hade mor skickat henne att hämta två oanvända postanvisningar i posthuset, och satt sig att fylla i dem genast när Tora kom tillbaka. Hon sjönk ihop över bordet, liksom. Grå att se på. Kutryggig. Så gick hon hastigt bort till spisen och kastade ena postanvisningen i elden. Hade tagit på sig ett ansiktsuttryck som tydligt avvisade alla frågor. Efteråt fyllde hon i den andra. Snabbt och hårt som om hon var rädd hon skulle ångra sig: "För klänningstyg. 32 kr. Till Rakel Bekkejordet."

Och Tora gick till posthuset med den, och böjde nacken när Turid i luckan vände och vred på postanvisningen och tittade konstigt på henne innan hon satte dit stämpeln. Det var som om hon stämplade bort moster Rakel för alltid.

Tora hade smugit ut ur posthuset. Detta var värre än när hon måste få varorna uppskrivna hos Ottar eller kvittera i anteckningsboken för mjölken nere på lastkajen. Ja, detta var mycket värre. Det var som om folk kunde titta rakt in i mamma och henne. Se genom kappan och klänningen att de hade smutsiga underkläder.

Metallen som slog emot papperet. Stämpeln som slog ut moster ur dagarna som skulle komma.

Toras fötter slog ihåliga ljud ur stengolvet. Hon kände att hon var på väg ut. Det luktade lim och damm och pengar. Stora feta buntar mellan fingrarna på Turid. Nu låg mors tiokronorssedlar bakom spjälorna. Och de två kronorna var kalla och döda och blanka. Ett hål i varje.

Som om någon hade borrat hål i moster Rakel. Som om mor hade gjort det själv. Begrep hon inte det?!

Dörren brakade igen bakom henne. Den hade ett fönster som var alldeles förblindat av sjödrev och smuts.

Tora drev omkring i Byn och tänkte envist på att farligheten hade fejats ut ur kammaren. Så fick hon den lilla glädjen att växa. Tora tänkte hårt. Och Rakel och Simon och mamma blev vänner på det viset.

Innan hon gick hemåt hade dagen blivit god.

Det fanns många gråsparvar i gyttjepölarna.

På gården stod en röd cykel med röd nätkasse och blankt styre.

4

En eftermiddag när Sol och Tora skulle hämta mjölken, dök två av pojkarna från Byn fram bakom några stenar. De hade gömt sig på det enda stället där inga hus eller människor fanns. Där fanns inga slagfönster som kunde öppnas, med mödrar som stack ut skallen och tog parti. Inga vittnen, alla möjligheter. Ole och Roy. Hade nog inte glömt nederlaget med Gunn på skolgården fast det var längesen.

De stod med skrevande ben och händerna i fickan. Flinade som karlar. Särskilt Ole. Kände sig säker på segern. Ingen att skvallra för.

– Är det tyskkonans gullunge som är ute och dinglar med spannen sin, hä? Hur många bränder har du tänt på idag?

Ole gjorde sig damaktig och trippade framför Tora. Det var så längesen hon hörde de gamla pikorden. De bröt in i henne. Kändes som om någon hade kastat sten. Mot huvudet. Mot ansiktet. Mot ögonen. Men hon knep ihop munnen. Teg med hela sig.

– Håll käft på dej, din fiskarhund! skrek Sol och fortsatte.

– Vad säjer *hon*, kommer hon från Tusenhemmet och morskar sej, hä? Feta fläsket! Fetsuggan! Hur mår morsan din, är hon hemkommen och lika tokig?

Sol såg rött. Hon var en vuxen konfirmerad flicka med en stor och helig vrede. Hon gick på bitvargen med lyftad bleckspann. Till all lycka var den ännu tom. Hon drämde den med full kraft i skallen på Ole som var halva huvudet mindre än hon. Tora glodde. Hon hade aldrig sett Sol gå till handgripligheter mot någon, hur galet allt än kunde vara.

Tvärtom var det alltid hon som stod för vettet och gick emellan just innan näsblodet stänkte över vägen. Nu var hon som en folkilsken tjur. Det kortklippta håret spretade i vädret som på bilden av piggsvinet som hängde i skolans korridor. Spottet skummade i mungiporna.

Men galenskapen grep också pojkarna när Ole kommit sig så pass efter upplevelsen med spannen att han var istånd att registrera vad som skett.

Tora begrep att detta bar åt galet håll. De var två mot Sol. Stor övermakt.

Tora ropade åt dem att sluta, men ingen hörde eller såg. Pojkarna hade fått Sol under sig på grusvägen nu. Den ene höll armarna på henne, den andre satte sig över magen och boxade henne mot brösten så hon kved.

Väl färdig med den insatsen drog Ole den korta tunna bomullskjolen upp över axlarna på Sol och visade kamraten hela härligheten.

Tora, som stått i vägkanten hela tiden, utan mod att göra något som helst, kom tvärt in i en röd dimma. Den omgav henne helt. Tjutande lyfte hon spannen och gick lös.

Hennes spann var av det gammeldags solida slaget. Hård kant nederst.

Dova stön och grova snyftningar. Hon litade på att pojkarna var överst. Arbetade utifrån en enkel logik: Ju fler slag, desto mer skada. Ju fortare hon slog, desto flera slag.

Tora hade aldrig anat att det kändes så skönt att slå.

Då la någon en hand på hennes skuldra. En stark näve övertog kommandot över spannen, och en myndig stämma sa: – Så, ta det lugnt, ta det lugnt! Så får vi se ifall nån är vid liv här... Är nån vid liv här, va?

Frits far!

Men han log litegrand. Gjorde han inte det? Han hjälpte pojkarna på fötter. Ole hade ett fult hack över ena ögat. Det andra var igenmurat. Han grät innerligt och skrovligt. Snor och tårar fick plats i Monsens näsduk.

Med Roy hade det gått lite bättre. Sol hade fått en ful skråma på ena knäet. Men segern lyste ur ögonen på henne. Ville inte ge tappt än. Hon satte krokben för Roy så han snubblade så lång han var i backen just som han trodde sig räddad och fri. Han hamnade på näsan. Det såg illa ut. Han ville ögonblickligen hämnas skadan, men Monsen tog ett fast grepp om krabaten, medan Sol ylade:

– Kom igen din skit, kom igen, din fiskarhund! Jag ska ge dej så du aldrig mera behöver tveka om vem som är tokigast i Byn! Kom nu bara, kom nu bara... hickade hon morrande.

Pojkarna smög bort mot husklungan uppe i backen. Gick som tuktade hundar, sakta och bedrövligt.

Kampen var över. Monsen tog flickorna med hem, uppför alla trapporna och in i gången. Han förband såren och kom med fy-rop efterhand som historierna berättades för honom. När Randi frågade vilket skällsord pojkarna använt blev det tyst. Men både hon och Monsen tog ensidigt flickornas parti och sa att "bitvargarna" fick vad de förtjänat.

Tora hade glömt att detta var hos Frits. Ända tills han stod i dörren. Han hade farit till dövskolan. Hon visste ju det. Ändå stod han där och stirrade på henne.

Och då begrep hon hur mycket hon saknat honom. Att hon hade sårat honom. Att den stumma pojken var en människa som på många vis var mera ensam än hon själv. Hon insåg att hon inte betraktat honom som en riktig människa, för att han inte kunde tala.

Hon skulle aldrig mera förneka honom, aldrig låta farligheten jaga honom! Aldrig! Frits var Frits. Och för henne var han mycket mera än bara Frits.

Hon såg det så klart och tydligt. För att han inte var här. För att det fanns en stor smärtsam tomhet i rummet.

Och eftermiddagen klättrade över fönsterkarmen, slagfönstret stod öppet mot den kyliga eftertänksamma hösten. Randi stekte gula doftande pannkakor som de strödde massor av socker på. Frits far fick namn för Sol och Tora. Han hette Gunnar och spelade dragspel så det gistna omålade taket lyfte sig. Och den blodiga trasan på Sols knä, som inte alls passade en stor flicka som var konfirmerad (och som tänkte sig på dans nästa lördag vare sig Elisif grät eller ej), den blodiga trasan blev föremål för flerfaldiga repriser av slagsmålshistorien.

Randi slog ihop händerna och var så förfärad, skrattade och knuffade till dem.

Tora brydde sig inte om att Sol var där, hon kröp av gammal vana upp i Frits säng. Drog det stickade överkastet över benen fast det var varmt och skönt i fiskebodsrummet.

Hon tog Frits med till Berlin. Farmor stod med öppna armar åt dem bägge. Ormbunkarna var saftigt gröna och porten öppen. Och rosorna...

"Spörjer någon vad kärlek är då är den intet annat än en vind som susar i rosorna..." Hon hade läst det någonstans. Det var alltför vackert för att vara verkligt.

Hon mindes hurdant hon kände om onsdagarna förr i världen. När hon var mindre – nästan liten, men hade lärt sig läsa. Före farligheten måste det varit. (Tänk att hon kunde tänka så! Precis som folk sa: Före kriget...)

Alltså före farligheten: Då kom mor hem med "Hjemmet" varje onsdag. Där fanns en tecknad serie om en liten figur som hette Prikken. Han var så liten att han fick plats i en tändsticksask. Och Tora kände så varmt för den där varelsen. För det var bara han i hela världen som var så liten... Hon ville ha honom hos sig alltid. Alltid. Han var en del av den goda förväntan man kunde unna sig när det blev onsdag. Och hon frågade mor en gång när hon stod med armarna djupt ner i såpskum i tvättkällaren – ifall hon inte kunde få en sådan där Prikken. Ifall inte mor kunde skriva till "Hjemmet" och få honom åt henne? Hon tiggde och bad – fastän hon visste att hon bad om månen. Hon kände redan det lätta trycket mot handen. Det kittlade svagt i huden av bara godhet och glädje. Det måste vara kärlek? Som varm vind? Eller blommor?

Att röra vid...

Hon lyfte handen och strök hastigt Frits över kinden. Hastigt. Och han förstod och förlät, och bar inte agg för någonting. Han frågade inte varför. Så gled han bort.

Och Randi pratade med Sol och satt med ryggen till, och Gunnar spelade dragspel. Det dånade och lyfte sig. Hela huset lyfte sig. Tora lät sig fyllas av musik och godhet för hela världen. Hon klamrade om det. Som om hon innerst visste att det aldrig kunde bestå.

Sol och Tora blev sena med spännerna sina på mjölkbryggan den kvällen. Det fanns bara blåmjölk kvar. Men de fnissade ändå när de dängde på locken.

5

Morgonkaffet luktade beskt och bränt. Tora hade låtit det koka över och vågade knappt prata med mor.

Mor hade gått med nerverna utanpå kläderna sedan hon skrev postanvisningen. Tora väntade att det skulle gå över. Hon hade vant sig vid ett särskilt tålamod med sådant. Så länge hon inte gick i vägen eller försökte tvinga mor att tala, gick allt oftast väl.

De hade tagit plats med det eländiga kaffet när Rakel plötsligt stod i dörren som ett helt litet oväder till havs. Hon var flammande röd i ansiktet och höll postanvisningen i högra handen. Som ett ont varsel.

Ingrid spratt upp från stolen och stod tvärt på golvet med sluten mun och slutna ögon. Händerna knöt sig omärkligt.

Rakel tog två steg inåt rummet sedan hon stängt dörren ordentligt bakom sig. Hon såg bara på Ingrid.

Det var som Tora inte fanns i rummet. Hon var osynlig och gick i ett med vaxduken på bordet. Detta var en uppgörelse mellan de två. Tiden kröp upp efter Toras rygg. Hon var genomvåt under armarna på ett ögonblick.

Det var Tora som sagt "kom in" när det knackade. Nu stod de båda kvinnorna som fastfrusna. Ingen sa god morgon, ingen nämnde vädret. Det strilregnade utanför. Ingen bad Rakel sitta. Ingen kommenterade den dyngsura yllekappan och sjaletten som låg som en blöt disktrasa om Rakels huvud. Orden hade flugit bort från jorden på ett ont vis. Som när Frits inte kunde säga vad han menade och folk inte kunde förstå hans tecken. Nej, förresten, detta var något helt annat. Detta förgiftade luften.

Det droppade taktfast från Rakels kappfåll. Gjorde en ojämn cirkel omkring henne. Hon stod i cirkeln. Hon var inte för dem... Alla tre var instängda med sig själva. Osten på bordet var snedhyvlad, den hade en upphöjning i ena änden. Det var nog hon, Tora, som hade...

Konstigt att mor ingenting sagt om det.

Rakel stod tyst.

Elisifs ungar rasade nerför trapporna påväg till skolan. Det fanns bättre med skodon sedan Sol fick arbete. Så de rusade varje morgon, allihop.

Kreppapperet runt blomburkarna på fönsterbrädan var urblekt och smutsigt. Vattnet hade sugits upp från porslinsfatet. Det såg fattigt ut. Det gjorde det emaljerade fatet som låg i slasken också. Det hade tre fula hack i emaljen. Kanten var smutsig och rostig.

Hos moster Rakel hade de tvättställ i ett särskilt rum intill köket att tvätta sig riktigt i.

Tora tog utan att veta det parti för modern. Stålsatte sig. Det var riktigt, det mamma hade gjort. Skickat pengarna. Annars kunde hon ju inte gå i klänningen. Inte nu. Det var enda finklänningen hon ägde.

Rätt! Varför kom hon hit, och såg så ilsken ut? De var fattiga, mor och hon. Men inte så fattiga. De betalade sina skulder.

– Vad ska detta betyda – detta här?!

Rakels röst var en hes viskning. Det satt en rynka i varje mungipa som gjorde ansiktet främmande och vredgat. Men Tora måste motvilligt tillstå att det verkade som Rakel var gråtfärdig. Det var därför hon stod så där. Var så där.

Mor stod alldeles stilla. Hon hade öppnat ögonen. Men tittade ner. Stirrade på bordduken. På de gula och röda

27

blomstermotiven. Stjälkarna gick i cirklar inuti varandra. Höll om varandra...

– Vad är detta för nåt, Ingrid?!

Än en gång skorrade Rakels röst genom rummet. Lika hes och meningslöst långt borta. Som när man skruvade på radion utan att hitta rätt station.

Det var som om Ingrid tog sats:

– Det är skulden min för klänningstyget du... köpte i Breiland.

Det viskades fram – likväl slog det eko i vrårna.

– Det tyget *gav* jag dej, Ingrid. Du har hjälpt mej många gånger med många saker... Jag gav dej det! Hör du att jag säjer det! Och du skickade mej betalt... på posten! Jag tror du har blitt galen! Bor du i Amerika? Eller bor du här? Är du syster min? Är du inte syster min? Hör du?!

Ingrid stod kvar vid bordet. Hon höll händerna knutna och dolda bakom bordsskivan. Äntligen såg hon upp. Tårarna rann neröver kinderna på Rakel. Hon var blodröd, och svett och regn droppade på underläppen. Pärlor.

– Han Simon hade gömt postanvisningen för mej. Han som är karl begrep... Men du fattade ingenting... jag hittade den iallafall – i morse – på 35-årsdagen! Du som varit storasyster min i alla år. Du som jämt hjälpte mej med allting när vi var små. Du låter all denna skiten komma mellan oss. Du är villig att ta livet av allting som finns. Vad ska vi då ha, Ingrid? Kan du berätta vad vi då ska ha? Vad ska vi rädda oss med när du låter sånt karlarna gör upp mellan sej förstöra det som är det endaste jag vet; att vi är syskon?

Det kom en sorts snyftning ur henne. Hon stod likadant, rörde varken ansiktet eller kroppen.

Moster gråter, tänkte Tora förundrad.

Det var som den gången i ovädret, på lastrumsluckan, när hon diktat mor så stark, när hon sett moster Rakel så sjösjuk och det hade gjort mor så mycket större i hennes ögon att *hon*

28

inte blev sjuk. Bara lugn och stark.

Men den här gången blev mor inte stark bara för att moster var svag. Var det så nödvändigt att vara stark?

Vem var det nu som var stark? Var det mor som stod med knutna händer och hade skickat gottgörelse för klänningstyget, eller var det moster Rakel som stod och var röd i ansiktet och hade genomvåt kappa, och som grät så de såg det? Var det starkare att hålla sig undan och klara sig själv, eller var det starkare att komma och påminna någon om att de egentligen var systrar?

– Tora, du måste till skolan – annars kommer du för sent...

Mors röst ljöd ihålig och maktlös.

Idag var ingen stark...

Tora fick med sig ränseln från kammaren. Hon måste passera Rakel när hon gick ut.

Då mindes hon att hon glömt matlådan på bordet. Den var pyntad med en avskavd bild av Snövit och de sju dvärgarna. Den minsta dvärgen fanns bakerst – närmast kanten – den var nästan bortnött.

Det var ett hav att gå över golvet igen.

När hon skulle gå förbi för andra gången, sträckte Rakel ut ena armen och hejdade henne. Hon grät alltjämt. Dröjande lät hon handen snudda vid Toras hår och ansikte. Det var som om hon först nu märkte henne. Och att hon trodde hon gjorde något olovligt genom att röra vid henne. Tora tittade hastigt på mor. Vände huvudet mot bordet. Blixtsnabbt. Så vidrörde hon Rakels hand med sin. Det var bara fingertopparna som nådde. Det varade bara en sekund. Likväl hade de detta samman, moster och hon, att de gjort något olovligt. De hade förrått någon. Tagit något ifrån en annan. Det var så ont, men samtidigt skönt, för Tora kände inom hela sig att där äntligen fanns någon som förstod, som ville bygga broar. Utan tanke på vad annat folk gjorde eller sa eller bestämde.

Oavsett vad som skedde. Broar mellan dem som ytterst alltid måste vara starka på sitt eget vis. Starka nog!

Rakel ville inte stå ensam och vara stark, som mor ville. Rakel ville ha människorna som hon brydde sig om tillsammans med sig. Mot allt det onda. Också ifall det skulle betyda att det blev så svårt att man måste vara stark varsin gång och kanske gråta varsin gång.

Människor hon brydde sig om? Ja. Men var det inte detta mor också ville? Brydde hon sig om... om *honom*? Var det därför? Var det därför alltihop? Brydde sig mamma mera om *honom* än hon brydde sig om Rakel och Tora?

Ja!

Så måste det vara.

Tora slank ut och hittade den svarta regnkappan som var trasig i nedersta knapphålet. Hon hade lagat den med plåster. Men det ramlade av varje gång det blev blött. Och blött blev det ju.

Tora lämnade uppsatsboken till "konfirmanden". Den nya unga läraren hade fått öknamn av Almar. Han delade fostrargärningen och ungarna med Gunn. Almar gillade inte att han kom där och var från Oslo och bara inrättade sig. Almar tyckte det verkade som han klängde på den välsignade Gunn-lärarinnan. Dessutom var han ingen riktig karl att titta på. Skröplig – och späd, som en konfirmand. Pipröst, skägglös.

Hon hade skrivit uppsats om vad hon skulle bli när hon blev vuxen. 24 rader hade hon fått till på en hel timma. Dagen var inte någon dag. Den var ingenting att hålla sig i.

Tora gick inte hem förrän långt inpå eftermiddagen, hon strövade lite i Byn tills hon var säker på att mor gått till fryseriet. Så vandrade hon längs stränderna tills hon var genomblöt.

När hon kom in genom de båda grindstolparna som varken hade staket eller grind, såg hon att lysena redan var tända i Tusenhemmet.

Det luktade stekt sill i alla uppgångarna. Dörrarna stod öppna. Tre flaxande dörrar i regnet. Lukt av sill och potatis. Då var karlarna hemma. Gårdsplanen var tom. Tora kunde se dem därinne. Skuggorna av dem. Far och mor och ungar. Eller ensliga böjda... Det var mörkt i fönstret hos Tora.

Ingen sillukt i köket. Men alltjämt glöd i spisen och värme i väggarna.

Inga spår efter morgonen.

Hon vrängde av sig kläderna och tvingade sig att tänka att hon var den gladaste människan på jorden som kunde värma varmvatten och tvätta sig i köket framför spisen. Få bort nejlikelukten och allt som ont var. Det kom ingen. Farligheten fanns inte. Så fick hon avklarat allt det andra. För hon var Tora – ensam och med sig själv.

Några glömmer att dra presenningen över sina gamla halvmurkna båtar, några glömmer att torka sig med handloven över munnen när de ätit, några klarar inte att lägga ansiktshuden över det som egentligen är de...

Tora hade tur. Ingen såg henne. Hon satt med sina bruna skolböcker. I omslagspapper från Ottars butik. Hon hade pyntat dem med teckningar. Mönstret i papperet gjorde ränder som inte gick att dölja. De gick tvärs över teckningarna. Grävde sig som riktiga klomärken över alla bokpärmar.

Hon hade fått uppsatsboken tillbaka från "konfirmanden" med detsamma. Han hade sagt att han var besviken på henne. Ja, visst. Hon var också besviken.

Vad skulle hon bli när hon blev vuxen?

Hon skulle skura trappor, gå till fryseriet, passa ungar och hämta mjölk.

Nej! Hon skulle sy dukar och sitta på kontor och le mot en man när hon åt middag som hembiträdet hade lagat. Så

31

skulle hon torka sig med servetten, och le hela tiden.

Nej! Hon skulle bli rik! Hon skulle resa ut i världen och bli en berömd skådespelerska eller författarinna. Träffa kungar och drottningar och bo i stora slott eller på fina hotell som hade lampkronor som glittrade med miljoner kristaller. Hon skulle spela flöjt för fullsatta salar med stoppade väggar och rött ljus över dörren, som hon sett på bio en gång. Hon skulle höra applåderna medan de sista tonerna alltjämt låg som en varm hinna över människorna därnere i mörkret. Så skulle hon skicka långa brev och blänkande kort hem till mor, morbror och moster, Gunn och Frits och Sol – och berätta om alltsamman. Och hon skulle skicka dem grammofonskivor som hon spelat in.

Ibland när månen lyste skulle hon sitta ensam och säga nej till alla inbjudningar. Så skulle hon spela för sig själv. Eller sitta tyst och bara känna hemlängtan.

Hon skulle ha höga stearinljus i gyllene stakar, sådana som i kyrkan, och hon skulle tycka synd om Sol som aldrig fick det lika fint som hon – Tora, fast hon förtjänade det, hon som var så snäll.

Bara sällan skulle hon resa hem. Folk skulle stå efter väggarna hos Ottar och handla till julen och undra ifall Ingrids dotter, Tora, kom hem till helgen. Och de skulle prata om hur lycklig Ingrid var som fått fram dottern sin här i världen. Och de skulle prata om att det nog var bäst som skett, att *han* dog i fängelset.

Men allt detta kunde hon inte skriva om i uppsatsen till "konfirmanden".

Det susade i vattenkastrullen som hon höll varm tills mor kom från fryseriet. Hon hade fiskkakor från igår liggande färdiga. Hade skurit de fyra kalla potatisarna, som också blivit kvar, i tärningar. Det stod klart med en kall smörklick i stekpannan. Färdigt att flyttas från bänken till det mellersta hålet på spisen.

Hon kunde redan känna lukten. Den var varken äcklig eller god. Men hon tänkte säga att hon redan ätit. Hon ville sitta i kammaren och låta mor vara ensam medan hon tvättade sig och åt. Ville hålla sig undan – så mor fick fred med sina tankar. Så kunde hon duka av bordet medan mor vilade på soffan.

Idag ville hon vara snäll, för hon visste inte hur Ingrid skulle se ut i ansiktet när hon kom hem. Det visste hon alltid annars. Mor var alltid densamma. Särskilt nu när *han* var borta. Det hade varit likadant i många veckor. Grått, men välsignat lugnt. Inga hårda ord eller skyggt och ängsligt lyssnande efter *hans* fotsteg i trappan.

Men idag hade Rakel stått i rummet och gråtit.

Och det var inte säkert att mor var densamma. Kanske hade hon ett helt annat ansikte än Tora kunde föreställa sig. Kanske blev det värre än allt... Eller bättre! Hon kunde se för sig att moster Rakel fick mor att bli vän med sig. Att de började gå som förr till Bekkejordet. Att hon kunde gå med bänkduken... Hon hade tvättat den och strukit den och rullat den fint på en "Hjemmet". Så den skulle hålla sig alldeles slät. Men hon hade inte visat den för mor. Hon hade bara tvättat och strukit så försiktigt hon kunde för hon var rädd att kanten skulle rakna för mycket. Moster skulle väl ha det fina gula kantbandet på. Hon hade visat det för Tora och frågat henne om det inte passade. Och Tora hade sagt ja. Det skulle bara fattas – så fint som det var.

"Vad jag ska bli när jag blir vuxen..."

Hon hade fått i uppgift att skriva en ny och bättre uppsats. Tora tittade på klockan. Fem minuter över sex. Så skrev hon två sidor om att hon skulle få arbete på kontor. Hon skrev att hon skulle köpa sig ett hus och en cykel. Nämnde ingenting om flöjtspel och kristallkronor, scener eller glans. Det skulle blivit för dumt. "Konfirmanden" skulle inte förstå. Han skulle bara bli besviken igen.

Hon skrev uppsatsen i boken med sin vackraste handstil. Skrev lagom fort så hon fick tid att tänka ordentligt på om ordet blev riktigt skrivet. Så slapp hon rätta.

När hon var färdig, tecknade hon en fin dam på den halva sidan som blev över för att hon skrivit överskriften med så stora bokstäver att hon måste sluta mitt på en sida. Damen hade tunn midja och lockigt hår. Klänningen liknade den som hängde i Ottars skyltfönster. Blå med ett slätt stycke överst och flera djupa rynkor nere vid höfterna. Skorna hade höga klackar och såg vridna och dumma ut. Tora var dålig på att rita fötter och skor. Det var svårt. Bäst var det med ansikten. Hon kunde forma näsor och pannor och munnar så fint från sidan. Hade studerat bilderna i tidningarna och listat ut hur det skulle göras.

Alla damer hon ritade var vackra. Hon visste inte varför. För hon såg nästan aldrig så fina damer. Åtminstone inte här i Byn. Hon la huvudet på sned och spökade ut damen med en handväska. Speciellt för konfirmanden! Hon skulle visa den för Sol. Så fick de något att skratta åt.

Men Sol var ute när hon kom upp. Hade gått ut ihop med en flicka från Byn. En som var mycket äldre än Tora.

Elisif sa att det var inte efter Guds försorg som de rände ute i mörka kvällen och mötte frestelser av alla slag – och hon förmanade Tora att leva ett rent liv och inte ge mor sin sorg och nattvak, som Sol.

Tora skyndade ner med uppsatsboken under armen. Hon kände draget från den öppna ytterdörren och hörde modern komma uppför trappan. Stegen var lätta och långsamma. Men de var mors.

Tora såg det med engång de kom in i köket: Ansiktet var som vanligt.

Mor frågade ifall hon var färdig med läxorna. Frånvarande. Alldeles vanlig.

Tora sa: Ja. Men vågade inte lägga någon glädje i det lilla ordet. Än kunde allting ske.

Så började hon värma middagen, och mor klädde av sig och hängde upp kläderna.

Hon tvättade sig i varmvatten inne i vardagsrummet. Varmt vatten! Var riktigt länge därinne.

När hon kom ut var hon blank om kinderna och ögonfransarna var ännu fuktiga. Det var håret runt ansiktet också. Hon hade klätt sig fin och tagit på en ren jumper och den gamla finkjolen. Den hon använde innan hon sydde klänningstyget...

Tora höll nästan andan.

– Jag tänkte... Ingrid skar ett försiktigt stycke av den ena fiskkakan. – Jag tänkte vi kunde ta oss en tur uppåt Bekkejordet ikväll... Det är den 27, vet du... Hon moster har födelsedag...

Rösten kom från en skadad men räddad havsfågel.

Tora flög upp. Märkte knappt vad hon gjorde. Flög bort till bordet och slängde sig i famnen på Ingrid med armar och ben spretande åt alla håll.

Tallriken med fiskkakorna och den stekta potatisen kanade långt över vaxduken. Vattenglaset välte. Tora kände hur det sakta blev blött mellan koftan och byxlinningen. Samtidigt kände hon det inte.

Ingrid reste glaset med ena handen och strök Tora över ryggen med den andra. Flickungen var våt om ryggen. Det sipprade och droppade ända ner i knäet på Ingrid. Men hon satt kvar. Hade någonting över ansiktet... någonting naket och hjälplöst. Ingen såg det.

Tora hade begravt huvudet i mors famn. Hon kände den underliga blandningen av fisklukt och såpa. Den lukten kunde hon minnas från det hon var litet småbarn. Kunde plötsligt minnas att hon suttit så förr. Suttit så när mor tvättat

35

hennes skrubbsår. Och gråten hade stillnat av. Eller när det var som omöjligt att få någonting nytt till jul.

Sista gången hon suttit så hade hon mässlingen och feber. Det var visst längesen.

6

Rakel pyntade bordet i rummet. Den tunga mässingsstaken med sju röda vaxljus tronade mitt på en av hennes egna vävda dukar – och bästa servisen stod framme.

Dukat för fyra.

Simon var iklädd blå kostym och fyllde tre glas med brännvin som han ställde på den blankputsade silverbrickan. Han var väluppfostrad – Simon. Hans faster, som haft hand om honom från det han var spädbarn och blev moderlös, hade satt djupa spår.

Simon var likväl Simon. Och när de fick vänta lite på gästerna gick han ut i köket och frågade ifall det var alldeles nödvändigt med kavaj. Det var ju mitt i veckan...

– Jag fyller 35 år!

Rakel rätade på ryggen och satte händerna i sidan.

– Jag struntar i en karl som inte kan ha kavaj en sån här dag, även ifall det är mitt i veckan!

Simon visslade långt och gick in i rummet igen. Han tog en girig klunk ur ena snapsglaset och fyllde på. Var annars försiktig med alkohol.

– Hurdant tog hon det – egentligen?

Han ropade ut i köket till Rakel.

– Det har jag ju sagt.

– Du sa hon skulle komma. Att hon lovade komma. Men ni pratade väl...

Rakel kom till dörren medan hon tog av förklät. Det lilla ansiktet var allvarligt, nästan docklikt. Helt förändrat från när han frågade om att ta av kavajen.

Simon blev aldrig klok på Rakels ansikten och reaktioner. Hon var som sina egna vävrullar när de hastigt skjutsades ut över loftgolvet. Färger och mönster skiftade så snabbt att han aldrig lyckades följa med. Han bara hjälpte till så gott han förmådde. Använde rå muskelkraft med varsamhet. La sig annars inte i arbetet, utom när han blev tillsagd.

Men nu *ville* han. Tyckte han måste veta hur Ingrid tog det, så han slapp möta henne i dörren som en idiot och inte veta om det var vän eller fiende som kom.

– Hon har nog haft det illa...

Rakel satte sig i gungstolen borta vid det gamla lackerade klaffbordet. Strök med smala varliga händer över bordsskivan. Slätade till duken – gång på gång, utan att veta vad hon gjorde.

– Ja, men det har ju du också.

– Det är inte så farligt för mej. Jag har ju dej...

– Nå... det förstås... men... Ja, sa hon ingenting?

– Vi pratade... Om mycket, Simon. Vi pratade om allting vi inte har pratat om på tio år – minst. Men jag kan'te säja dej allt. Du måste förstå. Det får stanna mellan oss... kvinnor... Simon! Hon var rädd hon valt mellan han Henrik och oss. Hon trodde vi inte ville se honom mera. Hon vart tvungen att ta parti. Vi... Du måste förstå det, du också. Hon gjorde det hon måste!

– Skulle du ha gjort dej till ovän med syster din ifall jag hade bränt ner han Henriks hus?! Han såg intensivt på henne. Som om frågan – möjligheten först nu kom för honom. – Skulle du hållit ihop i nöd och lust med en mordbrännare, en kriminell, en förbrytare? Ja, första gången var det ett under att inga liv gick till spillo! Jag hade ju folk inhysta i bodarna! Skulle du ha förlåtit mej? Jag bara frågar?

Rakel lät blicken glida över hans starka fyrkantiga ansikte, över den seniga kroppen och den ostyriga hårmanen.

Sedan sa hon, ovanligt sakta för att vara henne: – Ifall hon

38

Ingrid är lojal med en man som i många år gjort henne så mycket ont... och som hon kanske aldrig hållit av riktigt... så är jag nog rädd att det inte varit stort hopp för mej om det varit du som försökt dej på mordbrand.

Simon stod och betraktade henne som om han inte trodde sina egna öron. Så drog han hastigt av sig kavajen och hängde den över en stolsrygg.

– För jävulen! Jag menar: Det skulle vart för mycket. Jag skulle aldrig sett din dumma näsa i fängelset medan jag satt där! Hör du! Jag skulle aldrig sett röken av dej, bara så du vet det! Såna ska vara fruntimmer? Ska en ärlig kvinna känna sej förpliktad att stå sida vid sida med en förbrytare, va? Är det rimligt, det? Nej Rakel! Det säjer jag dej, att sånt får du aldrig lov att säja. Du! Nej, då skulle du satt haspen på dörren och visat mej utsidan! Hurdant ska det gå med världen och oss manfolk ifall ni fruntimmer ska finna er i allting vi gör, och rentav göra er osams med syskon för vår skull? Tror du det finns hopp för världen i sånt fall, va?!

Rakel reste sig från gungstolen.

– Jag skiter i världen och alla karlar där. Nu gällde det hon Ingrid. Men rösten var fylld av skratt, fylld av Rakel. – Håll fred nu, sätt på kavajen och tänd stearinljusen åtminstone, om du inte kan tända på nånting annat. Dom kommer snart.

Simon följde efter henne ut i hallen. Gav sig inte:

– Du kan'te mena vad du säjer?

– Håll fred nu... väste Rakel medan hon öppnade halldörren.

Men han tog inte på sig kavajen igen.

Tora hade med sig bänkduken. Hon la den ute i hallen så ingen skulle hitta den förrän hon gått.

Ingrid hade med en glaskruka med lock. Den var billig och vanlig. Hon måtte ha köpt den på matrasten. Tora märkte att mor skämdes och tyckte det var alltför lite...

Hon sa det också. Stod tafatt vid det dukade festbordet och ursäktade sig att det var så lite. Men Rakel kramade dem bägge. Hon hade blanka ögon och skakade energiskt på huvudet. Så placerade hon glaskrukan på bordet bland de dyrbara tallrikarna som om den vore gjord av kristall. Talgljusen kastade skuggor över den. Fick den att leva, tyckte Tora.

– Nej, vad fin du är... Jag skulle tagit finklänningen... jag skulle gjort det iallafall. Jag tänkte inte så långt...

– Äsch, det är detsamma vad man har på, sa Rakel med ovanligt hög röst och tittade på Simons kavaj som hängde på stolsryggen.

Han flinade brett mot de andra bakom ryggen på henne.

– Hon hotade att göra mej löjlig och sätta på kavaj i mitt eget hus bara för att hon fyller 35. Fast det är mitt i veckan. Hö!

– Simon!

Rakel snodde runt på klacken och hötte med knytnäven i ansiktet på honom.

Ingrid log svagt.

Tora satte sig försiktigt borta i en av de djupa stolarna. Det var precis som förr, tänkte hon. Precis som förr. Ifall denna kvällen kunde räcka för evigt... Hon såg för sig hela livet fullt av sådana här kvällar. Satt i den djupa stolen och placerade Frits och Gunn och Randi och Sol i stolarna omkring. Hon hörde mor prata med Rakel om trygga vardagliga ting. Hon såg att morbror Simon fyllde brännvinsglasen pånytt och lemonadglaset också, medan han grimaserade och ljudlöst härmade Ingrids och Rakels prat och blinkade åt Tora.

Och Tora blinkade tillbaka.

Det for skuggor av välsignad trygghet bakom det vita glimmerfönstret i kaminen. Det var precis som förr alltsamman. Det andra – det var bara en natts mardrömmar, en natts dålig sömn. Bara en inbillad händelse. Och hon flyttade allt det goda med sig till Berlin. Hon drog lika gärna hela Bekkejordet och allihop, katten också, med sig in i det stora vita huset hos farmor.

Rakel hade lagat fårstek. Det var lingon och grönsaker till. Simon skar upp steken och de satte sig till bords. Ingrid hade fått en cirkelrund röd fläck högt uppe på vardera kinden. Hon värjde sig när Simon fyllde glaset igen. Men han trugade henne. Hon såg glad ut. Tora satt och betraktade henne en lång stund. Lyssnade till samtalet. Simon hörde också på för det mesta.

Någon gång kunde hon märka att mosters röst var väl hög och litegrand gäll, som om hon var rädd att Simon eller någon skulle säga eller göra fel saker.

Ja, det var förresten bara en gång, när Simon pratade om nybygget. Men Ingrid nickade och lyssnade lugnt till honom. Torkade sig med servetten innan hon svarade att det nog var nödvändigt.

Tora hade inte vågat följa med i vad som var nödvändigt.

Sent om kvällen gick de hem i månskenet. Regnet hade dragit över. Allt var gott. Det var bitande kallt i de tunna damstrumporna. Men Tora kände det knappt. Hon lirkade armen under mors och hörde hur det knastrade under skorna.

Över myrarna kom en tunn genomskinlig dimma stigande ur ingenting. Som sagoslöjor nästan.

De sa ingenting till varandra. Bara gick. En gång gäspade Ingrid. Men det var inget sådant gäsp som hon ofta hörde när mor var uppgiven eller irriterad eller kanske helst ville gråta. Nej, detta var en god trött gäspning.

Det hängde några skyar runt månen. Men det var som om han jagade undan dem där han for fram. Den lyste iallafall hela vägen.

Utan att kunna förklara det för sig – kom plötsligt Tora att

41

tänka på historien om julnatten och Jesusbarnet och stjärnan. Den lyste herdarna genom natten och till stallet.

– Moster har bara oss.

Det bara ramlade ur henne. En tanke födde en annan tanke. Tanken kom ut.

– Hon har ju inga ungar... menar jag, tillfogade hon hastigt.

Ingrid hejdade sig ett ögonblick och betraktade dottern. Hon hade blivit stor den här hösten. Hon hade inte riktigt sett det tidigare. Verkade extra lång och böjd i månskenet. Det låg ett underligt ljus över hela ungen – tänkte Ingrid.

– Nej... sa hon bara, – hon har bara oss. – *Dej*.

Så gick de vidare.

Vinden ökade på, det verkade som om ovädret från tidigare på dagen skulle fortsätta, att detta bara var en frist – andrum.

Hela Tusenhemmet var mörkt. Det var bara de båda som var ute och drog mitt i natten, mitt i veckan.

De smög uppför de knarrande trapporna. Log mot varandra och gjorde grimaser när de oavsiktligt klev på de värsta knarrstegen.

När mor lagt sig smög Tora ut i köket igen. Satte sig tyst på torvlåren sedan hon öppnat spisluckan. Försiktigt, försiktigt.

Stack fram de bara fötterna mot glöden. Det fanns en hel värld av skuggor, ljus och färger inne i elden. De la alltid på ordentligt innan de gick till sängs så de kunde få liv i glöden nästa morgon.

Hon hade inget annat ljus än månen som lyste genom fönstren – och den öppna spisluckan.

Så här skulle höstkvällarna vara! Torra och fyllda av spisvärme och månsken. En båt som tjöt ute på Viken och sakta vind i rönnbärsträdet. De röda klasarna som daskade mot köksfönstret. Man skulle inte se dem. Bara sitta alldeles stilla på torvlåren och lyssna och veta med sig att bären var rödare än allting annat. Kvällen skulle vara lång som en dyrbar sommardag, med månljus ovanifrån och mörker nerifrån. Och torr! Fötterna skulle vara nakna och kännas skilda från resten av kroppen – i ljumnaden från spisen. Så!

Och den vita klockan skulle ticka. Om dagarna hörde man den aldrig. Den bara slog sig genom dagarna på trots. Men nu var den full av goda ljud. Rund och god tickade den – och spann samman allting som det skulle vara.

Ön hade fått ett glasaktigt sken. Det stora havsljuset låg kallt och skoningslöst över de skarpgröna slagna markerna. Björksnåren stod och kramphöll om de gula löven. Väta och nattfrost förenades i iskalla famntag. Havet var grönskimrande i dagar. Utan en enda skumfläck. Utan en enda regnskur. Himlen var underligast av allt. Hög och ljus – som om det vore april och med sin stora utelampa påslagen hela dagen. Linjen mellan hav och himmel därute var självlysande till långt inpå kvällen. Det var som Vår Herre tänkt hoppa över hösten i år.

Men slakten gick sin blodiga gång runtom på gårdarna. Fåren hade gått och gnagt av efterslåttern i flera veckor. Så nu skulle de klämmas åt. Slaktaren var en välsedd man. Han hade käring och sex ungar någonstans i Sørbygda. Han åt och drack försvarligt. Men så fanns det oftast gott om färskkött där han for fram.

Rakel vande sig aldrig vid den delen av fårskötseln. Hon stod över det ångande blodet och ville bara kräkas. Fick avlösning och gick inomhus för att laga mat. Färskköttsoppa med mycket kål och morötter. Det ångade överallt, tyckte Rakel. Ett slags rå ånga. Fast den var varm. Av soppa och blod och palt och pudding. Ångan ur det innersta och glupskaste av livet. Ur-ånga. Flera gånger tänkte hon att hon inte skulle uthärda de två-tre dagarna det pågick. Men hon kom alltid igenom det, Rakel. Alltid! Och i december började hon så smått äta kött om söndagarna, som annat folk. Men före och efter slakten var hon smörgåsätare. Hon lagade köttmat bara åt arbetsfolket och Simon. Hon brukade säga att hon redan ätit, eller att hon hade för bråttom för att hinna sitta till bords. Hon flög ut och in och ordnade med allting. Det fanns en stor mild trivsel på Bekkejordet under slakten, tyckte alla som kom dit. Men Rakel hade varken rast eller ro. Hon arbetade som en ostyrig sydvästkuling.

Det var bara Simon som visste. Och han smekte Rakel med sin sträva näve när han stötte på henne ute eller inomhus. Han brydde sig aldrig om ifall någon såg det. Han lät samma näve fara över sin egen haka. Så glimmade det till i ögonen på honom. Den mjuka vackra munnen spred ett slags ömhet kring sig. Det stod ett ljus från hela hans ansikte när han tittade på Rakel.

Rakel visste att han visste. Men han retade henne aldrig för det. Det var en sak dem emellan.

All fastan gjorde Rakel pratsam och aktiv. Och god. Simon fick liv i sin kvällströtta kropp sådana senhöstkvällar. Det vore stor skam ifall han inte dög – när hon var så välsignat vaken och varm. Och lyset brann i kammaren på Bekkejordet. Rakel kompenserade hungern i magen med en annan mättnad, och hon tyckte om att se vad hon fick.

Efteråt kunde hon ligga vaken och lyssna till det avlägsna suset från forsen nerfrån Hesthammeren – och mannens andetag. Hon låg på rygg med armar och ben utspridda i den breda sängen. Hon kunde tvärt få en känsla av overklighet. Tryggheten, mättnaden var bara till låns. Den blandade sig med suset därute och blev alltmer otydlig. Hon kände som om det bara var de här stunderna hon hade kraft nog att orka. Hon fick inte undan arbetet längre. Gick bara i dörrarna med något i händerna.

Det hände att hon blev kvar i sängen om morgonen. Utan krafter att stiga upp. Först hade hon trott det var slakten. Men det hade börjat redan i sensomras. En trötthet hon inte kunde förklara, en yrsel hon inte begrep någonting av. Hon märkte att det berövade arbetsdagarna deras färg, detta. Hade tänkt låta något ord falla till Simon om det. Men istället klamrade hon sig vid honom med allt hon kunde ge. På det viset blev åtminstone natten god.

Hon hade inte besökt någon doktor sedan den olycksaliga gången när hon fick besked om att det inte felades henne något, att hon kunde få barn närsomhelst... På ett eller annat sätt satte hon sin egen fruktsamhet och Simons lyte i samband med att hon numera inte fick arbetet undangjort. Tröttheten. Äcklet. Det var som om hon trodde att – skulle hon prata om sin egen opasslighet, så måste *allt* fram i ljuset.

Nej, hon fick se ifall det inte gick över. Hon gav sig själv en veckas tid. Sedan fick hon komma sig till doktorn. Hon kunde väl alltid ta sig en vända till Byn utan att Simon behövde få veta vilket slags ärende hon hade.

Hon la handen mot hans hårda höft. Han registrerade den lätta beröringen genom att flytta sig närmre i sömnen. Hon sträckte sig över honom och släckte lampan. I mörkret blev han mera avlägsen. Det hjälpte liksom inte att hon kände honom tätt intill sig. Det var inte nog. Och hon begrep inte sig själv längre, orkade inte se fram mot morgondagen.

Tora och Rakel satt vid det stora köksbordet på Bekkejordet och gjorde rullsylta. Det luktade lök och kryddor. Torskgarnstråden och nålen gled gång efter gång ur Rakels hand. Tora betraktade henne förundrad. Hon såg att moster var blek och trött och att hon blev liksom fjärmad och passiv i rörelserna rätt som det var. Det fanns inte så mycket prat i henne som vanligt.

Tora sneglade förstulet upp medan hon sydde. Rakel

märkte flickungens blick på sig. Såg sig själv med Toras ögon. Hon reste sig och började skära mera lök borta vid bänken. Det var som om allting brådskade idag. Som hon inte fick tid att prata med Tora. Allt hakade sig.

– Jag tror jag måste lägga mig litegrann. Jag blev så trött. Det har varit så mycket att stå i. Sena kvällar och...

Tora tyckte det var underligt att moster låg på soffan mitt under arbetet. Men hon sydde vidare. Teg och sydde. Hon satt med ryggen åt soffan och hade utsikt över gärdena och vägen med den höga björkallén. Klockan tickade på väggen. Det fanns god värme i spisen. Fingrarna arbetade snabbt och lätt. Ändå fanns en köld i rummet för att moster var tyst och låg på soffan mitt i arbetet. Tora ville inte vända sig och se efter ifall hon sov. Inga andetag hördes. Det var som om moster Rakel satt och stirrade henne i ryggen. Det var så stort och svårt att tänka på hela tiden, så Tora reste sig till sist för att uträtta ett ärende på gården. Hon tvättade händerna i vasken först. Blicken nådde Rakel. Hon var blek! Hon låg med ögonen slutna. Det fanns något så innerligt värnlöst över henne. Tora kände skammen över att ha sett det och smög sig ut. Satt länge ute i kylan och tänkte att allting var annorlunda på Bekkejordet idag.

När hon kom in hade Simon kommit. Rakel hade satt igång att koka lake till rullsyltan. Simon skrattade och berättade nyheter från bruket och Byn. Han nöp Tora i kinden och kramade Rakel över höfterna. Men det var som om luften var full av något. Det var inte bra för någon av dem.

Fyra dagar senare gick Rakel till Byn. Satt och väntade på sin tur hos doktorn. Pratet rann som sirap mellan kropparna på stålrörsstolarna.

Rakel kände sig dödstrött och hon hade ingen aning om hur man förklarade sig inför en karl – även fast han var doktor.

7

Hon hade tagit på finkappan. Ingrid. Sanningen att säga den enda hon kunde visa sig i bland folk. Den blå-och-grön-rutiga schaletten var tvättad och struken för detta tillfälle. Hon hade nytvättat hår också, som lyste för ingen. Under den skarpa utelampan på kajen blev ansiktet blåaktigt och liksom sjukligt. Karlarna sneglade bort mot henne. Men de sa ingenting. Nickade bara så hon inte skulle känna sig överflödig.

Tora stod som en skugga bakom henne. Hon bar en brun liten pappväska som verkade vara lätt.

Så la lokalbåten till vid kajen och spottade upp en handfull liv på de flisiga vattenskadade kajpålarna. Rösterna, lådorna och tunnorna gnällde långsamt och högtidligt över relingen och det svarta skrovet vaggade lugnt medan allting flyttades och kom på plats.

Dagen var klar, havet var lugnt, måsarna höll sämja. Men kylan bet. Lyftkranen jämrade sig illa och man hörde knarret från fötterna i snön på långt håll.

Ingrid skulle till staden och alla visste hennes ärende.

När lokalbåten rundade Näset för att stäva ut över Viken och gungade till i den tvära svängen stod Tora i strandkanten och vinkade. Men det fanns ingen på däck.

Och när båten med det becksvarta skrovet skiftade hamn och gled som en gråsvart vålnad in i köldröken och rundade udden utanför Tusenhemmets brygga stod Tora med valna händer och flaxande flätor på Höjden bakom Tusenhemmet. Där låg den gamla flaggstången och lät sig skitas ner av må-

47

sarna medan vitfärgen flagnade och mossan grodde.

Tora kunde inte se ifall någon fanns på däck, avståndet var alltför stort.

Hon hade sprungit sig så andfådd att kölden inte bet på henne. Men inom sig var hon kall. Mor hade först inte berättat vad hon skulle göra i staden. Hon hade inte nämnt *hans* namn. Och Tora som såg hur det plågade henne hade gått i timmar för att finna ut hur hon skulle hjälpa mor med detta. Till sist hade hon sagt:

– Ska du ta med kläder till honom?

– Nej.

– Men kanske lite bröd?

– Nej.

– Han får kanske det han behöver?

– Ja. Du får passa dej så inget händer när du går på svallisen på ginvägen till Bekkejordet...

Sålunda visste mor att hon visste. Ingenting mera blev sagt om Ingrids ärende till staden.

Hon skulle komma tillbaka den tredje dagen. Fortare än så kunde det inte göras. Det passade bra, för det fanns inget arbete på fryseriet de dagarna.

Spisen var utbrunnen i det tomma köket. Det hade blivit alldeles mörkt. Hon hörde ljuden i huset som ett slags tröst. Elisif gnällde däruppe. Både hon och "mannaorden" på kommoden verkade som i gamla dagar. Hon var lika vass i rösten som förr, men inte så bestämd. Sol var tystare och mera bestämd än någonsin.

Tora hittade det nödvändigaste. Skolränsel och kläder. Så jublade hon kvickfotad och glad uppefter vägen till Bekkejordet.

Bara en gång – när Simons och Rakels röster steg upp till henne där hon låg i vindskammaren i den vita sängen, kom det över henne ett slags sorg för modern. De varma förtroliga rösterna från sovrummet därnere kändes som ett hån. Mot henne också.

Men det tystnade. Hela världen låg lugn i natten. Kylan knäppte i huset. Ett smågnatigt sömnigt ljud.

8

Luften var stinn av våta kläder, sura stövelskaft och svettiga kroppar. De hårda träbänkarna var fyllda och väl det. En och annan sökte med växlande lycka knuffa undan grannen för att själv få lite bättre om plats. Något som ledde till förvirring, oreda och gräl i stor stil.

Halvvuxna flickor och pojkar satt bakerst. Tryckta samman – äntligen utan att någon kunde förebrå dem satt de så tätt som om de var en enda människa hela bänkraden. Hängde på varandra i mer eller mindre lycklig symbios, allt efter vem de blivit sammantryckta med.

"Maj från Malö" hade tittat på dem från affischen i två veckor redan. Nu väntade de och törstade efter sinnlighet och spänning. Men den bleka karlen i bygdebion kunde inte få igång apparaten. Han påstod att det varit för kallt under transporten. Men han fick bara ett månghövdat "Uuuuuu" till svar. Något som var liktydigt med att han kunde vänta sig det värsta ifall han inte lyckades få fram damen på duken.

Tora och Sol, Jørgen och en av småpojkarna från Byn satt och lyssnade till domedagslåten längre bak. Jørgen snöt sig i näven och prövade på litegrand själv. Men Sol låste handen på honom bakom ryggen. De hade stått i blåst och blöt dimma en hel timme innan de släpptes in och erövrade plats på andra bänkraden – mitt på.

Det var himmelriket. De stod emot trycket från bägge håll med sammanbitna tänder och rumpan fastklistrad på sätet. Bänken gungade olycksbådande för bocken mitt på var knäckt. Men de tog det med ro. Den hade hållit förr. Jørgen och Sol satt i ytterkanterna och klämde ihop de andra båda.

Tora kände de hårda pojkkropparna mot sig. Ett människostängsel som var inlindat i kläder. Hon hade aldrig varit så nära någon vad hon kunde minnas. Inte så här.

– Helsicke vad dom tröskar på därborta.

Jørgen var synbart irriterad. Inte minst för att han gärna skulle varit med själv.

En oväntad armbåge i sidan hade närapå skickat honom i golvet, och han kämpade som en vilde för att maka sig tillbaka inpå bänken med full bredd igen. Hämnden låg hotfullt långt ute i skinnet på honom.

Det sörplade och rann utanför fönstren. Det snöblandade regnet låg över rutorna som ett ont iskallt varsel. Invändigt stod imman tjock. Det rann droppar nerefter rutan. En ensam tung droppe ibland, som vältrade nerefter glaset och drog en ränna mot världen utanför.

Andedräkterna stod framför de förväntansfulla ansiktena som en sky, och den fuktiga luften slog tvärs genom märg och ben vare sig man var blöt innan eller ej.

Så snart någon gick i ytterdörren möttes den friska våta luften och den varma råa ångan – till ett argsint grått moln. Det virvlade om några gånger i dörröppningen innan det drog inåt mörkret.

Äntligen hörde de surret från filmapparaten. Inte ett ljud kunde uppfattas utom det.

Frid och fördragsamhet och flämtande halvöppna munnar. Bilden kom fram på duken som flygande risgryn. Så samlade de sig liksom till ränder, ordnade sig alldeles av sig själva som genom ett trollslag. Någon slog av lyset och allting var någon annanstans. Drömmen flimrade ner i det gråa, blöta och månghövdade djuret. Drömmen om en annan värld där allting lyste som pärlemor, var glädje och melankoli. Där den sanna kärleken nämndes vid namn och inte bara var en ljusskygg affär i något skogssnår om sommaren. I

51

ångande fuktigt mörker stod dammet tätt och darrade nervöst i ljuskäglan från apparaten.

Det knarrade lätt i biografskötarens skor när han flyttade sig från den bruna pinnstolen till apparaten någon gång ibland. De närmaste hörde det och väste lågt och hotfullt: Ssssch. Det lät alldeles som ett vidunder, ett rovdjur som andades mellan tänderna innan det anföll. Ville inte störas, samlade sig och tog allt det hade av koncentration i anspråk.

Tora glömde att hon satt i det otäcka ungdomshuset, där mor aldrig satte sin fot sedan den gången... Hon glömde alla julgransplundringar och 17 maj-fester hon inte varit där, för att mor alltid klagade över någon sjuka när någonting hände i "huset".

Detta var bättre än att klottra i skrivböckerna på sjöbodsloftet. Bättre än allt! En försiktig kittling ytterst i skinnet. Så långt ut att hon var rädd pojken från Byn skulle märka det. Det började där ingenting hade namn, utom de fula som blev skrivna på dassväggen, och spred sig ner till låren. Kramade så skönt i magen. Innerst. Där hon inte visste vad som fanns. Hon kände andedräkten från bypojken invid örat när han vred på huvudet litegrand för att någon gick i dörren. Det kittlade som om hon skulle hållit en kattunge intill halsgropen. Händerna och kroppen var alldeles fuktiga.

Hon hade frågat Rakel ifall hon fick gå på bio i "huset". Egentligen hade hon känt sig usel för sin lättnad över att mor var bortrest, så hon inte behövde fråga henne. För Rakel gav henne pengar till bion, och Tora visste att hon inte skulle berätta någonting för mor. Det fanns ingen överenskommelse dem emellan. Men Tora visste att så var det.

"Maj från Malö" fick aldrig breven från sin älskade som gick till sjöss, för brevbäraren ville själv ha Maj och gömde undan dem. Tora blev så ilsken på postöppnarens stora ansikte därframme att hon nöp sig i armen, och Sol grep pojken från Byn i armen så hela bänken skalv och de var lyckliga och allting var så sorgligt.

Tora kunde höra en aldrig så liten snyftning någonstans i mörkret. Och det flämtade hett omkring henne ur den tryckande stora tystnaden. Bara något busfrö skrapade med stöveln och kände sig säker i mörkret.

Men efteråt, efter det vita ljuset och letandet efter vantarna och luvorna, efter trängseln i dörren, då andades biografskötaren lättad ut och packade ihop sagan medan han rökte hemrullat och grunnade över om apparaten skulle strejka på nästa ställe också. Han hade genomskrynkliga säckiga byxor. De hade överlevt ilag med honom i vått och torrt hela veckan. Han la dem under lakanet på de olika nattlogier han fick hålla till godo med. Likväl såg de bedrövliga ut och hade gyttjefläckar nertill. En natt på varje plats. Han droppade några droppar romantik in bland stenarna i strandkanten. Han lät rosorna veckla ut sig i dimman. Det var i svartaste förjulsvintern och ändå sommar. Där han fick igång apparaten.

På ett ställe hade de kastat sig över honom, för att han inte fick igång den. Ett gäng halvvuxen pöbel. Han hade svettats och värjt sig, rentav lovat dem pengarna tillbaka. Men de ville inte ha pengar – de ville ha bio. Han hade stått i det murkna ungdomshuset och känt skräcken gripa tag. För routen måste hållas och apparaten vägrade.

Men ikväll... Ikväll gick det.

Den skrynkliga spinkiga mannen rätade på ryggen och stoppade in ”Maj från Malö” i fodralet. Det var lika slitet och skrynkligt som han själv. Fast han knappt var 40. Men han bringade likväl stora hemligheter, stor förväntan in i fjordarna. Bringade slott och parker, kärlekens odödlighet och människosinnets irrgångar i tydligt svart-vitt. Alltihop fästat på den slitna filmen. Var endaste liten scen noga uppmätt därifrån och dit, med små hack i sidan. Hack som gjorde hela rörelsen. Hela drömmen. Lyfte själarna långt högre än någon profet, eller någon väckelsepredikant. För publiken var varmblodig och ung, och halvung och gammal – och hade envar ett hav av drömmar under den urblekta skjortan eller den stoppade jumpern. En liten knuff var allt de behövde för att smita in genom pärleporten. Och mannen med bygdebion gav dem manna för hårt bröd – och han skänkte dem jordens härlighet i utbyte mot kokt eller stekt fisk och potatis. Han bytte ut den omålade köksvrån och läxorna, baljorna med fiskelinor och de svullna fingrarna och skänkte en riklig dryck av drömmens vin.

De drev hemåt i mörkret – flockvis. Två och tre eller flera. Bara en och annan ensamvarg spelade samma roll som den förhatliga postöppnarens i filmen, och gick ensam medan han slet i onödan på stövlarna genom att sparka på alla stenar som låg i vägen. För sådan är rättvisan i de trånga fjordarna norröver som överallt annars på jorden. Ensamheten är aldrig så fullkomlig, som efter att människan har skådat drömmen.

Mannen med bygdebion blev sittande ensam kvar med fimpen när allting var packat och klart.

Så reste han sig. Långsamt. Och smög sig närmsta genvägen efter stranden till Tusenhemmet och Kiosk-Jennys dörr. Där hittade han den drömmen han behövde. Han fick nyvärmda fiskkakor och kaffe, satt i långa vita kalsonger på soffan, för Jenny skrubbade bort det värsta och pressade byxorna.

För några få kunde himlen finnas i Tusenhemmet.

De sista gardinerna drogs för. En och annan sände ut ensamma signaler i mörkret. Regnet föll över rättfärdiga och orättfärdiga, och över prästens hemgångsfår. De stod i klungor vid sitt skjul. Det blänkte tvärt i ett och annat fåröga under den skarpa utelampan.

9

Tora stod kvar utanför landgången som låg som en bro från vägfyllningen till boden där Randi och Frits bodde. Det fanns ett räcke på ena sidan. Hon lutade sig mot det och mindes en gång i somras: Hon hade klättrat på pålarna som höll bron uppe och tagit sig hela vägen från stenfyllningen till väggen. Det hade varit spännande, värst på mitten där det var två–tre meter ner till strandstenarna. Randi hade rusat till fönstret och bett henne stanna. Tora hade skämts, inte för att hon gjorde något som var farligt, utan för att det gick upp för henne att hon egentligen var alltför stor för sådant där. Om mor hade sett det skulle hon sagt: – och du som är flicka och allt!

Ikväll stod Tora vid räcket och kunde inte se botten under sig. Stod och höll sig tryggt fast med bägge händerna och fötterna hårt och platt mot bron. Likväl såg hon ingenting. Mörkret hade slukat strandstenarna och alltihop. I somras hade hon hängt i bara händerna i fullaste dagsljus. Hon hade sett alla de spetsiga stenarna, all den hala tången, papperet och skräpet djupt därnere. Ändå hade hon inte varit rädd.

Nu var hon förskonad från att se det. Men hon kände djupet som en fasa.

Hon visste inte varför hon dröjt sig kvar – efter de andra. Plötsligt hade hon insett att Sol ville gå ensam med pojken från Byn. Tora hade känt hans hårda kropp intill sin – som på bion. Och en fuktig våg av avsky kom över henne när hon betraktade Sol och honom. Deras skämt och skratt blev äckliga att bevittna. Hon ljög att hon skulle gå ett ärende åt Rakel och smet ifrån dem i vägkorset.

Hon skulle just slita sig loss och traska hemåt, när Randi dök fram ur mörkret framför henne. Hon kom liksom ur ingenting.

– Nej, är det du, Tora?

Hon lät lugn och glad. Inte ansträngt vänlig som några var mot henne nuförtiden.

Tora nickade. De stod i skenet från det sparsamma utelyset och lät sig överfallas av stora våta snöflingor. Tora blev rädd att Randi inte skulle se att hon nickade. Därför harklade hon sig och sa:

– Jag råkade komma förbi, så... Så kom du...

– Kom in! Jag är så ensam sen han Frits reste. Han Gunnar är jämt på fryseriet, vet du. Han har fått så mycket att göra sen han Bredesen fick sån värk åt ryggen...

Det sista tillfogade hon med låg röst, som om hon var rädd att någon skulle höra att hon var glad åt att Gunnar fick övertidsarbete för att en annan var sjuk.

Hon kramade om Tora som hon gjorde förr. Randi hade så lätt att krama folk.

– Kom nu in en vända!

Hon ville dra Tora med sig uppför den sneda bron.

– Jag vet'nte... jag var ju på väg till Bekkejordet. Jag sa inte nåt om att bli sen. Hon mamma är – är i stan. Jag bor där så länge...

– Men en liten stund – bara? Jag ska inte hålla fast dej, förstår du väl.

Tora tvekade så länge att Randi till sist sa:

– Nej, nej...

Tora kände tvärt ett slags mörkrädsla för att bli ensam kvar och sa blixtsnabbt:

– Jag följer med dej en liten stund.

Rummet slog emot Tora som en värme. Det luktade svagt av stekt fisk. Randi tände lampan över bordet och borta vid fönstret. Så satte hon en kastrull med mjölk på en elektrisk kokplatta.

– Nej, har ni fått elektrisk spis!

Tora måste bort och titta. Den var mycket vit. Nästan hemsk. Hade stekugn med över- och undervärme, värmeskåp och tre kokplattor ovanpå. Den var ett vidunder. Ännu finare än moster Rakels.

Randi pekade och la ut texten. Hon var så blid, var så glad. Jämt. Också när hon var ledsen strålade ögonen. Men ikväll var hon glad.

Det var skönt att vara här igen.

Tora drog av sig anoraken och satte sig vid bordet. Tittade på när Randi kokade choklad med den stickade kappan på sig.

Hon behövde inte fråga efter Frits, för Randi vände sig ideligen från spisen och berättade, medan hon rörde vatten, socker och kakao i en kopp och hällde i mjölken.

Han skulle få hjälp att komma vidare i skolan nästa höst, fast han var färdig med folkskolan och inte kunde fordra något mera. De tyckte han var alltför duktig för att gömmas undan. Det blev så tomt efter honom när han reste... Men han mådde så bra av att komma bort och lära sig någonting. Bli någonting. Hon skulle bli glad den dagen han kunde skaffa sig ett yrke. Han hade levt så skyddat – det var hon överens med folket på skolan om... De hade så rätt i allting de sa, och hon skulle bättra sig. Men när han var borta mesta tiden av året – så glömde hon hur stor han var – glömde liksom att fastän han inte kunde prata eller höra, så kunde han klara sig så fint som aldrig den. Hon hade ju sett det när Frits var ihop med Tora och de andra ungarna. Fast ändå... hon begrep det inte... Frits förblev bara hennes barn. Och hon hade sörjt så svårt när hon insåg att han aldrig någonsin skulle kunna

57

höra riktigt. Hade bestämt sig för att han aldrig skulle lida brist på kärlek eller omsorg. Och så kom han hem ibland och var lite mera en annan för varje gång... och det var hemskt! Men hon skulle ta sig samman. Det var säkert, det. När han kom till julen skulle de ha flyttat till övervåningen hos Knutsen uppe vid vägen. Och då skulle han få eget rum. Och han skulle själv få städa efter sig om morgnarna och kvällarna. Visst skulle han det. Hon skulle sätta sig vid stickmaskinen och han skulle få anpassa sig till att *hon* hade mycket att stå i.

Tora begrep att Randi inte hade så många att prata med. Hon var ännu en främling i Byn. Var visst en sådan som aldrig förmådde bli annat än främling. Hon var annorlunda. Hon klädde sig annorlunda. I hemmastickade draperier som varken var kappa eller jacka eller någonting. Bara en fin mjuk massa färger. Tora hörde att käringarna sa hon var "speciell". Att vara "speciell" var en stämpel. Det fanns så mycket som skulle stämplas i Byn.

Randi hade fått öknamn. De kallade henne "stickebyltet". Beskyllde henne för att tro hon var beläst och klok.

Hon hade gått i skola hela ungdomen inne i staden och inte gjort ett skapandes grand, sedan hade hon gift sig med Gunnar och fått dåliga nerver för att han gick på sjön. En käring med dåliga nerver var värre än allting annat. Det var liksom outhärdligt.

Den damen var så egendomlig som hon kunde bli, hade de sagt mer än en gång i Ottars butik.

Tora brydde sig inte om pratet. Hon hade märkt att de hade ett ord om alla i tur och ordning. Det var inte så farligt vad folk sa, det hade hon lärt sig. Det folk *gjorde* var mycket värre.

Tora förnam tryggheten i rummet. Slukade med glupska hungriga tuggor både smörgåsen, lukten och anblicken av rummet. Hon lät Randi prata medan hon nickade och lyssnade med vidöppna ögon. Ansiktet vänt mot den andra –

58

hela tiden. Som om hon var rädd att allting skulle försvinna för henne ifall hon vände sig bort ett ögonblick.

– Tänk jag får ett helt stort kök för mej själv när vi flyttar uppåt. Det är så stort. Du anar inte! Jag får plats med stickmaskinen under ett fönster. Åh det blir fint! Du måste komma dit. Du måste komma ofta till oss, Tora!

Hon teg litegrand. Så kom det, bekymrat:

– Han Frits trodde du var arg på honom för nåt... när du aldrig kom. Fast jag sa förstås att det var detta med branden. Ja, jag säjer det rent ut, Tora. Jag begrep att du hade nog med ditt eget. Det var ju ett liv och spektakel. Du borde ha sluppit ifrån det där. Ungar borde slippa ifrån sånt.

Tora satt som lamslagen. Ansiktet fungerade inte. Var inte till för någonting alls. Satt fast. Och Randi såg henne in i ögonen och Tora vågade inte vika med blicken. Kunde inte vika med blicken. De såg på varandra. Tora kände att hon tappade färgen i ansiktet. Ville kräkas.

Randi hade stuckit hål på en böld. Det rann ut. Allt det äckliga. För hon hade pratat om branden – som om det vore någonting vardagssorgligt som man kunde ordna upp och plikta för i morgon dag.

Och hon fortsatte prata om det. Sa att Henrik inte var den förste som hamnat i fängelse. Tora skulle inte gräma sig över den saken. Hon skulle bara säga till sig själv att hon, Tora, var en människa för sig, och att hon inte hade någonting med branden att skaffa.

Tora kände på sig att Randi var en levande ängel, kände det så ögonen blev blanka och tuggan växte i munnen. Men så ramlade alltihop plötsligt samman igen. För Randi sa:

– Men en sak måste du komma ihåg! Du måste ta emot honom riktigt när han kommer hem igen. Han måste få börja pånytt. Alla måste få börja pånytt när dom har felat. Visst var det fruktansvärt galet. Men vi har alla ansvar för varandra. Det finns så mycket vi inte förtjänar att begripa här i världen.

Tora bara satt där.

Det var lagom varmt i rummet, smörgåsarna var goda och Randi var en vän. Men ändå var hon hos en främmande som ingenting visste och ingenting fick lov att veta.

Randi och mamma!

Simon och Rakel!

Hela världen skulle fördöma henne. "Du skall snällt ta emot honom. Du skall icke skvallra. Du skall vända andra kinden till... du skall hedra din far och din mor... du skall icke ljuga... *Du skall snällt ta emot honom!*"

Mor *sa* ingenting. Hon lät bara ansiktet uttrycka det. Randi sa det. Rakt fram. Rättfärdigt och heligt som alla de andra bibelorden hon lärt sig i skolan eller hos Elisif. Men kunde man *leva* med dem, utan att ljuga och förtiga? Tora visste ingen råd. Var alltihop det där uppfunnet av folk som förskonats från allting? Som inte kände till någonting alls? Visste människorna som gjorde lagar och regler hur fult allting var? Gjorde de bara lagar för allt sådant som inte berörde dem själva? Var det så lättvindigt?

Hon kände ett litet trots inom sig. Men hon orkade inte skruva på trotset – ordentligt.

För Randi var nästan en ängel. Och Tora satt mitt i Randis ögon.

Så var det jämt. Mor var så förtegen och dyster. Hon var så trött och allvarlig. Hon hade så mycket att kämpa mot.

Hon måste också skonas.

Måste alla skonas? Fanns det ingen som...

– Jag har nånting jag måste visa dej, Tora! sa Randi plötsligt och slog ihop händerna. De täta ljusa ögonfransarna fladdrade och kastade skugga över hennes kinder. – Du milde! Hur kunde jag glömma den? Jag är så stolt över den!

– Vad är det för nånting?

Tora var spänd – och glad att komma in i andra samtal.

– Du kan ju försöka gissa. Du gissar det aldrig!

– Får jag pröva?

Tora hängav sig åt den nya muntra leken. Det var bara Randi som var sådan att man kunde skoja och munhuggas med henne utan att behöva tänka på att hon var vuxen. Ja, inte ens moster Rakel var lika bra på att leka och skoja som Randi. Hon var en stor vuxen kvinna, men det glömde de bägge två.

Glömde det hela tiden. Det verkade som om Randi trodde hon var en flickunge.

– Hå – klarar du det är du bra!

Randi plirade med ögonen.

– Men jag ska hjälpa dej på traven. Det är nåt som alla önskar sej. Jag har fått det.

– Alla önskar sej... upprepade Tora och synade liksom sitt eget innersta.

– Nåja, inte alla. Inte karlarna, dom klarar sej bra ändå, för dom har ju oss, skrattade Randi.

Tora blev änmer villrådig.

– Då måste det vara nånting du kan ha på dej och pynta dej med.

– Nehej, du.

– Är det nåt du använder till stickmaskinen?

– Önskar *alla* sej nåt till en stickmaskin, sånt prat!

– Näää, då måste det vara – låt mej nu se... Du *har* visat mej den elektriska spisen...

– Det bränns, det bränns! ropade Randi förtjust.

Tora måste ge upp. Och Randi drog henne med ner i den fuktiga källaren där de hade ett rum vid sidan av det gamla agnrummet. Det luktade fränt av fiskavfall och mögel därnere, fast det var spolat och städat. I ena hörnet av rummet stod ett slags tunna. Den hade två kraftiga stockar att stå på. Stormagad och bred. Den liknade en vattentunna – av den sorten som Almar i Hestvika hade och som han ännu fyllde med vatten från källan bakom huset, eftersom han inte fått någon vattenledning indragen. Det var samma slags lock överst.

Tora gick närmare och kikade ner i tunnan. Nu såg hon att där fanns en ledning och en stickkontakt, och en slangstump fästad allra nederst.

– Vad är det?

Randi stod och flinade. Sedan sa hon med stolthet i rösten:

– Det är nu han Gunnar... Han är ett geni med maskiner och skruvar och den slags. Han har gjort mej en *klädtvättmaskin!*

– En klädtvättmaskin!

Tora stirrade.

Randi lyfte på locket och visade henne ett slags skovel – eller propeller som satt i bottnen. Den var tydligt hemmasvetsad. Men blankputsad och fin, utan spår av hårda vassa kanter.

– Han Gunnar *är* ett geni! Han Dahl kan skatta sej lycklig som har fått en sån maskinchef!

Tora glömde att svara. Hon stack huvudet nästan ända ner i tunnan och stirrade överallt. Tänk! Randi hade fått klädtvättmaskin! Tora visste ingen i Byn eller uppåt myrarna som hade någonting sådant. Hon hade hört om dem förstås. Visste att sådant fanns att skaffa. Men de var hemskt dyra och alldeles onödiga och bara till att leva latmansliv med för rikt folk. Och prästfrun – hade ju Huckle-Johanna – så hon behövde inte. Och så hade Gunnar byggt en sådan åt Randi!

– Du måste visa mej, sa Tora snabbt.

Och Randi satte i kontakten. Så vred hon slangstumpen under kranen och skruvade på vattnet. Inte mycket – men tillräckligt för att det skulle stiga uppöver skoveln. Randi vred om en svart strömbrytare som Tora inte lagt märke till, och satte igång ett sprut och buller utan like. Fort smällde hon på locket och lät den stå och dåna och mullra en liten stund. Tora var överväldigad.

– Tänk! Har han Gunnar verkligen gjort det där!?

Randi nickade och strålade.

– Hon mamma säjer förstås att det bara är strunt med tvättmaskiner för dom äter upp kläderna och tvättar slarvigt. Är det sant?

– Långtifrån. Inte den här som han Gunnar har byggt åtminstone. Bolstervaren och lakanen... de blir som nysnö. Han kan koka också! Det finns värmeelement i botten.

– Värmeelement?

Tora måste lyfta på locket och kika ner. Hon fick sig en stråle över näsan, men märkte det knappt.

Så glad Randi kunde vara som hade en sådan maskin. Hon slapp stå i den fuktiga tvättkällaren i Tusenhemmet som bara hade cementgolv just där klädbaljorna och vatten-hon fanns. Annars var det jordgolv och fuktigt och kallt.

Om vintern var där outhärdligt. Ingrid brukade koka också sängkläderna uppe i lägenheten. Och Tora sköljde nere i källaren. Hon kände det i kroppen när hon tänkte på det, hur iskalla sådana eftermiddagar var. Det gick inte att få värmen tillbaka inom sig förrän dagen därpå.

Om sommaren var det inte så illa. Då bar de kaffe och smörgåsar med sig och gick till älven med stortvätten på en skottkärra eller på pakethållaren. Sedan eldade de under bykgrytorna på de egenhändigt murade eldstäderna. Den som kom först fick bästa eldstaden. Så var det jämt. Men det skämtade de bara om. Var många tillsammans och hade trevligt. Det var sådana dagar med vackert väder. Ungarna plaskade i älvmynningen medan kläderna kokade upp. Fick kakbitar och smörgåsar ur främmande matlådor och lyssnade till vad kvinnorna pratade om. Senare hjälpte de till att skölja och fick skäll ifall de slarvade.

Men detta – måste vara himmelriket!

Tänk om mor och hon hade en sådan! Då skulle käringarna i Tusenhemmet glo!

Som om Randi kunde läsa hennes sista tankar sa hon med ett förläget leende:

– Du ska'nte berätta om det här för nån...

– Varför det?

– Jag vill'nte dom ska säja att jag är lat och gör mej märkvärdig... Folk har nog att prata om.

Tora nickade. Hon begrep.

– Får jag säja det till hon mamma?

– Ja, hon är väl inte den som sladdrar i köken kan jag tänka mej.

Randi log när hon sa det sista. Men det stack i Tora.

Visste *alla* att mor blivit nästan folkskygg efter branden? Pratade de *så* mycket att rentav Randi fick höra det?

Det gick så att hon bröt löftet och berättade för Rakel när de satt vid köksbordet om kvällen. Så snart de första orden blivit sagda kom skammen smygande över henne. Men ändå måste hon berätta.

Rakel satte sig på en stol och lyssnade med stora ögon. Tora förklarade och ritade baki sin skrivbok, så Rakel skulle få alltihop klart för sig.

Kvällen var så fin. Det var som om den samlade sig runt henne, Tora – lyfte fram henne och gjorde henne till någonting stort. Rakel lyssnade och lyssnade. Tora berättade. Så fortsatte det ända till sovdags.

Då kom skammen över henne igen. Skammen över att hon inte förmått tiga. Skammen över att mor var på besök i ett fängelse.

Nästa morgon skyndade hon sig att be Rakel ingenting berätta om tvättmaskinen för någon.

Och Rakel inte ens log engång. Gravallvarlig lovade hon

dyrt och heligt att det var en hemlighet hur lakanen hos
Monsens blev vita som snö.

10

Tora fick inte många brev.

Det var överhuvudtaget inte så många kuvert som kom inom dörrarna i Tusenhemmet. Det fanns inte många som gjorde sig omaket att bära brev till posthuset – inte heller omvända vägen. Orden var enkla och hörbara – eller tysta och mångtydiga. Där fanns ett ekonomiskt sinne för ord.

När folk var sig själva och inte råkade i affekt, sa de exakt så mycket som de hade täckning för – varken mer eller mindre. Resten teg man med tills tankarna förträngt det – och människan kämpat sig igenom orden, i tysthet. Envar för sig.

En dag låg ett vitt kuvert på köksbänken.

Mor hade gått till eftermiddagsskiftet. Huset låg redan och slöade i middagsvilan, för Tora hade dröjt på hemvägen från skolan. Varit in i Jennys kiosk och tittat i de nya tidningarna. Jenny skällde aldrig på Tora ifall hon inte köpte tidningarna hon bläddrade i. Men hon hutade åt alla andra. Tora hade använt mycken tid till att vinna ett slags tillträde till den lilla kioskboden vid vägkorset. Hon hämtade varor åt Jenny på expeditionen. Drog både tidningsbuntarna och Jennys unge i vagnen uppför backarna. Egentligen tyckte inte Tora om den snoriga ungen. Men hon visade det aldrig någonsin. Hon behandlade ungen med samma vänliga varsamhet som tidningsbuntarna.

Tora visste inte ifall hon skulle bli rädd för kuvertet. Det kändes som om något inte stod rätt till.

Namn och adress stod högtidligt på det vita papperet. En gång hade hon haft en brevvän. En som Randi kände i sin egen hembygd. Men Ingrid hade tyckt det blev onödiga utgifter med alla frimärken. Hon blev så tungsint – också av den minsta utgift. Så Tora skrev alltmera sällan.

Detta var en främmande handstil. Men likväl bekant. Stämpeln var otydbar. Men det hade norskt frimärke. Det var det första hon la märke till.

Ibland var hon alldeles säker på att en vacker dag skulle farmor skriva till henne.

Hon såg henne för sig med den raka ryggen och den stora gråa knuten i nacken. Knäppskorna. Sådana som fina damer hade i sagorna och på bilder i veckotidningarna. Huden över kinderna var alldeles slät.

Men brevet kom inte från Berlin.

Ändå kröp det under skinnet på Tora. Började vid halsen någonstans. Kilade runt i hela henne, så hon måste le fast hon var mol allena. Stod på ena benet och gned andra foten mot ugnskanten för att hon hade hål i ena stöveln och hade blivit blöt. Men hon märkte det inte särskilt mycket. Gned bara för att det var vad hon brukade när hon var blöt eller kall om fötterna.

Det var från Frits!

Hon tog det med bort till fönstret.

Han berättade om skolan och lärarna. Att han grät de första kvällarna när han kommit dit.

Tora hörde Randis röst när hon läste.

Och Frits växte fram ur brevet. Framför ögonen på henne. Hon diktade honom till den olycklige hjälten, hon inbillade sig att hon förstod allting han försökte förmedla med sin fyrkantiga skrivstil och de knappa nakna meningarna. Hon anade vagt vad ett sådant brev kostade en som honom.

Det fanns en stor bläckplump nederst i ena hörnet och Tora kunde se att det var för att han försökt rita ett hjärta. Gud signe honom...

Hon tog den stora röda färgpennan hon använde när hon gjorde kartor åt "konfirmanden" och ritade dit hjärtat på nytt. Bläckplumpen flöt ut i sin egen torkade orimlighet, det hade skett redan långt innan hon anade något om saken. Men nu fanns det ett kraftigt rött streck som markerade tydligt i det blåa bläcket hur hjärtat skulle vara.

Tora kände sig så glad. Helt vild. En okänd känsla som hon inte kunde tygla. Allting – hela världen fick en så vacker färg. Den låg gråskinande och lyste där utanför. Havet och månen strålade och Byn låg och skrattade åt all sin eländighet. Stilla och utplånad och mjuk. Stora molnbollar kom rullande. Eftermiddagen började kasta ut sina ljud. Ropen från gården och senare från ängsmarken runt huset. Men de fick inget fäste inom henne, drog henne inte ut på vägen som de brukade.

Tora satt i tankar. Tyckte lite synd om de andra som var så enfaldiga och små.

Med ens var allt det där ett passerat stadium – som hon kände sig höjd högt ovanför. Nu ville hon göra viktigare saker. Skriva brev.

Han Näs-Eldar körde det sista kolet till vinterbränsle runtom i de vita, blå och röda husen. Det var många beställningar och bråda tider. Och bara en lastbil, förutom den han Dahl hade på bruket och fryseriet. Eldar hade inga konkurrenter och tog sin tid.

Folk svor så smått när han inte engång orkade vända tuggbussen och säga ifrån att han inte hade tid, utan bara slängde igen den högra bildörren och makade sig över i vänstra sätet, för att dörren till förarsätet inte kunde öppnas från utsidan.

– Det är gikten, flinade han med ansiktet fullt av dagsgammal blåaktig skäggstubb. – Han blir jämt sån om hösten, och vinterkylan!

Han – var lastbilen. Som efter gubbens mening hade de

mest förfinade känslorna på hela Ön.

Näs-Eldar kom när han *kom* – det var inte det. Eldars bil körde lik och bröllopsfolk. Han pyntade stänkskärmarna med remsor av kreppapper och norska flaggor och löv ifall det var tid för den slags. Var han på dåligt humör så spottade han mellan tänderna: Hut å pynta själv!

Han körde får till slakt, karlar och kol, torrfisk och guano – utan pynt. Han körde uslingar – och frackklätt storfolk.

Eldars bil fanns överallt och stod ingenstans att finna. Det nyttade varken att bönfalla eller hota.

Men Tora hade ingen användning för lastbilar. Märkte inte att kolet brann ut i spisen. Likväl hörde hon ståhejet utanför och begrep med en liten, oväsentlig och jordisk del av sig – vad som stod på.

Länge kisade hon mot sina egna bokstäver. Så upptäckte hon skuggorna. Skymningen som kom krypande ur alla vrår. Stod redan i köksfönstren och vaktade.

Då tände hon lyset i taket. Det strömmade stort och vitt ner till henne och kastade hennes skugga mot väggen.

Men hon såg.

Hon berättade och diktade. Öste ur sig många saker som hon inte lyckats få honom att begripa medan de var nära varandra och tillsammans i leken och i kojen med filten. Hon nämnde varsamt att hon haft så bråttom med allting hela sommaren... Och medan hon skrev började hennes kropp att sväva. Det blev så lätt att leva.

Toras magra nävar rotade runt i Ingrids låda inne i vardagsrummet tills de hittade vad de sökte: Den lilla gråa asken med småpengar för särskilda tillfällen. Hon räknade noggrant upp pengar till porto och avlägsnade alla spår.

Hon kände inte efter ifall hon ångrade sig. Svepte bara den svarta regnrocken kring sig och hoppade i de läckande stövlarna. Hon hade inte bytt strumpor och det passade bra. Det sörplade därnere i den vänstra stöveln.

Turid i postluckan höll brevet i handen ett ögonblick. Vägde det tankfullt fram och tillbaka.

Sedan la hon det bestämt tillbaka på den nötta trädisken på Toras sida av skranket och sa: – För tungt. För lite porto.

Tora var en blöt och tuktad hund när hon drog sig ut genom dörren.

Men på trappan rätade hon ryggen och rusade uppför backarna och bortefter myrarna mot Tusenhemmet.

Hon tvekade inte. Utan upprepade operationen i penningasken. Denna gång tog hon så hon var säker på att det räckte.

Så flåsade hon nerför trapporna, bortefter vägarna, nerför backarna och in till Turid i luckan.

Som en åsna. Hon hade hornknölar mellan ögonen. Huvudet var böjt på ett egendomligt istadigt vis, med mulen tätt invid halsgropen – som om hon försökte kämpa sig fram.

Turid slickade på frimärket och stämplade.

Tora gick ut i regnet.

Hon stod ett ögonblick på trappan och lät svetten komma till ro nerefter ryggraden. Det kom in fiskebåtar. De dunkade som hjärtan. Som hennes hjärta. Det var ingen skillnad. Dunk-dunk-dunk. Taktfast. Självklart. Levande. Drev sig fram för egen maskin.

11

En dag uppsnappade Sol stora nyheter i Ottars butik. Det skulle starta en handelsskolekurs efter nyår.

Där skulle hon gå! Hon tänkte inte prata med någon om det. Hon tänkte bara gå.

För Sol hade erfarit att det gick bra att skaffa lättförtjänta pengar. Hon hade dem under madrassen. Där låg de i tryggt förvar. Elisif var inte den som hivade ut madrasser på vädring i otid. Sol visste att hon kunde utöka summan avsevärt. Alla pengarna hon fick för att skura golven i Ottars butik och för att packa fisk på fabriken gick hon raka vägen hem med. Hon sorterade ut de räkningar som brådskade allra mest varje månad. Så gjorde hon sitt urval, och ihop med faderns pengar räckte det till det allra nödvändigaste. Men alltid blev det några hål kvar. Torstein grät en skvätt för hennes skull och sa hon var en prima flicka. Han kunde ha sagt att ljusare tider skulle komma och att hon skulle få behålla mera av förtjänsten nästa månad. Men han sa ingenting sådant. Torstein sa ingenting han inte trodde på. Därför var han en fåmäld man.

Det började en vanlig dag efter stängningsdags. Sol hade klättrat upp på stegen ute på lagret för att skjuta några askar på plats som hon var rädd skulle ramla i huvudet på henne. Hon märkte att Ottar stod vid stegen, men tog ingen notis om honom. Inte förrän hon kände hans hand mot benet. Hon hade stelnat till däruppe. Mera av förvåning än av avsky. Han var över trettio fyllda visst. Hade tagit det som en upp-

71

muntran att hon stod kvar. Handen hade rört sig tveksamt först. Så hade den nått knäet på henne och inte kommit vidare, helt enkelt för att den inte räckte längre. Det kändes inte alls obehagligt. Sol begrep. Det var avlägsna ting hon mindes. Ting som halvvägs nått henne i trappuppgångarna. Ting om Ottar. Ting om män.

Sol tog ett försiktigt steg nerför stegen. Av nyfikenhet, först. Det kändes inte alls obehagligt. Hon såg honom inte, slapp ha hans andedräkt inpå sig. Kände bara hans hand. Hon gjorde plats åt honom och satte ena foten på steget ovanför. Hörde att han andades, ändå angick henne inte mannen.

Hon kände sig aldrig hotad. Kunde klivit nerför stegen, vänt sig mot honom och skrattat ut honom. Hon kunde ha hutat åt honom. Ja! För det var det han innerst inne var rädd för. Han var livrädd.

Och Sol stod på stegen ett par gånger i veckan inne på det mörka lagret efter stängningsdags. Det hände att hon önskade han skulle bli färdig med sitt kännande, för hon visste att tvätten väntade på henne när hon kom hem.

Men det hände också att hon bara stod och hängde på stegen och tyckte det var skönt att någon rörde vid henne med varsamma händer. Då blev hon nästan besviken när hon hörde på andningen att det hela var över och hon kunde klättra ner.

Han tittade inte på henne när han gav henne lönen. Hon fick alltihop i samma kuvert. Mera än dubbelt så mycket som hon skulle ha. Han var snäll... Hon hade gått uppför backarna och vidare ner till Tusenhemmet med en nytänd, men oförlöst vilja inom sig – medan hon tänkte på pengarna och detta att Ottar var snäll. Hon hade inte nigit när hon tog emot lönen. Hon var vuxen nu. Var medveten om att hon inte behövde huka. Hon visste någonting om Ottar. Något som gjorde henne äldre än han. Han kunde aldrig undslippa det. Och Ottar begrep. Han kammade frisyren och gick till det mörka lagret efter stängningsdags. Han var en man som gick sina ensamma dolda vägar och kunde betala för att dölja sina spår.

En kväll insåg hon likväl att han ville ha henne ner från stegen. Han hade ordnat ett slags bädd åt dem på golvet av gamla tillplattade pappkartonger. Han försökte klä av henne i mörkret utan att säga ett ord. Men Sol flyttade undan hans händer och viskade att det fick vara med det. Hon kände sig brydd. Hon borde inte behövt tillrättavisa honom med röst och ord, men det blev nödvändigt. Han kröp ihop som en hund. Hon kände det mera än hon kunde se det. Händerna blev osäkra. Nästa fredag låg där också dubbelt så många tiokronor som hon rätteligen skulle haft.

Det gick rutin i stunderna på stegen. Sol begrep inte att han aldrig ledsnade. Han fick henne ner på kartongerna igen efter ett par veckor. Hon gruvade sig för vad som skulle komma. Men han la sin lagerrock över hennes huvud medan han arbetade därnere mellan hennes kraftiga ben med kalla händer och en ficklampa.

Sol tog det med ro. Det var absolut ingenting outhärdligt. Hon utforskade hans handlingsmönster, medan han utforskade henne. Mest låg hon och tänkte på handelsskolan.

Var gång hon rörde på benen och höfterna, flämtade han till och blev ivrigare. Hon greps liksom av samma upphetsning. Det var som om hon kom in i ett slags rytm. Syner steg upp för hennes inre blick. Innan hon visste det började hon önska att någonting verkligt skulle ske. Men det fanns bara den darrande ljusstrålen genom en gammal yllefilt och han som andades.

Inte ett ord växlades mellan dem, förutom den första dagen på kartongerna. Det hände att han ville se henne bakifrån medan hon stod på alla fyra med ansiktet mot dörren in

73

till butiken. Det sipprade alltid in ljus ur en tunn springa vid tröskeln. Alltid.

Sol hörde Elisifs psalmsång redan utanför huset. Hon tog sin bror vid handen och rufsade honom i luggen. Han hade kommit springande när han fick syn på henne i porten. Ungen tittade på henne med strålande ögon och stod lydigt stilla medan Sol torkade snoren av honom. Så bar det uppför trapporna.

Någon tappade vatten någonstans i huset. Det susade ihåligt genom gamla rör, fortplantade sig i trävirke, hittade sin egen sång. Den var olika från rum till rum, från våning till våning. Började kanske med ett försiktigt sipprande tidigt om morgonen, stillnade framåt dagen och brusade lustigt vid middagstid. Det lättjefulla efterbruset när disken klarades avslöjade att det var middagsvila. Hos Elisif susade det inte förrän Sol kom från skurningen de dagar hon var i Ottars butik. Elisif *ville* nog få det undanstökat, men det blev aldrig så – ändå. Huckle-Johanna menade det var ren synd och skam att Elisif inget annat gjorde än bad. Hon mumlade i trappuppgångarna, hon viskade över kaffekopparna hos Ingrid och de andra käringarna när hon var inom för att låna en kopp socker.

Ingrid hade så lite att säga. Hade vant sig vid en lyssnande tankspriddhet. Hon hörde på, nickade och tänkte på allt hon skulle hinna innan hon gick till fabriken eller tvätten. Men hon log. Det var viktigt. Folk trodde man hörde ifall man bara nickade – och log.

– Flickungen sliter som ett djur! frustade Huckle-Johanna och ryckte på axlarna. Hon tog försvarligt av kaffesockret. Satt under Elisifs psalmsång och kände den djupaste avsky för hennes gudlighet. – Ungarna sliter ont, och moran ränner runt på möten! Det flyter av lort och gammal fisksörja. Allting får ligga tills hon Sol kommer. Jag hör hur det bullrar

74

däruppe när hon hängt av sig kappan. Och hon Elisif sjunger "min Frälsare och Gud" – hö!

Hon knöt snibbarna på det spräckliga hucklet än hårdare, så ådrorna i pannhuden svällde i det blåaktiga ansiktet.

Ingrid var trött. Hon glömde att nicka. – Ja, vad tycker *du*? Du är ju också däruppe och tittar.

Johanna tog två sockerbitar till, men var egentligen mätt så hon lät dem glida ner i fickan.

– Ja, inte för att jag ska sitta och prata om folk, men inte kan det vara Guds mening, det där, va?

Nej, Ingrid trodde inte det heller. Men det var kanske inte så enkelt alltid...

– Hon Elisif är ju sjuk, la Ingrid till.

– Puh, sjuk. Jo, jo! Har du nån gång sett sjukt folk ränna längs vägarna ner till predikarbåten och ligga och vittna så dom får flisor i knäna, va? Nej, det ska jag säja dej, Ingrid, den damen är'nte mera sjuk än jag. Och jag klarar mej bra!

Under tiden steg Elisifs böner varmt och uppriktigt från de trånga vindsrummen ovanför dem. Hon bad för dem alla.

– Har du skrubbat potatisen? ropade Sol och hängde av sig kappan.

– Nej, det blev ingen tid över, svarade Elisif. – Herren var så god idag. Han var så nära mej. Jag satt och pratade med honom i all troskyldighet. Han lyssnade på mej!

– Vad pratade ni om? frågade Sol. Hon hade lärt sig den sortens samtal. Det gjorde henne mindre att delta än att ta emot bergspredikningar.

– Vi talade om timliga ting. Jag bad för dom stackars ungarna i Korea. Dom är drivna på flykten i tusental. Jag bad för ditt förhärdade hjärta, Sol! Jag bad för ungdomens förhärdade hjärta i denna världen. Han var god, han sa han förlät alla som syndade och omvände sej i denna dag. Hörde du det, Sol min! Är det inte underbart?

– Jo, mamma. Det är fint. Du ska se att allting blir bra.

Sol stack till sin lillebror en smörgås och dukade åt dem alla vid bordet. De var bara åtta. Folk sa att de gjort något med Elisif på sjukhuset. Det kom iallafall inga fler ungar. Torstein var inte hemma. Han hade börjat laga fiskegarn. Hade fast förtjänst. Det gjorde skillnad.

Sol trodde inte modern förmådde följa med i sådana saker. Det verkade som om Elisif inte insåg att de måste handla eller betala eller ha kläder. Sol hade ingen kraft till att finna reda på hur illa det stod till med modern. Hon blickade framåt. Till jul. Handelsskolan började strax efter nyår. Till dess skulle hon ha tillräckligt med skolpengar och till det hon behövde. Hon skulle sluta på fabriken. Hon blev sjuk bara hon tänkte på de gråa kvinnorna och den kalla packhallen. Fadern fick lösa penningknipan. Hon skulle ta sig an de vanskötta småungarna och stanna hemma. Och så skulle hon läsa. Och skura hos Ottar. Men en gång skulle hon ut ur alltihop.

Under tiden hade Elisif avslutat sina böner och hämtat den heliga boken från kommoden. Hon stod och tvekade litegrand med de slitna mjuka pärmarna i händerna. De låg som en värnande sköld över guldbladen. Hon strök över korset på frampärmen och sträckte den runda fårade halsen. Så log hon. Ansiktet strålade upp ett ögonblick. Hon vände blicken mot det fläckiga taket. Men det var inte den smutsvita målarfärgen hon skådade, Elisif. Nej, hon kände genom fingrarna kraften från någonting som fanns utanför. Den bar hennes blick tvärs genom det eländiga taket upp till härlighet och glädje. Hon fuktade läpparna och öppnade munnen till lovsång. Det klingade högt och fritt och enkelt. Elisif hade fått vara ifred med sin Gud i flera timmar. Hörde ibland den minsta gnälla under fönstren. Men hon var inte istånd att begripa att detta var något som angick henne. Hade inte också apostlarna lämnat allt för att följa Honom?

– Jesus, viskade hon upp mot taket.

Elisif drog dagens text ur glasskålen på kommoden medan potatisen kokade på spisen.

3 Mosebok, 21:21. "Av prästen Arons avkomlingar skall ingen som har något lyte gå fram för att frambära Herrens eldsoffer; han har ett lyte, han skall icke gå fram för att frambära sin Guds spis."

3 Mosebok, 21:14. "En änka eller en förskjuten hustru eller en vanärad kvinna, en sköka – en sådan får han icke taga, utan en jungfru bland sina fränder skall han taga till hustru."

Hon viskade orden över sina knäppta händer. Det stripiga håret låg stramt över hjässan och slutade i en borstad knut i nacken. Den korta jackan saknade flera knappar. Bibeln låg uppslagen framför henne på bordet. Och ansiktet lyste av glädje. De lövtunna guldkantade bibelbladen darrade omärkligt under hennes andedräkt. Ögonlocken skälvde svagt när hon slöt ögonen och viskade sitt: "Lovad vare Herren i evigheters evighet, amen."

Sol lät handen och kniven sjunka ett ögonblick vid ljudet av moderns röst ut i rummet. Så skar hon vidare med snabba otåliga snitt. Och det rödbruna fläsket med vita fält fogade sig villigt till tärningar under hennes vilja.

12

Karlarna stod i Ottars butik och höll julpalaver. Pratade allvetande och fredligt om vätebombssprängningar i Stilla havet. USA kämpade för att hålla sig i täten. Men ryssen kom nog efter, menade många. Einar visste berätta att det ännu fanns över 100 000 tyskar i ryska fångläger. Hans röst skar igenom som ett hot i den allmänna freden.

– Hö, det är nåt dom ljuger ihop för att få folk till att köpa tidningarna, ansåg Almar. Han sträckte på sig och betalade för varorna han fått.

– Nej, du gubbe, det ska jag säja dej att dom inte gör, svarade Einar bitskt och tittade föraktfullt bort mot Almar. – Det endaste dom som har makten i världen gör, det är att släppa ur sej fanskap! Det är sanningen, det. Dom är som falska Judas. Titta på ryssen, bara: Dom varnar för atomkrig och manar till samarbetsandan från Genève.

Karlarna drog sig undan. De höll inte så noga rätt på andan från Genève. Men det låg väl någonting i det. Han Einar var inte enfaldig. Det hade han bevisat förr, även om Ottar gillade att behandla honom som en fåne. Och Einar hade kommit igång, daskade luvan flera gånger i disken och la ut texten om att amerikanerna var beredda att återgälda eventuella angrepp från östblocket med en hel flytande atombombsflotta! Med omedelbart varsel! Det blev tyst omkring honom.

Einar slungade sin kunskap om mångahanda ting rakt i synen på dem. Sådant tog skruv. Som en välriktad loska i spottkoppen. Det fick karlarna att minnas honom för annat än ryktet som den nya prästen spritt ut. Att Einar var en tjuv som ingen kunde ha i sin tjänst.

Från Ottar kom inte många ord den här eftermiddagen. Han hade kammat frisyr och tagit på ren skjorta. Det var fredag, strax före stängningstid. Han packade varor i påsar och kartonger och staplade på disken. När karlarna dröjde sig kvar, började han ropa ut namnen på dem han packat färdigt åt. På ett nervöst och beskäftigt vis. Det irriterade karlarna alltmera.

– Vad bråkar du om? Det är ju oss du lever på.

Håkon höll sig framme med sin vassa tunga.

– Det ska skuras här. Hon Sol har mycket att skura idag.

Ottar ville förgäves sätta sig i respekt. Karlarna hade ruskat av sig oket som Einar lagt på deras axlar och befann sig redan i en utredning om ishavstorsken utanför Senja och Vesterålen, och de lät sig inte rubbas. De diskuterade kriskassans minimilön åt lottfiskarna medan pipröken la sig tät under taket. De ginade över till höbristen och den förbannade kalla sommaren som gjorde att "mandelpotatisen är skinntorr i år för den bara haft tre centimeter jordmån över tjälen".

Ottar visste ingen råd hur han skulle få tyst på dem. Han trippade så smått bakom disken. Skramlade med nycklarna. Gjorde sig ärende in på lagret och nickade till Sol som var i full färd med att skura golven.

Han harklade sig och blickade tankspritt uppåt hyllorna medan han släppte ifrån sig ord om att hon bara skulle börja skura i butiken först. Han gav henne inget skäl. Det behövdes inte. Allting skulle vara så tillförlitligt att det kunde hängas på en spik i väggen. Sol visste att Ottar aldrig skulle komma på att be henne in på det kalla lagret för att ta på henne ifall hon var färdig med sitt arbete därinne.

Hon ställde borsten ifrån sig och fyllde lydigt hinken. Viss-

te att första måndagen efter nyår skulle hon iväg till handels-
skolan om kvällarna. Hon hade sagt ifrån sig packjobbet på
filéfabriken. Det hon hade räckte gott till skolpengar och böc-
ker. Ottar lovade henne att hon skulle få skura golven efter
att hon var färdig i skolan. Det var snabbt avklarat. Kostade
henne inte mycket, när hon jämförde med vad hon fick tillba-
ka. Hon hade föreslagit villkoren för dem bägge. Använde
ord. Han såg ut som om han skulle kräkas. Hon fick "bok-
slut" samma kväll. Det blev en sällsam föreställning. Sol in-
såg en del om människans otillräcklighet. Men hon tog emot
den vuxne mannens ynkedom med tacksamt hjärta och oer-
faret nyfiket sinne. Nu visste hon så mycket, och det smakade
makt.

Sol märkte att hon bara behövde titta på Ottar, så föll han
liksom ihop inför ögonen på henne. Han följde henne mer
och mer som en skugga. Fanns till hands för att hjälpa henne
när hon städade, flyttade tunnorna och lådorna åt henne.
Hon förstod det, men förstod det inte. Hon såg att han skaf-
fat sig ny tröja och nya byxor. Som han använde till vardags!

Sol samlade erfarenheter, iakttog människans beteende
utan att veta det. Medan hennes armar och ben jämt var i
långsam men ihärdig rörelse med ett eller annat arbete, regi-
strerade hon Ottars skådespel – och att det var till hennes
ära.

Hon såg framtiden an med ljust sinne.

Hon tänkte kosta på sig att gå på dans under juldagarna.
Kunde klä sig nere hos Tora så Elisif inte upptäckte det. Så
tänkte hon stå framför spegeln och fälla några tillfälliga ord
om att hon skulle börja på handelsskolan. Hon som hade en
"tokig" mor och en strunt till far, bodde i Tusenhemmet och
måste skura golv hos andra istället för att börja i fortsätt-
ningsskolan. Hon var plötsligt en hästlängd före. Vuxen.
Vad var en usel fortsättningsskola mot en handelsskola?

Sol började frejdigt skura golvet mellan benen på karlarna.

Först klev de motvilligt undan och pratade om sitt, men så drog de sig bort mot dörren och lät Elisifs jänta skura ifred. Hon gnagde sig stadigt och målmedvetet inpå dem med långborsten. Sa ingenting. Lät bara den gråa skurtrasan slicka upp efter bruna och svarta stövelskaft när de inte var snabba nog i reträtten. Det såg närmast ut som om karlarna drog sig tillbaka från ett fälttåg. Övermakten blev för stor. Och det värsta som kunde hända dem var att skurtrasan fick grepp om stövlarna. Det var förtappelsen och nederlaget för gott. Så innan de visste ordet av stod de ute i den iskalla blåsten och hörde Ottar låsa.

– Fy fan, vilken fart, fräste Håkon och grep efter cykelstyret i mörkret. – Jag undrar varför han har så illa bråttom. Det var'nte så där förr i världen. Och som han pyntar sej! Kanske han är på friarstråt nånstans?

Sol torkade sina röda händer på förklät och gjorde sig redo att städa hyllorna på lagret. Det hade blivit en vana nu. Hon tänkte på andra saker när hon stod på stegen. Det blev en del av arbetet som hon inte behövde fundera mera över än att få det undangjort. Ottar skyndade på idag. Det måste bero på att tiden kortades av gubbarna som aldrig kom sig iväg. Hans förväntan hade klarat förarbetet åt henne. Han blev snabbt färdig.

En gång – strax innan han började kippa efter andan, hörde hon hans gamla mor ropa på honom däruppe i "privaten". En gammal kvinnas sylvassa röst. Han stönade dubbelt av förskräckelse.

Sol ertappade sig med att tycka synd om mannen. Det stod visst inte rätt till med honom, insåg hon. Han gjorde det alltid bakom hennes rygg eller sedan han lagt någonting över hennes ansikte. Som om han inte kunde uthärda att hon skulle *se* honom... fastän han alltid släckte lyset innan han trevade sig bort till stegen där hon stod.

När hon skulle till att gå, kom han farande med en påse som han kastade i famnen på henne. Sedan var han borta. Hon hann inte komma med några frågor eller säga tack. Så hon trevade sig bort i lagergången och ut genom bakdörren. Väl utanför lutade hon sig mot stången till brygglampan och tittade ner i gråpapperspåsen. Vörtbröd och spicken korv, fläsk och ägg. Choklad.

Det drog friskt från havet. Vågorna for in under kajens stockverk och forsade mot klipporna därnere. Ovanför henne stod en iskall måne och glodde medan skyarna rasande drev förbi. Det luktade fränt från trankokeriet strax intill. Plötsligt var det någonting som lossnade inom Sol. Det rämnade långsamt djupt i henne. Gjorde så fruktansvärt ont. Var så hemskt att bära på.

Hon lutade huvudet över påsen och grät. Utan någon vettig orsak. Hon hade ju allting hon behövde...

Ottars stolthet "julgatan" – 24 röda glödlampor uppspända på god höjd över vägen, från butiken till en gråskimrande lyktstolpe – dinglade hjälplöst i blåsten. Sol lyfte ansiktet och stirrade på dem ett ögonblick.

Sedan gick hon med långsamma bestämda steg hemåt.

13

Julen hade dragit fram över Ön i år också. Som ett raggigt varmt djur med lysande blick mitt bland husklungorna som tycktes slagna av skörbjugg och sot.

Folk hade gjort så gott de förmådde. Det firades med måtta. Ett par slagsmål och en enstaka brand i ett hus i Byn. Branden släcktes och ordningsväsendet i ungdomshuset hade gjort sitt.

Prästen hade gjort sitt. Han Dahl tog ledigt. Käringarna hade gjort sitt. Gubbarna tände piporna.

Det nya året var en välsignelse, menade Elisif. Ingen frågade henne närmare om saken. Alla hade nog med sitt när vardagen åter stod vid sängkanten klockan sex om morgonen, beredd att sluka varje stackare.

Så rumsterades så smått i kök och trappor. En och annan iklädde sig fötter och röst, och flera föll in. Men julen satt som sirap under kläderna. Sinkade ackorden på Dahls fiskebruk. Karlarna hos Simon var tröga och ovilliga. Ottars butik stod tom hela veckan. Folk hade skinnat sig till julen. De mäktade inte mera.

En norrifrån som firar jul – om än med måtta, är inget att skämta om, efteråt. Vintermänniskan blotar ur sig rädslan och kölden och har övat sedan hednatiden. Men efteråt måste han motas tillbaka till livet. Vältas ut genom farstudörren tills han fryser såpass att han börjar slå åkarbrasor. Efteråt går han gärna troget som en maskin.

Kyrkan hade varit fullsatt på julafton. Det steg och sjönk rå ånga från blöta ytterkläder, och frälsarens gloria hängde runt vartenda talgljus i lampkronorna. Skärande tunna vinterröster hade jämrat sig nere i yllerockarna och hucklena.

Men Elisif satt hemma och väntade på frälsaren. Hon hade dukat åt en till. Hade dukat själv, för hon fick aldrig Sol till sådant.

– En till? Nej, mamma, det får du göra själv, svarade Sol vänligt men bestämt.

Och Elisif hade dukat och sjungit så hela det gråa ansiktet fick värme och ljus och utstrålade en glädje så man måste förundras. Gröten hade kommit på bordet. Torstein hade milt hävdat folkvett och bordsskick. Ungarna lugnade sig. Han läste blygt det heliga budskapet med entonig och hackande stämma – för Elisif befallde honom att se om sitt hus. Han hade inget annat förhållande till det än genom hustrun. Men det var allvarligt nog. Torstein var inte den som trampade på folk i onödan. Varken de jordiska eller de himmelska. Han var den mest fridsamma mannen i Tusenhemmet. Han visste det själv, och skämdes djupt över det. Men ändå sökte han aldrig göra våld på sin egen natur.

Ingrid och Tora hade firat jul hos sig själva. Tora hade längtat efter att mor skulle säga att hon fått inbjudan från Rakel. Att fira jul på Bekkejordet! Men Ingrid sa ingenting. Hon hade gjort förberedelserna som vanligt.

Tora hade varit skamsen. Men det var hon van vid. Besvikelsen bet värst, salt och ond, när hon stod vid kammarfönstret efter att kvällen var förbi och ingenting mera fanns att hoppas på.

Senare hade bilden av mors avlägsna allvarliga ansikte kommit och gått medan hon försökte somna. Men moster Rakels skratt for ut ur vrårna och störde, gick inte att glömma. På Bekkejordet åt de köttmat till kvälls om julafton. På Bekkejordet fördes man till bordet och det skålades i höga gröna glas med fot.

Simon hade väl dragit av fintröjan och satt och rökte cigarren sin medan det ljusa håret lockade sig över pannan, för att små svettpärlor kröp fram i hårfästet. Rummen på Bekkejordet var varma och mättade av kryddoft.

Det hade Tora tänkt.

Och så hade hon tvärt varit där. Morbror hade lyft henne i taket.

14

Tora låg på bottnen av en djup bäddad grop. Just lagom stor
för hennes kropp. Utsträckt och med händerna löst efter si-
dorna. Stormen var en mjuk säng av läten. Hon lät hela
kroppen vila i vindljuden. Det stora suset gled sakta in i med-
vetandet som om det var ett stycke av henne själv. Hon kom
att minnas att hon en gång haft en länatt i en stor hotellsäng i
Breiland. Mellan mamma och moster Rakel. I kuling. Me-
dan snön murade igen fönstret och skuggan av fönsterkorset
låg tryggt in över golvet.

Det var som om kroppen upphörde att existera. Som om
tingen inte längre hade några gränser. Det fanns ingen gräns
mellan hennes hud och det som var utanför. Ett underligt
viktlöst tillstånd i ett ombonat fodral. Mjukt, vindstilla. En
trygghet som bestod i att allt hon kände hade djupa rötter i
henne själv. Och hon blev så stark att hon beslöt ligga vaken
länge och komma tillrätta med allting hon inte mäktade om
dagarna. Men ändå blev ingenting klart. Hon visste det var
förgäves. Morgonen skulle komma...

Hon ville bara ligga och lyssna till stormen. Vara en tanke
som ägde sig själv.

De första stormstötarna var inte att räkna för annat än små
pustar.

Sydvästen rumsterade som hastigast med några tomma
tunnor nere vid fiskebruket bakom Tusenhemmet. Vågorna
daskade ilsket mot piren, och vinden härjade över Veten och
Hesthammeren i tvära ivriga kast. Var allestädes närvaran-

de med oberäkneliga hårdhänta smekningar.

Vid tretiden om natten blandade sig ett mollstämt mäktigt dån i kastvindarna. Människorna vred sig under kroppsvarma täcken. De som var lyckliga nog att ha en rygg att krypa intill gjorde det. Andra låg i halvdvala och hörde vinden tillta med full kraft. Allting som var löst fick liv. Det klirrade, skrapade, molade och dundrade. Ljuden steg till ett hotfullt larm. En flerstämd kör som gick i ett med mardrömmen och sömnen – och det evigt spolande havet.

Einar var den som först tog stöten. Takfönstret hos honom flög upp. Han fick ett vattenfall rakt i kojen. Vinden grep fatt i tidningsbunten vid spisen och piskade dem upp mot eldstaden, och glöden stod som yrsnö runt rummet. Skräcken grep honom. Einar kom på benen och smällde igen spisluckan som ryckts upp av trycket.

– Nu är satan fan själv lös! svor han darrande och klättrade upp på en stol under takbjälkarna för att rädda fönstret. Det forsade ner över honom. Iskallt regn. Iskall januariblåst. Universums ondska. Han knep ihop ögonen och famlade efter fönsterhaspen. Den var borta! Fönstret var borta!

Einar stirrade rådlöst kring rummet. Så hoppade han ner från stolen och hittade hammaren i diskbänkslådan. Spikar också. Med ett enda ryck slet han locket av torvlåren så skruvar och gångjärn rök. Han bogserade upp alltihop på skuldran och tog spjärn. Vacklande, svärjande och med spikar i käften lät han hammaren gå loss för att stänga utsikten mot himlen.

Huset lyssnade med ens. Ögon och blickar ansträngde sig i mörkret, i stormen.

Torstein kom tassande för att se vad som stod på. När han öppnade dörren till verandaloftet blev trycket för starkt. Trycket ovanifrån. En eller annan hade underlåtit att stänga ytterdörren ordentligt efter sig kvällen innan. Dörrarna flög upp som på kommando. En demon rev med sig löst och fast

87

och dundrade genom natthuset med alltihop. Utan nåd. Dörrhandtaget slogs ur Torsteins orubbliga arbetsnäve och hela dörren skrällde i väggen bakom honom.

De två spikarna som Einar hunnit slå in – och som fick honom att tro att segern fanns inom räckhåll – kröktes som grässtrån så han fick hela torvlårsluckan i skallen. Det lät ihåligt och smärtsamt. Det gjorde stönet från honom också, när han hamnade på golvet med hammaren dunkande efter sig som ett eko mot golvplanken.

– Stäng igen dörren, din helvetes oxe! vrålade han tvärt med blodet silande från pannan.

Torstein tog till hela sin spinkiga kropp för att trycka igen dörren. Det lyckades till sist. Han hjälpte till att få fönstret på plats i fönstergluggen. Utanför hade alla rasande makter sluppit lös. Ljud, ljus, vatten, vind. Allt! Människan var mindre än en myra på jorden.

De sjönk ner på den dyngsura sängen och andades ut sedan fönstret blivit försvarligt igenspikat. Det silade regnvatten i jämna strömmar nerför snedtaket och väggen. Men vinden var utestängd, ifall man inte räknade de kalla pustarna som drog längs golvet. Einar var inte obekant med golvdrag. Men detta var i svåraste laget. Det förslog inte mera med tvättbunken som brukade stå under takdroppet när det regnade. Den rostiga cirkeln anvisade gratis plats. Han hämtade vattenhinken ute i gången och ställde den under så länge. Sedan lät han sig bjudas in till Torstein på oväderskaffe.

Rösterna bröt tystnaden i huset. Folk kastade ängsliga blickar mot fönstren som bågnade inåt med otrolig seghet. Men hur länge? Karlarna pratade i de kalla gångarna om att det var fara för skorstenspipan på sydhörnet. Den hade varit dålig lång tid. De makade sig samman och gnuggade sömnen ur sina gråblåa ansikten. Sömnrynkorna var djupa och många.

Det var som om dagens bekymmer, dagens ändlösa gråa slit och becksvarta ängslan smög på dem medan de sov. Det måste kallt vatten till för att ansiktshuden skulle flå av sig gårdagen och natten och hugga fatt i nya uppgifter. Men ingen tänkte på kallvatten för att dölja rädsla och bekymmer en sådan här natt. Alla gick rastlöst fram och tillbaka utan en tanke på hurdana de såg ut.

Einar masade sig upp efter byxorna, det var så. Han drog rentav på sig koftan. Men det var mest för att hålla värmen och inte för syns skull. Han hade ännu i sig skräcken för Elisifs käft, från den gången hon hutat ut honom från kvinnodasset när han var nyinflyttad i Tusenhemmet. Men inatt var det en annan skräck som satt i honom. En skräck som de alla hade samfälld. Den gällde de gamla gudarna som rasade och tuktade tak och väggar kring dem.

Tora och Ingrid stod mitt på köksgolvet och stirrade på varandra. Ingen av dem visste hur de kommit dit. Det var ljudet av krossat glas, någonting som klapprade mot taket, tunga steg genom det knarrande huset. Och när dörrarna slogs upp och vinden sopade rent i gångarna, stod de tvärt ute på köksgolvet med nattlinnena som segel kring sig. Ingrid häktade blixtsnabbt ner nyckeln från väggen och tryckte emot med kroppen medan hon låste. Hon flackade med blicken från det ena fönstret till det andra. Regnet och vinden kappades om att tränga in till dem. Bara ljudet var ohyggligt så det räckte. Men Ingrid fattade genast vad som höll på att ske. Hon visste att fönstren aldrig blivit utbytta. Hon hade torkat fönstervatten i bättre väder än detta. Hon hörde det gamla gistna trähuset ge efter med ödmjuka knirk för varje stormstöt.

– Klä på dej, stå inte och frys, sa hon hastigt. – Jag måste försöka ta mej ner och få ytterdörren låst.

Tora hörde osäkerheten tvärs genom det myndiga tonfallet. Så blev allting vitt omkring dem. Blixten var överjordisk.

Tora stod och skalv på bara fötter. Hon kände hur gåshuden spred sig i fläckar över hela kroppen. Sist fick nackskinnet och hårbottnen sitt av frossan. Det var som om hela rummet laddades. Hon trodde hon kände vart endaste hårstrå på huvudet.

Plötsligt var hon inte Tora. Hon var ingenting. Och allt! Ett med den larmande och fradgande naturen utanför. Ljuset! Var hade hon upplevt ett sådant ljus? Fanns det bortom något hon inte visste? Någonting hon inte mera mindes?

Och det kom för henne att evigheten stod runt omkring henne överallt. Ville visa henne någonting, ville avslöja något ingen tidigare hade insett. Hon gick som en sömngångare bort till fönstret.

– Stå inte så nära fönstret, varnade Ingrid. Hon hade blivit lugn nu.

Ingrid hade ett vardagslugn i sådana här situationer. Situationer som inte krävde ord, utan handling. Och det irriterade henne att Tora inte själv begrep att hon måste hålla sig borta från fönstret.

En ny blixt. Hesthammeren stod glänsande och vit i sin egen värld därute. Det var som om fjället växte inför ögonen på Tora. Hon fick en obändig lust att vara däruppe. Fick samma lust när hon såg regnbågen också. Vara i ljuset! Vara i färgerna! Där var allting annat oviktigt. Alla saker som fanns, allt som skedde med kropparna, alla göromål – hade ingen betydelse där. Där fanns bara en ändlöst stor tanke och ett väldigt bländande ljus.

Fönsterrutorna stod som mörkt tungt silke i sina karmar. En yta för ljuset att slunga sig emot – när det kom. Och det kom! Inte som stjärnor, eller månar, eller raketer. Utan som en väldig kämpande vit vägg. En vägg av hård vilja.

Då visste hon det! Branden. Branden... Ljuset! Men detta var inte flackande och gult. Och *han* satt i fängelse. Fanns i sin egen skam. Hon – Tora, stod i ett annat ljus. Samman

med mamma. Ett vitt hårt modigt ljus. *Han* kunde inte för-
därva detta. Aldrig!

Hon gick in i kammaren och hittade några klädesplagg.
Elisifs ungar bullrade och de vuxna pratade i gångarna. De
gick manstarkt ner på verandan och tvang ytterdörren i lås.
De måste ut och titta till allting som var löst. Rädda vad de
hade av båtar och redskap, några usla klädtrasor på strecket.
Men hur komma ut när dårarna som byggt detta huset hade
satt dörren åt sydväst, och fönstren var vidöppna och kar-
marna murkna? Det for åt helvete hela härligheten, säkert.

– Hysch, prata inte så där, varnade kvinnorna och drog
ungarna in i köksvrårna hos varandra. De eldade varsamt.
Gnistorna yrde både ute och inomhus. Man kunde aldrig
veta. På gångloftet hos Einar hade den lilla båtkaminen tap-
pat besinningen. Den rykte som ett tångtäckt midsommar-
bål. De fick släcka elden, och låta allt bero.

Tiden gick medan de lyssnade till den ena takstenen efter
den andra som frestade friheten och fallet.

Karlarna gick ut genom källarluckan. De höll i varandra
när de drog sig över gården.

– Den jäveln är'nte blid inatt, menade Einar och torkade
vätan ur nattens skäggstubb.

Elisif tackade Gud att huset ännu stod kvar, när skorste-
nen åt sydväst gick. Tegel och murbruk. Hårt och skonings-
löst mot den uppblötta marken. Ett skred av gnistor och sot.
Käringarna släckte ner i den änden av Tusenhemmet och
flyttade över till den andra, på läsidan. På det viset blev det
folktomt i uppgången hos Ingrid och Elisif. Småungarna
gnällde. Kvinnorna värjde sig med kaffe, undangömda julka-
kor och lågmält fladdrande samtal. Paniken var över. Rum-
men vibrerade i underlig vanmäktig gemenskap.

De satt samman i timtal – utan att ett ont ord föll eller
gamla strider omnämndes.

Och detta var människor som igår kväll helst inte hade lånat ens lite kaffe hos den andre.

Elisif fick bedja ifred. De andra knäppte händerna, teg och tänkte på sitt medan det var som värst. Emellanåt kom stormkasten så våldsamt och hotfullt att de böjde sig inåt rummet som vasstrån i en fors utan att veta det.

Ungarna och käringarna i den demolerade uppgången och ovanför verandan hade samlats i köket hos Gunda i första. Hon hade bäst plats. Kiosk-Jenny och hennes unge var också där. Det var alltför hemskt att stanna däruppe på vinden nu. De satt och väntade på att strömmen skulle gå. Huckle-Johanna var rentav irriterad över att det inte skedde genast så en stackars människa fick veta vad som fanns att hålla sig till.

Alla höll fred en sådan natt. Man visste aldrig vilken hjälp man behövde innan morgonen kom. Ofred fanns det nog av där Vår Herre styrde, så folk fick hålla fred.

De ropade på Ingrid för att få ner henne. Men Tora tvekade. Hon kunde inte plötsligt tränga ihop sig med de andra i Gundas kök. Måste ut. Finnas i det vita ljuset när det kom tillbaka. Allt annat blev oviktigt. Hon kände sig fri. Levande! Varm!

– Jag kommer när jag hittat sockorna mina, ropade hon glatt.

Ingrid bad henne skynda sig och gick långsamt ner till de andra.

Tora smög ut i gången och hittade stövlarna och den miserabla svarta regnrocken.

Ljuset och sagan! Det fanns därute! Det lockade. Hon hade inte en tanke på annat. Hennes hemligheter låg därute och väntade. Bara på henne.

Tora hade inte trott det kunde vara så svårt att stå på jorden. Hon höll sig fast i muren, och den mossbeväxta källartrappan. Låg på alla fyra och lyssnade. Det var som att sitta i en väldig orgel. Hon kröp upp och runt husknuten. Hörde att ovädret hade en stor ihålig ton ute över Viken. Till framsidan av huset vågade hon sig inte. Hon smög längs planket. Nöp fast fingrarna i det murkna staketet och svalde regnet som stod som pilar i ansiktet. Hon såg ingenting först. Visste bara riktningen till bryggorna. Drog sig ditåt av gammal vana. Havet. Ljuset! Det var där det fanns. Hon kände det som om det gällde livet att hon kom ditner och fick skåda alltsamman när det vita ljuset kom tillbaka. Kände blodsmaken i munnen fast det gick ganska sakta. Den fadda smaken av regn blandat med salt. Salt från sjödrevet, svetten och tårarna. Stod en stund och väntade ut vindstötarna, och kände att fötterna inte behövde bära henne.

Hon flög! Hon höll sig fast i Tusenhemmets staket för att inte flyga bort! Men om hon bara lät det ske? Var det detta som var meningen. Hemligheten? Var det detta att hon skulle flyga bort från allting inatt.

Käre Gud – gör så att jag vågar, för jag vill. Jag vill! tjöt hon in i ovädret och släppte taget. Hon kände att hon lät fötterna springa med sig, men det var onödigt. Regnrocken slets över huvudet på henne. Hon var en skarvunge på vild färd ut i världen. Ensam. Med alla sina stora drömmar flygande runt sig som fjädrar. Tätt tätt. Och farten ökade. Hon fick omild skjuts ner mot strandstenarna.

Ljuset kom samtidigt som hon kastades mot väggen till trankokeriet. Ögonen exploderade i ljuset. Sprängdes. Hon var förblindad i flera minuter.

Så kom det tillbaka. Ljuset! Och hon fanns mitt i det. Som ett mirakel. Hon var inte Tora. Hon var en fladdrande tanke mellan himmel och hav och jord.

Tusenhemmet var dött. Strömmen hade gått. Men det vassa vita ljuset höll henne uppe ur eländet. Hon behövde ingenting. Hon flög! Kippade ibland efter andan som pressades ur henne.

Då såg hon den! Storvågen! Som en svart fjällvägg med vitt krön. Hon kände jorden dundra under fötterna. Den kom närmare och närmare. Hon såg att den höjde sig över kajen. Hon *såg* det! Och likväl var det alltför otroligt. Den kom, och kom och kom. Tiden stod stilla.

Alltid skulle hon höra det väldiga bruset från storvågen som klöv gammelkajen itu och slet med sig brygga och kran och torkhässjorna med fisk på. Hon hörde att det ven som i en jättefiol när förtöjningen på Almars fiskebåt gick. Ett underligt ont ljud.

Hon kunde ha skrattat. Men hon fanns mitt i det. Och hon var inte Tora längre. Hon klamrade sig fast vid träräcket, fast det aldrig föll henne in att hon skulle rädda sig. Och ljuset stod över hela världen. Bevakade henne. Hon fanns i det. Oangriplig. Osårbar.

Hon klöste sig fast och såg en ny våg komma. Då var ljuset tvärt borta och hon kände pusten ur vågens käftar där i mörkret.

Men ljuset skulle komma! Nu!

Det kom inte. Ljuset var borta. Hon hörde karlarna ropa. Men kunde inte se dem. Ljuden var så overkliga. Hav och vind och alla lösa ting bildade en ostämd hysterisk kör som steg och sjönk och dränkte rösterna så man bara anade dem.

Ett mångtonigt dån från Viken. Motorer. Tora såg inte alla båtarna, men hon skymtade masttopparna. De stack nyckfullt upp ur fradgan i ojämn takt.

Några av båtarna hade fått stäven mot vinden. Två drev hjälplöst in mot strandstenarna.

Motor och mannakraft. Kamp. Bort från vågbrotten. Ut på Viken. Hålla sig där, med stäven mot odjuret. Hålla kursen undan dödsritten. Såja. Det kunde väl vara fem-sex fiskebåtar allt som allt. Hur länge skulle de hålla ut, hur länge höll drivmedlet och kropparna och sinnena? Karlarna stod på land beredda för bärgning. Det skulle vara ett under ifall inte någon tvangs ge sig strandstenarna i våld. Bärgning, ja. Men hur? De hämtade bojar och tåg. Någon gav order ingen uppfattade.

Och stormen? Var det förresten storm eller helvetet? Hur länge skulle den vara?

Ängsligt sökande strålkastare och närsynta lanternor svepte över vattenmassorna och det söndertrasade landet. Utlämnade åt sig själva kämpade de, män och båtar. Havet var i längden ingen räddning. Land skulle vara rena självmordet. Det var bara att hålla sig flytande. Bara låta tiden och maskinerna arbeta. Bara hålla nävarna orubbliga. Stirra efter landremsan där den gick att skönja. Hålla stånd. Minnas syd-nord. Vila på stället för full maskin.

Karlarna hojtade och skrek, men Tora hörde inte orden. Hon satt fast med frusna krafsande fingrar och begrep ett och annat. Dröm? Det var ingen dröm. Det var den grymma verkligheten. Almars fiskebåt som slogs till kaffeved därute. Vågorna som forsade över kajen. Karlarna i båtarna. Allting var grymt och ofattbart. En stor fuktig rädsla grep henne. Hon hade ingenting mera sett av ljuset. Det stora mörkret hade tagit alltsamman. Det enda som fanns av ljus var de ensamma skeppsbrutna ljusen från båtarna därute och en ofantlig reva i den mörka himlen.

Tora la sig platt på marken och samlade all kraft i greppet om träräcket. Då hörde hon plötsligt ett märkvärdigt ljud. Det kom närmare och närmare. Lät som om någon böjde en bleckplatta i rasande fart. Men detta hade en skärande hotfull ton.

Hon tittade upp just när det befann sig över huvudet på henne. Då skymtade hon en flaxande blank rocka som flög över henne – gjorde en sväng ut över den översvämmade kajen och satte sig fast i bodväggen som stampade därute.

"Doi-joi-oj", hade rockan tjutit och blinkat hotfullt – där den dök fram ur ingenting och sneddade över henne som hastigast.

Rädslan fortplantade sig som frossa i Tora. Hon glömde sig själv tills det var över.

När hon kröp längs väggen och ville tillbaka samma väg hon kommit, kände hon gång på gång våta slippriga föremål stryka förbi henne. På ett ställe måste hon rakt över vägen till den gamla stenpiren och tvingades gå två steg utan att ha någonting att hålla fast i. Hon väntade ut stormstötarna och klarade det med yttersta nöd. Men den svarta rockan måste offras. Hon såg den flyga ut över piren några meter. Sedan var den spårlöst borta. Det var som om någon flått den av henne med stor handkraft.

En strålkastare från båtarna svepte hastigt över henne och hon såg att hon var full av tångruskor! Detta var inte riktigt. Gud hade blivit galen. Tång flög som fåglar i luften!

Tora kröp på alla fyra längs staketet. Hon såg att Kiosk-Jennys cykel stod och stångade uppe vid uthuset och ville till väders. Då kom en vindstöt och ryckte den åt motsatta hållet. Den flög med pakethållaren först ut över gärdena. Skevt och i stor brådska rusade den in i mörkret.

Tora vågade inte gå upp som hon såg ut. Hon blev sittande dold under källarluckan. Väntade på det stora ljuset. Tänkte på rockan som kom och ville ta henne därute. Tänkte på Almars båt. Var fanns diskhandduken han fått av moster Rakel, nu? Flög den ut över havet, eller plaskade den inne i vraket någonstans? Hon kunde inte skaka av sig tanken på diskhandduken.

Fötterna hade domnat under henne. Hon var genomblöt och kall. Men hon väntade förtvivlat på ljuset. Bara en gång till!

Tora skrek till när hon kände det mjuka varma över sin hand. Så djupt i kölden var hon, att värme och liv kändes hotfullt. Den jamade ängsligt. Var blöt och luggsliten som hon själv. Men den var åtskilligt varmare. Hon lyfte den upp i famnen och värmde händerna mot den. Efter en stund kände hon att det hjälpte. En vanmäktig tanke slog ner i henne: Var fanns alla kråkorna och småfåglarna i sådant här väder? Var klamrade de sig fast nu?

Till sist hörde hon några av karlarna. De hade upphetsade röster. Hon ville inte bli hittad där, och lirkade upp dörren och klämde sig in. I källaren fanns det stora mörkret. Hon stötte emot saker hela tiden. Hade bara en arm för hon höll katten i den andra. *Han* hade också bara en arm...

När hon hittade källartrappan kände hon hur trött hon var. Kall tvärs igenom. Ljuset hade svikit henne. Den kalla mörka verkligheten fanns. Värmen var bara en katt. Hon kröp uppför trappan. Mamma var väl rädd och arg, tänkte hon vagt.

Den väldiga rockan hade skrämt drömmen ur henne. Den satt fast på bodväggen som låg och krängde och for ute på Viken.

15

Freden kom över Ön vid middagstid nästa dag. Under tiden hade det kommit så pass med dagsljus att folk som tordes kunde beskåda "krigets" härjningar. Och de trodde det inte. Glodde skelögt över en värld totalt vänd över ända. Det blev inte mycket sagt. Enstaka käringar grät inför allas blickar. Ungarna höll sig förskrämda undan.

Att president Eisenhower hade återupptagit sina fulla plikter i Vita huset efter sin sjukdom och att Atlantpakten var i full upplösning, hade ingenting med verkligheten att skaffa. Det räknades som bagateller. Tidningarna kom inte den dagen. Och ingen kom på att höra nyheter i radion.

Agnbodarna och torkhässjorna för fisken vid Dahls bruk hade försvunnit ut i fjorden under orkannatten. Ingen såg mera skymten av trävirket eller fisken. Båtarna hade hållit full fart från land och klarat sig bra, sånär som på en stackare som hade för lite drivmedel för att hålla maskinen igång. Mannen hade räddat sig som genom ett under när båten krossades.

En lycka var att detta skedde mitt i veckan när karlarna höll till i bodarna och kunde komma ombord medan vädret ännu tillät. Men ingen hade trott att det skulle bli en så besvärlig törn. Trankokeriet på bryggan vid Tusenhemmet hade övergivit sina kraftiga murar och vandrat sin kos.

Tora såg det krokiga räcket som hon klamrat sig fast vid. Så fanns det en mening med att ljuset försvann. Hade inte världen blivit så mörk och grym, hade hon legat där tills det skedde. Det var konstigt att tänka på. Hade inte rockan kommit och skrämt bort drömmen, så hade hon väl följt med trankokeriet till havs.

Rockan visade sig vara bleckskylten på Jennys kiosk med "Petterøes Blanding" som hade stormat fram genom ovädret och satt sig fast som en yxa i den flytande boden. Den verkade inte särskilt skrämmande där den satt korsfäst i väggen. Och mannen med pipan var sorgligt misshandlad. Som ett dragspel i eländigt tillstånd.

I salteriet nere på Dahls fiskebruk låg tre stora stenar mitt på golvet. Det krävdes två driftiga karlar för att få dem utburna. De hade banat väg rakt genom väggen. Naturen finner sina egna vägar och lastar inte gods med vinsch, ansåg Einar och ruskade på huvudet.

Han hade inte väntat på bud, han heller, denna förmiddag. *Alla* var i hamnen och längs de våldtagna stränderna. Synen hade ännu inte sjunkit in. Det behövdes mera tid för att begripa att naturen, att den onda och den goda makten kunde bråka så illa att allting fick sådan fason på människornas arma jord.

Oväder.

Vem hade inte en eller två gånger om året krupit ihop och bönat om nåd för sina synder och lyssnat till vinden som härjade och slet utanför? Lyssnat till det ondskefulla larmet runt husknutarna, och det giriga trycket mot fönstret när sydvästen visade folk vem som hade makten och härligheten. Vem hade inte surrat en ytterdörr eller två – eller rusat barfota i stövlarna för att se till den förbannade maktlösa småbåten som aldrig ägnade en tanke åt att rädda sig själv? Vem hade inte följt en unge eller fyra till skolan när de vita stormarna kom och slog andan ur folk och begravde vägar och stigar? Vem hade inte fällt upp kragen och tryckt händerna för öronen? Vem hade inte känt den egendomliga iskalla ensamheten ute på havet i kuling? Vem visste inte att allting

99

kunde ske?

Och likväl? När allting skedde – blev det så ofattbart att Elisif glömde sina böner och Einar skaffade sig ner från verandaloftet i sina gråvita kalsonger, och Huckle-Johannas skygga kattunge kröp intill en av denna världens minsta under en källarlucka. Och måsarna? Måsarna hade ingen hört på ett dygn.

Simon stod till knäna i det nya vattenbrynet. Han tog en överblick. Den vackra mjuka munnen var halvöppen och han var barhuvad. De kantiga axlarna trycktes upp och sjönk ihop flera gånger. Det verkade som om mannen ville pumpa upp sig, men glömde att hämta andan efter en liten stund. Armarna hängde rakt ner. De smala långa fingrarna var helt undangömda inuti knytnävarna.

En nyköpt fiskebåt hade legat förtöjd där igår. Idag flöt stäven och doppade i den loja väldiga dyningen. Resten av båten hade ingen sett. Det fanns inte någon som väntade att Dahls torkhässjor skulle infinna sig med stockar och fisk.

Dahls nya flaggstång, som han högtidligt invigt på juldagsmorgonen till glädje för allt folket, stod som en knäckt staketstolpe mitt i trädgården. Frun i huset gick ut och in och pratade med alla om den stora olyckan. Men folk märkte knappt fru Dahl en sådan här dag. Och hon fattade ingenting förrän hon drog på den insvängda kappan och de svarta högskaftade stövlarna och följde folkmassan ner i Byn. Då blev fru Dahl blek. Och hon nämnde inte flaggstången med ett ord. För Dahl-bruket låg skalperat och raserat därnere och Dahl var genomskinlig och stirrade på folk med vilda ögon. Taket på det stora bruket hade fläkts av och låg och flöt ute i Viken. Det gjorde förresten den äldsta delen av kajen också. Flöt som ett underligt utlevt spöke därute bland tunnorna, plankbitarna, vrakgodset och fisklådorna. En otrolig syn. Flickorna hade pyntat med en gammal gardin i

100

agnboden före jul, för att få det lite trivsammare medan de satt och trädde agn och frös om fötterna. De fransiga resterna hängde ut genom det blinda fönsterhålet och visste ingen råd. Flaxade ynkligt och nyttade inget skapandes grand mera.

Måsarna upptäckte snabbt att det nya skäret ute i Viken var en välsignelse – och tog det i besittning utan att skänka människorna på land en tanke. De flög små vändor, och slog sedan till på taket med stor ägarmin och tillfredsställelse, de satt på fönsterkarmarna och på trapporna. De skrek och sket och var förnöjda. Och ingen jagade bort dem.

Taket till Dahls fiskebruk låg som en flotte därute i all sin eländiga frihet.

Översta våningen hade fått inredning och lösa föremål bortblåsta, som man kunnat vänta. Det var hyresrummen. Dahls extrainkomst under säsongen.

Simon stod i det nya vattenbrynet. Han hade stått där såpass länge att karlarna tyckte det kunde vara på tiden att han kom upp och gav order om hur man bäst skulle börja.

Börja? Med vad? Börja plocka upp efter raseriet som hade hemsökt dem i Guds namn. Och vad var viktigast? Vad skulle man ta hand om först? Skulle man vandra till den arma högmodiga Dahl-fan och erbjuda honom hjälp – eller skulle man tänka på sitt eget och bära en kall glädje över att det inte var en annan som råkade värst ut denna gången.

Det var då det kom farande en svart cykel i full fart runt Simons nya fiskebruk. Av cykeln – som stannade med ett innerligt gnissel ytterst på kajkanten – hoppade en figur i blå regnrock och ett stort vindkammat rött hår utan huckle.

Rakel lutade sig andfådd över styret och ropade omkring sig: – Har det krävts liv?!

Det var som om det tranceaktigt slöa tillståndet sprack.

Karlarna vände långsamt ansiktena bort från havet, från det groteska vanställda vattenbrynet, där tång och fisk och brädstycken och alla slags småting som ingen visste vart de hörde – låg och darrade i den matta vinden. De vred motvilligt sina tunga gråa ansikten mot land. Och munnarna öppnade sig långsamt som på kommando. En armé av halvöppna munnar och hängande armar. En armé av maskulin vanmakt. Vände sig mot land och upptäckte att där stod en käring vid en svart gammal cykel på kajkanten och skrek.

– Har det krävts liv? Svara!
– Inte som vi vet, svarade en.
– Har ni inte tagit reda på det ännu, idioter! skrek Rakel och slängde cykeln i kajen.
– Bodde nån i boden hos han Dahl?
– Nej.

Men det kom plötsligt liv i nävarna. Stövelskånkarna. Oljeställen. De kortväxta och de mellanväxta, de långa skrangliga, de lugna och de snabba, de som gick i ledband och de som tog kommandot utan att tänka över saken. Alla. Kom sig igen.

Och detta är det förunderliga med det slags människor som lever med tragedin och vädergudarna och fiskrenset och regnet i nacken till vardags. De bevarar lugnet när tragedin drabbar dem. Bevarar det. Ända tills någonting oväntat sker. Något man kan flina åt, egentligen – som en käringhalvä ytterst på kajkanten. Det rycker upp dem. Får dem att begärligt gripa efter tanken: Det kunde gått värre! Och de är räddade. Räddade från sig själva. Från den infama glädjen över att det gick värre för han Dahl denna gången än för någon annan, och att det är viktigast att få sitt eget sönderslagna bohag ihopsamlat först. Inse det oväsentliga i att stäven till en ny fiskebåt flöt därute utan resten av skrovet. Glömma den groteska anblicken av en hel kaj till havs med agnbod och utedass på. Glömma! För att målmedvetet rycka upp sig och söka reda på om det har krävts liv.

Då var det en pojkspoling som gav hals och kom med det avgörande: – Var är stugan hans Almar i Hestvika?!

Och ännu en gång vred karlarna på huvudet. De hade inte tid att skämmas över att de inte hade saknat Almar i Hestvika bland sig i flocken, och att deras blickar inte registrerat att den lilla stugan var borta. De hade sett att båten hans bara var en stäv. Det var illa nog. Det var inte bara han Dahl som fick plikta i Sodom.

Och det ropades korta hesa order. Det rörde sig en målmedveten liten folkmassa i stor skyndsamhet. Det löstes upp.

Näs-Eldars lastbil hostade ovädret ur radiatorerna och började rulla. En lätt båt kom i sjön, och in i Viken bar det.

Almars stuga hade flyttat på sig den natten.

Fem gånger tre meter – plus förstukvist hade lämnat den trofasta stengrunden och givit sig ut i världen tillsammans med en oberäknelig förförare som brukade våld. Så det måste gå som det gick. Ja, det kunde gått värre. Almar hade fått huset sitt placerat tätt-tätt intill den egna sjöbodsväggen. Det hade aldrig kommit i hans tankar att bo därnere i strandkanten. Men nu måste han tillstå att hade inte den gamla medfarna sjöboden tagit emot stugan – så hade den väl rymt till havs. Och Almar hade följt med.

För han hade suttit i stugan och försökt koka kaffe på den vettskrämda spiselden när stormen övermannade både honom och huset. Skjutsade dem 60 meter genom luften. Tog med sig två telefonstolpar bara för att statuera den mänskliga dårskapen och tekniken ett förödelsens exempel.

Så hade stugan blivit tämligen omilt nersatt. Almar visste inte riktigt hurdant alltihop gått till. Men han malde och malde historien om telefonstolparna som knäckts som tändstickor av stugan hans. Och han mindes sedan det överjordiska ljudet när trådarna brast. Det var en otäck harpolåt.

Han blödde inte så lite under skinnluvan. Och karlarna tänkte i sitt stilla sinne att skinnluvor kunde vara bra att ha också inomhus. Näs-Eldar ville köra Almar till läkaren med den sönderslagna skallen, men Almar blev rent upplivad av att få så mycket besök mitt i olyckan och ville själv anföra röjningsarbetet. Han erkände rentav att han nog måste ha "varit borta" någon stund. Det fanns ett och annat han inte riktigt kunde minnas. Och ett ögonblick blev de valkiga nävarna, svartnade av fotogen och olja – tafatt hängande. För Almar hade aldrig svimmat av tidigare.

Vid trädgårdsstängslet hade ett par svarta byxor hakat sig fast. Det fanns en enkrona och två tioöringar i fickan. Då mindes Almar att det bestämt var allt han ägde. Och ändå hade ingen berättat för honom om båten.

Bärgning av båtar och kaj, av hus och sjöbodar, av bruk och redskap pågick i en ändlös ånga av svett, regnvåta kläder, glödande aktiva nävar och korta kommandorop. Tolv timmar utan mat.

Simon kunde tydligt minnas att han tömde stövlarna två gånger. Men Almar måste de likväl förpassa till soffan i närmaste gård.

Bara att släpa Dahls kaj till land var ett väldigt arbete. Den största fiskebåten i Viken, Simons stolthet – klarade ändå saken. "Øyfisk" gjorde nytta för sig.

Den hade också klarat sig fint under stormnatten. En av de större båtarna hade grundstött. De hoppades kunna reparera, även om den fått allvarliga skador på roder och skrov.

I flera timmar hade ingen människa kunnat se piren. Och båten på 35 fot stod nu högt och torrt på land när det väldiga högvattnet drog sig tillbaka. Fulla smörjoljefat låg strödda över piren tillsammans med allt annat av löst och fast.

Det såg ut som om ett troll hade gått bärsärkagång i fyllan, var det någon av karlarna som yttrade – medan han rullade oljefat så svetten trängde genom stortröjan. Han hade väl julfirandet och sådant i färskt minne.

Annars var det inte mycket till samtal. Bara ihärdighet och arbetsnävar. Från ett av smålägena på Ön fick de höra nyheter – om att där stod får och kor och häst i huskällare och dyngkällare, för att fähuset farit till havs under orkannatten. När delar av Ön fick strömmen tillbaka, kunde de höra i radion om vad de hade upplevt. En skorrande affärsmässig stämma berättade att folk på Ön var utslitna och behövde hjälp.

Men den sa ingenting om att Almar låg i nerblodad skinnluva på soffan i en annans vardagsrum och pratade om byxorna med småpengarna och om stäven som hängde i sina rep, medan båten inte ens fanns kvar som kaffeved. Däremot sa radion något om huset hans. Att det låg med köksbänkarna och golvbrädorna i vädret och skorstenspipan i kras undertill. Och att husgrunden inte varit ensam och oskyddad sedan den var nymurad i början av 30-talet.

På telefoncentralen kom förfrågningar ifall det behövdes yllefiltar och varma kläder till invånarna på Ön. Det var då allting brast för Josef på centralen, som annars aldrig sa annat än: "Hallå, hallå!" "Färdigt här, färdigt här?" med sin nasala telefondialekt. Han lät kontakterna svalna utanför hålen och sa hest:

– Vi håller oss varma, för vi arbetar så hårt att vi inte ens har tid att äta! Så det behövs inte – varken mat eller kläder. Men ifall ni har såpass förnuft i skallarna där på fastlandet, så skickar ni båtar och arbetsfolk och nåt man kan lyfta och frakta hus och får och vrakgods och dass med. Så vi kan sätta på plats allting som kommit i olag härute. Dessutom behöver vi foder åt djuren på Innerön. För Vår Herre har tagit tillbaks allt han gav, och får och kritter står i dyngkällarn på några av gårdarna och skriker och grinar efter hö. Ifall ni har sett en eller annan höbal ryka förbi i Breiland, så skicka'n med postförskott till Ön. Yllefiltarna kan vara detsamma med. Vi kan'nte sova på fjorton dar än. Vi har just fått Dahlbryggan förtöjd och letat upp ett hus och klarat ut att alla är i livet, sånär som på en hund som satt instängd i ett av fähusen som for på havet. Så vi jublar och arbetar.

Det stod i tidningen att springfloden över Ön var fyra meter över det normala. Och Ottar visste inpå skinnet att det var sanningen. För alla mjölsäckarna på lagret hade simmat i saltvatten, och silliken hade sluppit ut ur tunnorna och låg och vakade med bukarna upp när han kom ner om morgonen. Ottar irriterade sig på allt det som stod i tidningen. Det gjorde alltihop så förbaskat *sant*.

Han kunde inte stänga dörren till lagret och låtsas som om olyckan med varorna aldrig skett. För det hade stått i tidningarna!

Det fick den stillsamme Ottar att bli bister i synen. Han inte engång låste butiken när han gav sig oljestället och storstövlarna i våld för att delta i röjningsarbetet ihop med de andra. Gitte inte ta sitt eget först. Han var storförbannad, Ottar. För han hade ingenting försäkrat. Det fanns ingenting att hämta. Böckerna på disken kunde ligga där med alla siffrorna i yttersta mörker, för han visste att hela Ön skulle gå knappa tider till mötes. Han skulle kanske inte få sålt de torra varorna heller. Krediten skulle rida honom natt efter natt. Utbetalningarna skulle hänga som brännmaneter över ansiktet på honom varje 20 dennes för lång tid framöver. Världen var ingen god plats.

Han hade sett *det* också. Kartongerna i vrån. De välsignade kartongerna med den svarta lotsrocken efter salig far hans, och yllefilten prydligt hopvikt ovanpå... Han hade känt det som om makterna slagit ner på den genomblöta bädden.

Goda eller onda makter? Likgiltigt! De hade straffat honom för ett eller annat. Ottar förnam någonting som liknade mörkrädsla när han avlägsnade den genomblöta kartongen och hängde lotsrocken efter T. H. Larsen på en rostig spik innerst i lagret. Hänga där! Tills den torkade. Tvärs genom mörkrädslan kände han något knipa över nacken. Som handelsman T. H. Larsen brukade göra i sin välmakts dagar när han tuktade sitt hus.

Ottar var en tänkande människa. Det kände han stolthet över. Han lämnade sin krambod öppen för dräggen och tjuvarna och lät spickesillen ligga där i sin egen sörja medan han vandrade ut på vägar och stränder och hjälpte folk att bärga sitt. Det var hans avlat för kartongbädden på lagret...

Andra dagen var det någon som frågade honom hurdant det gått hos honom, lagret låg ju på kajen. Och Ottar drog av mössan och drog med handen över den tunna frisyren och svarade att det flöt nog – där också. Och när karlarna hjälpte honom med röjningen och käringarna skurade och rensade överallt efter det väldiga högvattnet, kände sig Ottar luttrad och förlåten. Han hade lämnat sitt eget, hade tagit sitt straff, och han hade redan antecknat flera på krediten. Han var den han var!

Men ändå satt en fin tanke kvar från de gamla syndernas tid. Han hade sett att Sol städade grundligt och rejält ihop med de andra kvinnorna. Och hon hade gjort det utan att han bett henne om saken. Han kunde inte hjälpa det. Mjölet var att räkna som en bagatell. Han svarade sin kvirrande mor med några vänliga ord och hade frid i sinnet. Och längst bort i lagret hängde lotsrocken och torkade utan att någon la två strån i kors. Han hade förresten lagt ner en pläd som modern säkert inte märkte att han tagit.

För sådant gör oväder med folk. Och det nya året hade nog med sitt. Snart var orkannatten en historia att plocka fram. Ny och färsk, jämt. Den fick alltflera färger varje gång den berättades. Man kunde undra i februari ifall det verkligen varit möjligt att skåda så många övernaturliga krafter i farten mitt i natten i januari. För det hade ju varit mörkare i januari – än nu i februari. Men ingen gav röst åt tvivlet. Tvärtom – de hittade färger till nya varianter. De fyra korna som stod tjudrade vid cementgolvet i fähuset inne på Ön, blev till åtta kor – utan att någon gitte kontrollräkna.

Men de som varit utomhus när det var som värst bar ännu den iskalla rädslan under skinnet. De var inte lika sturska att berätta som de som betraktat alltihop från fönstret. Man måste förresten förundra sig över att det funnits så stora och breda fönster på sina ställen, så allting syntes – så där utan vidare. Men ingen gav tvivlet röst. Och historierna blev flera och bredde ut sig. De strömmade som strida älvar och var omöjliga att tygla.

Det hade varit ett varsel om domedagen för Ön. Piren i havets djup under flera timmar. Piren! Som ruvade lik en klippa runt båtar och bruk och som tillät dem sova i trygghet för allt.

De hade alltså upplevt det. Piren tvangs ge vika. Viken var en störtflod av rasande hav och fallvindar. Det måtte vara en föraning om domedagen! Fyrljuset hade slocknat. Det dröjde en vecka innan folk såg det blinkande skenet igen. Bara det hade varit ohyggligt nog.

Elisif tänkte sitt:

Vem hade så förbrutit sig på Ön att Gud slungade dem in i denna förbannelse och ödeläggelse? Vem hade frestat Herren att slunga sitt straff över Sodom? Hon bad innerligt för dem och väntade att hon vilken dag som helst skulle få bud från Gud om att de rättfärdiga skulle flykta ty HAN måste utplåna hela Ön. Men budet kom inte, fastän hon tvingade sig att ligga vaken om nätterna så Herren skulle finna henne beredd. Hon försökte föreställa sig vilka som skulle stå som saltstoder på Veten för att de inte orkade neka sig att blicka tillbaka över axeln. Och hon gissade att det var de som ägde mest. Av gods och guld. Hon såg fru Dahl och prästfrun – stelnade och döda däruppe på krönet.

Men budet kom inte. Och Elisif förkunnade inför alla i Tusenhemmet att de kunde vara lugna för Herren hade skonat dem.

Tora hade varit inne i det gränslösa. Visste att döden varit ute efter henne. Hon förstod lite av gåtan. Den stora nyckfulla gåtan. Vem som blir uttagen, vem som blir skonad. Och hon nästan sörjde när skylten med Petterøes Blanding rycktes loss och sänktes i Viken för att den inte mera var någon ögonfröjd. Hon sörjde över "jätterockan". Den hade fått henne att känna saker hon aldrig känt förr. Hon hade känt den yttersta gränsen inom sig. Den lockade henne och gjorde henne rädd. Fastän rädd? Nej, den hade ingenting med farligheten att skaffa.

Döden. Den skulle komma. En gång. Till alla.

Hon hade inte låtit *honom* drunkna. Nej. Men engång blev det hans tur också. Det kunde bli hans tur imorgon. Och då fick han vara ensam. Han kunde aldrig nå in i hennes död! Aldrig! Hon ägde sig själv i döden. Hon skulle aldrig kunna förklara det för någon, men så var det.

Hon hade en enveten vilja som avgjorde saken åt henne: *Han* var gammal. Han skulle dö först.

Tanken gjorde att hon fick lust att springa ner till Kiosk-Jenny och fråga ifall hon behövde hjälp med något – eller göra det extra trivsamt tills mor kom från arbetet. Tanken gjorde de ynkliga vinterblommorna på fönsterbrädan vackra och grönskimrande.

Och måsarna skrattade därute. Ett genomträngande pratsamt skratt som berättade att ovädret var över.

16

Det kom vindpinade små journalister till Ön med lokalbåten så snart vädret blev drägligt för folk och fä.

De skrev om Almars stuga som låg med kjolarna i vädret och inälvorna utslängda för världens blickar. Det vill säga: så skrev de förstås inte alls. De knäppte bilder av vädergudarnas skamliga våldtäkt och skrev undertill: "Demoniskt oväder över Ön. Takplåtar susade genom luften som dödsbringande projektiler. Telefonstolpar knäcktes som tändstickor. Men folket bygger upp."

Jo då. De hejdade Almar när han kom körande med prästmärren spänd framför långsläden.

Röd och frusen stod han där. På skrevande ben. Han hade lastat på det viktigaste. Kaffepannan tronade överst. I likhet med Einar på verandaloftet hade han inga svårigheter att skilja skiten från kanelen när han skulle bryta upp och lämna detta jordiska. Men han klamrade fast vid det på annat vis än Einar, ändå. Klamrade fast vid det med hela sin varelse, och likväl bortsåg han från det – när han måste. Ingen släpade på sönderslagna pallar och krossat porslin. Även ifall de skulle till Tusenhemmet och bosätta sig. Han skulle in i kammaren hos Huckle-Johanna. Han fann sig i saken.

Helst hade han sett att han fick det lilla rummet i skolan. Det invid den välsignade lärarinnan. Hade sett det för sig mitt i eländet och dragit av sig skinnluvan så hon skulle upptäcka den bandagerade skallen. Han skulle visa henne att det var sant – alla historierna som gick om Almar i Hestvika och allting kring honom, skulle få se att Almar var en man som kunde bära ett blodigt huvud och ändå tänka med det. Han skulle skaffa sig ny båt. Så fick det vara som det kunde med huset. Men båt! Jo då. Han skulle hämta henne småsej i juni – innan hon for söderöver.

Frusen och bredbent stod han där på släden och kunde väl ge svar på tal – till en ynklig murvel som ville skriva några glosor i tidningen.

För Gunn läste tidningar. Fick dem med posten – stora som tiokilospåsar som hon satt och läste var endaste sida i.

– Det är hemskt med allt detta elände, kunde hon säga.

Och Almar la huvudet på sned och höll med henne. Han nickade mot henne och försökte under tiden tänka ut vad han skulle säga om saken. Det slutade alltid med att han hittade ett ord eller två.

Och nu hade han stormen. Eländet var Almar personligen, det skulle bara fattas. Hade han inte ett hack i skallen, och bar inte skinnluvan sitt tydliga vittnesbörd om alltihop? Var han inte en olycklig som alla pratade om? Jo. Och nu skulle han i tidningen.

Han hade sina kraftiga arbetsnävar instoppade i tumvantarna och flyttade inte en fot fast han stod mitt bland de vingliga kartongerna på flyttlasset.

Tidningsmannen kallade honom för *ni*, fast Almar var från Ön och skulle flytta till Tusenhemmet idag.

– Det gick illa hemma hos er? sa tidningsmannen allvarligt. Och höll blyertspennan redo. Det sista gjorde Almar lite orolig. Men han tappade inte ansiktet.

– Jo, då.

– Har ni försäkrat?

– Nej då. Jag hade nog med lånen. Man får inget gratis.

– Men huset kan väl byggas upp?

– Det är bättre att jag får mej en båt.

– Ja, ni miste båten också.

111

– Ja.

– Så ni prioriterar båten framför huset.

– Va?

Almar harklade sig. Han uppfattade inte frågan. Journalisten använde ord som var obegripliga när man stod där i kylan och fortfarande hade huvudvärk under bandaget.

– Så ni ser mörkt på framtiden? frågade den lille grå upp mot mannen på släden.

– Vem har sagt det?

– Jag tänkte att...

– Det duger inte att bara sitta och tänka!

Almar hade sagt sista ordet. Och han visste inte att han hade satt en liten journalist på plats.

– Men du får hjälp? frågade journalisten och glömde sig och duade honom.

– Nä – det kan jag aldrig tänka mej. Jag fiskar inte för annat än småsalu och mej själv. Jag har fått mej ett rum i Tusenhemmet, det stora huset på stranden där. Jag slipper gå utan tak.

– Du är inte bitter?

– Bitter? Nä. Jag har hälsan. Ifall dom som delar ut pengarna inte tycker jag fiskar stort nog, så får det vara.

Almar smackade åt hästen utan att fråga om tidningsmannen var färdig. Karlen rände efter ett stycke och frågade om han fick ta en bild. Av olyckshuset?

Vad skulle det vara för glädje? Bild av ett hoprasat hus? Nej, då skulle han hellre haft en bild av huset som det stod i sin välmågas dagar. Nymålat och putsat och med nya fönster i köket och farstun.

Men när han jagade på hästen ner till Tusenhemmet, strök han sig över pannan med tumvanten. Det var så underligt tomt under himlen idag. Så var det alltså sant: Att han ingenting hade. Almar drog med vanten över ögonen åter en gång. Svepte en droppe från näsan i farten. Han var så satans kall den här dagen.

Folk menade att ovädret givit ett varsel, om alla tings för-
gänglighet. Och det blev kanske lagt extra vikt vid saken ef-
tersom det var han Dahl som råkat värst ut. Det var konstigt
– man kunde kosta på sig den slags när det gällde han Dahl.
Då var det annorlunda med stackars Almar. Det fanns inte
mycken ork kvar i honom efter ovädret. Detta med båten
kunde ingen uthärda. Det var inte utan att han verkade lite
våt i ansiktet, när han fick syn på den nya stäven som hängde
sönderslagen och ensam i sina rep.

– Det är det helvetes skäret! Jag har jämt sagt att en olyc-
ka måste ske med ett sånt skär mitt i hamnen!

Och karlarna vände sig bort.

I tidningar och radio använde de ordet katastrof. Kata-
strof! Folk på Ön använde inga sådana ord. På goda grun-
der. Vilka ord skulle man då använda ifall det en gång gick
riktigt illa? Taxeringen av ovädersskadorna i distriktet
nämndes. Flersiffriga tal. Fyra miljoner.

Kronor? Ja, ja. Några räknade i kronor. Det var enklast.
Ju längre bort man satt med sitt, desto enklare var det att
prata om kronor.

Naturskadefonden? Vem var det? Det var så att det kom
pengar därifrån, sas det. Jaså? OCH SÅ BLEV ALLTING
GOTT OCH VÄL IGEN?

Almar begrep åtskilligt, men att någon skulle hitta på att
ge honom pengar, det kunde han aldrig tro. Det hjälpte inga-
lunda att det stod i livets bok att tron kunde förflytta berg.
Almar var klen i tron. Och han fick förstås ingenting. För bå-
ten användes bara på hobbybasis. Hobbybasis? Jo, minsann!
Barnsängskäringar och avhuggna fingrar, värkande tänder
och folk som skulle på långresa!

Alla reste de med Almars fiskebåt. Och det där HOBBY-
ordet kunde djävulen ta! För båten fanns inte mera. Och

113

ungarna fick hädanefter komma till världen med navelsträngen flera varv runt halsen och mycken vånda utan att han, Almar, kunde frälsa någon. För båten som var en hobby, för att han drog sig matfisk om somrarna – fanns inte mera. Och huset hans vaggade fortfarande uppochner. Han hade förtöjt det med kätting. Han fick sälja det i stycken till späntved och gjutformar.

Finansdepartementet och jordbruksdepartementet och handelsdepartementet – med statsråd och allt möjligt – satt i Oslo och predikade om kronor. Den här himlakroppen: Naturskadefonden, hade förbrukat alla pengarna på *katastrofer*. Långt före ovädret.

Och för säkerhets skull fanns det 4 600 arbetslösa i Nordland, så det borde finnas åtskilliga lediga nävar till att bygga en fiskebåt eller två. Det fanns massvis med småbjörk och sälg, yxor, sågar och verktyg som vinden och havet inte fått tag i. Så det skulle nog ordna sig.

Karlarna stod och flinade så smått i butiken hos Ottar. Det flinet var av alldeles speciellt slag. Man måste vara invigd i det för att förstå det totala förakt, den totala depression och bitterhet som det rymde.

Sysselsättning! TVÅ OCH EN HALV MILJON. Kronor? Kanske ... Detta *kanske* var tjudret de satte på ett förtvivlat och sårat djur där norröver.

Världen var ett obegripligt klot.

Röda korset. Kyrkans nödhjälp.

Nya vätebombssprängningar i Stilla havet.

Atlantpakten i upplösning.

Grace Kelly vill låta furst Rainier vara herre i sitt slott.

Almar förtöjer en stuga med takåsen rejält nertröskad i strandens grus.

Ryssarna ger. Folk norröver blir ihågkomna av ryssarna! 50 000 rubler från Sovjet. Och en och annan minns ryssarna

som det stora starka djuret som kom med sin orubbliga labb
när silkesvanten från väst blev alltför vek.

Svenskarna hade visst också lite hjärterum för nordlän-
ningarna: 50-60 ton hö fraktades över Narvik.

Så kom fisken strömmande in i fjorden.

Folk klarade sig själva. De i Vesterålen hade fiskat dubbelt
så mycket som året innan redan vid utgången av januari.

Han Dahl fick sitt, sysslade sannerligen inte med någon
hobby, den karlen. Taket kom på och bryggan nitades kraf-
tigt och tryggt till klipporna. Karlarna arbetade dag och
natt. Käringarna var vana vid ensamhet den här tiden på
året. Och staten hade hostat upp, han Dahl kunde betala.
Snart glömde de Almar och båten hans. Ja, han glömde sig
själv... Stod mest i Ottars butik och slet ut fickfodret. Visst
eldade han i skolan varenda dag, utom helgerna. Men an-
nars var det inte mycket med honom.

Det hade kommit en tanke i huvudet på honom. Den tan-
ken höll han helst för sig själv. Det var som om han visste att
det skulle barka åt skogen ifall han invigde någon i den.

DYNAMIT. Almar hade föresatt sig att spränga skäret.

De satt i skenet från stearinljusen och agnade krokar i rasan-
de tempo nere på bruket hos Dahl. De elektriska ledningarna
var sönderslitna. Och det rådde brist på kunniga elektriker.
Dahl hade råkat illa ut denna gången.

Simons glada stämma och höga skratt gjorde däremot ar-
betet i de nya bodarna till en fest. Löskarlarna hos Dahl kom
över för att göra småjobb om kvällarna, för att de inte förtjä-
nade tillräckligt hos Dahl.

Simon hade fått medvind. Äntligen. Han deltog inte i brå-
ket om vad som var bäst för framtiden och fisket: juksalinor
eller nylongarn. Somliga av juksafiskarna gick över från "ha-
marøypilk" och "svenskpilkar" till de gamla goda "kaster-

krokarna" och 75 öre antyddes som lägstapris för året.

De som satsade på nylongarn var illa sedda på Ön. Simons karlar fiskade med nylon. Men Simon begrep att hålla käft när karlarna muttrade.

Han hade fått bryggan istånd efter uppbyggnaden. Och han hade distriktets modernaste bodar. Ibland körde han händerna i fickorna och ställde sig vid fönstret i det nya kontoret och tänkte, Simon.

Plats för 50 man. Han hade fått bort det smutsiga agnjobbet från karlarnas uppehållsrum. Han hade byggt som en storkarl. Eget sovrum för varje båtlag och skåp åt varenda man. Tvättrum! Trappuppgången hade han fått åtskild från agnrummet i första våningen. Han hade däremot ett stort gemensamt kök för vart båtlag. Karlarna mumlade litegrand om detta. Men mest för att de var ovana vid saken.

Och Simon hade elektriker! Det var honom Dahl väntade på. För lådorna med agnade linor fylldes under stearinljusen och fotogenlyktorna i den gammalmodiga dragiga agnboden hos Dahl, som de bärgade från Viken och släpade in till kajen.

Folk hörde om det storkarlsaktiga, allt det rinnande varma vattnet på Simons bruk, och de lurade på ifall det fanns en möjlighet att lista sig in hos Simon och byta arbetsbas.

Så funderade de trötta skallarna över agnlådorna hos Dahl. Så smög avundens gula djävul in i enfaldiga arbetande själar och gjorde dem mindre lämpade för allt hinsides.

Och så blev Simon trygg igen. Han kunde cykla hem till Bekkejordet om kvällarna och lasta av sig sin trygghet som varma yllefiltar i Rakels famn.

17

Takdroppet hade hakat upp sig. Hade stelnat till is. En kristallklar formation ovanför dassdörren. Den stötte i grönt när man betraktade den tidigt om eftermiddagen och havsljuset klättrade som hastigast i den.

Tora lyfte blicken och ögonen fångade in istappen genom fönstergluggen över dörren. Den vita gardintrasan hölls åt sidan med ett gulnat band. Det syntes på både gardinen och bandet att det varit en invecklad vinter. Fläckig i kanterna hängde den slappt och verkade nästan ha givit upp hoppet om allting i denna världen.

Men utanför hängde alltså istappen. Glittrande. Av ljus. Av färger. Man kunde se att den bulnat. Hade inlett borttynandet. Det var hoppfullt. Den formligen luktade värme, trots att den veterligen var en istapp.

Gardintrasan hamnade i skuggan. Den fanns liksom inte mera. Om vintern kunde man betrakta ljuset över gården genom den. Alla fläckar doldes av halvdagern. Men nu var dess glanstid förbi. Ingenting skulle bli vad det varit.

Sol satt över det andra hålet. Hon pratade om handelsskolan. Det fanns någonting främmande och irriterat kring Sol numera. En vuxenhet som Tora både fruktade och längtade efter. Hon lyssnade medan hon höll ögonen på istappen utanför. Hon kunde tydligt se att ljuset stadigt blev större. Det vilade en magisk styrka i det. Det förtärde allting och gjorde allting tydligt på samma gång.

– Det är jobbigt, men det är roligt. Det är många gamla

som går där.

Sol var klar med ärendet. Hon fick på sig kläderna och lyfte locket på plats. Sedan makade hon sig tillrätta i bänkhörnet som om det vore en vanlig köksstol och nappade åt sig en veckogammal tidning medan hon väntade. Tora tyckte plötsligt hon blivit främmande för denna nya Sol. Det var kanhända den nya jackan, och den nya rutiga kjolen som hon hade till fint.

Tora var förundrad över att Sol hade handlat så mycket. Det var onaturligt att någon kom svepande nerför trappan från Elisifs vindsrum i plisserad kjol.

Men när hon iakttog Sols blossande ansikte medan hon berättade om den fantastiska HANDELSSKOLAN, så tillstod Tora frivilligt att hon var en småaktig människa som inte unnade Sol en usel plisserad kjol. Hon var ju vuxen och konfirmerad och kom ner till Ingrid och Tora om lördagarna för att klä om och gå på dans stick i stäv mot vad Elisif befallde henne om uppbyggelse och självtuktan.

Allt detta betydde att Tora måste finna sig i att Sol hade blivit vuxen före henne. Och att det var som det skulle.

Men man hade nu en gång vant sig vid att uppe hos Sol diskade de på två pallar och läste läxorna på köksbänken. Det var lagen i Byn: Allting skulle förbli vad det varit. Plötsliga förändringar var av ondo. Folk tyckte inte om förändringar. Tora begrep att detta hade hon gemensamt med alla andra som bodde på Ön. Hon tålde inte de tvära förändringarna som gjorde hennes eget etter värre än det varit. Hon begrep att det fanns någonting innerligt tryggt över andras gråhet och hjälplöshet. Det gjorde ens egen möda så mycket uthärdligare att grannungarnas var värre.

Och Tora skämdes över sig själv, gjorde sig klar och sneglade på tidningssidorna som Sol bläddrade fram. Precis som i gamla dagar.

Kylan fanns där. Det låg is i springorna i det gamla trägolvet. Men man behövde bara höja blicken upp till gluggen och slänga locket på med all kraft efter sig. Så var inte den världen synlig. Man kunde stänga igen om sina egna eländiga tankar också. De hade ingenting med den lysande droppande istappen att skaffa. Var bara sådant som varje människa fick förlåta sig själv. Dölja för all världen.

Sol läste högt ur tidningen om "TOKALON", en dagkräm som skulle göra en ful kvinna vacker inom loppet av några få dagar. Priset var 2 kr och 90 öre för en stor tub! Sol nämnde några hastiga ord om att Ottar sålde den krämen. Och orden kom tveksamt. Tora undrade. Det var någonting mystiskt med Sol. Det kändes liksom tomt och mycket ensamt. Men det kändes också som ett rop – någonting hon måste lyssna sig till och se ifall det gällde henne också. Var det något man måste följa?

Mitt ibland alla vardagliga artiklar om att påsken inte fick vara definitivt slutdatum för fisket i Lofoten och Jens Steffensens, stortingsmannens – fräna angrepp på att folk tog påsken som ett nej till fisket – stod en inramad notis:

"EVIGT BEGÄR" av N.T. Lord.
Älskogs-scener, ung kvinna, flera män.
Casanovas äventyr och Decamerone är barnböcker mot detta.
Inte en man, men EN KVINNA.
Elegant inbunden – 357 s. kr 16:00 plus porto kr 2:00.

Tora tittade på Sol. Ett hastigt förstulet ögonkast. Ville se ifall hon *såg*.

Och Sol såg.

Tora suckade. Några få sekunder hade hon fått väninnan tillbaka.

Sol flinade rentav. Tora blev modig. Hon pekade på annonsen och kupongen under och sa ut i luften:

– Tror du det finns nån som skriver efter såna böcker?

– Ja, det är klart.

– Du – vad menas... med DECAMERONE?

– Jag vet inte. Det är väl nån snuskbok av nåt slag!

Tora log utan att munnen ville vara med. Det steg ett oändligt stort leende ur henne. Det var så fyllt av skratt att det fick henne att glömma allting annat. Istappen. Det febersjuka solljuset utanför.

För mitt i söndagseftermiddagen, mitt i den rutiga plisserade kjolen, mitt i handelsskolan och allt pratet om debet och kredit, mitt i allt det Sol inte längre pratade med Tora om – så fanns det åtskilligt som Sol inte heller visste besked om.

Och när det knackade på dassdörren, tre hårda irriterade slag – så höll de sig för munnen och kvävde fnisset medan de gjorde sig färdiga.

Tillsammans slank de förbi Huckle-Johanna på den isbelagda hala trappen, sprang över gården och visste inte hur de skulle hålla tillbaka det stora skrattet tills de stod räddade i verandagången.

Ljuset var så fint den dagen. Det kom kyligt och klart och vänligt genom alla springor och fönster.

Drömmen om att komma sig bort från Ön växte bred och stark som Storälven som kom från Hesthammeren och ner i Viken med väldig kraft. Bredlemmad och härlig flöt den genom alla myrarna och markerna.

Men innan dess kluckade och susade det från alla bäckarna uppe i Hesthammeren och var ett mäktigt oväsen att lyssna till om man stod nära. En oundviklig styrka. En enveten vilja som ingen kunde göra någonting åt, för den rann ut i havet varendaste dag och tog aldrig slut.

Sådan var Toras dröm.

När Sol berättade om handelsskolan, fick Toras dröm många sidospår. De dök upp när hon låg i kammaren och

120

skulle sova, de trängde sig fram när hon gick från skolan eller Byn. Hon bar det som en ljuv hemlighet. Jämt. Lika friskt och nytt som smultron om sommaren. Hon samlade alla fina tankar och trädde dem på ett långt och starkt strå. Ibland lyckades hon sätta ord på det för sig själv. Lyckades säga inom sig: "När *han* kommer tillbaka – är inte jag här."

Farligheten var ute ur kammaren nu. Hon hade fått hem överkastet. Det stickade överkastet som Randi gjort bara till henne. Det låg på sängen i kammaren. Först hade hon inte vetat om hon skulle våga. Men det var ett sätt att få ut den. Farligheten. När hon lagt det på sängen insåg hon att det tog de fula bilderna bort från rummet. Nästan allt det som inte gick att leva med.

Hon hade det alltid på. Om natten också. Ja, det var om natten det var mest nödvändigt. För om dagen kunde hon sitta framför fönstret och läsa läxorna och ha rummet och sängen bakom sig. Men om natten var hon tvungen att ligga i den.

Mor hade kommit in en morgon och frågat ifall hon frös – eftersom hon låg med överkastet på. Och Tora visste inte riktigt vad hon skulle svara. Men så hade färgerna glött emot henne från garnet och hon hade sagt som det var: Att hon tyckte om att ha det där.

Tora hade ljuset inom sig. Hon vaknade till det. Hon såg sitt ansikte översköljt av ljus varje morgon. Det var som om hon aldrig riktigt haft ro att hålla det kvar, kela med det, spara på det – förrän nu. Det berodde på att farligheten var så långt borta. Att tingen liksom hade det hem de borde ha. Hon också. Drömmarna var någonting hon kunde vidgå för att hon inte behövde dem. De fick fritt komma fram och slå sig ner i kammaren. De behövde inte gömma sig tills allting annat blev outhärdligt.

Det var inte så hon skulle tänka. För mor var inte så glad, visst. Det var så tomt runt hennes ögon, jämt. En underlig blekhet. Oro och omsorg för allting. Tora försökte avlasta henne där hon förmådde. Det var som om hela Toras liv var avhängigt av att mor steg upp om morgonen utan den där tomma minen.

Men det skedde inte. Och Tora såg att mor bäst orkade med dagarna när ingen sa eller frågade eller undrade över någonting.

Tora hade själv skurat så grundligt i kammaren att det inte fanns kvar ett uns gammal smuts. Men ändå hände det: Hon hörde fotsteg. Att hon sov, men var vaken. Hon kunde tydligt se att dörrklinkan rörde sig. Och hon stålsatte sig och visste att nu kom det. Hon låg där med stela ögon och stum mun och visste!

Först när hon mindes att *han* inte fanns på Ön, visste bestämt att så var det, kunde det komma något ur hennes öppna mun som liknade gråt. Det grep fatt i magen och axlarna och ruskade och skakade henne. Och fastän hon visste bestämt, så måste hon upp ur sängen. Svepa in sig i överkastet. Känna att det värmde som ingenting annat. Sätta sig på det lilla bordet vid fönstret. Känna att svetten torkade på kroppen som en tunn tunn hinna av skam. Skam hon aldrig skulle kunna tvätta av sig i bleckfatet.

För Tora växte i ålder och visdom, och visste bättre än förr vad skammen gjorde med människorna. Hon såg att den fjärmade dem från varandra. Att värmen försvann. Så var det: De som mest av alla behövde värmen var de som måste bära på den största skammen.

Det hände att hon tänkte på hur det skulle varit ifall hon vore en annan. Ifall hon varit prästens flicka, eller dotter till Dahl. Men hon hade sett Dahls båda och prästens båda. Och hon var klar över att hon var TORA. Det var vad hon skulle vara. Det var bestämt för länge sedan. Det gick inte att komma ifrån. Och hon skulle hitta sin släkt i Berlin, och hon skulle bli något. Säkert!

Ju mera hon tänkte på det, desto avlägsnare blev farligheten. Och hon kunde klättra ner från bordet. Hon kunde låta världen utanför vara som den var för att *han* inte fanns där. Och överkastet glödde igen med sina varma röda färger. Hon kunde uthärda mors tomma blick och betrakta allting i det stora ljuset som hade spritt sig in från fjorden hela februari och grävt sig en lya hos henne med allt sitt. Det var skrämmande. För hon visste inte om någon människa fick känna på det viset. Fick känna sig så skamligt lätt och glad över att någonting släppte greppet inom en. *Någonting.* Utan namn.

Och ovädret stod för henne som den egentliga orsaken. Det var då döden hade kommit till henne och knuffat henne i sidan. Hårt så hon skulle veta att den fanns, och att hon inte skulle slösa bort någonting av sin lilla glädje.

Det var en sådan genomlyst dag Simon kom kavande in i köket med stövlarna på och frågade Ingrid ifall hon kunde undvara Tora ett par dagar medan Rakel var bortrest. Han behövde någon som gav djuren foder, och städade huset. Mest för djurens skull, förstås. Ja, han erkände att han var bortskämd med att ha ett fruntimmer som styrde och ställde hemma, men det var inte bekymret. Det var detta med djuren. Om Tora ville tjäna några extra slantar?

Ingrid tyckte det där med slantarna var dumheter. Tora kunde väl ge Simon ett handtag utan betalning. Det skulle bara fattas!

Men Simon blinkade till Tora och sa att den affären skulle de nog ordna sins emellan utan inblandning.

Tora såg ändå på honom att han inte var riktigt glad idag. De frågade inte vart Rakel skulle. Ingen förhörde sig om sådant där på Ön. Om folk ville att man skulle veta – så berättade de själva.

Simon sa ingenting.

Ingrid tänjde såpass på saken att hon frågade om Rakel hade mycket att stå i. Det var en stund sedan hon varit inom synhåll.

Simon bekräftade. Rakel hade haft mycket att styra med. Och så plågades hon av en underlig långvarig trötthet. Hon hade tagit ut sig då efter ovädret, med röjningsarbetet. Hade inte sparat någon möda. Jobbat dag och natt. Hon hade visst inte tålt det. Fått en reaktion – eller vad man skulle kalla det. Blev liggande några dagar...

Simon stod och tittade i golvet. Det kom inga flera ord. Han fick bråttom att komma iväg.

– Det var fint att du kunde se till djuren. Du förstår, det är full fart dag och natt på bruket nu. Jag vet inte ifall jag hinner hem i tid... Men du blir inte rädd – ifall du blir ensam om kvällen? Mörkrädd?

Nej, Tora var inte rädd för mörkret. Inte på Bekkejordet. Det var det bästa mörkret i världen för någon människa.

Redan samma kväll stoppade Tora skolböckerna och ombyte i pappränseln och gick upp till Bekkejordet med skyndsamma glada steg. Mor hade låtit henne gå dit. Hon hade rentav sagt – att det skulle bara fattas. All skuld lyftes av henne. Hon njöt av att vara påväg, samtidigt gladde hon sig över att snart vara framme. Rakel hade redan rest. Det luktade ännu efter henne i köket. Tora visste inte vad det luktade. Bara att det var Rakels lukt. Det luktade starkast i köket och i hallen och i det lilla rummet där de hade tvättstället. Ja, och i deras sovrum – Rakels och Simons...

Tänk, nu skulle hon styra och ställa med allting. Upp tidigt och in i fähuset innan hon gick till skolan. Leva som om det var hon som bodde på Bekkejordet.

När hon varit i fähuset – och satt med sina läxor under den

stora lampkupan i köket och lät blicken glida över den röd-
och-vitrutiga vaxduken – slog det henne att Simon snart
skulle komma hem. Att hon skulle finnas i det stora vita hu-
set ensam med honom. Plötsligt var det som om någon öpp-
nade varenda por i kroppen på henne och lät dem tömma sig.
Hon var genomvåt på ett ögonblick. Började darra. Alla tan-
kar försvann ur hennes huvud. Bara en klibbig äcklig känsla
blev kvar. En kväljande känsla av att ha lurats i en fälla.

Farligheten fanns överallt! På Bekkejordet också.

När Simon kom satt Tora fast i en tratt. Den hade smalnat
till ingenting alls. Hon satt fast ända framme i spetsen. Viss-
te inte hur länge hon suttit framför köksbordet eller hur
länge hon kramat den arma blyertspennan med bägge hän-
derna. Förmådde inte röra sig när hon hörde att han ställde
sin cykel mot husväggen och klev in i farstun.

Hon stirrade rakt ner i boken utan att se, när han godmo-
digt och bullersamt kom in i köket och slog ihop nävarna me-
dan han tittade sig omkring och förklarade att han tappat
vantarna. Eller förlagt dem.

Han kastade en blick mot den svarta kalla spisen och tog
några långa steg ditbort för att göra upp eld. Han sa inte ett
ord om att hon låtit den slockna.

Tora satt orörlig. Men till sist samlade hon sig såpass att
hon tittade upp.

Då skedde det: Hans ansikte gled bort. Det blev ett stort
vitt fält där ansiktet borde varit. Kropp och armar och hu-
vud flöt ihop framför ögonen på henne. Det enda hon såg var
de stora fötterna som rörde sig mot köksbordet.

När han stod alldeles invid henne, och fötterna fanns intill
hennes stol, kände hon ett obarmhärtigt illamående vrida
om därinne. Det började långsamt vända sig. Rummet. Hon
hade kommit så långt in i tratten som hon kunde – nu. Tak
blev väggar. Väggar blev golv. Fortare och fortare. Hon ville

lägga huvudet mot bordsskivan – för hon uthärdade inte längre. Men det blev inte så. Och världen delade sig itu. En mörk och en ljus. Hon kände att mörkret slukade henne.

Hon vaknade på soffan i hörnet. Simon hade lutat ansiktet tätt intill hennes. Han hade en trasa i handen. Han mumlade någonting hon inte kunde höra. För hon fanns inte i hans värld. Såg att munnen rörde sig på honom. Såg klockan på väggen. Pendeln. Fram och tillbaka. Ljuset som flödade ner över bordet. En pelare av ljus. Så vitt. Så oändligt vitt.

Simon hade fått tillbaka sitt ansikte. Han hade givit henne en frist. Åter ryckte vämjelsen henne bort. Hon orkade inte längre. Kände att hon måste kräkas. Men skulle aldrig klara sig ända bort till vasken. Då rätade Simon på ryggen. Ansiktet kom på avstånd. Det for ut i rummet med väldig fart. Så fick hon ytterligare en frist. Var blöt över hela kroppen. Svettig. Hon hade fallit. Han hade burit henne hit bort! Hon var så tacksam för att hon ingenting visste. Ingenting! Ingen kunde säga att hon visste vad som skett sedan hon kom bort hit till soffan. Ingen! "Käre Gud – du vet att jag ingenting vet!?"

När han böjde sig över henne igen stod de i småbåten. Branden knastrade därborta. Det var bara spisen! Det gick att leva med. Men hon kunde se att de var i småbåten. Han måste hjälpa henne iland. Det var inte farligheten. Han måste...

Och hon kände sig plötsligt så trött. Det var någonting med rockan den där ovädersnatten. Skylten. "Petterøes Blanding". Det var någonting med den salta smaken av hav. Den vämjeliga smaken av död. Var hade hon den ifrån? Den liknade ingenting annat. Hon höjde handen till skydd.

– Tora, är du sjuk? Kära dej – du är alldeles utom dej. Är du rädd för mej, Tora? Känner du inte igen mej?

Hon hörde den genomträngande rösten. Nära sitt öra.

Kände hans andedräkt. Nära. Och förvandlingen kom. Oförtjänt. Det var någonting med att den torra varma handen la sig över hennes ansikte – och hon väntade på farligheten. Och den kom inte. Hon låg utan att röra sig och kände hans hand mot ansiktets hud. Till sist hade han smekt henne lika varm och torr som han själv var.

Det brann. I spisen. Röda eldstungor i dragspringorna.

Rakels katt hoppade upp på soffan. Den var lekfull och god. Så fylld av liv.

Plötsligt såg hon att han hade ögon som en pojke.

Farligheten fanns inte där. Morbror Simon ägde inte farligheten. Han var oskyldig.

Så kom skammen.

Skammen över att hon var Tora.

Skammen över att hon kände farligheten. Medan han – den vuxne mannen – inte kände den.

127

18

Det var lite sällsamt att gå i rummen på Bekkejordet. Ensam. Inte skamligt eller fult. Morbror hade ju bett henne. Men konstigt? Ja!

Här fanns så många saker. Möbler. Kuddar. Hyllor. Skålar och kärl i alla fasoner. Inte bara *en* servis till vardags som till fest, som hemma. Nej, alla slags ting att duka med för olika tillfällen. Och nyckeln satt i låset i skänken. Tora såg den nog. Rörde ingenting. Bara tittade.

Morbrors och mosters sovrum. Bakom köket. Ljusa blommiga tapeter. Vita gardiner. Riktig kommod med spegel och lådor. Borste och kam och flaskor på. Allting var så annorlunda mot hemma. Mor hade bara ett enda skåp att hänga undan sakerna i. Ja, och en koffert ovanpå skåpet. Inga saker som skulle ligga framme till pynt. Hade inga varpar som bara kunde ligga kvar framme på bordet och lysa utan att det verkade stökigt. Inga förgyllda glas eller krukor. Inte någon kommodspegel med fotografi instucket under ramen.

Tora visste att detta var ett stycke av avståndet som nästan alltid syntes i mors blick när hon pratade om moster Rakel och Bekkejordet och allt det. Det var som om alla dessa saker gjorde moster till en främling. Ändå var det som en saga att gå från rum till rum och öppna dörrarna, titta och beundra.

En god lukt av överflöd följde Tora överallt. Det var kanske också ett av skälen till att allas ansikten vändes mot moster Rakel när hon steg in i ett rum. Ett slags oemotståndlig rörelse som alla var underkastade vare sig de ville eller ej.

Mamma också. Fastän Tora begrep att hon egentligen inte ville.

Över sängarna hos morbror och moster låg ett plyschöverkast i kungsblått. Det hade de fått av en släkting till Simon som kom ända från Amerika för att besöka dem. Det verkade tjockt och våldsamt där det låg halvvägs över mosters säng. Tora smög fram och rörde vid det. En främmande lukt steg upp ur tyget. Simons säng var inte bäddad.

Det var inte bara mosters lukt. Morbrors? En underlig blandning av sömn och klädesplagg och kropp. Inte mosters sötaktiga tunga lukt. Detta kom ur morbrors sista natt. Ur de timmarna han hade legat här ensam under filtarna, tills den stora gyllne väckarklockan ringde så Tora hörde den upp till sig. Så hade han vikt sängkläderna åt sidan och burit kläderna med sig ut i köket – kanske. Tora tänkte på morbrors kropp från varma sommardagar när han arbetade i höbärgningen. I bara blåbyxorna – ingenting på överkroppen. Och hon såg honom plötsligt just när han föste täcket åt sidan och begav sig ut i dagen.

Då hade hon legat däruppe i vindskammaren och sträckt på sin sömntunga kropp och känt sig så evigt tacksam att morbrors ögon hade betraktat henne kvällen innan – precis så – och precis då. Så hon begrep.

Att hon kunde vara trygg.

Vindskammaren blev gömstället hon behövde.

Nu hade han gått till bruket för längesen. Hon hade varit ute och gett djuren. Hade varit i Rakels ställe åt honom. Ur den insikten växte fram en ensam vanskapt glädje. Glädje utan grund. Som hade en stor sorg i sig. Tora böjde sig sakta fram och strök med handen över det tjocka blåa överkastet från Amerika.

Så rätade hon på ryggen och gick tyst ut ur rummet. Utan att bädda morbrors säng. Det kom plötsligt för henne att hon brutit sig in hos honom. Det var hon som brutit sig in hos

Det var samma dag.

"Konfirmanden" pratade med dem om att det var sista året de gick i folkskolan och att de måste göra sitt bästa. Under tiden satt Tora och kände att: Förmiddagen varade alltför länge. Eftermiddagen var långt borta. Framtiden var någonting man kunde längta efter. Längtan var ett varmt överkast.

Hon gjorde sitt bästa med böckerna. För Tora var det ett sätt att vinna övertag. Vara dem överlägsen. Hon kunde sitta och vänta tills alla andra hade skruvat ur sig sina orimliga svar. Sedan visste hon att "konfirmanden" skulle vända sig till henne. Och hon gav svaret långsamt och lågt med böjt huvud. Bara så de inte skulle säga att hon gjorde sig till. Egentligen ville hon resa sig. Dricka den stinna, svettiga, dammiga luften med öppen mun – och slunga fram det riktiga svaret. Rakt i deras hånfulla ansikten. Se hur de skiftade min. Se hur deras ansikten stängdes av misstro. För att hon kände till ord de aldrig hört talas om. Hon skulle stå där och titta dem ända ner i golvet.

Men: Det blev aldrig någonting av. Det skulle aldrig löna sig. Utanför skolan fanns en annan värld. Där gällde det inte att kunna fina, underliga eller kloka ord. Där gällde de stenhårda orden, de snabba knytnävarna och de goda hånfulla axlarna. Dem man ryckte på, dem man skickade någon stackare ner i skammen med, en enda kort rörelse räckte.

Tora böjde huvudet.

Hade inte råd med något högmod.

Hon visste priset.

De satt med sina mjölk- och saftflaskor, matlådorna och de nerfettade gråpapperspåsarna. De satt med sina tankar. "Konfirmanden" hade gått in till sitt.

Ole var den som utlöste det:

– Dom säjer hon Sol har ihop'et med varenda av löskarlarna hos han Dahl?

Det var inte sådant de trätte om medan de åt. Ole bröt mot sedvänjan. Han fick heller inget svar med detsamma. Jørgen satt och kikade under lugg en stund. Det stripiga okammade håret hängde ner över kvisslorna i pannan. Det var som om han inte hörde vad ledaren från Byn sa. Låtsades inte om att det var en replik speciellt för honom.

Men så började någon av flickorna fnissa. Det gav Ole mod att gå till stort anfall.

– Dom säjer hon kommer rännandes från bodloften varenda söndagsmorron. Och hon har kjolarna på trekvart. Ha, ha, ha!

En mörkröd färg började sprida sig över huvudet på Jørgen. Ansiktet och halsen. Öronen.

Tora glömde att det inte var henne det gällde. Det blev för elakt. För oförberett.

– Och ni som har en gudlig mor, va?

Ole gläfste vidare. Han hade ett totalt övertag. Hade kört det sista spjutet på plats.

Det blev slagsmål av det. Och "konfirmanden" kom. Men han blev inte klokare. Ingen ville ut med vad saken gällde. Hur kunde man förklara för en tunn grå spjäla till lärarmänska någonting så rått.

Ingen ville tillstå att de lärt sig sådana ord engång, än mindre erkänna att de visste vad de betydde.

"Med kjolarna på trekvart."

Nej!

Gunn blev uppmärksam på bråket. Hon hade öra för när någonting hände däruppe. Visste att han som skulle ha avgångsklassen – inte alltid rådde med. Det fanns mycket hård sten i det gänget. Hon kände dem. Hon kände deras spretiga nackborst illa väl. Hon klev inte åt sidan för att använda deras egna knep.

131

Och den här gången hade hon tur. Hon hade hört det förr. Ryktet. Hon såg Jørgens snor och tårar och ilskna ansikte. Hon såg näsblodet. Och sakerna föll på plats när hon småningom begrep att där fanns två fronter. En från Tusenhemmet och en från Byn.

Hon ställde sig vid katedern och blickade ut över klassrummet. Såg dem i synen var för sig. Glömde inget enda ögonpar, även om hon visste de var oskyldiga.

Hon tittade på Jørgen – och hon tittade på Ole, men inte förrän det blev deras tur. Hon sa att hon hört någon nämna ordet "galen" innan hon kom in.

Tystnaden i rummet var kompakt. Alla stirrade i golvet. Jørgen satt och kämpade sammanbitet med tårarna. De trängde fram gång på gång. Han använde sin inte alldeles rena handlove och torkade dem av kinderna. Huvudet sjönk längre och längre ner mot bänklocket. Så sprack hans ansikte nere i händerna medan det kom ett läte som liknade den kvävda sucken efter ett stövelsteg i myren. Ett vattnigt läte som vittnade om drypande gyttja, bottenlöshet och vanmakt.

Tora satt stelt i bänken. Hon såg Jørgen. Gunn. Hon såg Ole. Så kom den röda onda dimman sakta glidande. Den exploderade och slet upp hela henne. Värst var det med ansiktet. Hon darrade i ena mungipan så läpparna inte gick att pressa ihop. Jørgen satt och grät högt och tydligt, så hela klassen såg och hörde. Tora mindes inte att hon var mindre än ingenting. Hon orkade inte tänka på att i nästa vända var det hennes tur. Hon bara reste sig i bänken och riktade sina ord mot Gunn:

– Det var nån som sa att hon Elisif är galen och att hon Sol går med kjolarna på trekvart i fiskebodarna. Och det är lögn! Lögn säjer jag!

Allas ögon vändes mot Tora nu. Hon hade sagt det omöjliga. Hon var lika förundrad som de andra och teg tvärt medan hon sjönk ner i bänken igen. Hon väntade att känna

132

trycket så hon måste rusa ut på gården. Men det kom inte. Hon kände ingenting. Bara ett slags kall triumf gentemot Ole. För hon visste att Gunn aldrig i livet skulle låta honom slippa undan.

Låt gå för att hon, Tora, fick bereda sig på stryk på hemvägen från skolan. Låt gå. Hon hade slagits med Ole förr. Plötsligt kände hon det: Raseriet. Hon stirrade på Ole. Stirrade och stirrade. Så Gunn inte behövde tveka om vem som sagt orden. Nu skulle han tas. Han skulle på knä. Och Tora häktade upp mungipan såpass att hon vågade lyfta ansiktet i ett skevt och oskönt grin. Och hon kände en härlig fröjd som hon inte kunde minnas hon känt innan.

Gunn hade mer än tillräckligt av bevis för att handskas med sina gamla lärjungar från vintern innan. Hon kände de flesta irrgångarna de varit igenom. Hon visste det var den enes tur nu och den andres nästa gång, och att tusenhemsungarna hade större bördor att släpa än de flesta. Och hon visste lite av varje om orsakerna till Oles ondskefulla attacker också. Hon hade bland annat träffat hans far.

Men detta sista skulle fram i ljuset. Hon tålde det inte. Flickungen Tora förundrade henne. Den tysta trumpna ungen hade växt sig modig och talför det här skolåret. Hon hade nästan gett henne förlorad – förra vintern. Men ändå tyckte hon inte om den tydliga skadeglädjen i minen hon satte upp. Hon fick prata litegrand om att det var bättre folk angav sig själva. Skvaller var den största synden. Och Tora brukade vara den sista som föll för frestelsen. Hon bara fanns. I bakgrunden. Mindre och mindre synlig ju större saken var. Detta stämde inte med Toras sätt – annars.

Det blev att Ole erkände. Han gick med Gunn till "kontoret", hennes lilla kokvrå bakom klassrummet. Han kom förgråten och blek ut igen. Ingen visste vad som inträffat. Ingen frågade. Ingen kastade skitord mera. Jørgen var inte den

133

ende som hade gråtit. Då var allting i ordning. Han hade inte alldeles tappat ansiktet.

Och Ole var spak. Han var så spak att han inte kom till skolan nästa dag. Hans far kom istället och de kunde höra hur han pratade med Gunn inne på "kontoret" och att han smällde i dörrarna. Och de kunde höra den lugna myndiga lilla sørlandsdialekten från Gunn tvärs genom väggen fastän "konfirmanden" dresserade dem att sjunga en sång just då. "Att leva det är att älska"... sjöng han med den spetsiga stadsrösten spretande ut i luften och en skorrande tystlåten kör av olika tonarter bakom.

Men ingen sjöng ut. Alla hade bägge öronen på skaft. Kropparna böjde sig som envist björksly mot sydvästen; mot "kontorsväggen" och lyssnade oblygt. "Att leva det är"... blev en underordnad sak, ett ovidkommande sceneri. De gjorde som de blev tillsagda, halvhjärtat, molande och dovt.

Oles far stegade över skolgården. Han hade fått veta ett och annat om avkomman sin, som han inte gärna lyssnade till. Han hade fått veta att man borde vara försiktig med vad man serverade vid middagsbordet så halvvuxna pojkar hörde. Han ville jäklar undanbe sig. Men Gunn menade att det fanns andra som hellre borde undanbe sig. Och att hon inte tänkte tåla någonting som helst från den kanten. Gunn hade alltså skaffat sig en fiende i Byn. Men hon tog det inte alltför hårt. Och det fastän fienden satt i skolstyrelsen.

Tora gick oroligt och väntade på hämnden från Byn. Men den kom aldrig. Ole kom till skolan och allting blev som förr. Ingen nämnde någonting om händelsen mera.

Jørgen var mera utsatt. Han var på sin vakt när han passerade ett hörn efter att mörkret kommit. Alltid beredd på nävkamp. Inte bara med Ole – utan med hela det förhatliga gänget i Byn. Varje gång han slank förbi deras samlingsplats – knöt han nävarna och lät dem hänga som lösa pendlar

134

utanför byxfickorna.

Elisif var lyckligt ovetande om sina barns öden. Torstein också för den sakens skull. Det föll ett och annat ord mellan Sol och Jørgen. Såpass att Sol begrep det inte var värt att ge folk mera att undra över. Men hon knyckte på nacken. Hon hade sina dagar på handelsskolan. Hon sög åt sig siffror och satser och rubriker som en uttorkad svamp. Det gick som en dans. Stegen var inget hot. Sol betraktade alltsamman som en förgård till en bättre tillvaro.

Nästa vinter skulle hon vara borta. BORTA!

Nästa vinter fanns ingen som kunde hålla räkenskap.

Nästa vinter fanns Tusenhemmet och Byn i en annan värld.

Nästa vinter skulle varken finnas stegar eller lagerrum.

Den dagen Rakel kom hem, tog Simon ledigt från bruket och mötte henne på ångbåtskajen. Han stod vid de stora tunga bryggdörrarna och väntade medan båten la till. Lokalbåten hade kommit smygande genom mörkret över Viken.

Det var som om det var naturstridigt detta att Rakel hade varit på ett sjukhus för undersökning. Hon! Som alltid var frisk. En ny och hotfull gräns låg mellan Rakel och honom. Någonting höll på att skilja dem åt. Han hade försökt skjuta det ifrån sig. Han hade försökt ta sig an Ingrids flickunge och inte lägga alltför tunga arbetsbördor på henne. Kände ingen irritation över att arbetet blev halvgjort efter Tora, bara en pinande saknad efter Rakel. Detta att hon på flera dagar inte fanns i huset kastade en gränslös tomhet över allting han företog sig. Och när Tora hade svimmat i köket den första kvällen var det som om den stora hjälplösheten höll på att kväva honom. Han hade bara irrat omkring utan att veta vad han skulle ta sig till. Och han visste att Rakel kunde ha ordnat detta i en handvändning. Det var som om Vår Herre ville uppmana honom att klara sig utan henne.

Han hade ringt henne varje dag. Hon hade alltid den vanliga rösten. Han hade lyssnat till rösten mera än till orden. Så hon hade gång på gång tvingats upprepa för att få svar på frågorna hon ställde honom.

Fanns det inte någonting underligt främmande i hennes röst? Någonting uppgivet. Som om hon talade till ett barn och inte till en man. En stor ensamhet hade ridit Simon de här dagarna. Han kände sig utsliten av det.

Därför hoppade han ombord som en pojke, för att bära hennes väska. Hon strök bara som hastigast över hans ärm. En rörelse så fylld av vanmakt att mörkrädslan överföll Simon med hela sin dystra tyngd.

Hon sa inte särskilt mycket när de vandrade uppför vägen. Mest bara om sådant som hade med djuren, Tora eller praktiska ting att skaffa.

Först när de satt med kvällsmaten tittade hon på honom genom nersänkta ögonfransar och sa:

— Jag får kanske bereda mej på operation, Simon. Åtminstone behandling... Det är nånting med magen som inte står rätt till. Jag skulle få besked. Isåfall måste jag fara med engång jag får plats. Jag måste söderut och få det gjort.

Simon satt framför henne. Rakel var hemma. Han hade henne hos sig nu. Han hade katten och spisvärmen och allting. Och han förmådde inte samla sig såpass att han kunde glädja sig över det. För Rakel skulle kanske resa igen. Långt söderut i landet.

Han svalde den sista kaffeskvätten och strök några smulor från bordduken ner på golvet. Han rentav sörplade kaffet. Men Rakel förebrådde honom inte. Hon hade ett utsuddat drag över läpparna. Han såg det nu. Hon måtte vara trött efter resan.

— Jag tar ledigt och reser ihop med dej, Rakel. Vi tar det som semester.

Rakels ansikte var en oföränderlig bild. Som klippt ur tidningen.

– Nej, Simon, det här blir ingen semester. Det kan dröja en stund innan jag kommer mej hem, ser du.

– Ja, men Rakel, hurdant ska det gå med allting – här hemma? Jag menar – hur ska jag klara mej utan dej? Fjöset och maten och allt slags?

– Simon...

– Ja, inte vet jag hur jag ska klara allt det här!

– Simon...

– Du må tro jag begriper att det är nödvändigt. Men att du ska vara borta så *länge*. Hur länge? Mera än två veckor, va?

– Simon!

Rakels ansikte var grått. Hon uttalade mannens namn. Ropade ut det. Hon smällde kaffekoppen i fatet och lutade sig över bordet medan hon reste sig och lät håret falla ner över ansiktet. Det blev dolt. Rakel dolde sig. Som ett skadskjutet djur.

Och mannen såg henne inte.

Han såg bara den Rakel han trodde på.

Han såg den Rakel han hade sådant brännande behov av.

Han såg den Rakel han så starkt höll av.

– Jag ska kanske opereras... I bästa fall strålbehandlas – för *kräfta*!

Det finns några ord som kan uttalas så lågt, ändå är det som om de ropas ut med våldsam kraft. De bär i sig rädsla och okända faktorer. De kan förändra en mans ansikte från att vara tryggt och lite bekymrat i ett rofyllt lantligt kök, till att bli ett ansikte ensamt i universum. Evigt kretsande runt vår planet utan hopp om att någonsin komma in i en bana som ska återföra det till jorden.

Simon satt med händerna på knäna och stirrade på Rakels väldiga hårsvall. Han visste att någonstans därinne fanns hennes ögon.

– Kräfta... viskade han.

– Ja, kräfta.

Rösten var klanglös. Det var bara luft som passerade två läppar.

– Men herregud!

– Det är inte detsamma som att jag är död. Men det måste bort. Och det får du begripa att jag inte kan ordna på fabriken hos han Dahl.

– Rakel, Rakel...

Det kom ynkligt och fyllt av skam.

Hon hörde mannen.

Hon såg honom.

Och hon mindes dygnen hon helst av allt ville glömma. Hon mindes mannen på vävloftet efter branden.

Så reste hon sig och gick ut ur köket.

Rakel visste att *detta* skulle hon nog ha ridit ut bättre ifall hon varit ensam. Och hon erkände det inför sig själv.

Simon blev sittande en liten stund och grämde sig över sitt eget svek. Men han fattade inte att sveket inte var värst för honom själv. När de väl kommit i säng var det Rakel som slog armarna om honom och bringade tröst in i huset åt dem bägge.

Långt in i sömnen var Simon en mörkrädd liten pojke som inte begrep hur någon kunde säga ett så fult ord. Kräfta. I hans hus. Och Rakels kropp blev egendomligt främmande för honom. Han ville inte vidkännas det. Men det var som om någon hade smittat henne med någonting giftigt. Som om hon inte gick att ta i. Men han övervann det och kröp intill henne. För att han var så förtvivlat ensam. För att ingenting gick att sätta ord på.

För att världen hade blivit en platt bild på väggen, som det var ogörligt att leva i.

138

Så var de åtminstone två kroppar.

Folket på Ön hade sitt. Folket i Byn hade en del av det. Sina bekymmer för pengar och ungar och arbete och hus. De slickade såren efter storvågen och stormen, avundades varandra – och lurade på ifall grannen fick något i ersättning för sina förluster, medan de själva ingenting fick. Gick som katten kring het gröt och satte ihop stycken av samtal för att räkna ut ifall grannen kanske klarade sig bättre ur eländet.

Så kom meddelandet om "bränning". Tragedin fick det perspektiv den krävde. Småaktigheten och avunden glömdes bort. Alla hämtade upp det bästa inom sig och visade vad som var viktigast. Livet. Så enkelt. Och så enkelt att glömma. Också för en nordlänning.

Tolv man gick till botten. Tolv kvinnor satt med utbrända ögon och tittade på medan dagarna tvingade sig vidare. Ungar. Tjuguen ungar! Men vad betydde väl tjuguen faderlösa ungar jämfört med en hel värld full av faderlösa ungar? Dessa fanns *här*. Det var skillnaden. Människan såg, kände, identifierade sig. Och några av dem hade förstånd nog att erkänna: Livet är viktigast. Och de föste åt sidan sitt köpmannaskap och sin förstörda kaj, de insåg bagatellerna – som att sydvästen hade tagit allt de ägde av hö när den tog logen, de såg med andra ögon på ordet kräfta...

På ett vindpinat näs ute i havsriket stod en minnessten med 137 namn – redan. Så kom det tolv till.

"Herre hör min bön, låt mitt rop komma till dig." Det stod på stenen. Så tillitsfull är människan. Så maktlöst söker hon tröst för obotliga ting. Så stark är människans tillit till världsrymden. Till Makterna. Gång på gång låter hon sig sönderslitas, krossas, jämnas med jorden. Gång på gång reser hon sig ur aska och blod och vågor och låter dem som ännu lever föra tilliten vidare: "Herre hör min bön, låt mitt rop komma till dig."

Elisif bad i två dygn för de ofrälsta själarna i havet. Och hon bad om bröd åt dem som blev kvar. Hon lät hela Sols skurarlön gå när insamlingslistan kom till Tusenhemmet. Och hon hade inte ett ögonblick i tankarna vad de själva skulle leva av. Hennes osjälviska gärning fick visserligen Sol att rynka pannan. Men hon sa ingenting. Inte ett ont ord. Lyfte på madrassen och hämtade några sedlar som hon spädde på med. För innerst inne var Sol sin mors dotter. Men en mera praktisk och jordnära utgåva.

Folk i Tusenhemmet var inte de enda. Människorna begravde sin småaktighet och sitt penningbegär några dagar. De gav. Kanske räddade det några givare in i livet efter detta. Möjligen räddade det bara dagarna och lite av detta livet – för dem som blev kvar efter de förlista fiskarna.

Elisifs ärliga medömkan och givarglädje inskärpte åtminstone stor respekt. Det fick återverkningar långt ner i Byn där pengarna stod i täta stim – men desto hårdare nere i fickor och stora plånböcker med monogram. För Elisif var inte rädd att berätta för storfolk vad *hon* för sin del, av sin ringa inkomst hade givit. Hon tog sig rentav en tur neråt Ottars butik med enda ärendet att mana till eftertanke och givarglädje. Och hon förebrådde prästen att det inte gick snabbt nog med insamlingen. Och prästen skämdes. För det var sant vad Elisif sa: Änkor och ungar behövde också mat, inte bara tröstens ord.

Karlarna pratade om orsaken till förlisningen. Det var handfast utan alltför mycket tårar. Tårar var livsfarliga för en karl. Då var det bättre att prata om notbåten som blivit vattenfylld tills den kantrat. En enda hade överlevt. Och ett lik hade återfunnits.

Och de visste – karlarna i Ottars butik, att hur nyktert de än pratade om det – hur tårlöst och karlaktigt det än framställdes där i den tjocka pipröken och med smutsiga blöta arbetsställ omkring, så satt likväl tanken vem som stod på tur nästa gång som ett djupt hugg i bröstet. Alla försökte dölja att det värkte i såret.

Förlisningar hade inträffat förr. Det skulle hända igen. Men ingen visste vem som skulle drabbas.

"Ingen människa har makt över vinden, till att hejda den, ej heller har någon makt över dödens dag."

Elisif läste predikarens ord med stort vemodigt allvar. Orden hängde sig tunga och ödesdigra vid allt som fanns i rummet. Och människorna som hörde henne tog dem med sig ut på vägarna, ner i Byn. Ingen kunde säga emot detta allvar eller skratta bort det. Sanning är sanning, också när en "tokkäring" i Tusenhemmet framsäger den.

Evangelisten som var på turné norrut efter kusten var den ende som skördade vinst ur den hemska olyckan. Han kom med sina förlösande och manande ord till alla bönehusen. Påminde om sanningen – och var okänd, spännande och ny. Han var inte den slarviga gamla Elisif i Tusenhemmet. Hade nyputsade skor, ordentlig vinterrock och log som ett barn. Talade inför fulla hus. Många böjde knä och vittnade om sin uselhet och nöd innan det stora ljuset i Herren kom över dem och rustade dem till kamp mot girighet, dans, alkohol, hor och annan synd. Evangelisten klev rakt in i människans ängslan och fyllde ett tomrum. Hans färd var ett ändlöst triumftåg från bönehus till bönehus ute på öarna. Eftervintern och nöden i fähusen blev lättare att bära sedan han hade varit där.

Karlarna var ganska skeptiska. Men det var inte så många av dem som fanns hemma. Och kvinnorna gick ensamma med krökta ryggar och bekymren och slitet. Det var långt mellan breven från fiskarna som farit till Lofoten. De var inte vidare skrivlystna, de karlarna.

In i den tröstlösa vardagen steg han, evangelisten med Herrens välsignade budskap, så en arm stackare kunde gå med medsystrarna in under samma tak och bara ta emot. Kaffelukt och kringelglasyr, vittnesbörd och den vackra predikanten strök över kvinnornas sinnen som en stor och evinnerlig blomma i snögloppet. Vad kunde vara galet med sådant? Vad var viktigast? Kon som råmade och längtade efter att bli mjölkad – eller Herrens uppbyggelse. Sa inte Jesus till Marta och Maria att de inte skulle låta sig hållas borta från Guds ord av det timliga?

19

Så kom våren.

Vinden grep tag i småbjörkarna. Skakade sorgmodigt i de knotiga grenarna. Det för tidigt födda lövet bävade osäkert i dansen. Måsen låg på sitt rede. Tora drev längs stränderna i ljusa kvällar och gick nära inpå och blickade in i de runda blanka fågelögonen. Kände en hastig glädje i att vara ensam. Upplevde någonting som ingen visste ord för. Det förde med sig ett slags naken skyddslöshet – som kändes skön.

Måsen låg orörlig. Vred huvudet efter henne när hon gick förbi. *Såg* efter henne medan maken skrek nervösa varningar över huvudet på henne. Och Tora vände sig en gång och lyfte handen.

Hon skulle konfirmeras den här sommaren.

Hennes mor hade skaffat sig ännu ett litet räkneprov. Tora måste ha nya kläder, nya skor. Hon ville vara ute i tid så hon kunde planlägga, klippa och sy ifred.

För Tora var det en ny värld. Att allting skulle röra sig om henne. Att det talades om att hon måste ha det ena eller andra. Hon var huvudperson. Tora och Jørgen. Men Jørgen hade inte så många som planerade för hans inträde i kyrkan. Han måste ha kostym och ett par skor. Och ingen begrep hur det skulle skakas ur ärmen.

Det gick därhän att Sol insåg att *hon* måste göra det. Hon måste under madrassen. Hon läste och skurade. Skaffade brodern konfirmationskostym med samma slags pengar som hon använde till insamlingen för änkor och faderlösa. Hade

143

arbetat hårt för de pengarna. Hårdare och hårdare. Hade ingen tanke på att det skulle vara någonting galet i att använda dem till hjälp för någon som behövde det. Det enda som snuddade henne var oron över att tära på kapitalet hon skulle ha med ut i världen.

Sol betraktade ibland sin enda syster, Helene. Barnslig och flat med ett trumpet frånvarande uttryck gick flickan omkring utan ansvar för någonting alls. Sol satte åt henne några gånger. Men det ledde bara till att Elisif grät och allting blev bråk. Efter hand började en fasansfull misstanke gnaga inom Sol. Att Helene aldrig skulle vara istånd att ta över stället så Sol kunde resa till hösten.

Men hon studerade annonserna iallafall. Kontorsplats ledig.

Eftermiddagspassen i det kalla lagret skapade en förtärande hunger inom Sol. En brännande önskan om någonting mera än den mörka oförlösta pappbädden. Hon gick hem med brinnande underliv och en hemlighet så bräddfull att hon inte kunde se sin mor i ögonen. Det blev svårare och svårare att behärska sig inför hennes evinnerliga frälsningsprat.

Sol begrep att nu när pengarna till handelsskolan var tryggade, hade hon fått någonting annat att sträcka sig efter. Ett sug. Hon bar en brännande önskan efter en avslutning, det räckte inte med Ottars trevande händer på lagret.

Så kom det sig att Sol följde med en av de nya karlarna på Dahls bruk en lördagskväll efter festen på lokalen. Följde med honom in i rummet i sjöboden där det stank av beck och tobak och där lösarbetarna hos Dahl brukade bo. Han var inte alldeles nykter. Inte helt ren. Hade mörkt krulligt hår och spritmängd andedräkt. Men han var målmedveten och hård. Sol hade tyckt om allting han gjorde. Han kallade ett gummi för ett gummi, och en fitta för en fitta. Lyset var tänt.

Kallt och vitt och genomträngande. Och han hade hållit henne framsida mot framsida, ansikte mot ansikte, och inte försökt dölja att han dreglade lite medan han tog henne. Han var ung, hade haft sina nederlag, och var beredd att genomleva flera. Han gav fan.

Sol kände det som om hon blev invigd i en annan värld. En uppsluppen härlig värld med ljus och rörelse. Ansikten och ögon som spelade av tydlig njutning och glädje. Ingen mörk lagerbädd av papp, inga nerslagna blickar, ingen domedag. Synd fanns inte. Sol bredde ut hela sin starka unga hunger för en främmande tillfällig lösarbetare och hade en skön stund. Hon visste att hon hade honom för en natt. Och det passade henne fint.

När de möttes senare, arbetaren hos Dahl och hon, skickade de varandra fina ögonkast. Ingenting hade de lovat varandra. Han hette Sigurd. Flickorna sa att han inte hade skam i kroppen. Då skalv det inom Sol – och hon kände honom så innerligt. Nära, nära.

Och det hon mindes mest var att han frågat henne ifall hon hade det skönt. Hon hade jublat ja i örat på honom. Då hade han sjunkit ända till botten, fallit samman över henne med ett väldigt vrål. Sol kunde höra hur han jämrade mot hennes hals. Strax efteråt fortsatte han långsamt och målmedvetet sina rörelser medan han mumlade härliga "fula ord" om hur skön hon var. Hon hade ridit bort på en svart häst. Hon visste inte att hon ägde så många krafter att kämpa med. Hon hävde sig in i rytmen och sprängde mot målet.

Efteråt hade han frågat henne ifall hon haft grabbar före honom. Men Sol bara log.

– Du verkar så erfaren, sa han och begravde händerna mellan hennes lår igen. – Du är inte lika girig och rädd som andra flickor jag träffat.

Och Sol följde med honom flera gånger upp på rummet. Hon tog med sig skorna in. Han var alltid densamme. Att lita på. Hade samma ärende som hon. De hade varandra under snyftningar och jämmer nedanför den grälla vita glödlampan i taket. Den var lika naken som Guds barn på det inte alldeles rena lakanet. Men den lyste inte starkare.

Den verkliga skönheten är det få som ser. Det är synd på den. Den strålar i små kammare eller i olovliga vrår. Den blänker till – och slocknar. Få har sett undret. Få har vilja att tillstå det ifall de någon gång upplever skönhet av annat slag än den erkända och upphöjda.

Den vanvettiga skönheten har du där du vågar lyfta den mellan varma varsamma händer. Människor travar i ring och söker efter symboler medan blodet torkar i dem och huden fryser till is.

Sigurd dansade en och annan dans med Sol. Han brydde sig inte om hennes ursprung, eller att följa henne till den blinda glasverandan i Tusenhemmet. För Sol kunde det vara detsamma. Var van att gå ensam. Det passade henne bra att passera Ottars butik utan sällskap av någon käresta.

Hon lurade hela världen. Blomstrade. Hon stod på stegen, hon låg på kartongerna. Varje vecka la hon nya sedlar under den gamla halmmadrassen innan hon gick på dans. Hon tände sitt bål på lagret hos Ottar. Och hon fick det släckt på bodloftet hos Sigurd.

Elisif bad innerligt för sin dotter och fruktade ungdomshusets onda cirkel. Hon visste åtskilligt om lite av varje här i livet, men hade gett alltihop gudliga namn så det blivit främmande för henne. Hon nämnde aldrig bodloft. Hon kunde inte vidkännas någonting sådant. Därför talade hon bara om dryckenskap och tobak och dans, Elisif. Någon sällsynt gång om hor. Men då i samband med att bibelns härförare inte ville ha fallna kvinnor och änkor eller vanärade – eller skökor. Men Sol visste bättre om tidens härförare. Och hon såg ner på sin mor, för Elisif satt alltid.

– Så, så mamma, vi har bara roligt, sa hon och klappade

henne på huvudet och frågade om hon inte skulle vila sig. Och Elisif suckade och tittade på klockan och suckade igen.

Elisif sov som en stock när hon väl somnat. Det hände att Torstein vred sig och lyssnade till Sols fotsteg när hon kom om söndagsnätterna. Men han ställde henne inte till svars för någonting. Hade ett slags respekt för Sol. Hon hade alltid varit vuxen. Det föll honom aldrig in att hon inte skulle bestämma över sina egna nätter.

20

– Tora Toste? Jag hittar dej inte här!

Den unga prästen lyfte blicken från kyrkboken och såg sökande ut över bänkraderna. De främsta bänkarna var fulla av ungdomar. Sommarens konfirmandkull. Annars var kyrkan tom. Han hade tagit konfirmationsläsningen på Ön för att kyrkoherden blivit sjuk och sängliggande – och ingen annan fanns ledig att ta över. Men det var inte precis planen – att sitta på det här skäret hela juni månad.

– Tora Toste är ett namn som inte finns i kyrkans böcker, slog han fast.

– Här är en Tora. En Tora Johansen, tillfogade han. Den vassa rösten for under kyrkvalvet med väldig kraft och förvandlade den högväxta mannen till en gäll och ostämd orgel.

– Kan denna Tora Johansen vara du?

Han hittade Tora med blicken och höll henne fast.

– Det är det kanske – för hon mamma hette så – innan...

Toras röst kastades till golvet och for förskrämd mellan konfirmandfötter och smutsiga skor.

– Och varför kallar du dej inte vid ditt rätta namn?

– Jag har'nte kallat mej för nåt. Jag säjer Tora, bara Tora. Toste är det andra som säjer... Jag trodde det skulle vara...

– Det finns alltför många som utger sej för att vara andra än dom är – som kallar sej med uppdiktade namn. Det är ett oskick. Det förvirrar och skapar kaos för oss som försöker hålla ordning. Jag ska skriva ett brev om detta till din far.

– Far hennes är'nte hemma, kom det andlöst från Jørgen.

– Vänta tills du blir tillfrågad, pojke! – Nå. Så skickar jag ett brev till din mor, mumlade ungprästen och glodde myndigt på Tora.

– Hon heter Toste, din mor? frågade han.

– Ja, vad jag vet.

Den här situationen tillhörde de saker hon *inte* gruvat sig för, helt enkelt därför att hon inte hade förutsett den. Skammen förföljde henne överallt. Nu var det alltså *hans namn*.

Tora hittade en punkt på altartavlan där hon hämtade hjälp. Hon gömde blicken i Jesu uppståndelse högt däruppe och erkände inom sig att hon stod och förbannade den vassa hårda rösten från prästen. Hon visste att det inte var nödvändigt att tala så. Gunn skulle aldrig ha gjort det, utan frågat henne om allt detta inne på kontoret. Skulle använt en låg god människoröst som gjorde att man vågade titta på henne medan hon frågade.

– Är du inte säker? frågade han vidare.

– Nej! tjöt Tora för att slippa brista i gråt.

– Svarar du fräckt, flicka? Vet du inte att du är i Herrens hus?

– Prästen får'nte tro jag svarar fräckt, men hon mamma... hon... Du ska'nte skicka nåt brev till hon mamma om det SKITNAMNET! Det är detsamma för mej vad jag heter! Jag bryr mej'nte om att heta Toste!

Ibland blir tystnaden det viktigaste i ett rum. Viktigare än alla ord som någonsin blivit utsagda. Viktigare än folk.

Prästansiktet jäste ut så hon tvingades se honom. Det hjälpte inte att hon höll blicken högt uppe i "uppståndelsen". Någon hade blåst upp ungprästens bleka förfinade ansikte som en vit ballong med svarta tecken på. Nu tog ballongen de tretton stegen som krävdes för att komma fram till Toras bänkrad.

Hon kände att hon måste kissa.

Försiktigt la hon psalmboken ifrån sig på brädet framför och knep med bägge händerna om bänken. Klämde förtvivlat ihop låren. Hakan föll ner. Den ena mungipan blottade tänderna i ett grin, medan den andra stod ensam i världen och darrade. Det såg inte vackert ut.

– Tora Johansen kan ta sina ytterkläder och gå! Hon kan komma tillbaka imorgon när hon har återvunnit behärskningen!

Hans röst var en retad vulkan som kämpade för att hålla sig under jordskorpan.

Halva bänkraden reste sig för att ge plats åt henne så hon kunde komma förbi. De som kände Tora var lamslagna av hur allting barkat hän. De kunde inte minnas att Tora någonsin haft så mycket som en liten fejd med lärarna, eller någon vuxen alls för den sakens skull. Och de hade aldrig hört henne försvara sig. Och nu hade hon alltså sagt: "SKIT-NAMN" – högt i kyrkan!

Det var inte utan att en eller annan unnade henne alltihop. Mitt i förskräckelsen.

Tora kände att ifall hon försökte resa sig, så skulle hon kissa på sig. Därför satt hon som fastväxt. Med lår och kropp pressade mot den hårda bänken. För henne blev detta det viktigaste. Viktigare än präströsten. Att knipa ihop och hålla inne. Men darrningen i mungipan fortplantade sig till hela hakpartiet. Det var omöjligt för prästen att avgöra ifall det var rädsla eller trots. Eftersom han sett nog av ungdomens förhärdade liv på öarna – tog han det som trots.

– Gå!

Prästen var halvvägs inne i bänken innan han sansade sig. Hans värdighet fördärvades av detta. Och han var pinsamt medveten om hur ynklig han tog sig ut där han ryggade baklänges ut igen. Det gick dessutom långsamt. Han trampade ofrivilligt på unga fötter. Men inte ett enda litet smärtpip hördes. Luften var laddad.

– Gå! mullrade mannen igen.

Tora skakade på huvudet. Skakade och skakade och höll

sig fast på bänken. Hon önskade så innerligt att hon kunnat säga honom hur det var fatt. Men sådant kunde man inte säga i kyrkan så alla hörde det. Dessutom fick hon inga ljud ur sig mera. Detta var en mardröm. Hon fanns mitt i mardrömmen.

Prästen knarrade några steg fram till altaret – så vände han sig tvärt och betraktade ungflocken med rynkade mörka ögonbryn.

– Ni kan gå – allesamman! Gå! skrek han.

Först blev det tyst. Så skrapade det tveksamt från 31 par fötter. Hasade i otakt bortefter trägolvet för den röda mattan var undanlagd nu när kyrkan skulle användas av bråkiga ungdomar i veckors tid. Men det 32:a skoparet var fastklistrat vid golvplankorna.

Tora såg den knäfallande Maria Magdalena – och satt kvar. Maria vid Jesu kors. Oljefärgerna flöt in i varandra i mörka sammetsskimrande nyanser. Bara de äntligen ville gå allihop. Så skulle det kanske lyckas precis. Altartavlan flimrade ett ögonblick i sitt eget överdåd därframme.

Men det gick! Prästen hade slagit igen den tunga ekdörren till sakristian. Kyrkan var tom.

Alla hade försvunnit. Prästen också. Någonstans uppe i en av lampkronorna buktade det ärevördigt i en spindelväv. Tora satt och tänkte krampaktigt på ifall det satt en fet spindel däruppe ovanför huvudet på henne. Satt och väntade?

Hon hade knipit ihop och lugnat sig såpass att hon orkade resa sig och gå över golvet, vackla de två stegen upp till dopfunten. Att hinna ut på gården var inte att tänka på. Låren pressade hon systematiskt samman för vart steg. Det var som att ha kramp. Hon gjorde vad hon måste utan att tänka. Ryckte blixtsnabbt åt sig dopfatet, drog ner, hukade sig över och lät det komma.

Solen exploderade i silvret när den vilda strålen träffade metallen.

I sakristian satt ungprästen lutad över någonting som skulle bli söndagens predikan. Men tankarna fanns någon annanstans. Hos det misslyckade mötet med årets konfirmander. Han bekände sin häftighet inför Gud. Han skulle gjort på något annat vis. Visst. Han önskade så förtvivlat vara en myndig och god präst. Och fäste ingen vikt vid att människorna ute på öarna var av annat slag. Kärvare och bitskare i repliken. De kände nog vördnad för Guds tjänare – det var inte det. Men de hade så förhärdat sinnelag...

Hade ungprästen trott sina egna öron, så hade han kanske överraskat flickungen i all hennes mänskliga ömklighet där i kyrkans heligaste, men han hade inte fantasi eller öron för sådant. Och väl var det.

Tora bevakade dörren till sakristian. Lyssnade i panik efter fotsteg medan hon ljudlöst drog på kläderna.

Så bar hon försiktigt det glittrande fulla fatet nerför mittgången. Ljudet av hennes steg ljöd som domedagen, trots att hon gjorde sig så liten och lätt hon förmådde. Halvvägs nere i kyrkan – slog det henne att någon kunde finnas därute. Någon som väntade på henne – för att ropa skitord, eller för att trösta. Ifall de inte kunde gissa vad hon hade i fatet, så kunde de tro hon tänkte stjäla kyrksilvret!

Efter att ha tagit en hastig överblick längs fönstren, som satt sorgligt högt på väggarna, balanserade hon det dyrbara fatet med dess skamliga last – upp på predikstolen. Stod andlös och kände blodsmak i munnen, fastän hon rört sig som en snigel.

Hon lyssnade. Paniken hade nästan övergått i galenskap nu. Men nej. Allt var tyst från sakristian.

Så! Upp med fönstret ovanför predikstolen! Hennes hand tömde blixtsnabbt fatet därute bakom blyfönstret.

Fågelsången ute i de gamla träden avstannade ett ögonblick. Allt var tyst. Så var det över.

Hon stängde varsamt fönstret, torkade fatet på underkjolen och stod sedan stel och lyssnade.

Högt däruppe på predikstolen stod hon – redo att dyka ner ifall han kom. Prästen.

Sammetskappan på kanten av bokstativet var flottig och sliten – kunde hon se. Fransarna hoptovade och smutsiga. Hon hade aldrig stått i en predikstol förr. Den såg helt annorlunda ut än där nerifrån. Här var den ynklig, flottig av prästhänder, och med omålad panel på insidan.

Tora Johansen stod i predikstolen i Byn och hade just torkat av dopfatet med underkjolen sin! Vad mera: hon hade kissat i fatet! Fatet som var en gåva från de stora bröderna Brinch för längesen! Hon var dödligt rädd – och samtidigt proppfull av skratt inför alltihop. Bara Sol varit här!

Tora sög i sig atmosfären däruppe – högt ovanför bänkraderna. Stod och kände den obeskrivliga lättnaden över att vara kvitt det som sprängde. Och när hon också hörde ytterdörren till sakristian slå igen och det knastrade i gruset utanför, steg lättnaden till extas. Hon andades ut och kände en tacksamhet och frihet över alla gränser. Tora Johansen var frälst och hel, trots att hon förvisats ur Guds hus på ett dygn – ihop med alla de andra.

Underlivet kändes slankigt och skönt under kjollinningen. Hon ställde försiktigt ner fatet och knäppte händerna över boken utan att tänka på att det var så prästen också gjorde. Så bad hon fadervår med stort allvar. Lågt och tydligt. Gjorde en liten paus efter varje bön och hämtade ny luft. Och ekot svarade henne trofast överallt ifrån.

Hela dagen bar hon med sig den fina känslan av att ha upplevt det otroliga, det särskilda och det fasansfulla. Det fick henne att känna sig stark och osårbar, fastän hon visste att prästen var ilsken på henne. Hon var Tora *Johansen* i kyrkböckerna. Och Elisifs Gud hade förstått att hon var så illa trängd att hon måste göra ifrån sig i kyrkan. Hon *visste* att han förstått det! Han hade frälst henne från prästen och de andras blickar. Ingen visste någonting.

Tora och Jørgen blev officiellt intagna i den norska statskyrkan som vuxna individer de första dagarna i juli. Och det trots att Tora stod skriven som Johansen i kyrkböckerna. Tora själv sörjde inte över den saken. För henne var det en bekräftelse på att det ännu fanns makter som arbetade på hennes sida i denna svåra och oberäkneliga värld. Hon slapp stå under Toste-namnet i all evighet, amen.

Om de goda makterna stod henne bi när det gällde namnet, så var det andra makter som skickade vädret konfirmationssöndagen. Rykande kuling med hagel och elände störtade sig oblitt över de unga och hela deras släkt.

Fiskebåtarna som kom från alla öarna omkring och la till i rader vid kajerna hade fått lövruskorna sönderblåsta redan innan de blivit surrade vid reling och mast. Och kappseglingen blev det inte mycket av, för de flesta hade tillräckligt med att hålla kursen.

Näs-Eldar körde visserligen med presenning spänd över flaket längs de suckande grusvägarna och plockade upp folk som inte hade lust att promenera till kyrkan. Många drog inte på finkläderna förrän de kommit till "kyrkstugan". Men konfirmerade blev de – alla 32.

I en lång rad med böjda huvuden. Pojkarna liknade plockade skarvar i sina mörka kostymer med långa magra halsar och förväxta ansikten över stärkkragarna.

Och ungprästen höll ett vackert och avlägset tal om den breda och den smala vägen. Det var liksom så orimligt att småfolk från öarna, som knappt hade sett någonting annat än sin egen smala grusväg med gyttja om vintern och gräs och klöver och hästskit om sommaren – skulle ta sådana filosofier till hjärtat. De tog det slags prat lika obekymrat som de bläddrade förbi bilden av "det första vårtecknet", blåsippan i ABC-boken, den gången det gällde att lära sig läsa.

154

Sådant kunde nog passa för somliga, men inte för folk här.

Tora måste ideligen känna på sitt tunga vita klänningsliv. Ingrid hade lagt ner möda på arbetet. Fru Dahl hade strukit Tora över håret och sagt:

– Nej, så fin klänning du har, lilla vän!

Vinden svepte den skinande klänningen tätt intill hennes späda kropp när hon gick från Eldars bil och in i kyrkan. Inne i vapenhuset kunde hon tydligt höra hur det prasslade högtidligt i den, när den hasade mot den grova golvmattan. Det var som att bära ett pansar av skönhet och otillgänglighet. Som om ingenting ont eller ledsamt kunde vederfaras henne. Och under förhöret stod hon bredbent och trygg under den långa vita klänningen och ägde allt hon tittade på. Sig själv inte minst. Ibland lät hon blicken vandra över predikstolen med det sammetsklädda räcket. Då kunde hon tydligt känna att allting härinne i kyrkan hade godhet åt henne och tog emot henne. För engång hade hon gjort det omöjliga för att hon måste!

Regnet piskade blyfönstren och klistrade splitternytt grönt löv mot det färgade glaset. Och sången steg och sjönk under valvet och ungprästens ledning.

Rakel stod i en av de främsta bänkarna och tog emot välsignelsen tillsammans med de andra. Hon log. Och tittade på Tora. Denna vinter hade hon haft så fullt av sitt eget elände att hon inte lagt märke till att det kommit en ungsvan med röd krona i släkten. Det behövdes – tänkte hon. De var inte precis talrika. Det for ett stygn av smärta genom henne. Att hon aldrig skulle ha någon efter sig... Men hon log. Rakel var bergfast på den punkten. Och stygnet hon känt kom nog mest av operationssåret.

Hon hade låtit dem skära ut det, eländet. Det hade kostat. Lite av varje som hon inte visste slutet på. Vävstolen stod tyst på loftet i år.

Men hon hade bestämt sig för att vinna tillbaka hälsan.

Så fick det vara som det ville med honom som blivit en liten pojke i hennes famn. Hon såg det tydligare och tydligare. Han kunde plötsligt vända sig om och *titta* forskande på henne. Som om han var rädd hon skulle stå där och dö mitt framför honom. Han var så rädd att han knappt tålde se brevet med kallelse till kontroll, för det hade sjukhusets namn på kuvertet.

Hon besparade honom sin ångest. Det var ändå en bagatell. Gick hellre vägen ner till Tusenhemmet. Där kunde hon sucka. Ingrid tog emot henne. Ibland slog det Rakel att Ingrids rygg blev rakare och hon blev tryggare i rösten medan Rakel jämrade inför henne. Men hon slog bort det. Det var bra att ha någon man kunde prata av sig det värsta inför.

21

Hösåtarna blev knastertorra på några dagar.

Simon vandrade över ängarna. Solen stekte över hans brunsvedda skuldror. Munnen hade ett mjukt drag. Några menade att Simons mun var för vacker för en karl. Han hade hela sitt varma sårbara sinnelag lagt vidöppet för världen i sina läppar. Simon kom inte från Ön. Han var av annat slag. Inte van att packa sinnelaget i en islåda för att det skulle hålla sig i allt slags väder och före. Simon hade fått allting till skänks och levde som det föll honom in – och ändå hade han svårt att trampa på någon.

Rakel var bortrest några dagar. På "kontroll". Han ryste bara han tänkte ordet. Det kändes som en evighet tills hon skulle komma hem igen. Han visste nog att han borde vara tacksam att allting gått så bra. Att operationen varit så vällyckad. Men det slog upp råkalla andetag ur den solsvedda marken när han tänkte på det.

Det hade inte varit stort hopp att Rakel skulle komma hem den här sommaren. Hon hade själv sagt det i telefonen. Inte hade hon klagat heller. Det var han som hade klagat. Rakel sa åt honom att få fåren till fjälls och annars inte slita ut sig. Hon tyckte det var bättre för humöret och nattsömnen att han tog slåttern själv och var ute i friska luften, och istället lejde folk till skrivarbetet nere på bruket.

Simon – vuxna mannen, gick i solbranden och torkade sig under ögat och tänkte på detta.

Han hade följt hennes råd. Var så trött att han stupade i säng om kvällarna. Vaknade i ottan och hade ont i huvudet och ingen lust att kliva upp. Hade det inte varit för den välsignade flickungen! Hon kokade kaffe åt honom och skämde bort honom. Tora sov och arbetade mycket på Bekkejordet den här sommaren. Huserade i vindskammaren i den vita sängen efter mormor hennes. Katten hade börjat hålla sig till hennes fötter nu.

Hon var flink i huset och en hel karl på ängarna. Men alltid så saktmodig. Det borde funnits mera skratt i henne. Som det fanns i Rakel. Nå ja, det hade inte varit så mycket skratt hos honom heller den tiden när Rakel var på radiumhemmet. Så det var väl inte underligt om flickan gick tyst i dörrarna.

Men Rakel kom ändå hem med hälsan i behåll. Simon hade fått hela sitt liv tillbaka av det. Han drev sig själv i arbetet så det skalv om allting han rörde vid. Men Rakel höll honom varsamt och tankfullt i armarna.

Simon bar in tretti såtar och kände på myggen och solen att det kvällades.

Tora hade räfsat hela dagen. Det var mot slutet av höanden. Hon tyckte att ifall morbror bar, så kunde alltid hon orka räfsa efter såtarna så de klarade sig utan hjälp de sista dagarna.

Hon längtade efter tvättstället på Bekkejordet när de gick sida vid sida uppefter backarna till huset. Simon drog henne i håret och sa att hon räddat livet på Rakels får den här sommaren.

– Det varar inte så länge. Bara tills ni blir hungriga på kött, svarade hon lugnt.

Simon betraktade henne från sidan.

– Är du trött?

– Lite...

– Ska vi lägga oss i höet och bara sova och sova... jag och du?

Han tittade på henne med de underliga blåa ögonen och skrattade med öppen mun.

Med ens var det som om hon stod i småbåten vid branden igen. Och Henrik skulle drunkna och morbror Simons hjärta hamrade så hon trodde det var hennes eget, och hennes hjärta hamrade så hon trodde det var hans. Han var så varm, morbror Simon. Varm och nära. Och farligheten gällde inte honom.

– Ja, sa hon enkelt. – Så slipper vi tvätta oss och äta kvällsmat.

Simon stannade.

– Konstiga flickan vår... Kom nu så ska vi äta kvällsmat. Och du sover nog bättre i mormorssängen på loftet.

Men Simon såg i en blink att Tora inte längre var någon flickunge. Det doftade kryddor, torrt hö, sol och nyslagen mark om dem bägge. Den ene kände den andras doft.

Simon låg vaken och lyssnade till hur det tystnade däruppe. Så mindes han att Tora stått där på den slagna ängen, och att ena flätan glidit upp och flöt nerefter skuldran på henne. Hon hade blivit rundare den här sommaren. Gick där på ängarna och i huset och liknade Rakel i allting. Men skrattet saknades. Simon begravde sitt bruna ansikte i kudden och såg Rakel stå i köksdörren och skratta med det röda håret fullt av höstrån.

Han kastade sig på rygg och knäppte händerna under nacken. Stirrade ut i den ljusa sommarnatten och längtade efter Rakels hår och skratt. Han önskade henne så starkt att han trodde han såg henne.

Sensommaren låg tung och dräktig bland träden i hästhagen vid Bekkejordet. Tora kände igen den fylliga kryddoften från alla somrarna innan.

Ormbunkarna växte högt mellan stenarna i sluttningen och blev ett gömställe. Det var liksom någonting särskilt den här sommaren. Någonting nytt. Det fanns en stor gråt i alltsamman, hur tryggt och fint det än var.

Farligheten fanns där inte. Men ändå fanns den. Någonstans inne i framtiden fanns den. Som något hon helst ville skjuta ifrån sig, men som trängde sig fram i tankarna likaväl. Hon hade en frist. En kort frist före mörkret. Hon hade ännu de ljusa långa sommardagarna och de vida blanka nätterna.

Tora drog djupt efter andan. Det doftade ända hit från de torra hösåtarna. Hässjorna var inkörda. De hade lånat häst och lejt en karl första dagarna. Sedan hade de burit på ryggen.

Morbror Simon och hon... Tanken rann lätt och behaglig genom henne. Att han fanns!

Hon kände sig högtidlig och solljuset flimrade genom björklövet och mellan de stora gröna ormbunksbladen.

Tora satte sig vid stigen och viftade tankspritt bort flugorna och kände sig mätt och glad och flytande. Skuggorna och ljuset dansade. Hon fick lust att smeka någonting. En kattunge kanske. Hålla den tätt intill sig och viska till den.

Och medan hon satt där i solflimret började det helt sakta att regna. Stora droppar föll tungt ner på henne. Lågt däruppe fanns ett ensamt vitt moln. Alldeles över hästhagen.

Så underligt... tänkte hon tyst. De dropparna faller nästan bara på mitt ansikte. Det molnet är bara till för mig.

Och solljuset och skuggorna dansade utan att märka regnet. Tora kände att det rann ner innanför blusöppningen. Sipprade hela vägen ner till magen. Ner innanför kragen. Över ansiktet och händerna. Det droppade om flätorna efter en kort stund. Stora flickan satt och gjorde sig alldeles genomvåt med vilja.

Lokalbåten visslade maktlöst och hest ute på Viken, och hon mindes att hon var på väg hemåt. Reste sig långsamt och höll händerna framför sig medan hon gick. Så stannade hon tvärt på fläcken och kände att nu regnade det bara på huvudet och axlarna – medan solen värmde och torkade händerna.

Hon tog ett stort steg ut ur någonting vidunderligt utan namn och slog in på grusvägen ner till Tusenhemmet.

Den salta skarpa lukten från stranden blandade sig snart med de andra lukterna och allting blev vid det gamla.

Tora hade alltid tyckt att ett år var som en evighet att tänka på. Men sommaren efter konfirmationen hade gått och hon var långt ini hösten innan hon märkte det.

Men ändå fanns enskilda ting som stod fast. Orubbligt. Det att hon liksom blivit en annan. Det hade inte skett över en natt. Inte plötsligt så hon kunde säga: Det var *då* det blev så. Eller: Det var *det* som gjorde det.

Kanske hade det börjat redan när de förde bort *honom* från Ön. Det var åtminstone då hon vågade tänka på sig själv som – *någon*. Förr var det viktigast att gömma sig, så ingen kunde se att man fanns.

Så hade hennes nya liv börjat. En vilja att sopa rent överallt, bli kvitt allt det gamla. Mamma hade kommit närmare. Steg för steg. Hon log ibland. De hade suttit vid köksbordet och pratat om allt möjligt – och mamma log!

Moster Rakel hade ofta varit nere hos dem. Tora förstod att hon var ängslig att de inte fått bort allting när de opererade henne för kräfta. Rakel sa "kräfta" med lika vanlig röst som andra sa influensa, trots att det var sig själv hon pratade om. Det förundrade Tora. Kräfta var ett ord folk aldrig uttalade högt. Det var alltför fasansfullt.

Det satt i magen. Tora ville fråga var, men kom sig inte för. När hon frågade modern, fick hon bara svävande och undvikande svar.

Den tiden Rakel var sjuk hade Ingrid och Tora hjälpt Simon med djuren. Han hade så mycket att stå i därnere på bruket, så han klarade det inte ensam. Tora gladde sig alltid över att vara där. Det fanns en särskild värme på Bekkejordet. Den satt i väggarna fastän moster var sjuk och borta. De visste att hon skulle komma tillbaka. Alltid. Rakel var det mest levande av allting, tyckte Tora. Att Rakel skulle vara farligt sjuk föll henne aldrig in. Det skulle vara en alldeles orimlig tanke.

Sol gick kvar hemma. När hon sökt och fått den första kontorsplatsen i staden – och kungjorde nyheten för Elisif – satte människan i att gråta. Hon grät och kramade dotterns händer tills hon somnade av utmattning.

Det var det.

Helene var en långbent stjälk som inte engång var istånd att ta vara på sig själv. Hösten gick som ett illaluktande guanolass förbi Sols sinnen. Hon var redan på väg in i de sura käringarnas vanmakt, knappt 17 år gammal.

Hon tröstade sig så gott hon förmådde. Sigurd var en ljuspunkt. Där kunde hon driva hela sitt sönderslitna unga liv till ett slags uppståndelse. Men det efterträddes lika hastigt av trappor att skura och ungar att snyta, fiskfiléer att packa med iskalla fötter och nävar och röda ögon under neonlyset.

Hon hade skurningen hos Ottar. Roade sig med att plåga honom ibland. Fick honom att göra de otroligaste saker för att behaga henne. Några gånger gjorde hon som hon inte visste att det fanns något som hette lagar. Andra gånger skrattade hon åt honom så rörelserna blev stela och frusna och andedräkten instängd så han aldrig ens blev färdig.

Hon utkrävde en liten hämnd på alltings inneboende jävelskap. Men ibland hade hon en ond känsla av att möta sig själv i dörren. Ensamheten la krokben för henne, vardagen slet henne i håret tills oviljan låg som ett lock över taket på Tusenhemmet när hon kom uppför backarna efter avslutad skurning. Men om lördagarna dansade hon av sig Helenes barnslighet och sin egen mörka hemlighet. Och ibland lät hon sig värmas.

Det hände att hon bara ville sitta stilla för sig själv någonstans och gråta. Men det var ingen lösning.

Och tiden gick.

22

Tanken på Frits dök upp som små blommor om våren. Hon hade någon! Utanför drömmen. Levande! Någonstans. Han hade varit så lite hemma om sommaren. Randi och han hade mest varit i Bodø hos farföräldrarna. För Tora kändes det som att gå barfota långt ini oktober. Och när han äntligen kom blev det så annorlunda mot vad hon hade trott.

Han hade växt sig lång och hade fått lite mera hull på kroppen. De dagarna han var hemma under hösten hade hon sökt sig till Randi så ofta hon kunde. Men det hade kommit någonting nytt mellan Frits och Tora. Som om de levde i varsitt skrin och inte lyckades öppna för den andra. Blygsel. De var för stora att vara tillsammans på samma vis som förr. Tora kröp inte längre upp i hans sängkoj. Det hade kommit gränser för vad man kunde och inte kunde göra. Ingen hade uttalat det. Det var bara så.

Det Randi hade sagt – att han mer och mer blev en annan, det såg Tora också. Och hon såg någonting annat: Där han inte kunde nå dem, de andra – som var hörande, där satt han ensam. Hon begrep först nu hur outsägligt ensam han måste vara.

Hans blick satt i ryggen på henne när hon vände sig från honom för att prata med Jørgen eller Rita eller Helene – eller vem det kunde vara. Den satt i ryggen på henne och vädjade: Vänd dej hit och förklara för mej vilka dom är, vad dom säjer! Och Tora kände skuld för att hon ibland förbisåg honom, låtsades som hon inte kände hans blick i ryggen.

Ofta orkade hon inte med hans tacksamhet när hon gav

honom all sin uppmärksamhet en stund. Den blev för nära, för äcklig, för oförtjänt. Och ändå gick hon ditner. Till deras nya lägenhet. Där fanns gott om plats. Stickmaskinen sjöng och ljuset flödade in genom fönstren. Chokladen hade alltid lustigt sällskap.

Hon slapp det värsta när Randi också var där. Randi blev förbindelsen mellan Frits, dövheten och hennes dåliga samvete.

En kväll följde Frits henne genom Byn och ett stycke påväg. Tora gick plötsligt och önskade att ingen såg dem. Det var någonting helt nytt. Han knuffade henne ibland. Godmodigt. Som morbror Simon brukade. Tora kände en salig värme av det.

Och när de kom upp på Höjden där ingen kunde se dem, tog han hennes hand och de blev stående där på vägen och log mot varandra. Allt var fint. Hon *ville* det skulle vara fint. Men hon mindes att Frits hade smekt henne en gång med handen för längesen. Och hon mindes att det var morgonen efter att allting gått sönder. Morgonen efter att den nya kjolen hade legat på stolen och sett allt...

Och därför flöt han bort för henne. Flöt bort – bara. För hon måste värja sig så gott hon förmådde mot farligheten.

Hon önskade så vilt att han skulle ta om henne. Och hon kunde inte uthärda det! Det blev alltför fult.

Nu när han rest – kunde hon tänka på honom med godhet. Med förväntan. Han var inget hot längre. Hon kunde ta honom med till Berlin. Han passade så gott in i hennes dröm. Bättre och bättre. Och samtidigt var han – verklig och i livet.

Tora upptäckte att världen utanför henne kom närmre och närmre för varje dag. Förr hade hon inte haft något förhållande till yttervärlden längre bort än till Breiland och Vestbygda och storvågorna ute i Viken. Allt det andra *fanns* nog.

Men det var så ändlöst långt hemifrån. Det tillhörde tanken: "senare" och kunde få ligga ifred utan att hon behövde bekymra sig. Det hon läste i böckerna och i tidningarna var litegrand samma sak. Det fanns inne i ett slags dröm, som hon kunde ta fram när hon önskade. Men hon behövde inte anse någonting eller pina sig med detta när hon hade annat att göra.

En och annan gång fick världen i tidningarna liv när hon hörde någon läsa högt. När en röst från Ön uttalade orden blev de verkliga på ett helt annat vis. De kunde rentav hota henne. Fast det ingenting hade att skaffa med henne.

När Rakel läste högt om att det skulle startas frivillig undersökning av bröstkräfta i landsdelen, så blev det inte bara någonting som stod i tidningen. Det blev en del av Rakel. En del av hennes, Toras nära verklighet. Hon undrade över att Rakel läste just detta högt. En dag läste Simon att ryssarna hängde folk i Budapest och Ungern och att liken blev lagda till förevisning på broarna. Att de överföll Bulgarien och var på väg mot jugoslaviska gränsen och att de var arga på polackerna som vägrade stödja dem.

– Var inte ryssarna på våran – jag menar Norges sida under kriget? frågade Tora.

– Åjo, svarade Simon.

– Men kom dom inte överens om... fred då?

– Det är krig här och var iallafall.

– Men...

– Det är samma vanvett överallt där dom stora hugger till. En munsbit här och en munsbit där. Det blir jämt dom små länderna som får lida värst.

– Är det inte bara Tyskland som vill... som krigar då?

Tora visste inte ifall hon vågade fråga, men hon kastade sig rakt ut.

– Nej! I Tyskland fanns det en galen man. Han Hitler. Men det finns flera galningar som vill störta världen över styr.

– Ja, det är som om karlar inte tål att få makt, infogade Rakel. – Dom har den bara till att hunsa och dräpa och kriga. Det är samma sak som upprepar sej i alla tider, la hon till och snörpte på munnen.

Simon la ner tidningen på bordet och tittade på henne, så log han.

– Du gillar inte karlar idag, hör jag?

– Puh...

– Tror du det hade vart bättre ifall det var fruntimmer som förde krig? Styrde länder? Hade ansvar för allting? Va?

– Ja! sa Rakel bestämt.

– Och hur vill du förklara det? Bevisa det?

– Jag kan inte förklara eller bevisa. Jag vet bara att det är kvinnor som sliter livet in i världen ur sin egen kropp. Och det är kvinnor som *har ansvar* för att mänskan växer opp. Jag tror det är färre kvinnor som orkar se liv förspillas. Kvinnorna sliter så hårt för livet. Karlarna är mera oansvariga ifall dom sätts på prov och tvingas ta ansvar för liv. Dom spränger allting i stycken och leker. Vi kvinnor får plocka upp liken, föda nya soldater och lägga nya förband.

Rakel parerade överlägset mothugget.

Simons ansikte mörknade. Han ville slippa sådant. Han sa tydligt ifrån att han ville slippa sådant och rusade på dörren.

Tora vädrade att detta var en diskussion om mera än krig. Och ändå kände hon sig illa till mods för att det var hon som börjat. Det var första gången hon hörde att det kommit en skarp ton in i köket på Bekkejordet. Det fanns någonting bakom orden som hon inte begrep. Och hon hade en känsla av att Simon inte heller begrep. Att det var därför han gick. För att Rakel talade om saker mellan orden – som han inte kunde försvara sig emot.

Och det blev att Tora satt kvar och såg hjälplös ut. Såg hjälplöst hur Rakel skrattade bort alltsamman, kallade sig själv "en bitsk käring", gick efter Simon till huggkubben och hämtade in honom igen.

Tora såg dem från fönstret och funderade. Senare skrattade Simon många gånger och pratade om att han blivit ilsken på Rakel för att hon velat få honom till syndabock för kriget. Men Tora hade en känsla av att han inte själv visste varför han blivit arg. Ja, att han mera blev arg för att han inte lyckades försvara sig mot Rakel än för det hon sa.

Detta fick Tora att betrakta Simon och Rakel som *två* människor. Och det gjorde henne inte mindre glad i Simon.

Hon insåg också att mor aldrig kommenterade vad som skedde utanför det rummet hon uppehöll sig i. Diskuterade aldrig. Varken händelser eller människor. Det var som om det blev för farligt för henne. Mor talade aldrig om det hon läste i tidningarna. Grälade aldrig med någon. Kanske var det för att hon saknade orden, precis som Simon? Att hon *visste* hon saknade orden. Hade lärt sig ett knapphändigt och vanligt sätt. Varken mer eller mindre. Hon retade sällan folk med ord, Ingrid.

Rakel däremot skickade ord i ansiktet på folk. Tvang dem ta ställning till saker de inte tänkt ha någon mening om. Hon pratade med Tora och hon pratade med Simon, hon pratade med karlarna på bruket och med kvinnorna i välgörenhetsföreningen på samma inträngande vis. Hon höll dem för jämbördiga. Tvang dem att ta till sig hennes ord. Sådan var hon.

Tora hittade mera i tidningen på Bekkejordet. Någonting om "Anne Frank". En judisk flicka som måste hålla sig gömd med familjen under kriget för att tyskarna förföljde judarna. Hon var femton år när de upptäcktes och sändes till gaskamrarna. Hon hade skrivit dagbok hela tiden. Och hon skrev till sist: "Jag tror ändå, jag, trots allt att människorna är goda innerst inne."

Tora kände ett slags hunger efter att se skådespelet eller

läsa boken om Anne Frank. Ett ögonblick glömde hon att skämmas för att hon var tysk. Kanske var det för att denna Anne hade skrivit som hon gjorde i dagboken?

Och ändå: Tora och Rakel tvivlade på godheten på botten av vissa människor. Medan sådana som Simon blev förtvivlade och ursinniga ifall de tvingades tvivla.

Simon kunde inte tro att Henrik hade satt eld på bryggan. Ändå var det Simon som hade anmält honom. Det var Simon som satt tyst när Rakel sa några ord till försvar för Henrik mot hans egna gärningar. Tora visste ju det. Var det därför att Rakel såg klarare hur onda folk var mot varandra, som hon också insåg hur mycket hjälp de måste få, hur illa de behövde att någon försvarade dem? Var det för att Rakel inte själv kände sig som någon särskilt god människa? Att ingenting var henne främmande?

Tora funderade. Hon funderade också över hur mycket av henne, Tora, som var tyskt, hur mycket av henne som var Rakel eller Ingrid. Fanns det alls någonting som var hon själv? Något som var nytt, något som inte funnits i någon människa före henne?

Varför var hon Tora Johansen och satt här på Ön? Varför kände hon sig som den enda människan på jorden? Enastående? Utan något som helst motstycke? Varför kände hon det så, när hon visste hon bara var en liten bricka i hela den vida världen? Och utanför allt fanns universum. Allt var ändlöst och omöjligt att förstå. Det uppstod i sig självt, utvecklade sig i sig självt, dog i sig självt – och uppstod igen.

Och som om inte detta räckte att reda ut, så var alltså människan fri att själv välja vad som var rätt och fel. Det onda och det goda svävade omkring i alla människor.

Och bland dem som hade det värst, blev förföljda och hotade till livet – fanns en som kunde säga: "Det finns. Det goda finns i alla människor."

Men Tora såg sig själv gripa om Henriks svarta hår. Hon kände att beröringen var vämjelig och drev äcklet upp i halsen på henne. Hon visste hur lite det varit som skilde Henrik från livet. Det stod också klart för henne att det inte var för att hon var en så god människa som hon höll honom flytande. Det var av rädsla. Rädsla för dagarna och nätterna som skulle komma. Detta att ställa sig utanför alla sammanhang. Det var detta som räddade honom. Att Tora inte orkade möta sig själv lika ful som något av det hon sett av verkligheten.

Likväl bestämde hon sig för att låna boken om Anne Frank på biblioteket.

Hon ville tvinga sig att läsa den även om där stod hur djuriska och avskyvärda tyskarna var.

23

Hon hörde det tydligt just som hon drog locket av spannen. Mjölkdamen ville hyssja åt kvinnorna som stod och skvallrade borta i ett hörn. Men olyckan var redan skedd:

– Dom säjer han Henrik Toste har fått permission från fängelset och ska hem.

Efteråt stod hon alldeles stilla ute på den hårdfrusna vägen. Snön låg i strimmor bortefter gruset. Det hade kommit några flingor före jul. Så hade sydvästen firat jul med dem. Rejält och utan nåd, som den brukade.

Uppe på Höjden upptäckte hon att hon var på hemväg utan mjölk, och det gick inte fort tillbaka ner till Byn.

Några stora flugor hade blivit kvar sedan sommaren inne i den gråa lådan som tjänade som mjölkbutik. Nu låg de lik i lampkupan under taket. Tora svalde en massa spott hon inte visste hon hade, och sa:

– Två liter.

Flugliken låg lugnt uppe i sin glaskista.

Mjölkdamen tittade på henne. Nyfiket. Ett krafsande finger under skinnet på Tora. Flickungen hade ränt ut genom dörren utan mjölk. Hade hört vad som blev sagt. Mjölkdamen la reaktionen på minnet. Det hände så lite i Byn. En reaktion inför ett samtal kunde bli till fina minuter senare. Att prata med kunderna om. "Hon Tora tog illa vid sej av'et..." kunde hon säga till doktorsfrun när hon kom. "Ja, jag försökte få dom att hålla tyst... men... jäntan hade hört'et..." Hon kunde lägga ansiktet i fina medlidsamma veck. Hon kunde stryka sig över pannan. Hon kunde låta något ord falla om att hon inte begrep hur Ingrid stod ut med den slusken. Och så! Skulle hela skredet av goda samtal vara igång. Käringarna skulle sjuda av synpunkter över de klirrande mjölkspännerna. Historierna skulle lägga sig som varma omslag över de bleka vinterkinderna. Det skulle gunga och bölja av röster under det blåvita taket där det ännu satt fingeravtryck runt kupan sedan sista gången en smutsig näve bytte glödlampa.

Mjölkdamen tittade på Tora. Så harsklade hon sig.

– Han Henrik kommer hem...?

Tora ställde spannen på disken framför sig. Det skramlade onödigt mycket om handtaget och locket ville alls inte av. Hon fick inte ett ord ur munnen. Hon sköt hårdhänt spannen mot den fasta barmen på andra sidan. Så hårt att det suckade till innanför det gråvita oljeförklät. Ljudet fortplantade sig inom Tora som en kort kall glädje.

Hon fick lust att använda nävarna till att stoppa alla ord i hela vida världen. Kände att hon måste på dass. Mjölkdamen sölade med upphällningen och såg bister ut.

Tora satt på Vilstenen i kröken ovanför Tusenhemmet. Såg inte fönstren till kammaren därifrån. Blev långsamt så kall att hon inte behövde frukta att modern skulle undra över att hon darrade så starkt. Hon blev sittande en stund och betraktade händerna i knäet. Nu skalv hela kroppen och tänderna hackade med ett ensamt ängsligt läte. Det var som om hon såg sig själv från sidan. Hon satt på stenen bredvid sig själv och la tröstande den ena handen över den andra. Så ja.

Var det någonting konstigt med dagen? Den var full av tung rök. En luden overklig rörelse i allting som fanns. Molnen, träden – ja rentav husen, hade en motvillig rörelse i sig. En hotfull protest mot något som bara hon visste vad det var.

Froströk. Stigande ur havet. Det dånade kraftigt av stora vågor därute. Hon kunde inte se dem. Men de rullade sin ändlösa väldiga kraft in i öronen på henne. Det blev inte så skrämmande när hon intalade sig själv att det bara var froströk och havsvågor. Att det bara var köld.

Men ändå blev hon sittande. Byggnadsställningarna välte brinnande över henne, dörren vickade upp och ner. Hans ansikte kom farande med väldig fart runt och runt i en virvel mot henne. Mot henne! Och Tora lutade sig framåt och knöt händerna mellan knäna medan hon bad böner hon aldrig lärt av någon annan. Och som var alltför fula för Vår Herre för de hörde verkligheten till. Hon tvang orden ur sig. Använde dem som magiska läten mot sitt eget hamrande hjärta.

Långsamt gav suset med sig. Landskapet stod stilla. Froströken var bara kyla från havet. Ljudet av stora hungriga flammor var bara havsvågorna. Till sist hade hon tvingat bort *honom* alldeles. Fått avstånd.

När hon la handen på dörrvredet hemma – och kände den husvarma mässingen mot huden, hade hon en plan, någonting ogjort.

Hon gruvade sig.

Mor satt vid symaskinen och tittade upp med ett litet leende och en nick. Den varma luften i rummet, skenet från den öppna dragluckan på spisen och ljuset över bordet, tyget mellan mors händer – allting gjorde det svårt att genomföra vad hon bestämt. Men hon gick rakt bort till Ingrid utan att dra av ytterkläderna. Hon lutade sig över bordet med bägge händerna mot bordsskivan. Det var underligt att stå så och tvingas titta ner i mors rådvilla ögon. Det var som om de såg vad som skulle sägas. En vek rynka ristade sig sakta vid vardera mungipan. Ett ursäktande leende. En tafatt omärklig rörelse.

– Jag hörde i mjölkbutiken att du väntar hem han Henrik.

Ingrid lät tyget följa med händerna ner i knäet. Det var som om hon inte längre visste att hon grep om det. Dragen i

173

ansiktet tömdes långsamt på all mening. En tom vit yta omkransad av mörkt vackert hår.

– Ja, det är sant. Jag tror jag glömde nämna det för dej... sa hon sakta medan hon letade efter det riktiga ordet.

– Glömde!?

Tora lutade sig tätt intill Ingrids ansikte. Den ena mungipan var uppdragen till ett grin. Ingrid såg henne förfärad i ansiktet.

– Ja, glömde!

Tora såg för sig moster Rakel. Hörde *hennes* röst när hon utbrast:

– Kanske kunde du komma ihåg att jag finns, såpass att du får berättat för mej sånt som är nödvändigt för mej att veta, va?

– Vad är det för galet i att han Henrik kommer hem?

– Jag visste det inte! Inte förrän jag fick höra det i Byn! Mamma, begriper du inte?!

Ingrid reste sig. Stod rådvill med storblommigt tyg runt fötterna. Det var fru Dahls nya föreningsklänning som fick sådan behandling utan att någon tog notis.

– Jag glömde det, hör du det? Du ska inte prata på det viset, Tora! Det är olikt dej. Vi brukar inte prata så där.

Ingrid återvann ett slags värdighet där hon stod. Såg strängt på Tora och plockade upp den halvfärdiga klänningen.

– Man glömmer inte säja sånt, mamma! sa Tora lågt och med framskjutet huvud.

Det lät som ett hot i Ingrids öron.

– Man *glömmer* inte säja sånt, upprepade Tora med en envishet som gränsade till fräckhet.

Ingrid tittade på dottern. Som om hon såg henne för första gången. Hon hade inte växt så mycket sista året. Men kroppen hade förändrats. Blivit mera vuxen. Ansiktet var stängt. Den stora näsan hade infogat sig bland ansiktsdragen och verkade mera harmonisk än förr. Tora hade alltid haft detta

174

trumpna gammalmodiga över sig – vad Ingrid kunde minnas. Och näsan hade gjort hennes ansikte synligt på ett vasst vis. Hade understrukit den kantiga magra kroppen. Nu såg Ingrid att allting hade jämnat ut sig till Toras förmån. Flickan höll på att bli vuxen utan att hon lagt märke till det. Hon försökte övervinna ett slags skam över att hon undervärderat henne. Att hon gått förbi Tora när det skulle varit riktigt att inviga henne.

Hon rätade på ryggen och la högra handen därbak till stöd. En rörelse hon inte visste hon gjorde, men som fick Tora att förstå att mor hade ryggvärk igen.

– Nej, man glömmer kanske inte sånt... sa Ingrid lågt.

Tora hade inte väntat att mor skulle tillstå det. Hon blev osäker. Väntade på vad som nu skulle hända. Men ingenting skedde. Tora insåg att det var hon som måste säga det som skulle sägas. Likväl var det en lättnad att hon gjort vad hon ålagt sig när hon stod i gången med dörrvredet i handen.

Hon kände ömkan för mor. Det kändes avskyvärt. För varje gång hon hört saker om henne eller sett henne i situationer där hon måste ömka henne, så förlorade hon någonting av sig själv.

– Är det *det* att vi gruvar oss, både du och jag, att han ska komma?

Tora såg in i mors ögon. Tvang sig inpå henne.

– Jag vet inte, svarade hon trött. Hon sjönk ner på stolen vid symaskinen, la huvudet i händerna och gömde sig.

– *Måste* han komma?

– Det här är ju hemmet hans.

– Vill du ha honom, mamma?

Det blev så naket mellan dem. Outhärdligt naket. Tora kände det som om hon höll på att slita skinnet av sin mor. Men det var så nödvändigt. Hon orkade inte gå så här ensam mera. Insåg att hon länge önskat ett tillfälle att tvinga mor att visa sitt ansikte. Att *se*, ge ett tecken på att hon sett henne.

Men det var så skrämmande. Ingen visste hur det skulle bli efteråt. Imorgon. Alla var nödda att tänka på att vad de gjorde idag skulle forma morgondagen.

– Jag är tvungen. Han är mannen min. Detta är hemmet hans. Hemmet vårt. Vi gör alla tokiga saker... Vi behöver alla nånstans...

Orden kom lågt och bestämt, som om hon hade tänkt igenom det noga på förhand. Tora insåg att den rättegången som gällde Henrik hade mor hållit med sig själv, långt innan. Och hon förstod att Henrik hade vunnit den, och att hon – Tora, inte hade någon plats där.

Det brast inom henne. Hon hade visat mor sitt hat. Hat? Ägde hon ett hat? Ja, ja! Hatet var större än rädslan. Nu när hon visste hur allting var när han var borta. Nu när han hotade henne igen.

– Jag vill inte ha honom här!

– Det kan du inte mena, Tora.

– Det är precis vad jag menar.

– Det får du aldrig låta honom begripa när han kommer.

– För då slår han oss – och dricker sej full!?

Tora morrade. Det lät som en beskyllning mot Ingrid.

– Han Henrik har förändrat sej. Dom skryter med hur fint han uppför sej... där.

Ingrid förmådde sig inte att uttala ordet fängelse.

– Jag vill inte vara här ifall han kommer! Hör du det, mamma! Jag vill inte!

– Kära Tora, vi måste ju ta emot honom, han behöver oss.

Ingrid tittade förfärad på dottern. Det fanns någonting ofattbart över Toras uppträdande. Hon var så alldeles olik sig.

– Vi ska inte skämmas över han Henrik. Vi ska hjälpa honom, sa hon lugnt och bestämt.

– Jag vill inte han ska komma. Jag vill inte hjälpa honom! Hör du det, mamma? Och du skäms själv! Tror du inte jag har sett det. Hur du skäms när han är full. Hur rädd du är att han ska slåss och skälla. Du... du... Jag är också – rädd!

Tora kände att nu kom det alltsamman. Allt hon borde ha sagt om att vara rädd. Borde krypa upp i mammas famn och sätta allting på ord. Allting! Men det var omöjligt. Hon förmådde inte.

Hon sjönk samman där hon stod. Som ett bylte av olika slags tyger. Ett förbrukat och urblekt tygbylte.

Ingrid hörde ett slags tjut. Ett uppror mera än gråt. Hon satte sig på golvet vid sidan av flickan. Händerna strök mekaniskt över de borstiga flätorna medan hon kände en vardaglig lättnad över att Tora grät.

Flickan var inte skrämmande mera. Hon stod inte över henne vid bordsändan, så hon inte rådde med henne. Detta kunde Ingrid hantera. En flickunge som låg på golvet och grät hade världen lång erfarenhet av. Genom alla generationer. Ingrid var del av den ordlösa traditionen av den slags.

Frostblommor över de eländiga fönstren i klassrummet. Almar eldade från klockan sex om morgonen, men luften var knappt ljummen att värma sig i för ungarna när de kom klockan nio. Men Tora visste aldrig ifall det var kylan eller bara hennes tankar som var så iskalla att fötterna jämt kändes bortdomnade.

Hon tvang sig in i böckerna. Hon liksom stängde pärmarna om sig. Gömde sig för allt och alla.

Den bölden som Tora hade sprängt hål på vid köksbordet när hon berättade för mor att hon inte ville ha hem *honom,* den värkte ännu. Den hade inte tömts på allt varet. Tora visste att det fanns flera ord som aldrig kunde bli utsagda. Aldrig. För då skulle dagarna stanna och allting slås i stycken.

Det hände hon satt nedanför "konfirmandens" kateder och tänkte mera på detta än på det hon borde. Men hon höll

177

alltid blicken fästad på honom. Ingen kunde gissa att hon hade tankarna på annat håll.

Sedan Sol blev så vuxen och upptagen hade hon ingen. Det slog henne att av alla människor som gick omkring i Byn och på Ön så fanns det ingen som var till för henne. Moster Rakel hade blivit så underligt avlägsen efter operationen och den tiden hon haft på sjukhus. Det hände att Tora gick till Bekkejordet utan ärende. Att hon måste se ifall köket var detsamma som förr. Ifall lukterna var desamma.

Det hände att hon tänkte på Berlin. På att hon skulle dit en gång. Men hon tänkte inte längre på det som någonting som skulle komma att ske automatiskt. Hon visste att det tillhörde de saker hon måste klara själv. Hon hade ännu ett slags barnslig tillit till att moster Rakel kunde ordna att hon kom sig dit. Men hon visste att det var den delen av henne själv som hon måste befria sig ifrån. Den passade inte till hennes vuxna kropp. Hon kunde inte vänta att moster Rakel skulle skratta och snurra ett varv på fläcken – så skulle Tora vara i Berlin hos farmor. Det var inte så i verkligheten.

Hon måste samla på de goda stunderna medan hon hade dem. För hon visste att hon en gång skulle känna stor hunger efter sådana stunder.

Knuten i magen hade varit borta – länge. Hon hade levt som om hon trodde att den aldrig skulle komma tillbaka. Men nu satt den där, stenhård och ond.

Ifall böckerna inte var sådana som hon ville ha dem, så kunde hon ligga alldeles stilla i sängmörkret och göra om dem i tankarna. Hon kunde göra om dem så grundligt att hon till sist inte visste vad hon läst och vad hon tänkt själv.

Så var det inte i livet. Så var det inte när hon var Tora.

Han skulle komma. Det var storsint av mamma att ta det så fint när hon sa hon inte ville ha honom. Tora begrep inte att mor inte gett henne en örfil. Hon hade väl gått alltför tvärt på henne. Hon kände ett ovant trots mitt i alltsamman:

Att hon *sagt* att hon inte ville ha honom!

Hon stålsatte sig, och försökte räkna ut ifall det var risk att mor måste på kvällsarbete medan *han* var hemma. Hon gjorde planer för hur hon skulle kunna hålla sig borta från huset. Hon skulle aldrig igenom det igen!

Hon hittade goda tankar åt sig. Värmde sig med det bästa hon visste om: Mildheten på Bekkejordet. Den svaga lukten av husdjur i farstun. De trygga goda ångorna av maten – stekt kött över hela huset. Kryddorna på spisen. Rakels smeksamma katt. Rakels skratt över bordet. Simon...

Alla förundrade sig över Bekkejordet som kom dit in. De fick mjuka ansikten. Oavsett vem det var eller vilket ärende de hade. De blev underkastade den goda förvandlingens lag. Mitt uppi allt som var fult och hemskt i denna världen stod de vitmålade ytterväggarna och tog vara på den sista goda tanken ytterst i havet. Var det så det var? Tora visste inte. Hon visste bara att hon brann av längtan dit – för gott. Värmen. Ljuden.

Trappor som knarrade av godhet och mjuka sockor. Ljus som fick lugn och frid att visa fram leendena, skratten. Den vita bordduken man fick spilla på. Den gästfria torvlåren när de andra sov middag. Med boken. I skenet från en glödlampa ovanför spisen.

Men Tora jämnade den hopplösa drömmen med marken. Det var ingenting att tänka på. Hon skulle läsa därifrån och dit. För hon hade prov i geografi dagen därpå. Hon skulle ha de bästa betygen. Hon skulle till Breiland och realskolan efter folkskolan. Det hade Simon sagt. I somras under slåttern. Han hade sagt att om han så dog skulle hon dit iallafall. Men Simon dog inte – tänkte hon lugnt. Morbror Simon var den mest levande – näst efter moster Rakel.

Det fanns bara den att tänka på: Framtiden. Allt det andra fick bara ha sin gång. Och när *han* plötsligt kom hem så måste man finna sig i det.

Tora fick bra betyg. Jämt.

Och Ingrid tittade på dem. Berömde Tora tankspritt – milt. Som om Tora valt en tokig tidpunkt att visa henne sina betyg, utan att Ingrid blev arg för den saken. Det gjorde Tora till en liten sten i havet där hon stod.

Hon betraktade mor från sidan. Plötsligt såg hon att hon verkade lika förgrämd i ansiktet som i gamla dagar. Innan *han* försvann.

Ingrids kindben sköt fram blåaktiga i ansiktet och senorna på halsen var spända och magra under den vita huden.

Tora ville bara gömma sig. Allting skulle bli som förut. *Han* hade redan kommit in i Tusenhemmet igen. Hon kände redan hans andedräkt över sig. Den tjocka andedräkten. Hon visste att kläderna hans redan låg i ett bylte i gången.

Hon ryckte papperet med geografiprovet ur händerna på Ingrid och skyndade in till sig. Hörde mors röst. Vädjande. Men det var inte henne det gällde. Det var *honom*. Hon skulle alltid be om nåd för *honom*.

Tora knycklade omsorgsfullt ihop pappersarket i handen och slet av sig kläderna. Det var ju kväll.

Mor gläntade på dörren.

– Varför fick du så bråttom? Rösten hade det gamla vanliga jämret i sig. Det var hemskt.

– Jag fick inte bråttom. Det var bara det att du inte tittade när jag visade dej.

– Tora! Ingrid tog till den skarpa stämman. Som hon gjort förr, när Tora var liten.

Men den rösten betydde ingenting nu. Tora kände att hon inte längre var rädd för den. Hade visst aldrig varit rädd för den. Hon hade mest tyckt synd om den. Därför hade hon rättat sig efter den. Hon visste att mor för sin del alltid fruktade en annan röst. Hon använde bara den arga rösten mot Tora för att hon själv var rädd.

Det knöt sig ont. Hon såg mors ansikte i ljuskretsen vid

180

lampan på nattygsbordet. Samma ömkan. Samma känsla av att gå barfota över vassa stenar. Längtan efter att slippa ifrån. Gömma sig inuti sig själv.

Gömma sig inne i ett rum, bakom en låst dörr. Där inga röster fanns. Ingen. Bara hon, Tora. Och hon kunde äga sig själv. För ingen såg henne.

Ingrid hade kommit ända bort till sängkanten. Luften stod ogenomtränglig omkring henne. Tora kunde inte komma igenom. Hon vände sig bort.

– Du har blivit så tvär, Tora. Du borde inte uppföra dej så mot mej.

– Nej.

– Du kunde väl iallafall säja vad det är...

Ljuden i huset trängde sig på. Som ett fängelse. Elisifs fötter var så tunga. Det var så mycket släpande steg. Hon orkade inte tänka klart.

– JAG VILL INTE ATT HAN SKA KOMMA!

Mor sjönk ner på sängkanten. Någon hade ristat streck i hennes ansikte. Fula, djupa, grova. Tora visste. Det var hon. Hon såg det från sidan. Det sammanbitna stängda ansiktet.

Förstå! Förstå! Käre Gud, låt hon mamma förstå! Nej, nej! Låt henne ingenting begripa.

Och Tora hävde sig upp i sängen och slog armarna runt Ingrid. Ett ögonblick satt de så. Tätt sammanslingrade.

– Det var bara det att du inte tittade ordentligt på betygen som jag fått...

Tora viskade. Och mor höll om henne. Där fanns *något*. Men det kom inte fram.

– Jag är spänd på hurdant det ska gå – det här – jag med, kom det äntligen från mor. – Hurdant folk tar det... fortsatte hon tveksamt.

Detta var så mycket sagt att Tora höll andan. Det var så skört. Sträckte sig över täcket till henne. Mors ord var som ett hjälplöst rönnbärsträd i blåsten. Segt, men darrande.

181

Med rötterna hos sig självt sträckte det grenarna utåt för att nå fram...

– Folk har inget att skaffa med det, sa Tora hårt.

Hon hörde själv att detta kunde Rakel sagt. Det var som om moster stoppade orden i munnen på henne, fastän hon inte var där.

– Det är väl så... Jag trodde det var sånt du tänkte på. Att du – att du skämdes... på nåt vis.

– Nej.

Tora bestämde sig. Det här samtalet skulle inte dra ut på tiden. Det var farligt som ett gammalt isflak i Viken i april.

– Jag menar han är så ilsken jämt. Att han kommer osams, han Henrik.

Hon hade uttalat hans namn. Hon hade lyckats göra det ännu en gång.

– Han har förändrat sej, sa Ingrid skamset.

Som om hon förrådde mannen genom att prata om honom när han inte var där.

– Hur då?

– Han dricker inte. Han har lärt sej bättre att se sej själv – tror jag. Du ska inte vara rädd för dom där dagarna, Tora. Dom ska vi klara. Och så kan folk vänja sej att se honom. Tills han kommer ut...

Hon gick i stå. Höll Tora ifrån sig och betraktade henne hjälplöst – tills hon böjde huvudet för att mor skulle slippa se hennes ögon.

Ingrid gick ut ur kammaren och stängde dörren efter sig med en suck av lättnad.

Tora kröp ihop i mörkret.

Tyskunge.

Tyskfan.

Lösunge.

Katten på staketet. Den var inte död. Ännu. Den klöste och bet.

24

Det händer att folk blir bönhörda.

Den iskalla marsdagen Henrik skulle ha gått iland i Byn – kom det två pallar gods och några säckar cement. Landgången låg där och sträckte på sig. Det var som om den väntade – den också.

Men ingenting hände.

Tora stod invid bryggväggen ihop med mor och kände huden vrängas ut och in av ovilja under kläderna.

Och så kom han inte.

Lättnaden var så stor att hon måste in bland lådorna som hastigast och trycka andetagen på plats innan hon kunde se mor i ögonen.

Ingrid gick upp på kontoret till Simon och ringde. Och hon fick besked. Han hade ändrat sig. Han ville inte.

Ingrid var om möjligt ännu blekare än hon brukade. Händerna arbetade med handtagen på väskan. Hon ville inte sitta ner. Hon hade ingen lust på kaffe. Hon ville bara betala telefonsamtalet. Hon stirrade på en punkt ovanför Simons huvud – där allting var viktigare än i resten av rummet.

Tora stod vid dörren och glittrade. Hon orkade inte dölja det. Glädjen var alltför stor. Simon såg den. Han satte sig på kontorsstolen och pratade lågt och förtroligt med Ingrid – som fortfarande inte ville slå sig ner.

– Han tyckte väl det var svårt att komma hem sådär – på några dar bara...

– Ja, folk gör det inte enkelt att vara – här på Ön.

Ingrid sa det utan harm. Utan taggar eller bitterhet.

– Det är väl så...

Simon drog på det. Ville vänta och se vad samtalet skulle föra med sig.

– Så kommer han inte innan – innan han kommer för gott?

– Dom sa så, sa Simon och skruvade lite på sig. Det var han som måste prata. Han som måste meddela, han som måste förhöra sig och ge Ingrid besked. Han kände plötsligt en obändig vrede mot den mannen, som fördärvade så mycket. Som aldrig ville ta ansvar för någonting eller göra vad han borde. Han lät blicken glida över Tora, blinkade mot henne som en medsammansvuren medan Ingrid vände sig för att gå.

Då exploderade glädjen i Tora. Hon måste släppa fram den. Måste ta sig ett eller annat till!

– Det gör'nte nåt, sa hon högt och tydligt.

Rösten for som en bäck i högt fall. Det tumlade så mycket glädje i den. Glädje som kunde fyllt ett helt hus.

– Du kan väl fara och besöka honom? la hon till.

Men Ingrid stod som fastfrusen på fläcken. Hon hörde också flickrösten.

Så rätade hon ryggen och gick ut med Tora i hälarna.

Tora visste inte varför hon gjorde det. Det hade inte varit nödvändigt att säga någonting. Hon kunde ha gömt lättnaden nere på bottnen av sig själv. Tagit fram den när hon var ensam. Mor hade nog. Det hade inte varit nödvändigt att visa Simon detta, att hon inte ville ha *honom* hem. Hon kunde ha skonat mor.

Men ändå. Ett härligt trots. Ett slags hämnd för att mor alltid valde honom. För att hon tagit till den stränga rösten och fått henne att gå med ner till kajen. Fast hon visste att det plågade Tora mera än någonting annat. Att hon skulle stå där som en flickunge och vänta på den mest förhatlige.

Detta malde i hennes tankar – hela dagen. Och mitt i det

hela fanns ett sår som inte ville läkas. För mor gick omkring och såg ingen.

Till sist rymde Tora ut på vägen. Drev längs kajerna. Smög runt huset hos Randi utan att kunna gå in. Skyndade upp till Bekkejordet, men vände när hon kommit till grinden.

Hon knöt nävarna i vantarna och matade lättnaden och glädjen hela tiden, som en eld. Stack små kvistar av hopp och optimism i den späda flamman. Så gick hon. Blev ganska varm av det.

Men mor fanns ingenstans. Och Berlin hade blivit en barnslig tanke utan mening.

Så fanns bara realskolan kvar. Realskolan! Och rummet i Breiland. Visst skulle hon dit! Tigga och be, ja visst. Men iväg skulle hon.

Det gläfste bakom ryggen på henne ibland. Det hon hade sett. Att Sol blev gående kvar hemma. Men det berodde på Elisif och småungarna... Med henne, Tora, var det någonting annat. Morbror Simon hade sagt det. Att hon skulle gå i realskolan. Hon med det klipskaste flickhuvudet i Byn! Ja.

Men ändå kändes det som att sitta instängd i en kall fuktig källare. Där inte engång katterna sökte skydd. Med golv så fulla av rå frost att ingen kunde vara där. Med många sprickor i väggarna och ingrott stelnat hat.

Tora hade läst att Berlin blivit de ensamma kvinnornas stad. Västsektorn hyste 1 200 000 kvinnor och bara 900 000 män. Och nazismen stack åter fram trynet i Västtyskland. Hitlers hakkorsflagga hade hissats i en park i Nürnberg.

Det var som om *han* liksom hämnades på henne med detta. Hämnades att hon blev så glad när han inte kom, och gjorde Berlin till en stad utan ljus eller skydd.

Till sist tänkte hon klart och enkelt att det var död hon ville ha honom. Hon var Tora. Hon var tysk. Hon önskade livet av folk. Det var bestämt så.

I Tusenhemmet gick dagarna som de kunde. Det tinade både invändigt och utvändigt. Solen tvingade fram hud i ljuset.

Det hade inte varit direkt fråga om Toras öden efter folkskolan.

Ingrid dröjde med det i det längsta. Hon visste vad Tora drömde om. Hon hade satt upp små räknestycken på kanten av gråpapperspåsar. Räknestycken som aldrig fick något slutstreck. För Ingrid visste aldrig vad hon skulle komma att tjäna. Hon hade hittills hållit det flytande – utan värst mycket på krediten.

Att skicka Tora till realskolan i Breiland var ett lyft hon inte orkade. Bara pengarna till billigaste hyresrum var en utgift stor nog att välta lasset.

Hon hade sett Sols händer. Hade sett 17-åringens urgamla rörelser uppför trapporna. Värk i ryggen och händerna hade hon också själv att dras med. Men *det* var ändå inte det värsta. Det var alla de stängda dörrarna. Hopplösheten. Åren som rann som sand mellan röda ömma fingrar.

Och Ingrid visste att hon måste tänja sig så det riktigt skrek, ifall hon skulle bespara Tora allt detta.

Ibland såg Ingrid sin egen situation. Utifrån. Den växte som ett hav och slog igen över huvudet på henne. Medan hon stod och såg på utan att någonting kunna göra.

Om nätterna hörde hon fängelseportar slå och slå. Det blev aldrig någon ände på det.

Det slutade med att hon traskade vägen upp till Bekkejordet för att be Simon gå i borgen för ett sparbankslån. Hon måste få rätsida på räknestycket. Bankdirektören hade varit som gjord av stål och nickel. Men han gav sig inför löftet om en borgensman.

Hon satt en timma vid kaffebordet på Bekkejordet med sandpapper under ögonlocken och händer som uppskrämda fåglar innan hon kom fram med ärendet. Orkade inte säga

186

någonting först. Fuktade bara läpparna och fumlade fram skuldbrevet ur det stora kuvertet.

Rakel hade väntat. Simon hade väntat. Ända sedan Ingrid klev in genom dörren. För hon hade handväska av svart lack med sig till Bekkejordet. Den var omodern, stor och sliten. Ena handtaget var reparerat. Sytt med omständliga små stygn av svart björntråd.

Simon kliade sig godmodigt på hakan. Sedan sa han eftertänksamt medan han kikade bort mot Rakel:

– Jag skulle gärna satt namnet mitt där. Men jag är så skyldig i banken att jag vet'nte ifall dom godkänner mej som borgensman... Jag säjer därför som det är... Men *jag* lånar dej pengarna. Så stannar det mellan oss. Jag unnar inte banken och det allmänna mera ränta, ska jag säja dej.

Rakel nickade långsamt. Hon bemödade sig att dölja att överenskommelsen var träffad långt innan Ingrid kom med skuldbrevet.

Ingrid värjde sig. Han hade väl tillräckligt att betala på, menade hon. Men Simon skrattade och sa att pengar åt en flickunge i realskolan – bara var femöringar av allt det som bruket slukade.

När Ingrid gick hem med det onödiga skuldbrevet i handväskan kunde hon inte begripa sig själv. För över glädjen och lättnaden låg ett tjockt lager slagg. Ännu engång måste hon tacka någon. Ännu engång var det underdånig tacksamhet som måste till.

Skulle det aldrig ta slut? Skulle aldrig en människa kunna resa sig och få lov att stå upprätt? Hon såg för sig Rakels milda blida dockansikte i den djupa länstolen. Och motviljan klöste sig fast. Hårt.

Hon kostade inte på sig att undra över att motviljan inte omfattade Simon.

Så gick det till att Tora fick Gunn till hjälp med ansökan till Breiland Kommunale Realskole som skulle börja den 27 augusti. Gunn skickade ett personligt omdöme om eleven Tora Johansen och ansökte om friplats och stipendium.

Tora satt i den lilla lägenheten innanför klassrummen i Gården och lyssnade på Gunns grammofonskivor medan Gunn skrev.

"Don't be cruel", sjöng Elvis. Han var som sammet i örongångarna idag.

Och färgerna i rummet var så fruktansvärt klara. Gunns ansikte var så vackert där, böjt över ansökningsformuläret. Dunsarna mot väggen från Ritas boll var så sprudlande fulla av munterhet.

Tora kände en svag lukt av Gunns cigarretter. Blue Master, en blå häst på paketet!

Senare satt hon i strandkanten och bara andades. Länge. Hon hade varit på posten med det stora allvarliga brevet. Frihetsbrevet! Solflimret trängde igenom ögonlocken. Lukten av ebb. Lukten av lång ebb kittlade henne i näsborrarna som godlukt.

Kunde det finnas någon som hade en större, en galnare glädje att hålla inne i en liten kropp?

Hon reste sig och skyndade med långa lealösa språng över strandstenarna. Någonstans föll hon och slog armbågen i blod.

Då tog hon sig samman. Satte på sig en skrattlysten värdighet. Stack in händerna i ärmöppningarna på den bruna stickade jackan. Gick med flätpiskorna dinglande nerefter ryggen som en liten kines som är fostrad till måttfullhet – också i glädje.

Men hon visslade högt och gällt.

Färjan kom glidande ut ur blåheten. Från det ljusblåa i himlen – bort över det smårynkiga havet. Med strimmor av ström och båtar och ljus. Glidande mitt i solskuggorna. En stor val med vit rygg. Ett målmedvetet tekniskt djur mitt i havet.

En vild solstråle träffade fönstren till styrhytten och tog ett språng rakt i synen på flickungen i strandkanten.

25

– Vad gjorde kvinnfolken innan brösthållaren blev upp-
funnen? suckade Ingrid.

– Gick utan, svarade Rakel torrt.

– Gick dom verkligen med alltihop hängandes rakt ner?

– Hängandes och hängandes. Det finns ju många slags
som hänger – på karlarna också, vad jag vet. Det är bara va-
nan. Jag går utan tills jag vart i fjöset om mornarna. Och jag
mår otroligt gott utan det där stängslet. Jag gillar egentligen
inte stropparna och alla donen. Det gör inte han Simon hel-
ler, ha-ha.

Ingrid suckade en gång till. Drog långsamt den nya klän-
ningen över huvudet. Den var sydd av nytt tyg. Blå och lätt
föll den över hennes magra höfter. De små brösten tecknade
sig sirligt på varsin sida av den beniga bröstkorgen. Det satt
inget fett på Ingrid. Hon var seg och senig som en ung pojke.

Och brösten var hon glad att kunna gömma i en vit byst-
hållare av nylon. Hon var glad för allting hon kunde gömma,
Ingrid. Den nya bysthållaren gav henne en främmande skön
känsla av lyx. Hon hade orkat med det efter sista löningen.
Klänningstyg och underkläder åt Tora och sig själv. Hon
hade sytt till dem bägge med ett slags galenskap i huvudet.
En upphetsad stämning. En känsla av att ha gjort någonting
olovligt. Innan han kom hem. Hon kikade i smyg bort på sys-
tern. Hade inte Rakel tacklat av alltför mycket? Hon kom vid
upptäckten underfund med sin egen magerhet. När hon nu
betraktade dem bägge i spegeln – märkte hon att systern inte
var lika mjuk, rund och rödkindad som förr. Hon hade fått

något skarpt och genomskinligt kring ögonen. Som om Rakel spände sig för att se *allting* omkring sig.

Tora såg också. Hörde. Genom den halvöppna kammardörren. Hon såg också förändringen med moster Rakel. På något vis gjorde den dagen otrygg. Visst hade moster varit sjuk, men... Hon var ju frisk nu?

– Man skulle vara ung jämt. Ung och med fina nya kläder.

Ingrid strök med händerna nerefter den nya klänningen. Rätade på ryggen och vände sig framför den stora spegeln. Dröm i de trötta ögonen. Det var som om hon glömt vem hon var ett ögonblick.

– Goddag goddag, gamla mor, fnissade Rakel och kramade henne.

Ingrid vände sig mot henne och log lite.

Tora satt i köket och var färdig. Hon skulle vara med. De skulle på dansen. Inte på ungdomshuset. Nej, på Simons brygga. Han hade gått i förväg för att se att allting var iordning. Hade själv tvinnat kreppapper till girlanger och skurit björklöv till borden.

Han hade sjungit i flera dagar, Simon. Skulle ha bryggan full med folk. Hade bjudit Dahls också. Arbetarna och de självägande. Lärarna och doktorn. Han hade betalat rejält för lapskojskött och kökshjälp. Äntligen skulle huset firas. Rakel skulle firas! Sommaren kom så tvärt och med sådan väldig styrka den dagen lokalbåten skänkte honom Rakel tillbaka, att han fick svårigheter att hålla fötterna nere på grusvägen – en i sänder – när han gick. Det var som att vara yr och nyfödd. Han gick och luktade på allting som fanns. Och han kunde aldrig tänka sig en bättre värld. Aldrig. Han hade haft sommar över ett år nu, Simon.

Och nu bestämde han fest. För alla.

Ingrid skulle med. De hade övertalat henne. Använt lång tid och många ord. Men inget av de orden handlade om avklippt hår eller ungdomshus. Till sist hade hon sagt ja. Med en blossande hjälplös glädje över hela sig.

De var färdiga. Kvinnorna. Gick ut i julikvällen och den varma östanvinden. Med klarväder och sol i famnen och håret. Östanvinden var ett lån någonstans ifrån. Där allting var varmt och kallt med kryddor och stora kontraster. Den drog över fjällen och var en nådegåva.

Tora skulle bli med på dans! Hon hade gått hela dagen med ett slags fuktig oro mellan huden och kläderna. Den var inte otäck, bara som en sorts hunger efter något.

Det enda hon visste om dansfesterna på ungdomshuset var att det hände att folk blev fulla. Och att det hände att karlarna slogs.

Ja, och så dansade de! Hon hade annars inte klart för sig hur allting var. Visst hade Sol berättat. Med drömska bortvända ögon, eller fnittrande små springor och fuktig halvöppen mun – det bubblande skrattet sjöd ända nerifrån botten. Men Tora hade jämt varit lika utanför. Det var en värld som inte tillhörde henne. Hon kunde aldrig säga till mor att hon skulle på dans. Aldrig! Inte på ungdomshuset!

Hon var där på bio. Ja, visst. Hon var där på julgransfester som skolan arrangerade. Mor hade pyntat henne vart eviga år till de festerna. Hade lagt den magra röda arbetshanden på Tora och fått iväg henne. Men hon följde aldrig med. Tora var en av dessa de minsta som kom och gick för egen maskin och fjärrstyrd välsignelse. Prästens döttrar satt mitt emellan mor och far och var oantastliga. Tora hade mera än en gång utkämpat tysta strider för att hitta sin kappa i den stora högen på de gamla bänkarna vid dörren. Hon hade väntat tålmodigt tills de vuxna letat fram ytterplaggen åt sig och de sina. Och hon funderade aldrig riktigt över det. Att det var någonting särskilt. Det sprängde bara som en öm spricka inom henne med detsamma. Som hon glömde. Det var nu engång som det var.

Men nu – långt efteråt, kände hon en vass medömkan med sig själv. Hon gick i sommarkvällen mitt emellan Rakel och Ingrid och mindes. Och plötsligt fick hon lust att styra stegen runt Viken. Till ungdomshuset. Styra dem dit. Alla tre. Låta alla i Byn *se* dem.

Sol kom springande efter dem. Andfådd och röd. Om de trodde hon kunde följa med.

Hon stod där bestämd och trygg. Sol! Hade slitit sig lös och behövde inte vara någon till hands den här kvällsstunden. Hade ridit ut sin egen storm. Det hade blåst kraftigt runt öronen på henne innan hon gick. Men hon hade räddat sig hel och ofrälst igenom. Trots Elisifs böner och Torsteins undfallenhet.

De stora orubbliga arbetsnävarna bar åtminstone vittnesbörd om att ha räddat lite av varje. De små ljusblåa och klipska ögonen hade sin egen trygga aptit på livet och sitt eget trots mot allting som stod i vägen.

Sol hade också ny klänning. Den fick henne att verka inpackad och olik sig. En grön taftklänning med volanger runt halsen och på ärmarna. Tora såg neråt sin egen bomullsklänning. Den hade varit ett mirakel när den hängde på väggen i kammaren. Svart-och-vit-rutig med uddspetsar. Och nu stod hon ihop med Sol och var mindre än ingenting. Sol som var den som lirkat värme in i de mest hopplösa ting – förr, hade blivit ett hot mot Toras bild av sig själv. Fick henne att se barnslig ut. Också i ny klänning.

Sol gick med handväska! Tora började genast bygga sig en åsikt att det såg dumt ut. Sol borde inte komma i grön taftklänning och med handväska. Det såg alltför stadsaktigt och utklätt ut! Och skorna var också alltför högklackade för Sol. Hon var inte *så* mycket äldre än Tora!

Tora stirrade ner i vägen, drog med sig småsten med fötterna och lyssnade när Ingrid och Rakel pratade med Sol som om hon varit ett vuxet fruntimmer. Det kändes trångt i henne. Som om hon bar på en hel instängd värld – som måste hållas dold för alla. Det gjorde hela festen grå. Den stora stämningen var borta. Kvällen blev obetydlig. Det låg hästlort på grusvägen ikväll som andra kvällar. Aldrig skulle hon få en riktigt fin stund som varade. Aldrig! För hon var Tora. Allt hon hade var mindre och sämre än det andra hade. Alltid. Rentav sämre än det Elisifs ungar hade.

Hon tänkte tanken. Lät den sprida sig. Vägde den. Med engång den nått medvetandet visste hon att hon hade tänkt likadant som alla de andra: Att Elisifs ungar var av ett lägre slag än till och med Tora... Hon hade låtit alla skitorden hon hört bli sina. Så var det.

Tora böjde huvudet ännu djupare, men slutade sparka sten. Hon gömde armarna i koftan, framtill på bröstet. Det kom så många slags vindar. Inte alla var lika varma. Klockan gick mot nio, och det var kväll – om det också var sommar.

Tora var förberedd på hur själva lokalen såg ut. Hon hade hjälpt Simon att pynta den. Visste vilka som skulle dit och vad de skulle äta. Hade varit med och klätt de kala borden med rött kreppapper. Och grönt löv.

Och ändå. Hon hade inte förutsett ljuden. Musiken. Rösterna. Den varma ångan av människor i glädje och förväntan och uppspelt oro. Fönstren högt uppe på väggen höll den ljusa sommarkvällen ute. De grälla taklamporna var släckta. Stearinljus fladdrade i draget på några av borden. Föga var kvar av det som gjorde det stora högresta rummet till brygga. De vitmålade väggarna som annars var fläckiga av fiskblod och ackord var renskurade för kvällen. De luktade grönsåpa så sent som i eftermiddags. Nu fanns knappt något kvar av den lukten. De ofantliga dubbeldörrarna stod uppslagna mot måsarna och havet. Där fanns tusen andra dofter och ångor inblandade. Skuggorna låg oroliga i vrårna och visste inte vad de skulle göra av sig. Det sjöd i folk. Dragspel och gitarr fraktade från Breiland och hit. Två karlar som hade rykte om bra musik. Simon betalade en del. De skulle spela för det, och för donen de fick i krävan tills klockan slog två. Och det var storartat! Och långt till klockan två.

Tora följde Rakel hack i häl. Sol försvann i människomassan utan att hon fick ett ord sagt till henne. Det gjorde ont. Fast det hjälpte lite att få henne på en smula avstånd. Hon såg henne i en ring av flinande pojkar från Byn som hon inte nedlåtit sig till att växla ord med förr.

Tora upptäckte en som hon inte väntat att se på bryggdansen. Ottar. Det var som om han inte riktigt passade in i mönstret. I svart kostym och slips. Med det oklanderligt kammade håret över hjässan och ett fårat leende. Han vägde inte mjöl eller margarin här och hade ingen marmorerad bok att notera namn och kredit i. Var ingenting mera än en halvgammal karl som inte fått sig käring ännu. Här gällde andra lagar än i Ottars butik. Han stod vid väggen och visste det alltför väl.

Men Simon var herre i sitt rike. Tora såg honom gripa fatt i Rakel så snart han fick ögonen på henne. Hon såg honom lyfta henne högt i vädret. Kunde inte höra vad han sa. Såg bara munnen. Det stora leendet. Hur kunde en man gå omkring och ha en sådan mun?

Tora gled ner på en bänk vid dörren.

Ingrid skulle hjälpa till i det provisoriska köket. De hade riggat upp kokplattor. Bar ner från bodarna vad de behövde. Och resten ordnade de däruppe. Käringarna hade inte ord för vad de tyckte om nybodarna. Så storslaget var allting. De knöt på sig vita volangprydda serveringsförklän som de annars bara använde i missionsföreningen och när de hade kvinnoförening, och gav sig gladeligt iväg för att passa upp. Det var det slags uppassning som utfördes under skratt och med gott humör.

Tora satt på bänken och glömde sig själv. Hon såg dem
svänga ut på golvet, det ena paret efter det andra. Var två
stora ögon i ett blekt ansikte ovanför en rutig bomullsklän-
ning. Satt där och såg – utan att själv bli sedd. En oansenlig
grå måsunge på ett stort och imponerande fågelfjäll. Havsfol-
ket hade putsat sina slitna arbetsfjädrar. De hade lämnat den
stora tysta sorgen över nutid och framtid kvar hemma. Den
molande ångesten över utbetalningar och arbetslöshet. Den
isande vanmakten inför allt sådant som avgjordes ovanför
ens stackars huvud. Allt det låg kvar i de trånga rummen hos
envar. Övergivet och skamligt. Tyst och osynligt – för en
kväll och en natt.

Flaskorna klirrade överallt. Härligt osynligt, olovligt. Men
likafullt allestädes närvarande.

Blossande genomskinlig nordlandssommar. Bakom fisklå-
dorna. Kluckande i trånga flaskhalsar och blyga flickstrupar.

Simon dansade. Han kastade kavajen. Han kastade västen.
Han grep om Rakels lite avmagrade kropp med bägge hän-
der och tittade bara på henne. Han offrade inte en tanke på
den dryga räkningen för flerfaldiga kilo lapskojskött. Det lju-
sa lockiga håret låg redan fuktigt mot huden i pannan. Och
den massiva breda överkroppen böjde han skyddande över
kvinnan. Där låg flera månaders skräck för att förlora – ut-
löst i de omslutande rörelserna och den böjda nacken.

En man som beskyddande spänner ryggbågen över en
kvinna: Mänsklighetens äldsta tecken.

Tora såg att morbror Simon var olik alla andra karlar.
Hade vetat det innan. Som en självklarhet. Men nu såg hon
det. På avstånd. I dansen. Virvlande runt. Underligt. Fint.

Och hon stod i småbåten. I branden. Kände Simons an-
dedräkt mot ansiktshuden. Kände de vilda hjärtslagen fort-

planta sig in i hennes egen kropp. Men där fanns någonting annat. Något med henne själv. En förändring av allting. Något med tiden. Löftet om att han skulle hjälpa henne bort till skolan. Hans ögon när moster var sjuk och borta. Som hos en pojke.

Tora hämtade morbror Simon med blicken därute på golvet. Hon värmde sig vid hans glädje. Borrade in de tunna fingrarna i hans ljusa hår. Kände att det var svettigt och fullt av varmt ångande höboss.

Det var i slåttern. Hon såg honom kasta av skjortan i den brännande solen. Den bara överkroppen framför henne. Som en tung stöt mot underlivet. Farligheten försvann i detta. Hade ingen makt.

Hon satte ut Simon på golvet igen. Han slutade tvärt att sväva. Blev en vardaglig och otillgänglig kropp. Som vilken annan kropp som helst därute på golvet. För Tora hade sett. Och skammen brände som ett bål i ansiktet på henne. Hon reste sig hastigt och gick ut till kvinnorna.

Ingrid tittade upp när hon kom. Glad. Tora hjälpte henne med någonting. Men hade en ovilja mot allt. Kände inte sig själv. Hon hade inte ägnat moster Rakel en tanke. Hennes bild omslöt någonting. Men i den bilden fanns inte moster. Ifjol. När hon hade passat djuren på Bekkejordet, då hade hon *sett* Simon. Men hon hade *längtat* efter Rakel. Köket hade varit kallt utan henne.

Piprök och talkdamm steg mot taket. En virvlande svävande buljong av damm och vattenånga och rök. Karlarna hade tömt två stora påsar talk över golvet för att göra danslejonen till lags. Kvinnorna tjöt i valsen. Det gick så det rök!

Sol stod plötsligt vid Toras sida och hade en av de unga karlarna från Dahls bruk vid var arm. Hon skrattade uppsluppet och hade varit ute en sväng och fått skrynklor på den gröna taftklänningen.

Nu ville hon att Tora skulle dansa med den ena av karlarna. Han hade mörk stripig lugg och stora mörka ögon. Han kom längre norrifrån. Tora hade hört honom svärja livsglädjen ur sig några gånger när hon passerade under byggnadsställningarna. Hade visslat högt och skärande falskt däruppe under himlen. En gång hade han kastat luvan sin efter henne.

Nu stod han där och skrattade och ville dansa. Sol sa hon måste ordna till så att ungdomen hittade varandra, annars blev det ingen reda med någonting på hela Ön.

Tora hade besvär med sina händer. Hon tyckte det såg så orimligt långt ut bort till dansgolvet. Halt hade det blivit också. Ansiktena drogs runt i virvlande fart därute. Pojken med den svarta luggen växte sig stor som ett berg framför henne. Ingenting blev sagt. Han drog henne ut på golvet. Tora försökte minnas vilka steg Sol hade lärt henne.

Sol och hon hade valsat och snurrat tills det gick runt för Tora och kväljningarna stod henne ända upp i munhålan. Hon mindes bara att det varit så olidligt varmt, kvalmigt – och roligt. Hon kunde inte komma ihåg några av stegen. Det blev omöjligt.

Pojken, som hette Åge, höll henne krampaktigt fast. Hans andedräkt for över henne hela tiden. Hon visste inte vart hon skulle ta vägen. Hans händer mot huden gjorde henne till en staketstolpe. Hon önskade med hela sig att det skulle ta slut. Allting blev så fult.

Han hade druckit sig till mod och lutade sig ibland tungt mot henne, för att i nästa ögonblick rycka henne hårt och valhänt med sig runt golvet.

Jørgen stod vid väggen någonstans och flinade hånfullt. Han hade sällskap med några ur gänget från fortsättningsskolan.

Skammen sjönk hettande ner över Tora. Att Sol kunde vara en sån! Pracka på henne den här grabben! Hon slet sig

198

tvärt lös och störtade ut genom bryggdörrarna.

Han kom efter. Stod och flämtade med ett häpet enfaldigt uttryck i ansiktet.

– Varför sprang du?

– Jag ville inte mera...

– Varför är du så märkvärdig då?

– Du har druckit...

– Än sen? Det har alla karlarna här.

Nu när dansen var på tryggt avstånd – repade Tora mod.

– Det skiter jag i. Jag bryr mej inte om fyllhundar!

Så var det sagt.

Han grep henne hårt i armen. Var stark. Ögonen sköt blixtar. Hon hade retat upp honom nu.

– Släpp, sa hon.

– Nä, sa han tvärt. – Inte förrän du kommer in och dansar igen. För jag är inte nån fyllhund, det ska jag visa dej!

– Leta upp nån annan.

– Nä!

Han stod och svajade en smula, så strök han sig över näsan med den fria handen. Tora försökte fortfarande slippa lös.

Då stod plötsligt Simon där.

– Har du tid till en svängom med en gammal man också, sa han milt.

Den vuxne mannens självklara auktoritet? Den ovilliga flickan? Hela världens inneboende jävulskap och otaliga dramer? Vem vet? Åge blev plötsligt mycket stark. Och knytnäven for upp av sig själv. Den träffade bra. Bättre än han hade räknat med. Simons näsa kröktes under spolingens inte alldeles rena näve. Det sprutade näsblod över den vitmålade väggen bakom dem. Det droppade vackert och rött ner på Simons vita nystrukna skjorta. Ett par sekunder.

Sedan var nackgreppet obevekligt. Denne Åge norrifrån, som inte var riktigt torr bakom de flaxande öronen, visste i

199

sin enfald och sitt rus inte vem han petat på.

För Simon hade en tröskel. En gräns som han brukade glömma själv, för att den så sällan utmanades. Den stora glada Simon kunde bli så arg att han inte visste vad han gjorde. Hans tro på människorna, hans naiva inställning till att det goda i hans del av världen var allsmäktigt och det onda bara en parodi – var så stark att ifall någon rubbade den – föll hans verklighet till grus. Och det kunde han bara uthärda genom att underkasta sig ett ursinne som utplånade allting. För Simon var inte van att folk bar agg mot honom.

Nu hade en ung pojknäve visat honom att det fortfarande fanns en procents ondska kvar emot honom.

Därför krossade han ungpojkens rus mot ett sköljkar ute på kajen. Pojken blev liggande i den gungande lådan. Länge. Det var få som saknade honom. En främling hade ingens medlidande.

Lådan gjorde väldiga slag när den fick så stor sköljlast. Sedan stannade den och stod stilla. Folk brydde sig inte om en spoling som muckat gräl en sådan här kväll. På ett sådant här ställe. Och med en sådan man! För folk visste vem som betalade lapskojsen och ägde det nyaste fiskebruket i hela öriket.

Han som inte gjorde det låg i ett vitmålat sköljkar på kajen, med himlen över och måsens veka nattrop klagande runt öronen. Tröjan var riven i ärmen och läppen blå ända upp under näsan. Det såg otäckt ut. Men ingen såg det och ingen sörjde. Någon psykologisk tanke – eller omtanke om ett ungt festlejons debut i balsalen, eller alkoholens förbannelse för unga oprövade själar, fanns det ingen som tänkte.

För Simon hade blodfläckar på skjortan och blev hjälpt av otaliga villiga händer med kallt vatten på rutiga medhavda diskhanddukar.

Tora upptäckte att hon satt på dass. Det var enda stället. Det sved bakom ögonlocken. Hon knep ihop allt vad hon orkade. Skammen. Skulle det alltid vara så? Varför just ikväll? Fanns det ingenting som kunde hända henne utan att bli nersmutsat?

Hon hörde Rakels röst därute. Det knackade på dörren.

– Tora?

Det kom lågt, tveksamt.

– Tora, lås upp, det är jag! Det är hon moster.

Tora öppnade. Lutade sig mot dörrkarmen. Tittade i golvet.

– Det är inte din skuld att karlarna är tokiga. Kära dej. Kom ut nu. Kom in och dansa. Han Simon är lessen för att han la sej i. Han trodde grabben var otrevlig mot dej... Var han'nte det?

– Han hade druckit...

– Ja, ja. Glöm det. Han Simon ska dansa med dej. Kom nu. Du ska väl inte låta det här fördärva första gången du är på fest.

Inne i halvmörkret. Stearinljusen. Höll gula solar svävande över borden. Tända ur ingenting. Utan himmel. Utan årstid. Mellan de vitmålade väggarna som rests för annat än dansfester.

Människorna i rörelse. Jämt. En tumlande massa av kroppar, armar och ben. Matt ansiktshud. Händer som grep händer.

Simon höll henne lätt bort från sig. Tora vaktade på handen som höll henne om livet. Den var ett slags pant på någonting. Mot allt. Nu skrattade han ovanför sitt fläckiga skjortbröst. Höll henne varsamt – som om det gällde livet för dem bägge. Handen som fattade om henne var varm och torr som ett darrande stycke av hennes egen hud.

Hon förnam med hela sig. Det luktade Bekkejordet om honom. Kryddigt och sött. Hö och luft och sol. Hon kände att

201

någonting släppte taget i henne. Det gjorde henne matt, lugn och tung. Men samtidigt klarvaken och vibrerande av något hon inte förstod. En främmande grundlös glädje.

– Du skulle alltid gå med håret sådär, Tora.

Hon såg upp mot mannen. Såg att det brann mellan dem. Ett ögonblick, bara. Så fick han sina ögon dolda bakom leendet och den trygga minen: En vuxen pratar med en flickunge.

Men Simon hade sett. Det gjorde honom förvirrad. Han tillät sig inte att reflektera. Höll bara flickan ifrån sig en smula. Och berömde henne för klänningen och för att hon blivit så duktig att dansa. Men han kunde inte riktigt förmå sig att nämna att det märktes att Rakel varit en av läromästarna. Rakels namn blev ett rop i en annan tid.

Tora såg Sol dansa med Ottar. Det såg inte särskilt lustigt ut. Den svartklädde stele Ottar och den friska blossande Sol. Det var någonting underligt över det. Tora begrep inte vad Sol hade med Ottar att skaffa. Hur den dansen kunde ha kommit till stånd. Men hon unnade Sol det! Särskilt nu. Sol som hade kommit släpande med den äckliga lösarbetaren från Dahls bruk! Sol som hade blivit dam – främmande och otillgänglig.

Många motstridiga känslor som dök upp. Allting fanns i stearinljusens och musikens förvända värld. Gott blev ont – och ont blev gott. Det var som när mannen med bygdebion hade slitit av filmen så många gånger att han bara måste klippa bort och klistra ihop pånytt – så att sammanhanget försvann för dem som skulle se. Och man satt där på bänken och undrade vad som egentligen hade skett i tomrummet mellan filmstumparna...

– Jag har förresten fått ett rum åt dej i Breiland, sa Simon.

Det blev plötsligt alldeles nödvändigt för honom att säga någonting.

– Var då nånstans? Hos vem? Toras lilla röst försvann därnere. Simon la örat ända ner mot hennes mun för att höra. Världen exploderade i ett hisnande ögonblick av oförtjänt närhet.

– Det är hos en gammal dam som bor ensam i ett stort hus. Du får bo i vindskupan. Hon verkade bra i telefon. Vi ska ordna med hyran, hon och jag. Hon ville ha 60 kronor i månaden – för rummet var så stort. Vi får prata mera sen. Hon ringde idag. Så är den sorgen över.

Sorger!? Över. Tora kände inga sorger i hela vida världen. Hon gick ut där de ställt upp kafeteria och fick en tallrik lapskojs. Hon slog sig ner ihop med Rita och Jørgen och några av de andra från fortsättningsskolan.

Alla tittade plötsligt på henne. Tora satt och log! De hade aldrig saknat det. För det var ingenting att sakna. Men nu såg de skillnaden. Tora log! Det röda håret som alltid satt i två stripiga flätor och därför hade fått en envis krusning av det – stod runt henne som en sky. En av kvinnorna som serverade anmärkte till Ingrid att det var värst vad flickungen växt sig lik moster sin.

Ingrid tittade bort på Tora ett ögonblick. Så nickade hon sakta. Det strömmade värme genom henne. Något hon inte kunde hjälpa. Det var inte det att Tora liknade Rakel så mycket. Hon såg någonting som ingen annan märkte: En liten rörelse vid munnen. Den stora krumma näsan. Och ögonen. Det kom någon annanstans ifrån... Hon gladde sig över det. Jämt. Teg om det, men gladde sig.

Frits kom bort till bordet där de andra ungdomarna satt. Hela kvällen hade han hållit sig hos föräldrarna. Han dansade ju inte och hade ingen han hörde ihop med. Nu såg han Tora. De hade inte träffats sedan han kom hem. Han hade blivit ännu längre. Hade ordentlig gabardinkostym som en karl. Och det var inte någon urväxt konfirmationskostym. Han hade blivit vuxen och främmande – precis som Sol.

Tora kände sig osäker, men gjorde plats åt honom på bän-

ken. Jørgen bjöd honom karlaktigt en cigarrett som han av-
böjde. Tora tittade på hans händer. De beniga stora händer-
na. Han hade lagt dem på den röda kreppappersduken. Ljus-
sken och rött kring långa tunna fingrar och stora utstående
knogar. Hon mindes att hon suttit på det stickade överkastet
och tittat på dem... Suttit och låtsats att hon läste.

Det var en evighet sedan. Och med ens såg hon Simons
händer böja hässjetråd som ingenting. Starka bruna händer.
Karlhänder. Som inte hotade. Hon såg dem hantera spettet
när hässjestängerna skulle i jorden. Hon kände dem om sig i
dansen. Och Frits händer försvann, skrumpnade ihop – som
ett fint minne från en tid innan farligheten fördärvat allting
och rummet blev blodigt och utan dörr. Frits var från den
tiden när hon ännu inte visste hur fult allting kunde vara. Ti-
den innan branden och det vilda hamrande hjärtat hos man-
nen i småbåten.

Och Tora tyckte det kändes som att sitta hos en vingbru-
ten fågel. Kände sådan ömhet för pojken och hans tysta
värld. Böjde sig mot honom och sa välkommen hem. Han log
och förstod vad hon försökte säga. De satt en stund med tec-
kenspråket mellan sig och var onåbara för alla andra.

Borta vid dörren stod en mor. Randi. Blicken var fästad
vid de båda unga vid bordet inne i serveringsrummet. Resten
av kvällen vilade hennes ögon med ömhet på flickan med det
stora röda håret.

Tora dansade med den tafatte och skrangliga Jørgen och
den skrytsamme Ole som behöll skärmmössan på under dan-
sen. Randis blick på Tora var som en välsignelse, en tvingan-
de god kraft.

De gick hemåt. En hel flock i följe. Unga och gamla. Några
hade försett sig rejält med dryckjom och skrålade och sjöng.
Andra gick arm i arm och märkte ingenting av de övriga. En
tredje grupp pratade, lyssnade och föll in med skratt eller ord

allt eftersom.

I den sista gruppen fanns Ingrid och Tora, Rakel och Simon. Simon höll om Rakel och Ingrid. Gick mellan systrarna och log förnöjt. Lät andra ombesörja samtalet. De var tio-tolv stycken som gick uppför backarna från Byn.

Tora gick ytterst ute på vägkanten och sög in allting. Hon hade sett den svartluggiga pojken som sov i sköljkaret på kajen. Hade tyckt lite synd om honom, som det nu engång var. För det var han som var utanför. Utstött. Det var hon som fanns i kretsen av människor. Och Simon gick där. Han fanns. Hon skulle till skolan. Hon ägde allt. Dörren var äntligen öppen. Skammen hade hon skjutit bort. Den hade ingen makt inatt.

Ljuset var glasklart och skarpt över ansiktena. Nattljus. Galenskapens fackla. Nordbornas årsvissa livförsäkring. Tora såg att himmel och hav flöt samman i ett skimrande dis, och att solskivan rullade mäktig därute. Ett lågt vitt skimmer stod ett ögonblick och darrade innan det lät sig inlemmas i jordbilden. Solen hade redan varit i havet och var på färd uppåt himlen igen. Det artade sig till en fin söndag.

Simon gick där och hade inget behov av någonting mera. Festen var ett enda stort triumftåg. Ända från de första dragspelstonerna till den rejäla trakteringen han spenderade på sina besegrade motståndare. Ottar och Dahl. Han bjöd dem upp på kontoret. De hade suttit på de hårda pinnstolarna som var Simons enkla möblemang. Han hade hämtat en hel butelj Brandy Spesial och fyllt på ordentligt i glasen. Till sist stänkte han i några droppar kallt vatten.

Simon var kungen. Var den som ägde folks godvilja. Den som käringarna ville prata om över förmiddagskaffet. Simon med det stora godhjärtade smilet och det naiva godmodiga sättet. Som bjöd lapskojskött åt hela Byn och utbygderna med. Han hade råd att låta de andra prata en sådan här natt. Och han höll om Rakel och gick med långa eftertänksamma

205

steg på en spårig grusväg med grässträng i mitten. Maskrosor och blåklockor. Han hade lagt Viken och hamnen under sig. Fiskebruk och sjöbodar. All jordens härlighet var hans. Och likväl hade han inte tagit skada till sin själ.

En gång kostade han på sig att titta över axeln. Det var vid Vilstenen. Där visste han att han kunde se hela bruket sitt. Bryggan och nybygget. Allt. Han kastade bara lite med huvudet. Drog in synen. Fast alltihop fanns där väl bevarat från förr. Men han sa ingenting.

Elisifs äldsta dotter kom springande uppför backarna efter klungan. Hon strök med händerna över taftklänningen och drog koftan hårt omkring sig när hon nådde dem. Det ljusa bångstyriga håret hade permanentlockar och var rufsigt. Kinderna var bleka trots ansträngningen. Så hade väl natten fallit tvärt över henne efter all dansen. Eller så hade det kostat Elisifs Sol ett och annat att stå bakom björkdungen och förklara för Ottar med kreditboken – att hon hade råd att följa klungan ikväll – och gå hem till Tusenhemmet utan att säkra sig krediten? Hon levde sitt eget liv. Sol. Hade råd att vraka vardagarna. Och hon visste tillräckligt om somliga för att få dem att tiga i all evighet. Sol visste det. Och likväl: Där låg en tomhet någonstans. En bitter visshet om att hon bar en stämpel på sig här på Ön. Ett osynligt märke.

Men hon skulle visa dem!

26

Den andra lördagen i augusti.

Tora hade varit på Bekkejordet och hjälpt Rakel skura huset. Hon tövade så länge med hemfärden att Rakel och Simon växlade blickar.

När hon kom in i köket i Tusenhemmet satt *han* mittemot henne på soffan.

Hon hade vetat att han skulle komma. Men hade inte orkat se det för sig. Hade hoppats i det längsta att han inte skulle komma innan hon hunnit iväg till Breiland.

Han hade blivit så overklig för henne sedan hon fick besked att hon kommit in på realskolan. Hon hade liksom fått honom på avstånd. Hade glömt honom med vilja.

Nu satt han där.

Tora blev torr i munnen. Som feber. Inte rädd. Bara så fruktansvärt trött. Utan att veta vad hon skulle ta sig för. Hade glömt hurdant det var. Att jämt måsta gissa hur det var bäst att uppträda för att det skulle komma minst möjligt bråk av det.

Han såg inte snäll ut. Hon visste inte vad hon väntat sig. Han var densamme. Men en annan. Var en levande påminnelse om en ond tanke hon inte fick dela med någon.

Mor stod med ryggen till. Vid köksbänken. Hon lagade kvällsmat. Tora visste inte att hon stod på dörrtröskeln och drog andan i långa tag, som om hon skulle ha sprungit hela vägen, och att hon stod där så länge att det kunde bli ämne för ett raseriutbrott.

— Du står och glor.

Henrik flinade lite. Han sträckte på kroppen och reste sig.

– Goddag, Tora!

Fanns det någonting i hans röst? Ett hot? En varning?

Tora ville åtminstone säga goddag. Det kunde inte skada. Men hon förmådde inte. Trodde ett ögonblick att hon redan sagt det. Men hon såg i mannens ansikte att hon ingenting sagt.

Hon *såg* hans ansikte. Dragen hade blivit skarpare. Han var magrare. Hade skaffat mustasch. Ingen i Byn gick med mustasch. Den kritvita starka tandraden avtecknade sig som en djurkäft mot den mörka mustaschen och den dygnsgamla skäggstubben. Han hade blåaktiga ringar runt ögonen. Tröjan och byxorna var desamma som brandnatten. Som om han nyss kommit upp ur havet. Död – tills nu. Tora tyckte det hela var en ond och långsam dröm. Det blev aldrig slut på den. Den skulle alltid finnas – säkert.

– Nåja. Du kan stå där och vara stum. Mej gör det ingenting.

Henrik gick långsamt in i vardagsrummet och rotade med någonting därinne. Så kom han ut med ett paket. Stegade över golvet och la det på bänken framför Ingrid.

– Varsågod! Present från stan.

Sommaren hade varit välsignad. Fönstren stod öppna till långt inpå kvällen. Måsarna och småsejen hade satt färg på allting. Solen hade inte brytt sig om att gå ner. Mjuka sensommarljud trängde in i köket. Det fanns ännu en god tung lukt av hö, gräs och blommor i Toras näsborrar. Världen fanns inte här. Livet fanns inte här. Det kunde inte vara sant att han kommit tillbaka.

Men han stod där. Han räckte mor ett paket som hon sakta och tyst öppnade. Hon torkade händerna omsorgsfullt innan hon tog i innehållet. En vit sommarklänning! Den flöt ut ur papperet som ett underverk. Flödade mellan Henrik och mamma.

Tora stirrade. Hon hade ännu inte kommit ordentligt in i rummet. Hon såg mor tacka mannen. Tog i hand. Som att se två främlingar på stumfilm. Hoppande löjliga rörelser. Munnen som rörde sig. Utan syfte.

Ingrid höll klänningen framför sig och betraktade den med nedslagen blick.

– Den är förfärligt fin... och måste ha kostat massvis...

– Å, sånt spelar ingen roll.

Han stod framför Ingrid. Ett ögonblick tycktes det som om han skulle gripa om henne. Men han lät armarna sjunka.

Äntligen begrep Tora vad som var så underligt. Det var inte paketet. Inte det att han var alldeles nykter. Inte det att han sa goddag och inte gav några örfilar. Det var rösten. Den var stark och glad. Tora kände vantrevnaden skölja över sig. Så bakvänt var det. Hon förmådde inte ta det. Det var som om mannen blivit ännu farligare av att rösten blivit som – som morbror Simons...

Han pratade lågt över bordet till mor medan de åt. Tora vågade inte säga att hon ätit på Bekkejordet. Brödskivan blev liggande på assietten – länge. Men ingen sa någonting om det. Ljuden uppifrån Elisifs skock var overkliga och dova ikväll. Någonstans ute på vägen trampade någon iväg på en osmord cykel. En gång hörde hon Jørgen ropa på någon nere vid kajen. Tora hörde på ljuden varifrån de kom. Visste med engång att ljudet kom från skiljet mellan cementkajen och träkajen. Hon kände hela Tusenhemmet. Kände hela Stranden. Alla ljuden. Rösterna. Och så hade det ändå skett att *han* kommit hit – med en röst som inte passade till någonting.

– Du har växt dej stor och fullvuxen.

Svetten bröt fram i alla porer när hon kände ögonen glida över sin kropp. Den gamla vämjelsen. Hon måste på dass – fastän de satt vid matbordet.

Hon visste inte hur hon skulle komma på fötter. För då

skulle han ju se hela henne. Det var som om det gällde livet för henne att dölja mest möjligt av sig för hans blickar.

Hon kröp ihop. Föll liksom samman över bordsskivan. Ännu hade hon inte sagt ett endaste ord.

Ingrids händer lekte nervöst med bordduken. Hon tittade hjälplöst på Tora. Det fanns en bön i blicken. Tora mötte hennes ögon en sekund. Så rätade hon plötsligt på ryggen och sa:

– Ja.

Henrik spratt till av hennes röst. Men visade annars ingenting. I tankarna planterade hon ett frö, ett hopp – om att ett mirakel skulle ha skett med mannen. Att allting som varit – bara fanns i hennes fantasi. Ja, ett ögonblick var hon villig att glömma det. Bara han var en annan. En som hade bytt bort alla tankar och gärningar.

Men Tora hade sett så många förvandlingar, känt så många bakhåll, hört så många ord av människor hon trodde bättre om, att hon snabbt gjorde klart att detta inte kunde vara sant. Därför satt hon och väntade med låren hårt sammanpressade. Smörgåsen lät hon ligga.

När han för andra gången gick in i vardagsrummet och kom ut med ett paket som han la framför Tora, lyckades hon inte ens få fram ett tack. Lyckades inte ta i papperet. Vämjelsen var det enda verkliga.

Ingrid vecklade fram ett träskrin. I det låg en nål med röda glaspärlor.

Henrik var nykter. Han höll sig hemma i huset ända till måndagens morgon. Då gick han ner till Dahls bruk för att be om arbete.

Ingrid vågade knappt andas medan han fanns i huset. Detta var för bra för att vara sant. Men det tyckte inte Dahl. Han tog visserligen emot Ingrid Tostes man. Men han gjorde klart för karln att något fast arbete kunde han inte få. Det fanns flera som stod på tur. Folk han lovat för längesen.

Henrik blev ett uns mörkare i uppsynen. Men han tog mössan under armen och gick utan krumbukter.

Dahl suckade. Så hade den där parasiten kommit till Ön igen. Jaså. Man fick vakta noga på allt brännbart.

Henrik visste bättre än att gå in i Ottars butik. Och han styrde stegen undan från Simons fiskebruk. Han gjorde en vända uppåt Veten istället. Folk kunde se att han gick hastigt uppför stigarna. Det var ingenting galet med Henriks fötter när han var nykter. Och nykter var han. Det verkade nästan otroligt. Han bar huvudet högt. Lite väl högt menade de allra flesta. Han hälsade på alla så de blev tvungna att nicka tillbaka.

När han varit hemma en vecka och inte stuckit näsan i Tobias fiskebod, flinade karlarna så smått. Han kom väl ihåg den natten när Tobias boddörr hade fått upp havet och spyorna och ruskat liv i honom. Den där karln trodde visst annars det var ett slags amerikatur att sitta i fängelse – som man kunde komma tillbaka från och ännu vara stursk och stolt.

Så blev det att han satt vid bordsänden i köket i Tusenhemmet och rökte hemrullade cigarretter och läste gamla tidningar. Han verkade trivas bra med det. Men det fanns inte många som kunde se på Henrik Toste vad som rörde sig i skallen på honom. Och för Ingrid var detta ett järngrepp om nacken. Hon kände sig ofri av det. Hade glömt hurdant det var att ha en rökande – osande karl vid bordsänden. Det tog loven av allt arbete. Hon visste inte hur hon skulle få det nödvändigaste gjort under mannens granskande blickar. Det var som om hon gick och önskade sig det gamla livet tillbaka. Att han skulle vara borta... Och det fastän han var nykter. Hon skämdes. Skämdes så fruktansvärt över detta. Nu när hon inte nödgades använda all sin klokhet till att få honom låta bli att slå, vara nykter, gå till arbetet – var det som om hon ingenting annat hade att sätta istället i samlivet med mannen. Hon hade bara en stor rastlös tomhet. Och hon gladdes åt att de snart skulle sätta igång i filéfabriken. Hon både gruvade sig och gladdes åt att Tora snart skulle till Breiland. Stod inte ut med flickans ovilja mot mannen. Varenda dag fruktade hon att Henriks tålamod skulle vara uttömt och utbrottet komma. Och hon visste inte ifall hon vågade berätta för honom att hon försonats med Rakel och Simon för länge sedan. De pratade inte om det som varit – tillsammans. Hon visste inte hur långt hon vågade gå med honom. Hade inte ens berättat för honom att Tora skulle till realskolan på Simons bekostnad. Men det kunde inte skjutas på längre.

Det skulle bli Tora själv som sa det.

Hon började packa sina saker i en stor kartong en dag – utan att mor och hon talats vid om när det skulle packas, eller bestämt vad som skulle packas.

Henrik satt som vanligt på sin plats vid köksbordet och rökte. Radion stod på. Det skorrade musik in i det rökosande rummet. Tora kom dragande med kartongen genom köket och ville in i kammaren med den.

– Vad ska du med den där stora kartongen – ska du flytta? Han flinade så smått mot henne och nickade åt kartongen.

– Ja. Jag ska till Breiland nästa vecka.

– Å. Vad ska du göra där?

Rösten var lika säker.

– Jag ska till realskolan.

Tora begrep inte själv hur hon tordes svara honom. Men hon var inte beredd på hans kalla skratt. Bara på raseriet, örfilen. Bara på att han skulle störta iväg och försvinna ner i Byn för att dricka sig från sans och vett.

Skrattet var överlägset. Säkert. Värre än allting annat.

Varslade om ont.

– Har ni ärvt – mor din och du? Vet du vad det kostar att hyra in sej i Breiland och gå i realskolan?

– Ja, han morbror Simon har räknat ut det åt oss.

Tora tvekade inte. Hon stod halvvägs vänd mot mannen. Tvingade sig att se honom i ögonen. Såg att någonting skedde med honom. Att han kom närmare. Hela ansiktet. Hela mannen. Närmare. Tills han stod tätt intill henne. Och mor tog de stegen som krävdes för att komma till undsättning ifall hon måste.

– Och det gör *oss* rikare att han Simon räknar? Va?

Tora stod och väntade på slaget. Hon hade armen klar. Men slaget kom inte.

– Han morbror ska betala för mej.

Rösten kom ur ett stort djup. Slungades ut mellan stenväggar. Det var inte meningen att någon skulle höra den.

Det klack till i mannen. Han ryggade och stirrade på dem, en i sänder.

– Jaså, sa han bara efter en stund. Så gick han lugnt tillbaka till köksbordet och satte sig att rulla en ny cigarrett.

En röd tystnad la sig över rummet. Darrande, farlig. Just innan det fruktansvärda bryter löst. Tora var svettig. Kartongen föll ur hennes händer. Hon vaknade till av det. Plockade hastigt upp den och gick in i kammaren.

När hon stängt dörren ordentligt kom skälvan.

Hon satte sig ett ögonblick på sängen. Så kom hon underfund med var hon satt. Reste sig snabbt och började långsamt och systematiskt packa de få klädesplaggen hon hade i kommoden och skåpet. Hon hade aldrig trott hon skulle göra detta utan att rådfråga modern. Men nu var all rådfrågning en omöjlighet. Och det var tvingande nödvändigt att packa. NU!

Ledigheten drog ut på tiden.

Ingrid hade förbrukat alla reserver. Ottar hade måst skriva det allra nödvändigaste flera gånger. Det verkade inte bli något arbete på fabriken på ytterligare några veckor.

Henrik satt vid bordsänden och rökte. Han var nykter fortfarande. Man fick vara glad för det, tänkte Ingrid.

Tora var på Bekkejordet. De hade sänt bud efter henne. Rakel hade väl tänkt snygga upp henne lite nu när hon skulle iväg till Breiland.

Ingrid visste sig ingen råd. Hon hade inte några pengar och hon kunde inte fråga Simon. Det fick vara tillräckligt att han betalade för hyra och böcker och skola, om han inte skulle betala maten och resan också. Ingrid satt med böjt huvud och sydde handsömmen på länsmansfruns finklänning. Hon måste be att få pengarna med engång. Hon fick gå med den ikväll.

Men ändå skulle det inte förslå till både Tora och Ingrids utlägg. Bara hon kunde få ett extra tvättjobb – eller allra helst någonting att sy! Bara de kom igång på fryseriet. Hon satt och stack sig till blods så hon måste tvätta av sig och vänta tills fingret slutat blöda.

Hon tittade till mot mannen vid bordsänden. Det kom för henne att hon måste klara ut den saken också. Han kunde inte sitta där resten av livet. Det skulle sluta i fylleri igen.

– Har du några pengar, Henrik, frågade hon plötsligt.

Det fanns bara de båda i rummet. De skulle vara vigda till äkta makar, och det i nöd och lust. Det borde vara en självklar sak att hustrun frågade mannen om pengar.

Henrik skrattade med öppen hånfull mun.

– Du får fråga han Simon ifall han har nåt åt dej!

Ingrid visste att hon borde tiga nu. Men hon fortsatte.

– Det räcker väl att han Simon betalar hyra och skola åt flickungen.

– Jaså, det räcker?

– Det skulle kanske inte skada ifall vi två gjorde nåt ock-

214

så...

– Å?

Ingrid kunde inte värja sig mot det där hånfulla nya lugnet. Det var ovant. Hon satt bara och fruktade för slaget som inte kom. Det tog all hennes energi – så hon inte kunde tänka klart.

– Måste du vara sån? Kan du inte försöka få nånting att göra? Har du vart överallt och frågat om arbete?

– Ja!

Svaret var ett rapp. En avslutning på samtalet. Och Ingrid begrep. Teg.

Tystnaden stod omkring dem som en vägg. Ingrid började sy igen.

– Du skulle ha tagit han Simon – du Ingrid. Är det inte så?

Ingrid tittade förbluffad upp på mannen.

– Vad menar du?

– Jag menar bara det var synd att du inte höll fast om han Simon. Det var ju du som hade grepp på honom först. På den tiden när han kom till Ön. Det var ju dej han dansade med och följde hem – då. Hade du låtit han Simon göra dej på tjocken – så hade du haft allting på det torra. Va?

Ingrid satt misstrogen och bara stirrade.

– Kära dej – vad är det du pratar om? Det har aldrig vart nånting mellan mej och han Simon. Det har alltid vart hon Rakel för han Simon.

– Det är därför du har gnidit dej mot han Simon mens jag satt inne? Det är därför han har tröstat sej gott mens hon Rakel låg på sjukhus, va? Tror du inte jag vet att ni mest *bodde* däruppe? Och betalningen var bra, va? Både åt hon Tora och dej?

Ingrid koncentrerade sig på de osynliga stygnen i klänningen. Korsstygn. Stack nålen under två trådar i tyget. Kontrollerade varje stygn på rätan. Syntes det? Nej. Det var osynligt.

Så satt hon tills hon var klar. Det blev ingenting mera sagt om pengar. Och inte om Simon. Ingrid förstod att hon skulle ha det som hon hade det – eller också fick hon själv göra någonting för att komma ur det. Det lamslog tanken och stängde glädjen ute från alla dagar. Nätterna som låg framför henne var långa och ilskna och utan värme.

Så blev det ändå Simon och Rakel som ordnade respengar och pengar till mat den första tiden i Breiland.

Rakel, Simon och Tora satt vid bordet i vardagsrummet i skymningen och drack kaffe som om Tora vore alldeles vuxen och ingenting saknade. Pengarna låg i ett kuvert. Diskret. Som en gåva – ett brev. Oansenligt att titta på. Med ett obegripligt stort innehåll. Det kunde inte öppnas medan de två tittade på. Tacksamheten kunde man visa. Men den nakna ömkansvärda fattigdomens glädje över allmosan kunde man gömma undan inom sig själv. För man skulle inte veta vad som fanns i kuvertet. Man skulle tacka – och inte veta hur mycket man tackade för. Det var skicket på Bekkejordet.

Tora kände sig rik och trygg där hon satt. Kartongen var redan hopknuten med snören. Hon skulle bara få de sista nödvändigaste sakerna i mors gamla koffert, så var hon färdig. Det återstod bara en enda dag.

Elisifs Gud hade frälst henne från nattskiften på bruket hos Dahl. Mor var hemma jämt. Hon hade börjat tro att det ändå skulle finnas en öppning. Visste ju att han satt där vid bordsänden hemma. Men det var inte så äckligt. Inte så hotfullt. Snart skulle hon lugnt gå ut genom dörren.

Augustiskymningen stod och tryckte på bakom de ljusa gardinerna. Blå. Stod och lovade henne någonting. Var en upplevelse i sig själv. Och mittemot henne satt Simon och hade mjuka skuggor över ansiktet. Han satt i en kortärmad skjorta.

När han rörde på huvudet såg hon halsmusklerna spännas. Skuggorna skiftade. När armarna och händerna hittade ett eller annat att göra blev huden levande i gränslandet mellan ljus och skugga.

Ingrid gick ärenden den kvällen. Lämnade mannen kvar i Tusenhemmet och gick till länsmansfrun med klänningen. Och hon hade en annan klänning med också. Stadspresenten från Henrik. Hon hade bjudit ut klänningen till den strama överlägsna damen. Hade bjudit ut den för 100 kronor. För 80 kronor. För 60. Och länsmansfrun hade till sist ryckt på axlarna och tagit den för 60 kronor – fast det var slut på "säsongen".

De stod med den vitskimrande lätta klänningen mellan sig ett ögonblick. Så stötte Ingrid den ifrån sig, grep pengarna snabbt och gick.

Ja. Det var sant. Säsongen för vita klänningar var slut. För henne, Ingrid, hade den aldrig funnits.

Hon gick rakt hem och lagade kvällsmat åt mannen vid bordsänden. Det fanns en bestämd rynka mellan ögonbrynen. Det var såpass sällsynt att den fick också mannen att tiga. De tuggade och åt. Och teg.

Under tiden svepte sig höstkvällen kring Ön. Förde med sig ett gyllene sken från väster. Lät det glittra i de gamla träden runt Tusenhemmet. Skickade det sista gyllene ljuset in genom fönstren till de bägge vid kvällsbordet. Men det hade ingen verkan. Ingen av dem såg det. Luften var stinn av tillbakahållet hat. Och det var ingenting nytt. Det nya var bara att det var starkare och mera kännbart från henne än från honom. Så var de kvitt.

Hon hade bara sig själv att ta vara på. Äntligen hade det gått upp för Ingrid att hon bara hade sig själv hädanefter. Tora skulle bort.

Hon hade skjutit det ifrån sig – tills idag. Men det ögon-

217

blicket när klänningen bytte ägare blev hon seende. Det passerade revy på hemvägen. Hela hennes liv. Och hon visste att hon ingenting hade att förlora mera. Tora var på väg ut genom dörren nu.

Det blev att han gick ut. Målmedvetna steg uppöver mot Bekkejordet. Höll sig borta från vägarna. Träffade ingen. Var snart framme vid ståltrådsstängslet till hästhagen. Genvägen och stigen upp till huset. Augustimörka träd. Blinda skuggor.

Föddes en tanke i hans mörka huvud redan långt innan?
Är det en slump vem som ska spikas fast på staketet?
Vem som kommer i vägen för hatet? För drifterna?
Eller finns där ett mönster?
En upptrampad väg i labyrinten?
En väg som är bestämd en gång för alla? Och tvingar människorna att gå – exakt så? Är vi ett redskap i varandras liv och ett stycke av varandras väg?

Tora stod mitt inne i hästhagen strax söder om Bekkejordet.
Kvällen silades genom tätt löv. Grönt flimmer över saftiga ormbunkar. Skogsbottnen gömde sig. Hemligheter i grönt mörker. Jordlukt och vaksamma tankar. Bland stenarna.
Djur och människor hade gått uppför stigarna. Ljung och gräs hängde halvt över den smala leden. Rötter stack fram. Satt stadigt över.
Vem nyttar det att vara lätt på foten, när det finns rötter i vägen? Vad nyttar ett rop i halvmörka kvällen där idyllen gömmer alla spår?
Först trodde hon det inte. Han måste ha suttit där på stenen länge. Suttit som ett djur på språng! Väl vetande att bytet måste passera. Suttit dold för Gud och människor. Ensam med alla sinnen vässade. Lyssnande efter fotsteg på stigen. Lätta steg som inte hade någon oro i sig för någonting.

Hon tvärvände och sprang. Snubblade. Föll.

Det kunde inte ha varit mera lägligt. Mannen var beredd och snabb. Och stark. Ägde den yppersta av alla maskulina dygder: Styrka.

Ett fall i den täta skogen av ormbunkar. Bland stenarna. Ett så vackert läger i det gröna. Så många av sensommarens förtrollande och eggande dofter. Så många av den heliga jordens täta trädkronor var villiga att dölja anblicken för Elisifs Gud.

Flickungen Tora var mindre än en myra under evighetens häl. Mindre än ett pollenkorn i himlens örtagård.

Han offrade några slag med den friska knytnäven och ett gott grepp om halsen på henne. Så låg hon stilla. Hade lyckats lämna sin förhatliga kropp den här gången också. Men ändå kände hon det alltsamman. Sinnena låg utanför kroppen och förblödde medan ögonen stirrade blint upp i den ljusa himlen. Hon tröstade sig ynkligt med tanken på att det inte skulle krävas så lång tid bara hon låg stilla.

Det värkte så hemskt i hela henne av en hamrande vämjelig tystnad. Trädkronorna föll över henne och borrade sina grenar in i köttet, långt in i det innersta av henne. Växte runt henne och var levande. Snodde sig runt halsen på henne. Hade hud och tyngd.

Det kom några kvävda läten från lägret bland ormbunkarna. Småbjörkarna stod täta och saftigt gröna vid stigen. Annars var mörkret och skuggorna den starkastes bundsförvanter. Tysta och utan spår.

En sekund for det genom henne. Saker hon hade förstått. Läst. Saker hon snappat upp här och var: Att sådant som det här skulle vara till njutning.

Utan att hon visste det hade hon knutit händerna hårt kring ljungen på båda sidorna om kroppen. Hon höll fast. Det var omöjligt att lossa greppet.

Ansiktet låg vridet åt sidan. Ögonen vidöppna — utan

blick. Ingenting fick bli sett. För det hade aldrig hänt! Hålla sig inne i döden en liten stund. Så skulle det vara över, och hon kunde samla ihop sig själv på stigen. Stänga sig inne i kläderna igen. Gå ut till människorna. Till ljuset och alla dem som hade så mycken trygghet. Hon skulle bara samla ihop sig själv. Först. Återvinna sig. Och förlåta sig själv att hon fanns.

När det var över släppte han henne så hon kom upp på knäna. Illamåendet var som en vägg. Hon kräktes med långa kvävda stön.

Mannen kastade sig åt sidan i sista ögonblicket. Ordnade sina kläder och andades ut.

Någonstans strax intill skalv en stor asp med löven.

Han tittade några gånger på varelsen som satt hopkrökt framför honom. Så räckte han henne sin näsduk. En enkel oväntad rörelse. Som om han råkat på den här flickungen av en tillfällighet i skogen och tyckte synd om henne som hon hade ställt till för sig.

Och Tora tog emot näsduken. Hon höll den i sina jordiga fingrar. Skönt att hålla någonting tätt tätt mot ögonen så hon slapp se.

Först när han la handen över håret på henne stelnade hon till igen. Kände rött levande hat vältra sig därinne pånytt. Känslorna kom på plats.

Hon *kände* att hon skrubbat sönder knäet. *Kände* att kjolen var halvvägs avsliten. *Kände* att det rann ur henne därnere. *Kände* att det värkte och brann som om hon blivit skrapad med kniv.

Ett obändigt ursinne grep henne. Ett ursinne som var större än någonting annat.

Större än rädslan. Större än skammen. Större än lättnaden. Större än förnedringen.

Hon reste sig upp. Vacklade. Tvingade sig att se. Se ordentligt. Hon hörde det knastrande ljudet när hon träffade med skospetsen. Hans huvud låg som en kula i gräset.

Det knastrade sött genom hela henne.

Hon sprang snabbt hemåt – utan att se sig om.

Hon tvättade sig i det iskalla vattnet i tvättkällaren. Försökte ordna sig så hon kunde visa sig för mors blickar. Men det fanns ingen i köket när hon gick genom det. Lättnaden var så stor att hon kände yrsel. Hon stod en stund och höll sig i sängkanten. Så klädde hon av sig och kröp upp i sängen.

Den sparken hade gjort henne varm. Nu när hon kommit i skydd hade hon inte rum för någonting annat än sparken. Ljudet av att *han* gick sönder!

Allt annat var tomt. Hon skulle ligga här tills hon fick bud om att hon krossat huvudet på honom. Krossat det!

Mosat det över stigen – så att ingenting helt fanns kvar.

Utplånat.

Äntligen!

Henrik Toste hade varit på fyllan och spräckt överläppen och slagit ut en tand – sa folk.

27

Två rader med fönster. Glasverandan med den sönderslagna uppsynen. Rönnbärsträdet som beredde sig för hösten. De svankryggiga uthustaken. Grusplanen runt huset, där resterna efter en grön park låg som en kluven aning i de gula grästofsarna. De tre skorstenarna. Den åt sydväst var ny, och såg alldeles löjlig ut. Ett spetsigt pekfinger av betong som gjorde sig omöjligt vid sidan av de ärrade tegelstenspiporna som hade gammal hävd, både på kråkorna och utsikten. Det gamla stentäckta taket vrängde sig här och var av rena missnöjet – över den nya tiden.

På bryggorna som av gammalt hörde till Tusenhemmet grodde allting igen av boss och spindelväv, och under mörka höstkvällar hördes ljud av vålnader och förlisningar i de tomma magasinen. Det susade alltid starkt därnere. Som om havsvågorna bodde i själva rummen – och stormarna medan de vilade inför nästa dust. Det var kranar som läckte rostvatten, slagfönster som inte gick igen, trappor som saknade steg, lådor som sakta ledsnade i förruttnelse medan åren gick. Gamla murkna fiskegarn hängde som väggar av hönsnät från bjälkarna. De rörde sig stort och långsamt när någon lät dörren stå öppen. Då flyttade en och annan maska omärkligt på sig. Ändrade ställning, så andra maskor också kom i olag och hittade nya knutar att haka sig fast i. Och dammet virvlade långsamt upp och stod ett ögonblick i fria luften innan det sjönk ner igen där det råkade falla sig.

Den nya tiden kunde bara skämmas här. Den gamla också. Tjärluktande rullar av tåg låg runt omkring på golven och lurpassade på varje stackare efter mörkrets inbrott. Tittade du dig inte noga för kunde du ligga huvudstupa snart. Eller stöta ihop med repen som hängde från taket, och ett ögonblick tro att det var krig mellan indianer och vita, och att rödskinnen äntligen hade dig i lasson – och enda vägen förde till totempålens ohyggliga slut.

Ungarna hade den stående på själva bryggan. En gammal trappstolpe fastkilad i ett hål i golvet. Det daskade och susade av storvågorna rakt nedanför. Det fanns inte mycket som smakade prärie, men det fick gå – för den gamla bryggan var ordentligt undangömd för de vuxnas blickar och öron och tjänstgjorde därför som tortyrkammare och avrättningsplats.

Det hände också att en och annan gjorde en vända ditner, mol allena. Tusenhemmet hade inte rum för den riktigt stora meditationen, eller ensamhet nog för att gömma ett naket ansikte.

Tora hittade Sol vid totempålen. Hon försökte gömma ansiktet och vrida sig bort när hon hörde Toras fotsteg över golvet.

Det var halvmörkt och dystert. Tora ryckte till. Hon hade inte väntat att finna någon där. Slank bara in på alla ställena hon skulle resa ifrån. Det var dumt och inte alls nödvändigt. Men ändå... Och så satt alltså Sol, vuxna jäntan, och tjurade här.

– Sitter du här?
– Ja, det ser du väl. Har du inte rest, förresten?
– Imorron...
– Mm...
– Är du arg på mor din?
– Nä, varför det?
– När du sitter här – ensam.
– Det nyttar väl inget att vara arg på henne!
– Nä, nyttar... Men du kan väl vara arg för det?

– Nej.

Det gula permanenthåret följde huvudet när hon skakade på det. Som på ett får som skakar vätan ur pälsen. Två ögonspringor kisade upp mot Tora. Skygga sneda blickar med ett trotsigt uttryck för att värja sig.

– Du är lycklig som ska till Breiland, mumlade hon till sist.

Det kom otydligt och lågt. Tora begrep att det kostade på.

– Ja, sa hon enkelt.

Det var inte värt att visa sig alltför glad. Tora begrep. Sol var fjättrad vid Tusenhemmet. Fjättrad. Alla visste det, men ingen gjorde någonting. Vad skulle de förresten göra?

– Hon Helene är en skit till mänska! bröt Sol ut och knöt händerna i knäet.

– Hur då?

– Hon gör inte ett dyft hemma. Allting ligger bara på mej. Hon mamma ligger på mej, ungarna är på mej, rensvantarna han pappas, blöjorna, disken – allt!!

– Han Jørgen är äldre än hon Helene, kan inte han göra nånting?

– Han är bara en spoling!

Sol gläfste fram broderns sorgliga identitet med så stor avsky att Tora studsade.

– Han var ju bra förut, sa hon spakt.

– Ja, men nu är han såpass vuxen att han är rädd nån ska se han gör nånting annat än karlarbete. Den fårskallen!

– Kan inte mor din säja till hon Helene hur hon ska bära sej åt?

– Herregud, att du ids säja sånt! Du vet ju lika bra som jag att hon mamma inte är som andra folk. *Alla* vet *det*!

– Men varför tänker du på allt det här idag?

– För att du ska till realskolan! Och *jag* ska skura hos han Ottar! Och jag ska tvätta ren smutskläderna när jag kommer därifrån!

Hon skrek ut det. Tora ryggade. Detta var en Sol som hon inte kände.

– Jag har sökt tre kontorsplatser och fått dom allihop! Men hon mamma lipar, och han pappa går på Byn och ungarna slåss!

Sol lutade sin tunga överkropp framåt och lät det komma. Ryggen skakade och det kom kvävda sönderslitna ljud.

Tora kröp ner till henne.

Allt vad hon hade tänkt om Sol den sista tiden, allt det som folk hade sagt henne, att Sol hängde ihop med arbetarna hos Dahl, det blev oväsentligt. Att Sol försökte vara vuxen och hellre uppsökte de stora flickorna hon arbetade ilag med än att komma till Tora, allt det var bara som en regnskur en eftermiddagsstund. För Tora kände Sols förtvivlan som sitt eget brännsår.

Hon kramade henne. Smekte henne med allt hon ägde av tafatt värme. Och det hjälpte henne att hon kunde se vad moster Rakel skulle gjort. Det hjälpte dem bägge – några ögonblick.

– Du ska inte se mörkt på det, mumlade hon vuxet. – Du ska säja så många gånger som behövs att du *ska* resa. Och så reser du! Du kan inte passa andras ungar hela livet.

– Vad menar du, andras ungar?

– Ja, det är ju mor dins, sa Tora osäkert.

– Men hon mamma är ju tokig och gudlig och allting, och... och ungarna rår inte för det!!

Sol tittade rasande upp på Tora.

– Men *du* ska väl inte vara mor åt dom hela livet, sa hon försiktigt.

– Det är enkelt för dej att säja. Vad glad du kan vara att syster din dog, la hon till.

Sammanbiten, med en mun som ett litet skärt streck mitt i det upplösta ansiktet, satt hon där och stirrade ner genom hålet där totempålen stod. Vågorna bröt som ett vattenfall därnere. Tungsjö. Viken var fylld av hotfull mäktig rörelse som fordrade flera minuter för att rulla fram och dra sig tillbaka.

– Sol...

– Ja.

– Jag ska skriva till dej...

– Det är bra.

Det kom knappt hörbart. Hon hade lugnat sig. Skämdes över alla orden. Ville nysta in dem igen. Låta dem vara osagda.

Så satt de. Tätt ihop.

– Jag menade inte det jag sa om syster din... viskade Sol ynkligt.

– Jag vet det...

– Du är inte arg på mej?

– Nej. Jag ska försöka prata med... hon mamma... eller hon Gunn om dej, vill du det?

– Nej. Mor din kan'te göra nåt. Och hon Gunn har ju rest.

– Hon mamma fick dej konfirmationsklänning, minns du? Så...

– Ja, men det här är nånting annat. Det här är hopplöst. Det finns ingenting att göra.

– Säj inte det! skrek Tora till.

Ilskan förvånade henne själv. Sol tittade på henne med halvöppen mun. Ett kort ögonblick. Så bröt flinet in över det utgråtna ansiktet. En hårt pressad reva till skratt. Som man kan höra överallt där människor tar sig samman till det yttersta och *vill* skratta.

– Nä, jag ska inte säja det! skrek hon och famlade med de kraftiga armarna runt Tora. – Jag ska ivä-äg! Ska ivä-äg! Ska i-vä-ä-äg! Mässade hon till några toner ur nationalsången.

Tora lyssnade en stund. Så föll hon in. En skärande gäll flickröst, och en obestämd pressad kvinnostämma sjöng sin egen nationalsång ut i det dödsdömda rummet.

Den enformiga rasande sången steg och sjönk. Slog eko i de undanskymda vrårna, steg upp under loftet, sjönk in bland tåg och fiskegarn – lyfte sig med förnyad styrka och for trotsigt ut genom de spruckna fönstergluggarna.

Ibland – för att få rätta rytmen in i texten måste de sjunga "ska, ska, ska ivä-äg, från de tusen hem".

Till sist hade de tömt sig. Satt i en skrattande knut på golvet under totempålen. Allvaret och hopplösheten var jagade på flykten. Sol hade rentav klämt i med en "grissång" till sist. Det var för att hämnas på Elisifs gudlighet. Tora förstod det. Och hon stämde in i sången, för att riktigt hjälpa Sol ur alltihop:

"Till Bergen hon for serru serru – kåtheten stor serru serru – knulla en man serru serru – han stod på en spann serru serru." Tora hade aldrig hört *den* texten. Men hon föll snabbt in. Egentligen gillade hon Sols version bättre än den hon hört pojkarna skräna ute på vägen.

De sjöng så det skallade och totempålen skalv. Tora kikade på Sol medan hon sjöng. Det fanns innerligt hat i den stora sångglädjen. Ett hat som Tora inte vågade känna igen. För hon kunde inte sjunga "grissånger" för att bli kvitt. Sol hade ingen farlighet. Inget sånt. Det var därför hon hittade på "grissånger" som kunde göra henne modig.

– När jag kommer mej iväg, så ska jag inte prata med karlarna engång. Och ungar ska jag gå långa omvägar för att slippa se! bröt Sol ut.

De var gamla vänner, plötsligt. Och Sol var inte en dag äldre än Tora. Det var tvärtom Tora som var vuxen, för hon skulle bort från Ön.

Bort!

Hon såg för sig Sol på dansen i somras. Där hade hon tramsat runt med alla karlarna. Skrattat okynnigt. Dansat. Allt vildare. Men det var inte detta som var Sols dröm. Det var inte detta hon helst önskade. Det var bara en spark. En spark och ett tidsfördriv.

Sol hade också sina *sparkar*.

När de kom ut på kajen ropade Huckle-Johanna att det måste bli ett slut på de otäcka sångerna. Hon hjälpte Einar på verandaloftet att skölja kasserade potatissäckar och hänga dem på räcket vid piren.

Einar – däremot, behövde inte vara lika helig. Ingen väntade någon helighet av honom. Han flinade lite och mumlade någonting om "friska sånger".

Flickorna skämdes. Det fanns ingenting annat att göra. Huckle-Johanna kom inte med några hot om att skvallra. Det var liksom inte hennes sätt. Hon gjorde upp med folk på fläcken.

Men de smög sig skamsna in i huset. En liten och en stor. En frälst och en ofrälst, för den ena skulle iväg – och den andra måste stanna kvar.

De kokade kaffe uppe hos Elisif. Stekte pannkakor som buktade sig i fettet. Gula. Lagade på två stora ägg. Sockret knastrade när de åt. Småungarna höll sams. De tuggade och snöt sig i ärmen. Sög på fingrarna och satte fläckar på den slitna vaxduken. Tora och Sol förde långa vuxna samtal. Sol knuffade undan ungarna, eller lyfte tankspritt upp dem i knäet tills de ledsnade och gled ner på golvet igen.

Det luktade pannkakor i hela trappuppgången.

Jørgen och Helene ställdes vid diskbaljan. Jørgen slängde blickar som en jagad hund. Men han hade redan fått besked: Ingen disk? Inga pannkakor! Sol var en retad hona med många gökungar i famnen. Hon blev grov i mun. Kort, bestämd.

Det var en säker metod att få Helene och Jørgen ut genom dörren när de var färdiga, så att Sol och Tora kunde prata ostörda.

Tiden var knapp. Elisif var inte på möte hela kvällen. Och imorgon skulle Tora vara borta...

28

Lokalbåten var lika svart den här augustidagen som jämt.

Men Tora stod på däck! Såg bryggorna och kajhusen försvinna bakom udden och Tusenhemmet stå avskalat och tungt lutat mot den flimrande luften. Skorstenarna var utan rök. Några av fönstren var öppna mot söder. Gestalter rörde sig på land.

Hon gled ifrån dem. Det dunkade taktfast inne i båten. Skalv och slog i allting som satt löst.

Hon hade gått ut genom dörren! Hade själv ställt kofferten och kartongen på skottkärran de lånat av Einar. Mor hade följt henne under tystnad. Steg för steg. Hade hjälpt till med skottkärran uppför de dryga backarna, och hållit igen med starka sega arbetsnävar när det bar utför och ner till Viken. Hon hade tagit i när de bar kartongen över landgången. Hade som hastigast låtit samma arbetshänder stryka över axeln på Tora när de måste gå var till sitt för att karlarna ville ta landgången.

Tora visste att detta var ett spel. Ett viktigt spel. Inga tårar, ingenting oegentligt. Bara lugn. Värdighet.

De vinkade leende till varandra. Dödsens allvarliga leenden växlades över det grumliga vattnet och den pilande småfisken. Det flöt allt slags skräp på den lugna havsytan. Tora tyckte det växte emot henne ett ögonblick. Skräpet. Blev det väsentligaste. Ända tills mor försvann utom synhåll.

Tora kunde inte se att hon grep kärran och rullade den hemåt. Inte med ögonen. Men ändå följde hon de långsamma trötta rörelserna i tankarna.

Så kom havsvinden farande och fyrlyktan flög förbi. Det stora havssuset fyllde hennes huvud.

Ett nytt sätt att gå på. Ett nytt sätt att sätta sig på. Kläderna var liksom hennes på ett annat sätt än förr. Hon hade två saker att oroa sig för: Kofferten och kartongen. Och bägge stod säkert i godvädret under presenningen.

Hon pratade inte med någon, men kände sig inte ensam. Tryggt förvissad om att hon ägde varje uns av dagarna som skulle komma.

Hon hade ju varit i Breiland innan. Visste rentav om huset hon skulle bo i. Visste var skolan fanns. Hon skulle bara få någon att frakta kartongen till huset, så skulle hon själv...

Hon satt på en låda på däck och försökte tänka sig hurdant det var i det rummet hon skulle kalla för sitt. Där skulle finnas allt hon behövde hade Simon sagt. Hon skulle bara ta med sängkläder. Ingrid hade varit så glad för allt sådant.

Det var bara Tora som skulle till realskolan från Ön det här året. Egentligen var det inte varje år någon skulle till skolan i Breiland.

Tora satt och kände en snarvuxen stolthet. Den var omöjlig att märka utanpå den bleka flickan under det stora röda håret. Ansiktet var uttryckslöst. Stumt. Inbjöd inte till något slags kontakt. Ögonen var stora, blanka och skygga. De gled undan, om man försökte möta dem. Kappan var tydligt arvegods, eller omsydd. Men hel och ren och nypressad. Flätorna var hårda och tjocka. Hon var alltför stor att gå med sådana flätor, skulle en utomstående ha sagt. Men folk på Ön visste att Ingrids flickunge hade flätor. Det hade hon alltid haft. Ingen undrade någonting över den saken.

Ifall en röst kom oförmodat mot henne, sjönk axlarna tvärt framåt och huvudet böjdes. Eller hon kunde huka som om hon väntat ett slag. Annars gick hon snabbt och ledigt och med ansiktet lätt uppåtvänt. Som om hon sträckte sig efter någonting, jämt. Händerna var oroliga. Hittade alltid någonting att syssla med. Ordnade någonting. Eller höll i varandra som om de tröstade och sög trygghet av varandra.

Hon verkade inte vara en dag äldre än hon var – i kroppen. Men ansiktet och ögonen lurade en att tro hon var 18 – eller mera.

Så gick Tora ut genom dörren och in i andra verkligheter än dem hon känt tills nu. Så försökte hon blint skava av sig den hon varit.

Den högväxta, grå och ständigt pratande damen i ljusblått förklä visade henne uppför den breda trappan. Hela trappuppgången var täckt av en ofantlig spegel i svartlackerad ram. Den som kom nerför trappan gick alltid in i sig själv, tänkte Tora förundrad. Måste vända sig som hastigast. Se sitt eget ansikte. Blekt, men med en upphetsad röd fläck högt uppe på båda kinderna. Hon såg att kjolen stack fram under kappan och undrade om den gjort det under hela resan.

Hallen däruppe hade flera dörrar. Skåp. Och en bänk med vattenho vid sidan. Det påminde henne om Tusenhemmet. Alla stora hus liknade varandra i hallen – och i de höga fönstren med solida spröjsar till att spärra av ljuset eller mörkret. Till att stänga glädjen ute och förtvivlan inne.

När fru Karlsen slog upp dörren till rummet, flödade den låga höstsolen emot dem från två stora fönster. Väggarna hade en tung tegelstensröd tapet som påminde henne om finrummen i prästgården. Under ena fönstret stod ett bord. Det såg övergivet och naket ut där under det kyliga fönsterglaset. Vid ena väggen stod en smal säng. Underligt malplacerad och plockad ända inpå den fläckiga grönaktiga madrassen.

Två gamla länstolar slogs om golvplatsen ihop med ett tungt runt bord med en velourduk som säkert sett goda dagar förr i världen. Nu bar den tydliga spår av cigarrettglöd och ensliga måltider. Bänken i motsatta änden av rummet hade ny vaxduk. En glansig blomstrande yta.

Fru Karlsen pratade länge om den nya vaxduken. Den hade kostat nästan 15 kronor, och måste ersätta den gamla – som den förra hyresgästen hade skurit i strimlor för att han aldrig använde skärbräda. Det var därför hon ville försöka med flickor i huset. För att de inte förstörde och vandaliserade, och visste att skura efter sig. Det hade hon hört andra som hyrde ut säga. Det enda var detta med besök på rummet sent om kvällen. Tora fick informationer om hyresgästen i rummet intill. Hon hade vännen sin hos sig dagar som nätter. Det var inte särskilt trevligt att hyra ut åt sådana, det måtte väl Tora också begripa.

Jo, Tora begrep. Gick tveksamt in i rummet efter värdinnan och la handen på den kalla kokplattan. Hon kastade en tveksam blick på bilden ovanför sängen. Den föreställde en segelskuta i storm. Men den var inte ordentligt hopfogad.

Fru Karlsen visade henne diskstället och klädskåpet. Hon förmanade om eldsvådor och sur lukt i hallen. Och Tora nickade och var överens om allting.

När de satt nere i fru Karlsens vardagsrum och åt färska bullar med jordgubbar och drack starkt gott kaffe till, fick Tora nycklarna. Två gammaldags nycklar. Tunga som bly. Fästa i en snörstump. Omöjliga att tappa ur synhåll. En till ytterdörren och en till rummet.

– Jag vill ju att du ska kunna låsa, det är säkrast. Men kom ihåg elden! Det har hänt förr att folk brunnit inne bakom låsta dörrar! Jag hyr ut åt en ung man också. Men han åker med en fraktskuta, och är nästan aldrig här. Det är lika bra för oss båda. Men det passar sej inte att du ligger för öppna dörrar. Särskilt inte som jag ofta är på ålderdomshemmet till långt inpå natten. När mannen min har anfall. Herregud ja, det är inget annat än sånt. Du är väl inte rädd att vara ensam?

Nej, Tora var inte rädd. Hon kramade de stora nycklarna i

handen tills det gjorde ont. Smärtan efter metallen kändes skön. Hon fick sådan lust att springa ut på vägarna och sjunga. Springa! Flyga!

När hon lagt på sängen vad som hörde dit, och slutligen brett ut det stickade överkastet som Randi gjort, kände hon i hela sig vilket makalöst rum detta var. Hon drog ner de gulnade rullgardinerna och ägde hela sin tillvaro och sig själv. Roade sig med att låsa dörren varje gång hon haft ärende ute i hallen och skrattade lågt och kurrande utan att veta det.

Hon satt på sängen med fötterna under sig och tänkte sig igenom hela kvällen. Hon hörde fru Karlsen låsa och gå till vila, stojet från vägen blev alltmera dämpat.

Människorna hade slutat existera. De var bara skuggor av en annan tillvaro.

Hon ställde de få böckerna hon hade med sig på hyllan och klädde långsamt av sig. Ute i den mörka hallen, som bara lystes upp av en dammig lampett högt uppe på väggen, hittade hon dörren till det lilla dasset. Klosett! Helt för sig själv. En stor hall – helt för sig själv. Ensam.

Och hon satt i en småbåt på Viken, ända ute mot storvågorna. Det glittrade i det gröna vattnet. Glittrade och lockade. Hon glömde att döden fanns i havet. Hon gled ner dit. Det var så ljuvligt mjukt. Hon rörde sig, flöt. Hon lät sig stiga mot ytan och blev ett med solskimret över vattnet. Båten doppade därinne i branden. Men morbror Simon fanns där inte. Hon var ändå inte rädd. För *ingen* fanns där.

Bara en suddig förnimmelse av ljud som ingenting hade att göra med kammaren hemma. Nya lukter som inte påminde henne om någonting.

Och det bullrade och kluckade av storvågorna. Ett stort varmt ljus bröt in genom ögonlocken. Ibland var hon hos storvågorna – flytande och trygg i lugna rörelser. Ibland flöt hon i ljuset och tittade ner på farmors hus i Berlin.

En gång var hon klarvaken och visste det alltihop: Att hon äntligen såg sig fri.

Nattlinnet hade lagt sig i veck under ryggen. Det var som om det ville påminna henne om hur skönt allting kändes inatt – genom att skicka ett litet obestämt obehag till henne.

Den första skoldagen tog Tora på den svartbrunfläckiga tweedkjolen som hon fått av moster Rakel. Flätorna hade hon blött med vatten för att få dem att ligga ordentligt och skorna var putsade. Hon bar pennfodral och schema och boklista i ett svart nylonnät.

Eftersom det regnade lite borde hon haft regnkappan på. Men hon tog den gröna kappan som hon fick till konfirmationen. Bestämde sådana saker själv. Mor fanns inte där. Hon hade stigit upp på morgonen och tvättat sig, ätit och ordnat – utan att någon sa till henne hurdant allting skulle vara. Inga lågmälda förmaningar, inga trötta blickar, inga order med uppgiven stämma. Tora kände den goda ensamheten som en varm vind mot ansiktet. Hon hade hittat vägen i labyrinten. Var inte rädd för natten mera. Vaknade till sina egna tankar.

Hon hade värmt vatten på kokplattan och låtit det sippra över kroppen medan hon böjde sig över den röda plastbaljan.

Böckerna. Det stickade överkastet. Bakom rullgardinen. Allt var hennes. Ingenting att frukta.

Och när hon släppte upp rullgardinen om morgonen såg hon husen rakt över vägen som en trygg vägg. Hon saknade inte havet – eller himlen. Visste att de fanns. De skulle komma fram på vägen till skolan. Skulle alltid finnas där någonstans. Här behövde hon ingenting annat än den stora gammalmodiga nyckeln. Den stora gamla ekdörren. Den varma thekoppen.

Hon lutade sig mot sig själv. Det skapade frihet.

I Breiland var det kråkorna som huserade. Inte måsarna.

Här fanns en annan lag, ett annat skick.

Tora begrep det bara lite efterhand. Hon gick tveksamt och osäkert in genom skolgrinden. En vanskött grusplan med soptunnorna rakt framför ögonen på en. Medfarna grå betongväggar. Två rader med fönster. Den ena över den andra. Tre rönnbärsträd mödosamt planterade vid det grova ståltrådsstängslet i söder. De bar inga bär. Var gula och gyllene i den skarpa höstsolen. Naket och brutalt grinade visdomens hus henne i synen.

Men det var inte det hon *såg*. Tora stod ett ögonblick innanför grinden och drog djupt efter andan innan hon gick vidare mellan klungorna av ungdom. Hon kände ingen. Och det var som det skulle vara.

Hon var förberedd. Förberedd på – allt. Men inte på ögonen. De tysta blickarna som följde henne ända fram till trappan. Ögon utan skällsord eller kunskap. Bara med en illa dold nyfikenhet. Ett prövande avmätt intresse som kunde ta vilken kurs som helst.

Tora hukade sig utan att märka det. Hon väntade på orden som skulle sätta henne i det båset där hon hörde hemma. Flickan från Tusenhemmet. Tyskungen. Men orden kom aldrig.

Hon var i kråkornas land. De hade ett annat skick.

Väl inne i klassrummet väntade hon tills alla hittat platserna åt sig som de ville ha, innan hon satte sig. Hon märkte att blickarna inte bara gällde henne – som hon först trott. De gällde flera. Alla som kom nya och inte hörde hemma i Breiland blev skärskådade. Det gällde den långa flickan med det tunna kortklippta håret som satt vid fönstret. Hon hette Gunnlaug. Uttalade sitt namn med låg osäker röst och blicken mot bänklocket. Det gällde den kortvuxna mörka pojken bakerst vid skåpet som tittade sig högtidligt omkring och nickade åt alla och sa med hög betydelsefull stämma att han hette Eirik. Det gällde en vacker brådmogen flicka med glittrande blåa ögon och bruna lockar som hette Anne, och som vågade möta blickarna som skickades mot henne. Hon var klädd i svart-och-vit-rutig pösig kjol och vit cardiganjumper. Brösten pekade fräckt ut i vädret och gungade svagt när hon flyttade sig på stolen. Pojkarnas ögon hängde vid henne från första stund. Hon verkade van vid sådant.

De som kände varandra från tidigare flockade sig samman den första rasten. Men deras ögon hängde vid de nya. Förstulet sneda, värderande ögonkast.

De gick i första realklassen. Var betydelsefulla. Spända och osäkra gömde de sig bakom ett glatt uttryckslöst ansikte. Men tvära tafatta rörelser avslöjade dem. Satte dem in i sammanhanget åt varandra. Famlande steg rösterna upp från grusplanen och hängde i en osammanhängande skorrande talkör i den blanka luften. Ljuden bredde ut sig, nådde dem på sidorna. Ansiktena närmade sig varandra i en generad men tvingande rörelse. Som om där fanns en svag magnet någonstans mellan dem.

Innan Tora visste hur det gick till hörde hon sin egen röst bland de andras. Någon hade frågat henne om någonting!

Glädjen hotade att döda orden hon måste uttala. Den fick henne att stamma, rodna, fick henne att svara dumt och klumpigt. Men det gjorde så lite. Hon sög åt sig ansiktena, uttrycken, rörelserna. En stor och fullständigt okänd känsla av frihet steg inom henne som en allsmäktig hand som ville henne väl. Starkare nu i dagsljuset tillsammans med alla människorna än inatt. För den var inte bara en dröm.

De gamla eleverna kom med muntra historier om lärarna. Vilka som var hyggliga – vilka man kunde driva med – vilka som inte gick att skämta med. De berättade om den och den som gick i andra eller tredje realklassen. De fick frisk ansiktsfärg och klara tillitsfulla röster. Och glömde att dölja sig för varandra.

Tora drack det alltihop, som efter en lång vandring utan vatten. Hon vände ansiktet dit rösten kom ifrån. Hon la på minnet vad den sa, hur den såg ut, vad den hette. Och dagen var en skinande bok med goda bilder för henne.

Efter skolan drev de i skaror ner till bokhandeln för att köpa böcker. Några hade fått tag i gamla och kom billigt undan. Andra suckade och grävde djupt i månadspengarna.

Tora måste köpa nytt. Hon kände ingen. Men hon tänkte bara köpa de allra nödvändigaste idag. Dem hon behövde till imorgon. Hon visste inte själv att hon önskade sig många turer till bokhandeln – för hon njöt av det. Trodde det var för att hon ville spara pengar om hon väntade några dagar. Hon lät fingrarna glida kärleksfullt över de nya böckerna innan hon la dem på disken. Det luktade inte här som i biblioteket hemma. Men det luktade böcker. Lim och papper och stärkelse.

Tora visste inte att hon gick omkring och log. Flickungen från Ön hade övergivit sin gamla hamn, den alla väntade sig som såg henne i Byn: Tyskungen från Tusenhemmet, hennes gråa bedrövliga skepnad. Hon hade glömt sig en hel dag och slagit ut som en sen men glödande ringblomma om hösten. Hennes röda hår hade råkat i oordning, var påväg ut ur flätorna. De allvarliga grågröna ögonen hade en glittrande hinna av oskyddad glädje. Munnen stod halvöppen och röd mitt i världen. Hon sög till sig allting. Andades försiktigt och djupt – som om hon bara hade dagen till låns. Som om all denna härlighet skulle tas ifrån henne ifall hon inte passade på varenda sekund.

Hon lämnade ifrån sig sedlarna på disken, stod tomhänt kvar och kände sig rik.

Det var fullt i bokhandeln. Några av eleverna var från andra och tredje realklassen. Andraklassarna var normala. Stack inte av så mycket. Men tredjeklassarna hade ett viktigt världsvant uttryck och pratade för det mesta med varandra. Med undantag för några av pojkarna som upptäckt Anne mitt i skocken av nya elever och smög inpå henne från varsitt håll.

Anne hade valt Tora åt sig. Kanske för att hon märkte att flickan från Ön med de osäkra ögonen och de hemmasydda kläderna var en lämplig bakgrund åt henne. Eller för att hon kunde duga som lojal väninna.

Och Tora begrep inte sin nya roll. Visste inte vad den krävde av henne. Hon bara njöt av alltihop. Var så ovan vid varaktig glädje och änmera vid gängets trygghet att hon lärt sig gripa vad hon fick och glädjas åt ögonblicket.

Jon. Tora hade lagt märke till honom redan på skolgården.

Han stod och flirtade med Anne. Ville ha henne att köpa hans gamla böcker från första klassen. Han hade en kort blå poplinrock och oroliga händer och bjöd Anne på bio med detsamma.

Anne mätte honom snabbt och vänligt och förklarade att hon redan köpt nya böcker och att hon *skulle* på bio – tillsammans med Tora. Men hon var inte alls avvisande.

Jon högg. Ett kort ivrigt samtal. En häftig övertalning. Och så var det bestämt. De skulle gå tillsammans. Alla tre.

Tora stod i bakgrunden och vågade inte säga att hon ville köpa hans gamla böcker. Stirrade bara på den vuxna pojken i poplinrocken. Såg att han hade vit hud i nacken under det mörka håret. Såg att han hade stor mun och jämt fuktade läpparna med tungspetsen innan han började tala. På ena näsborren hade han en kvissla som han antagligen hade försökt klämma ur. Den lyste röd. Han strök sig hela tiden över det tjocka håret.

En varm tanke omslöt Tora. Plötsligt. Gav henne ett stort mod hon inte kunde förklara, så hon sa:

– Jag köper gärna böckerna dina. Dom är så dyra att köpa

nya.

Och han vände sig om och fick syn på henne. Stoppade bägge händerna i rockfickorna och tittade på henne. Så log han.

Tora kunde inte minnas att någon lett mot henne tidigare. Och hon visste inte vad som hände mera.

Han fick en hinna av ömtålig luft omkring sig. Den täckte alldeles kvisslan på näsan och den alltför stora munnen. Den fick fram okända harmonier.

Så lyftes pojken Jon in i Toras utsvultna världsbild.

Långt sedan hon kommit till sitt hyresrum den eftermiddagen – hörde hon rösterna från skolgården och kände lukterna från klassrummet och korridorerna. Allting fortplantade sig som vågor av lukter och ljud inom henne. Steg och sjönk. Lyfte henne upp ur det gamla sammanhanget, ut ur den trista bilden hon hade av sig själv. Fick henne att flyta viktlöst runt i rummet.

Hon satte sig vid bordet och plockade fram de nya böckerna ur nylonkassen. Tände lampan över bordet. Letade fram saxen och rullen med omslagspapper hon köpt till böckerna. En stor enkel glädje i att klippa och vika omslag till varje bok och ställa upp dem på hyllan – höll henne miltals från törst och hunger. Och undangömt under allting låg en vild förväntan: Kvällen. Bion. Pojken i poplinrocken.

29

Han hade en osedvanligt köttig bakdel. Bakfickorna kom liksom vältrande utanför hans konturer fastän man såg honom framifrån. Stod han vänd mot tavlan gick det inte att slita blicken från honom. Fickorna var fulla av blyertspennor och kulspetspennor och flera omgångar halvsmutsiga näsdukar. Varje gång han gav eftertryck åt ett ord spände han musklerna i rumpan så hela underkroppen hoppade upp och ner.

Blyertspennorna darrade förvirrat, halvvägs ute ur de knöliga fickorna, och utgjorde ett slags stum rastlös menighet. Bokstavligt talat undanstoppad av någon som gav fasen i deras existens och aldrig mindes i vilken ficka han hade dem. Men de lunkade med. Klängde sig fast i fickfodret och rörde sig i trofast takt med sin herres köttiga bakdel. Var med om hans bedrifter och ruskade sig hövligt när han satte sin lekamen i rörelse.

Han undervisade i tyska och hade ett fräsande skratt som han liksom urskuldande pressade fram ur sina innersta organ. Det lät som när man vänder fiskkakor i rikligt med sprutande varmt fett.

Tora fattade snart att han, Villy Vilhelmsen junior, tillhörde de lärare man höll cirkus med. Han var jämt röd i ansiktet, det verkade som om han skulle sprängas.

Hon kände en äcklig förlägen känsla inför honom. Som om *hon* kunde göra någonting för att eleverna inte skulle spela apa och skratta åt honom. Hon skaffade något att syssla med när klassen hade som muntrast bakom Villy Vilhelmsens bakdel. Och undvek att möta de hjälplösa ögonen när han vände sig om och upptäckte alltihop.

Det hände att hon satt i bakersta bänken och var på väg till
Berlin. Men det var inte längre någon nödvändig dröm. Hon
kunde lägga undan den och plocka fram den som hon önska-
de. Därför blev den inte så viktig. Alltmera sällan hade hon
användning för den. Det fanns så mycket annat. Hon kände
en stor nyfikenhet vakna intill henne i den smala sängen var-
je morgon. En skön känsla av att dagen var till för hennes
skull, och att hon inte behövde stå naken kvar.

Hon hade köpt de nödvändigaste böckerna hon behövde
före jul. Jon hade gjort det billigt för henne när han lät henne
överta hans gamla. Hon hade utrustat den lilla köksbänken i
hyresrummet med kaffe och the och margarin och brunost.
Hon skaffade en flaska mjölk ibland. Den hade hon stående
mellan innanfönstret och den fasta rutan. Hon ställde skorna
nederst i hallen och använde skärbräda – för att inte irritera
fru Karlsen.

Det var som om fru Karlsen kunde se ifall hon skar bröd-
skivorna på bara vaxduken. Fru Karlsen arbetade på Brei-
land Sparebank och tog en promenad om morgnarna innan
hon gick till arbetet. Precis klockan arton gick hon till ålder-
domshemmet och besökte sin sjuke gamle man. Han var 17
år äldre än hon och klen och virrig, anförtrodde hon Tora.

Tora fick veta lite om de flesta grannarna omkring. Fru
Karlsen berättade och kommenterade de mest sorgliga öden
och händelser som vardagsmat. Hon fördjupade sig i detal-
jerna om hur grannens son körde ihjäl sig på motorcykel i
samma andetag som hon frågade ifall Tora ville ha en kaka
till.

Och Tora lyssnade hänförd till denna människa som hade
så stora kunskaper och sådan enorm hunger efter mänskliga
tragedier att de blev ett stycke av måltiderna, ett stycke av
hennes vardagsmönster.

Fru Karlsen visade stor omtanke om att Tora fick mat, att hon inte frös uppe på vinden, att hon fick sängkläderna tvättade – och så vidare. Det var rörande. Ett slags förströdd omtanke om Toras väl och ve som inte tycktes kosta henne den ringaste energi. Den var en självklarhet, en livsstil – på samma vis som det faktum att hon besökte sin gamle man varje dag, oavsett om han kände igen henne eller ej. Det var någonting hon berättade i förbifarten som en upplysande detalj för att redogöra för sina förflyttningar, medan det egentligen handlade om grannfruns slaganfall och den fatala tillfälligheten att *hon*, fru Karlsen, inte fanns på plats när doktorn kom och därför inte visste exakta besked så hon kunde underrätta Tora bättre.

Tora bestämde sig för att tycka om den halvgamla hyresvärdinnan! Det var ett bra beslut. Hon kunde ha god nytta av det. Hon genomskådade intuitivt det tankspritt anspråksfulla ordflödet, och insåg att damen var lika ensam som hon själv. Men att hon aldrig skulle tillstå det. Hon pratade jämt om alla ställen hon var bjuden till, och om alla sina vänner. Men det kom aldrig någon. Fru Karlsen kallade alltid folk vid efternamn och titlar och fru. Hon hade ett sätt att uttala namn som fascinerade Tora. Hon fick en sorts krusning i mungipan. Ett extra ryck. Så kom namnet. Och ju mera krusning, desto större betydelse och anseende hade personen hon pratade om.

Ibland lutade hon sig tätt intill så Tora kunde känna den svaga lukten från hår och hud, och viskade fram namnet med ett förnämt knip i bägge mungiporna.

Tora hade aldrig träffat en människa som det minsta liknade fru Karlsen. Och hon förstod att i Breiland hade folk glömt varandras förnamn av rena hövligheten goda grannar emellan.

Förnämheten i Byn och på Ön hade inget sådant tilltal.

Den gjordes synlig på annat vis. Bara när man ville markera avstånd och inte stöta en främmande tillgrep man titlar och efternamn. Som när man pratade om fru Dahl, länsmansfrun och prästfrun. De var främmande på Ön och fick vara ifred – med sina stumma förnamn. Ingen gitte bry sig om det.

I Breiland saknade visst varenda vuxen människa förnamn. Lärarna var inga undantag. Man kunde inte prata med lärarna som om de var människor. Inte här. De var antingen några som kom och gick från katedern med en portfölj under armen och som man hyste den största vördnad och respekt för och som fick alla samtal att tystna när de visade sig i korridoren, eller de var väsen som man inte tillerkände mänskliga känslor och som man fritt kunde trakassera och plåga utan att någon ingrep.

Tora var tyst i två dagar innan hon begrep att det var spritt språngande galet att vara tyst i Breiland Kommunale Realskole.

Hon gick där och väntade att få höra vem hon var och få det överståndet. Hon darrade inför de flotta självsäkra flickorna med permanentat hår och åtsmitande långbyxor och snäva jumprar. Hon gick omvägar för att slippa konfronteras med pojkarnas utmanande blickar. Långa karlar med brylcreme i håret som rökte hemmarullade cigarretter bakom skolgrinden. Samtidigt njöt hon av varenda minut.

Jon var den förste som fick henne att begripa att de andra gick och undrade över varför hon alltid var så tyst.

Det var hennes första lördag i Breiland. De hade haft en tysktimme med Villy Vilhelmsen junior och flickorna stod fortfarande dubbelvikta längs korridorväggen och skrattade.

Tora hade inget skratt att släppa löst. Hon stod med huvudet ner i de engelska glosorna och låtsades att hon ingenting hörde. Klassens förföljelse av Villy Vilhelmsen gjorde henne illamående. Tora förbannade honom för att han förstörde dagen för henne.

– Du bara läser och pluggar och är tyst som ett bollträ?

Tora tittade upp i Jons gråa ögon och rodnade häftigt. Hon sökte förtvivlat att inte höra hånet. Eller var det hån?

Innan hon kunde hindra honom hade han löst upp hennes ena fläta så det röda håret vällde ut över axeln. Han höll henne fast i andra flätan. Tätt intill hårfästet så hon inte kunde röra huvudet utan att det luggade.

– Se så, sa han utmanande.

Det blev tyst borta i flickskocken. Ett slags avvaktande tystnad. Tora trodde de skulle bryta lös över henne. Samma fuktiga känsla som när gänget från Byn kommit ner till Stranden för att ta ungarna från Tusenhemmet – kom över henne. Samma panikartade känsla av att kvävas under kroppar och fientliga blickar. Samma lust att bara springa undan. Bort, bort.

– Du har alltför fint hår, sa han. – Du ska inte stänga det inne!

Och han löste den andra flätan också, och lät fingrarna reda ut det som hade tovat ihop sig. Han fiskade fram en röd kam ur bakfickan och började göra henne snygg.

Tora stod tyst och stel med armarna hängande rakt ner. Hon kände hans hand mot huden i nacken några gånger och stålsatte sig. En gång strök han över kinden på henne.

Svetten bröt ut genom alla porer. Hon stod där och kunde inte komma undan. Hon tyckte den tunga lukten av svett måste kännas ända ut i hallen. Överläppen var våt. Hon avskydde sig själv.

– Är du rädd för mej?

En misstrogen, halvt retsam anmärkning. Ett slags: Förlåt. Ett lågmält förtroligt närmande.

– Nej, fick hon fram.

Ett slags snyftning. En förtvivlad varning.

– Du säjer ingenting. Varför kommer du inte ut om kvällarna! Är du högfärdig?

Han försökte ett skratt och kammade fortfarande hennes hår.

– Jag visste inte... Jag känner er inte. Det är... bara det att...

Hon kom inte längre.

Det var så hon förstod det.

De ville hon skulle vara en av dem. Jon ville det. Hade en styrka som fanns på hennes sida. Den mörka trista korridoren blev en varm yllefilt att vara i.

Och Tora gick ner till föreningskaféet på osäkra ben den lördagen. Hon var på väg in i en ny värld. Som fordrade henne. De vapen hon vant sig vid hemma på Ön var odugliga nu. Här använde de andra vapen än att kalla en tyskunge.

Här skulle man inte gå med flätor i realskolan. Här fick man inte gå i halvlånga omoderna kjolar nerpå benen – när andra gick i trånga långbyxor med rutiga slag och namnet på kärestan skrivet med röd kulspetspenna på låret.

Här måste man själv begripa vad som fattades en. Ingen sa någonting. De bara tittade. Tittade! Med värderande blickar och illa dolda hånflin. Men aldrig helt öppet. Man gjorde inte det när man blivit såpass vuxen. Man frös bara ut folk. Så de kunde gå där och mumla i sina egna gråa dagar.

Toras räddning blev en ung spolings förälskelse i ett stort rött hår. Det var det urgamla spelet. Som hon inga förutsättningar hade att förstå, eller stå emot. Inte ville hon det heller. Samtidigt värjde hon sig när han kom nära henne. Ville hålla om henne, krama henne. Det var som om hon blev ett levande cementblock inne i kläderna. Hon kände. Men samtidigt var hon död. Ur stånd att röra sig.

Men någonting förändrade sig under dessa första veckorna. Tora fick bilden av sig själv tydlig för sig. Och hon insåg

246

att den måste förändras. Hon slopade blodkorven och lapskojsen på kaféet efter skolan för att spara pengar. Hon gick till A/S Konfeksjon och skaffade sig den mest nödvändiga inträdesbiljetten: Långbyxorna.

Det stora håret fäste hon högt uppe på huvudet i en tung och mäktig hästsvans. Sedan stod hon länge i trappan och tittade på sig själv efter att fru Karlsen gått till ålderdomshemmet.

Hon var skyldig 20 kronor för byxorna. Men damen bakom disken log och sa att det ordnade sig. Det luktade sött och nytt om det styva tyget. Hon tittade och tittade. Hämtade den lilla spegeln hon hade i hyresrummet så hon kunde titta bakifrån också. Stod där i trappan och kände sig ny. En härlig känsla av att hålla måttet. Av att äntligen vara som de andra.

Hon flyttade sig upp och ner i trappan flera gånger med en nyvunnen triumf risslande under huden.

Mors brev nästa dag förde händelsen i hästhagen in i hennes rum. Fördärvade hela glädjen över de nya byxorna som bara var en dag och några timmar – och som ännu kändes styva och vidunderliga mot huden.

Med engång hon fick brevet i handen kom grå modlös skam strömmande in genom de höga fönstren. Hela rummet fylldes av ovilja. Och skammen var dubbel för hon insåg hur orättvist det var mot Ingrid att hon kände så.

Hon kunde ännu inte vara säker på glädjen. Måste liksom stänga den inne. Den var så sårbar – just här där hon kände sig trygg.

Tora läste hövligt brevet. Kände mors blickar över händerna där hon stod vid bordet och läste. Så vek hon prydligt ihop det och gömde det bakom skolböckerna på hyllan.

Senare föll det ut när hon skulle hämta en bok hon behövde till läxorna. Tora la hastigt in det i den kalla kaminen. Så kom hon att tänka på att hon skulle hitta det när hon en dag blev tvungen att elda i kaminen. Hon fann inga tändstickor i brådskan, stoppade istället några papper över. Resten av dagen tittade hon inte åt det hållet där kaminen stod.

Namnet på *honom* hade stått i brevet.

Hon skrev tillbaka samma kväll – för att få ut den förlamande känslan ur rummet. Men det hjälpte inte helt.

Nästa dag snattade hon med sig en ask tändstickor från köket därnere och tände i kaminen.

Så värjde hon sig – den här gången.

Det var nödvändigt.

Att alltid värja sig.

Natten.

Tora vaknade i rummet med den låsta dörren. Händer från alla håll. De ville henne något. Jons händer, Frits händer. Morbror Simons händer. HAN! *En* hand. Med tätt svart hår på handloven. Flöt i varandra. Hud och händer och armar. Mörkt. Hon stirrade ut genom de stora fönstren mot vägen. Hon visste ingen skillnad på händerna. Lyckades inte förstå vilka som ville henne ont och vilka som ville henne väl. Hon låg med stel blick ut i det sparsamma nattljuset från fönstren. Det måste finnas en utväg. Hon måste hitta skillnaden. Men allting var sammanvävt. Sammantovat. När det var som mest omöjligt kom tanken. Den goda tanken: Simons hamrande hjärta tätt tätt intill henne – i henne. Båten och branden.

Hon klamrade fast vid tanken.

Långsamt släppte mardrömmen greppet. Dagsljuset kom. Det snittade upp natten i skarpa blågrå skuggor. En skalpell som fick sjuk hud att blöda friskt blod.

30

Allt hade blivit till det bättre konstaterade hon. Allting. Men mor skrev och undrade när hon skulle komma på helgbesök. Tora svarade med en lögn om busstiderna. Att det blev så lite tid hemma. Så dyrt. Och hon sköt bort tanken på jullovet som en arbetsuppgift hon helst ville slippa. När oviljan inför hemresan kom, sökte hon bilder av Bekkejordet: Morbror Simons ansikte ovanför henne när hon satt vid bordet med sina böcker. Den gången han dansade med henne på bryggan. En trygghet så stor att den gjorde ont. Men också: En molande skam, en lust hon inte kändes vid.

Jon och hon skulle träffas vid korsvägen innan skolfesten. Hon ville inte att fru Karlsen skulle se honom. Tora tog inte upp någon på rummet. Rummet avgränsade sig. Var låst. Det måste vara så. Rummet hade blivit en överenskommelse mellan fru Karlsen och henne. Mellan den nya vaxduken och henne. Tora klev försiktigt över golvet när fru Karlsen var hemma. Det var som om hon på liv och död måste försäkra fru Karlsen detta att hon, Tora, var en del av rummet när hon var där. En del av fru Karlsens vind. Och där hörde ingen annan hemma.

Jon förstod det. Och han förstod det inte. Han bodde hemma. Det hände att han ville ha Tora med hem. Men hon värjde sig. Det var ett svek... mot någonting hon inte kunde förklara för sig – ifall hon gick dit. Det var inte att hon var rädd för Jons föräldrar eller yngre syskon. Det var snarare att hon värjde sig för att hon liksom ägde sig själv lite mera så länge hon ingenting visste om Jons familj, hur han bodde, hurdan han var när han var hemma. Ibland såg hon Frits tysta gestalt för sig när Jon försökte övertala henne.

Jon pratade om alla skivorna han hade. Och hon hörde schlagermelodierna från Randis grammofon som en förmaning. Huvudet fylldes av det. Hon kunde inte gå upp till huset med den stora trädgården. Huset med lika många fönster som prästgården på Ön.

Tora gick med Jons arm över axlarna. Han hade en fransig hemmarullad cigarrett i handen tätt invid kinden på henne. Hade inte gjort sig omaket att tända den. Han rökte inte. Egentligen. Men han gick med den mellan pekfingret och långfingret hela vägen. Med jämna mellanrum tryckte han till så Tora kände hans hårda höft mot sin.

Ungdomen var på vandring mot barackerna uppe i skogskanten. Den privilegierade ungdomen som gick i Breiland Kommunale Realskole samlades i klungor och drev bortefter de tillfrusna vägarna. I sin egen cigarrettrök och med väskor och kassar dinglande mellan sig. Några i neutrala grupper. Andra par om par. Mörkret var behagligt och lockande. Det fanns händer och höfter överallt. De hade hela sin värld med sig. Grammofonskivor. Cigarretter och rulltobak. Rockskor. Väl undangömt öl. Och varandra.

Förväntningarna låg på alla plan. Mest nederst i magen. Ansiktsuttrycken var dolda, men avspeglade sig ändå i rösterna, skratten. I kroppsrörelserna. Oroliga sysslolösa skuggor i det sparsamma skenet från gatlyktorna längs vägen.

De lät sig gladeligen förvisas till den skeva låga lokalen uppe i skogen. Efterlämningar från kriget. Barackerna. Med sina tunna väggar och dörrar som uppförde sig som om de ingen dörrkarm hade, bara hängde i fria luften. Ifall någon slog igen dem hårdare än nödvändigt föll kritan ner från hyllan under svarta tavlan och fönstren klirrade irriterat. En festlokal och ett krisklassrum. Men framför allt: En fristad.

Härlig golvyta att dansa på när man flyttat alla bänkarna ut i hallen. Eleverna hade lov att festa här – med måtta.

Det var strängt förbjudet med öl eller brännvin. Och tillstånd till festerna måste sökas hos rektorn. Men sådant kunde man stå ut med. Rektorn var ju aldrig på festerna. Och flaskorna kom sällan fram i ljuset. De levde sitt eget liv i den mörka hallen eller utanför i björksnåren. Bara ett par gånger hände det att någon lärarjävel inte begrep besökstiderna och rapporterade misstänkta ting.

Det straffade sig alltid att vara nitisk lärare i tjänsten. Karlarna växte till sig – de började i gymnasiet. De fick muskler under huden. Hämnden kunde förberedas i åratal. Gammalt groll och skuld till att någon blev utkastad eller fick nedsatt uppförandebetyg blev hämnade ifall den enskilde var såpass ansedd att gänget gjorde sig besväret.

Det gick en historia om en lärare som bara blev kvar ett år på Breiland Kommunale Realskole. De hade badat honom i havet på 17 maj. Det var tidigt för havsbad. Historien berättade att det aldrig kom fram vem som utfört hämnden.

Jons hårda grepp om axlarna på henne pressade henne liksom ut ur sig själv. Det var som om hon upphörde att existera som person under greppet. Det gjorde henne till en dinglande docka i hans arm. Men hon tyckte inte illa om det. Han var hennes säkerhet, hennes port in i en gemenskap som var ovan och generös. Jon var herre över en värld som hon så innerligt behövde. Därför höll hon hårt om hans midja och skrattade ett slags skratt mot poplinrocken.

Så enkelt var det. Så lite skulle till. Hon fanns mitt i gemenskapen.

När han ville kyssa henne uthärdade hon det också. Första gången hade hon visserligen flytt ifrån honom. Han hade tagit det fint. Hade sprungit efter henne på den mörka vägen och bönat henne att stanna.

– Jag menade inte att vara sån! hade han ropat bakom henne.

Och det krasade i de tillfrusna pölarna. Någonting växte inom Tora. Ett slags tveksam tillit. Såpass att hon stannade.

– Herregud, och ska'nte göra om'et mera ifall du inte vill. Du är så fin.

Han hade tillfogat det sista när han nådde fram till henne. Tafatt. Osäkert.

Och till sin häpnad insåg Tora att pojken kanske var rädd för henne. Rädd att hon skulle stöta bort honom. Lika rädd som hon var för hans påträngande närhet. Och ingen av dem hade lov att berätta för den andre. Ingenting fick utsägas. Så hade hon ändå låtit honom kyssa henne. Det var liksom det enda att göra.

Hans mun var varm och våt. Påminde om hunden hos doktorn på Ön. Hade ett framfusigt sätt. Ett klumpigt sökande efter någonting hon inte kunde ge.

Tora stod där på den mörka vägen och lät sig bli kysst. När det var över var det han som suckade.

– Du tycker inte om... det? frågade han trevande.

– Jo...o...o.

Tora måste ljuga. Ingenting annat passade sig.

Han hängde vid henne. Som en skugga. Han hade glömt stoltheten och att han var en vuxen pojke i tredje realklassen. Såg bara den rödhåriga flickan från Ön. Skyddade henne.

Människans uråldriga mönster. Att skydda – att bli skyddad.

För Tora var detta ett nytt sätt att möta någon på. Hon klängde sig fast vid det. Vid Jon. Hon uthärdade hans närhet, för att bli delaktig i hans gemenskap. Hon både ville och inte ville. När hon märkte den illa dolda missunnsamheten i de andra flickornas ögon kom den gamla rädslan över henne. Detta att hon trängt sig fram. Hon. Tyskungen från Tusenhemmet. Och att det nog skulle straffa sig. Men så växte i henne ett slags hård triumf, en skön känsla av att ha klarat en arbetsuppgift bättre än de andra.

I skolan hände det att hon ställde sig bakom honom under de starka lamporna i korridorerna, så hon kunde betrakta hans vita nackhud under det svarta håret. Motstå lusten att röra vid honom. Finnas där bakom honom. Så han inte kunde se hennes ögon. Det var fint att känna lusten att sträcka ut handen efter honom. Fint, för hon visste att hon inte skulle göra det.

Ifall hon lyfte handen aldrig så lite skulle de kalla lysrören avslöja att det inte var Jons nacke. Det skulle vara *hans* nacke. *Hans* hud hade lagt sig över alla människor. Det hände att hon förnam hans hud på sig själv också. Ifall hon oförhappandes kom i beröring med sig själv – så fanns *han* där. Som en instängd vämjelse. Ett totalt nej.

Efteråt kom ensamheten smygande. En dom hon ingen makt hade att förändra.

Tora skaffade sig vanan att kasta det stora röda håret bakåt och skratta. Ingen reagerade särskilt på det. Här visste ingen att Tora aldrig skrattade högt när hon var på Ön. Hon räddade dagarna och nätterna med detta nya hon upptäckte hos sig själv. Att hon hade förmågan att dölja sig. Förmågan att visa glädje.

Det fanns en formell festkommitté som hade ansvaret för disk och nycklar, alltid några från tredje klassen. Jon fanns bland de utvalda. Festkommittén måste godkännas av rektor. Det hände att han strök namn från listan. Och han diskuterade aldrig med eleverna varför.

Jon riggade iordning skivspelaren på en bänk i ett hörn – ovanpå ett vadderat täcke eftersom hela huset bokstavligen dansade med när det blev liv och rörelse i kåken. Vaddtäcket tillhörde de fasta inventarierna.

Några av flickorna började dansa när han satte på Elvis.

De släta skorna med hal lädersula, mjukt ovanläder och re-sårband i sidorna – virvlade upp dammet från det lackade brädgolvet. Smäckra unga vrister och smalben. När de svängde runt stod kjolarna rakt ut och blottade de nylon-klädda låren ända upp till kanten av trosorna.

De stela underkjolarna var allmän egendom. Men Tora hade inte fått råd till någon ännu. De var så hemskt dyra. Över 30 kronor. Anne hade lånat henne sin gamla. Den hade grånat i spetskanten av flitigt bruk, men för Tora var den en saga. Anne var frikostig och godhjärtad. Hon lånade flickan från Ön ett resårskärp också.

Tora hade vandrat fram och tillbaka i trappan till vinden och betraktat sig själv i den stora spegeln. Medan timmarna segade sig fram hade hon känt en ängslig förväntan inför kvällen. Festen.

Veckan var slut. Äntligen. Det fanns frihet och extas i dammolnen, de virvlande kjolarna, fötterna, det flygande hå-ret, händer som fattade om händer. Rock! Rock – rock!!

Hårt. Mjukt. Som slag mot trumskinn. Blind rytm. Sensu-ell makt och underkastelse. Bräddfull av tunga aningar. Kreppapper runt lampkuporna. Rött kreppapper. Billigt. Sinnena tumlade runt under billigt rött papper och var unga. Ung i en gammal tyskbarack. Ägde världen. Från denna stund i evighet. Amen.

Rytmen kunde höras, den kunde ses. Genom cigarrettrö-ken och dammolnen.

"Don't be cruel"... Elvis, Elvis, Elvis! Flickornas brun-kräm skummade muntert ur vidöppna porer.

"Only you!" En vibrerande förtätad stund med The Plat-ters. Kropparna så tätt, så tätt. Hade det någonsin varit krig? Ofattbart. Var? Fanns det krig – nu? Jasså. Var det möjligt? Med så unga kroppar. Så många. Så tätt. Så välsig-nat tätt. Att man inte behövde elda mera i kaminen. Vem var så gammal att han behövde kriget att hävda sig med, värma sig med, skaffa sig ära med?

Hade de lyssnat på Tab Hunters "Young love", de krigiska gamlingarna som skickade unga gudar till granatoffer och kanonmat? Hade de någonsin känt hur varm hud kunde vara?

Tyskbaracken stod och stampade takten. En riskabel rörelse för ett så gammalt mackverk. Men vilken glädje hyste den inte under sitt tak? Kunde någonting – av Gud eller människor skapat, stå stumt och stilla och betrakta en sådan källa av sensuell rytm? Inte herrefolkets barack åtminstone. Den vaggade milt motståndsrörelsens avkomma i armarna på annan avkomma. Gjorde ingen åtskillnad. Den sjöng och gungade med. Ett slags välsignelse. Inte bara för de utvalda. Nej, inte bara för dem. För dem alla. Gud – vilken fest!

Världen lyfter sig själv i håret. Hur länge? En natt? Så länge den har ungdom som vägrar minnas? Som griper efter varandras händer och kroppar? Som har utrymme för rytm och liv.

Ja.

Tora såg Jons öppna mun. Det blänkte i vita tänder medan hon svängde runt. Ljuset föll över hans ansikte. Kvisslorna vid näsan doldes i rött ljussken. Den tunga profilen låg en sekund eller två och simmade i det mörka rummet. Hans halvslutna ögon! Vad var det med dem? Varför kände hon så här?

Hans hals. Med den mörka gropen över det öppna skjortbröstet. Hans höft som var så avlägsen och så nära. Hårt som ett vilt tryck. Ett sug. Som lika mycket kom från henne själv. Det växte en önskan mellan dem. Slank in mellan dammvirvlarna och gitte inte gömma sig. Som en skygg nyfiken fågel.

Det rann nerför fönsterglasen. Ånga från levande kroppar. Mörk matt glasyta som långsamt mättades. Livet fanns härinne. Nu. Rutorna klirrade i tacksägelse.

Elvis! Rock!
Golvet gungade. Gav sig hän. I vanvett.

Så kom läraren ut ur sidorummet och förklarade att det var slut.

Han bar sitt gröna sömniga ansikte och sin sura kalla pipa så ynkligt att man kunde tycka synd om honom. Om det inte varit för budskapet.

Han hade knän på byxorna och öppen stärkkrage. Håret var extra tunt när han steg fram i det röda kreppappersljuset. Utan höfter. Med byxhängslena snett fasthakade framtill med metallclips som började bli slappa i mekanismen. Han hade satt den ena på tvären över den dubbelvikta linningen. Det var tjockt påsmetat hela hans skepnad att han var Judas i systemet. Han var inte önskvärd och han visste det. Men han hade fått rättat en hel trave tyska uppsatser medan det dundrade och klirrade omkring honom, och var därför nöjd.

Han visste att de skulle ta avblåsningen utan bråk. De kunde ingenting annat göra. Han var snart den ende som orkade sitta i bakrummet om lördagskvällarna. De visste det...

Men det morrade ilsket i den överansträngda grammofonen när stiftet skar tvärs över "Red sails in the sunset".

I mörkret under Jons arm blev Tora modig. Hon pratade. Sa långa meningar som hon inte hade tänkt ut på förhand. Orden kom som ett plötsligt vattenflöde i förtorkat land. Hon hade åsikter. Hon vågade säga vad hon tyckte. Om lärarna. Skolan. Om Breiland. Hade en åsikt om några böcker hon läst. Hon måtte ha tyckt allting hela tiden, utan att hon själv visste det. Tora gick under Jons arm och upptäckte sig själv.

Jon hade nyckeln till baracken. Han höll igen på stegen när de gick. Tryckte sin varma kropp intill hennes och svepte rocken omkring henne. De stod ensamma på den mörka vägen. Björkskogen rasslade med de sista löven omkring dem.

Försiktigt. En påminnelse om att morgondagen också har ett ansikte. Jon hade varsamma kloka rörelser, tvärt emot all storm som han måste rida ut inom sig – insåg han att hon måste behandlas med tålamod. Han var en ung taktiker, klok nog att tygla sina instinkter tills vidare. Klockan var bara tolv. Natten frågade inte efter dem.

Han vände henne varsamt, och de gick tillbaka till baracken med de svarta fönstren. Dammlukt, cigarrettrök och ångan efter varma kroppar slog vänligt emot dem. Det var ju härifrån de hade kommit.

Tora kände sig lössliten i ett skred och förd till landskap hon inte visste om. Dansen. Musiken. Glädjen. Friheten. Känslan att vara godkänd. Allt det hade hon Jon att tacka för. Hon visste inte hur hon skulle återgälda det på bästa vis.

Hon slog armarna om honom utan att tvingas igenom äcklet först. Han knäppte upp hennes kappa och hennes blus. Han trevade över de små brösten och använde alla konster han lärt. Ett darrande ögonblick kände hon ett främmande mörkt välbehag inom sig. Det spred sig under huden över hela kroppen. Var en dov sugande lust någonstans. Sträckte ut hennes armar, fick hennes mun att söka runt i hans ansikte, fick näsborrarna att registrera den goda lukten från hans hår som en eggande dyning.

De famlade sig fram över det mörka hallgolvet. Bort till bänkarna i hörnet. Han fick henne ner vid sidan av sig. De låg tätt samman på de hårda bänklocken. Var ett tillitsfullt skälvande bylte av kroppar och lemmar. Mörkret stod runt dem.

Ett par gånger for en varning genom hjärnan på henne. Men han la sin mun ner mot hennes bröst. Fick henne att tro att hon tyckte om det. Han blev modig och ivrig. Viskade små ord till henne. Ord hon aldrig hört innan. Det fanns en stor tystnad omkring henne. Och i den tystnaden hörde hon orden. Kände att ljudet fortplantade sig genom bröstkorgen.

257

Hon både kände och hörde orden. Lusten fanns där som en vägg. Utestängde allting annat. Hon lät sig drabbas.

Ända tills hans händer hade hittat vägen upp mellan hennes hud och Annes styva underkjol. Snyftande hade han hittat vägen. Ville henne bara väl. Ville aldrig göra henne något illa. Bara hålla om henne. Förstod hon inte det?

Hon låg bland ormbunkarna. Tryckt mot det hårda fuktiga lägret. Hon kände att hon gick sönder. Kände att hon gjorde motstånd, och att det ingenting hjälpte. Kroppen, källorna inom henne gjorde motstånd. Och det var gagnlöst.

Hennes skrik skickade kalla kårar nerefter ryggen på pojken. Hon vältrade undan honom.

Han hade inte sett det hon hade sett. Hade inte känt det! Bakom skammen och smärtan, bakom vämjelsen och oviljan fanns det någonting. En röd fläck av skamlös lust. Ett gryt för allt hon inte *kunde* kännas vid.

Och hans skam blev också synlig. Han hade inte lyckats. Hon hade stött bort honom.

– Fan!

Han svor högt. Slängde sig upp i sittande ställning och glodde ut i mörkret.

Hennes gråt fick honom att huka litegrand. Han var inte istånd att begripa. Hur skulle han kunna det? Var fel människa på fel plats. Visste inte hur han skulle komma undan allt detta.

– Du tycker inte om det...?

Toras gråt blev till ett tjut.

– Sluta skrik, har'nte gjort dej nåt!

Hon teg. Som om han tryckt på en knapp.

– Kom! sa han till sist. – Kom så går vi.

Han visste inte ifall han iddes ta hennes hand. Hon hade

bara spelat teater för honom. Drivit med honom. De gick bredvid varandra nerför backarna. Han sparkade till några stenar som frusit fast i gruset och sneglade på henne från sidan. Kände att han måste säga någonting.

Mörkret svalde hennes böjda profil.

– Vad var det som var fel? frågade han till sist.

– Ingenting.

– Varför började du plötsligt skrika och ville inte...? Du kunde väl sagt nåt innan!

– Ja.

– Vill du... vill du inte träffa mej mera?

Hösten var en iskall blåaktig skugga mellan människorna på vägen. Det fanns ingen måne. Tora hade inga ord. Hon var i kråkornas land där man använde ord till allting. Tora hade aldrig lärt sig sådant. På Ön var det bara Rakel som använde ord, av alla Tora kände.

– Du tycker inte om mej – egentligen?

Han gav sig inte. Hade en självklar styrka.

– Jo!

Hon sa det högt. Stannade. Tittade på honom. Mörkret dolde hennes ögon. Men det var tillräckligt för honom.

– OK.

Han sa det enkelt. Kort. Lättat. Så svepte han tafatt ut med armen och fick fatt i hennes hand.

Dansen i baracken var slut. Någon hade glömt dem i livets västficka. De ägde en flik av varandras nederlag. De höll fast i den. Varsamt. Dolde det genom att krama varandras osäkra händer.

Hon lyckades hålla det tillbaka tills hon väl var uppe på fru Karlsens vind. Då krökte hon sig över toaletten och lät det komma. När hon tvättat sig och borstat tänderna – och betraktade sitt eget ansikte i spegeln, förundrade hon sig över anblicken. Hon kunde inte minnas sista gången hon gråtit...

Det lossnade ett slags lättnad av det.

Och Jons ansikte ryckte sig loss ur det fula sammanhanget. Ryckte sig loss från händelsen i skolbaracken, från händerna som plötsligt hade krafsat på henne. Det var inte Jons händer. Jons hand hade hållit om hennes på hemvägen. Jons röst hade sagt: OK. Varit en vän. Han hade ingenting med hästhagen att skaffa. Ingenting med ormbunkarna och de tunga andetagen. Ingenting!

Och när hon gått till sängs och inte vågade sova, för att *han* var en kväljande tanke alldeles intill, värmde hon sig mot Jons ansikte. Som hon sett det på skolgården och kaféet. Hon såg att han fick rynkor högt upp på kinderna när han log. Ingen annan hade sådana rynkor på kinderna när de log.

Han hade varit så snäll. På hemvägen. Snäll.

31

Rummet var fortfarande hennes. Ingen hade varit där utom fru Karlsen.

Hon låg i sin säng. Hade släckt lampan och lät handen glida över den gamla silkestapeten. Blomsterrankorna i mönstret stack ut lite ur den hala ytan och var som sammet att röra vid. Tora såg för sig alla dem som bott här.

Tills vidare kände hon bara till honom som hade skurit vaxduken i strimlor. Den fanns kvar ännu. Hon hade lyft på den nya och tittat på ärren.

Skugglika gled de som bott i rummet fram och tillbaka mellan sängen och de stora fönstren. Ville ut, men förblev inne. Det var som ett samfällt öde för dem allihop. De vandrade oroligt fram och tillbaka för att hitta en öppning, men de lyckades inte.

Så blev hon inte alldeles ensam.

Dagen efter gick hon ingenstans. Låg bara stilla ovanpå det stickade överkastet. Böckerna var döda! Rummet var dött! Hon kunde inte hitta vägen till Berlin.

På måndagsmorgonen kände hon sig dålig redan innan hon steg upp. Det var som om hon inte lyckades lyfta huvudet från kudden utan att yrseln och illamåendet grep fatt om henne.

Hon hörde mors röst någonstans i rummet. Den förmanade henne om frisk luft och bättre kosthåll. Den verkade jämmerlig och ängslig. Knotade över de dyra byxorna. Mor var oåtkomlig. För hon ville Tora väl.

Inuti det gula illamåendet såg hon mors ansikte för sig. Det bleka smala ansiktet inramat av mörkt blankt hår. Tunga drag med fåror mellan ögonen och runt munnen.

Illamåendet gjorde att hon blev liggande fastän hon inte hade särskilt gott om tid. Klockan hade ringt för längesen.

Hon släpade sig upp ur sängen. Visste att hon behövde den tiden som återstod. Världen snurrade runt. Tryckte på. Magen. Svetten bröt fram i pannan. Illamåendet var en smutsig säck. Hon vacklade ut på toaletten och kräktes.

Så var hon sjuk! Det var oundvikligen så. Hon drack girigt ur kallvattenkranen och tvättade ansiktet och överkroppen under det rinnande iskalla vattnet. Hon orkade inte värma vatten på kokplattan som hon brukade. Böjde sig djupt över vasken för att samla sig, och rätade långsamt på ryggen igen. Jo, det stannade nere nu. Det gick över, visst.

Långsamt drog hon på kläderna och fick med sig väskan med gymnastikplagg och böcker. Medan hon försökte hämta in minuterna uppför backarna kände hon en svart fläck breda ut sig inne i huvudet. En flytande tung massa som blockerade tankarna och gjorde rörelserna tröga så hon måste anstränga sig till det yttersta.

Hon begrep inte hur hon skulle orka få av kläderna och på med gymnastikdräkten. Hon hade kämpat så för att få dem på kroppen idag.

Gymnastiklärarinnan var högväxt och mager och vass i rösten. Hon inbjöd inte till medlidande eller skolk.

Tora sparade därför på orden. Sa inte att hon inte kände sig bra. Efter uppvärmningen – påväg bort till övningen i ribbstolarna, försvann människor, tak och väggar i en tratt.

Det första hon märkte sedan det stora mörkret släppt taget var rösterna. Skrämda och långt borta som rop på fjället i dimma.

Hon blev placerad på en giftgrön hoppmatta i änden av

salen för resten av timmen. Lärarinnan kom ibland bort till henne och undrade hur det gick. Tora nickade. Jo. Det gick bra.

Hon sträckte ut sig och försökte låta bli att förstå eller höra. Det var stor skam att bli liggande så här. Till obehag för alla. Varje gång hon öppnade ögonen var taket över henne. Hotade att ta henne. Mangla henne platt.

Flickorna hjälpte henne på benen och fick henne påklädd och med sig ut på trappan. Det blåste en svag vind. Luften silades genom henne.

Plötsligt kände Tora att hon måste gråta, en fruktansvärd sorg hon inte kunde förklara. Det var någonting med de gulnade träden, den ensamma stora andningen från havet och alla flickornas omtänksamma blickar omkring henne. Var det inte? Några talade tröstande, ville följa henne hem.

Men nej, Tora ville inte hem. Det gick nog bra. Hon kände sig redan bättre. Det måste de tro.

Hon hade visst inte tittat ordentligt på flickorna i klassen sedan första dagen. Hon hade dragit sig tillbaka. De var så avlägsna, så otillgängliga, så munviga och många. De hade så mycket att prata om när de stod i trånga klungor och skickade ögonkast till varandra fulla av kunskap om ting som Tora inte kände till. De hade flotta kläder, var så säkra och trygga när de kastade med permanentlockarna eller hästsvansarna eller rörde sig mellan bänkraderna. Hade lättjefulla fina rörelser när de lyfte armen för att skriva någonting på tavlan eller rätta till håret. Tora hade krupit ihop i den nedersta bänken och gömt sig hos sig själv, eller solat sig i Jons tillbedjan.

Det sista hade också skilt henne från de andra. Det var som om de missunnade henne att hon pratade med honom. Tora insåg vagt att hon ställt sig tillgänglig för hugg. *Det* spelet var äldre än någon av dem.

Därför blev hon förvirrad av deras omsorger.

263

Anne gick närmast Tora. Höll om henne medan de gick nerför backarna. Frågade moderligt om hon brukade svimma av, om hon hade ätit, om hon längtade hem. Tora svarade henne med ja eller nej. En ynklig röst ur ett grått ansikte långt nere i halsduken.

– Har du mens – eller? fortsatte Anne.

Tora kunde inte begripa hur någon bara kunde fråga om sådant. Men frågan dök upp som en vingskjuten skarv inom henne. Hon hade räknat efter. Den var redan försenad. Hon hade hoppat över två gånger. Det var flyttningen – hade hon tänkt. Men nu när Anne sa det gläfste tankarna efter henne.

Ett stort dån jagade genom huvudet på henne. Svetten bröt fram.

Hon gick bland flickorna och klamrade sig fast vid det enda: Sånt hände inte. Svalde illamåendet och yrseln. Rätade på ryggen. Gick med hårdare steg. Gjorde klart för dem att allting var över nu, hon kunde gå utan stöd. Tvingade fram ett litet skratt över hur dumt det hela varit. Bestämde sig för att allting var som det skulle. Låste ute alla andra tankar.

Hennes blick hängde vid lärarna resten av dagen. Hon skrev så tydligt och vackert hon kunde. Hon la prydligt och ordentligt ner böckerna i väskan efter varje lektion. Antecknade. Ansträngde sig att följa med och svara riktigt när hon fick frågan. Så räddade hon sig själv under några timmar.

Flickorna hade fått ansikte för henne. Ingenting ont som inte hade någonting gott med sig. Tora bemödade sig att hitta på någonting att säga till Tone. Till Grete. Till Anne. Till Britt. Och de samlades runt flickan från Ön som kommit till Breiland och sett ut som ett gudsord med flätor och hemmasydd kappa och stora klumpiga bruna skor. De hade bestämt sig för att släppa in henne i kretsen. Hon hade ett intressant sätt. Hon kunde svimma av – på riktigt. Det fanns någonting skyggt över henne som lockade. De hängde henne i armen och tyckte hon gick an. Och så var det förstås Jon...

Tora vande sig att vakna långsamt. Glädjen var borta ur rummet om morgnarna. Hon hittade ett slags gengångare för glädjen om kvällarna. När hon klarat sig igenom dagen och kunde dra ner de fläckiga gulnade rullgardinerna. När läxorna var gjorda och hon kunde krypa upp i sängen på det stickade överkastet och glömma sig själv över en bok.

Det hände att hon gick på bio tillsammans med Jon. Det hände också att hon gick till kaféet nere vid busshållplatsen, eller på föreningskaféet. Hon delade ibland en flaska läsk med någon. Det gjorde gott att ha någon. Men när hon sedan blev ensam kändes gemenskapen som nageltrång.

Hon släpade upp kol och tändved från fru Karlsens uthus och eldade i kaminen för att känna värmen från någonting, och för att se hur det levde i de stora draghålen. Kaminen stod där rund och hög och svart – glänsande av fett och kaminlack. Det fanns ett slags tröst i det.

Orden hade försvunnit för henne. Måste ta sig samman för att hitta på någonting att prata med de andra ungdomarna om. Hon bara satt där – mest. Log. Lyssnade uppmärksamt till deras kärleksaffärer, deras gräl, deras drömmar, deras motvilja mot lärare och föräldrar. Under tiden förblödde alla känslor. Hon hade bara *en* tanke.

Hon samlade på de andras misslyckanden och dumhet. Fick ett slags status som klagomur och själasörjare. Den tysta flickan från Ön som var neutral och inte hotade någons position nu när Jon hade tröttnat. Hon var rentav duktig i skolan så man kunde ha henne till att skriva av proven.

Och Tora delade med sig av vad hon hade, för hon trodde att hennes eget blev gömt och glömt på det viset. Det var tvingande nödvändigt att glömma sig själv. Annars kunde hon inte leva. Men ändå fanns det en gnista någonstans, som gjorde att hon mobiliserade ett slags förakt för de andras egoism, deras naiva livsglädje, deras olyckliga kärlekslängtan och ytliga behov av att pynta sig och vara populära. Hon lyckades inte sätta ord på det inför sig själv engång. Men hon tänkte på det ibland, för att glömma sitt eget.

Flickungen Tora hade lagt ungdomen bakom sig. Utan att hon haft någon. Hon levde bara på *en* plats. Ihop med böckerna och det röda stickade överkastet.

En dag upptäckte hon att det rann en blekaktig vätska från de små brösten.

32

En gång för länge sedan hade myrarna legat ändlösa inåt båda hållen, från stranden och till foten av fjället. Så hade någon börjat gräva i den feta glansiga myrjorden för att leda bort vattnet. Längs årtusendenas gamla och evigt sjunkande vattenbryn hade sköljts in god och näringsrik kalksand. Jorden var skapt för potatis och gräs. Somrarna igenom hade potatisblasten och gräset trotsat det ena svarta slagregnet efter det andra och gjort sig grönt och frodigt för sin egen och människans skull. Klara dagar satt grönfärgen långt ute i fjorden också. Sandstränderna. Djupet. Himlen. Gult och blått. Tillsammans en glittrande och lockande grön yta som gömde sig under flera meter av kallt klart saltvatten.

Så hade konsumbutiken och postkontoret och banken kommit. Det vill säga: Först var det plåtfabriken.

Småningom fick man inte lika snabbt syn på de öppna svarta dikena som ledde vattnet bort från åkrarna, ängarna, källarna och trädgårdarna. Helt enkelt för att där alltid stod ett hus eller ett skjul i vägen. Men de fanns där. Myrdikena. Med sin oljeaktiga loja ström av svart vatten. Ett långsamt sug. Så långsamt att man inte såg riktningen ifall man inte visste var fjället började och havet bullrade. Men fåren och potatisåkrarna försvann. Banken och butiken höll alltihop uppe i dammet och larmet från plåtfabriken.

Här fanns inga verkligt stora bryggor. Bara för varulager åt butikerna och ångbåtsexpedition. De ruvade vid stranden och var vitmålade och välskötta med sömniga små fönster som glodde håglöst och skelögt åt alla kanter. Men där lossades ingen fisk. Där fanns ingen fest och ingen ångest över uteblivna fångster. Inget landligge eller vita slaskande sköljkar. Inga dubbla dörrar som slök fisklådor, islaster och folk. Inga skepparrop från styrhytter och däck, eller skratt som rungade högt och härligt över lastrummet efter ett bra svep på tampen av säsongen. Inga ordentliga kötteder ens. Felet var uppenbart: Här fanns inga säsonger! Allt gick i ändlösa enformiga dagar. Och folk gick sömnigt och skötte sin köpenskap och reagerade inte på att någonting fattades.

I kråkornas land reagerade ingen förrän någon kom utifrån med en annan dialekt, ett annat skick, en annan dröm – än den som präglade platsen.

Den illaluktande lokalbåten stampade fram och tillbaka och visste ingenting annat. Inte ens de två dagliga ankomsterna av hurtigruten var någonting att räkna med när man jämförde med det pulserande livet på bryggorna på Ön. Tora tyckte att lukterna var instängda och unkna. Men rätt skulle vara rätt: Det luktade inte lika fränt som hemma. Det fanns ett stänk av tjärdoft som dämpade stanken från hamnbassängen och från en eller annan låda med skämd last. Bara sällan rann blod eller fiskrens över kajplankorna. Och här fanns inga spår av bortglömda trantunnor bakom skjulen.

Två gånger om dygnet kom världen glidande in i hamnen till kråkornas land. En gång söderifrån – och en gång norrifrån. Någon steg iland. En och annan gick ombord. Det lossades säckar och lådor och containrar. Pallar med kartonger. Ett och annat levande. En häst. En ko. En låda med skrikande griskultingar. Det hade emellanåt hänt att man satte iland en bil. Och som om folk visste detta på förhand, fanns det alltid människor på kajen när hurtigruten kom.

Det var enkelt att se vilka som hörde hemma i Breiland – och vilka som var främlingar. De främmande dök tveksamt upp på landgången och blev inte mottagna ifall de inte skulle besöka någon eller var kända sedan tidigare. De hade platta sökande ansikten när de kom stolpande över landgången. Någon sällsynt gång kom de för att stanna. Det var sådana som hade fast lön och allsmäktig skolning och pratade dialekter som hörde hemma längre söderut i det långsträckta landet. Gärna folk från andra landsändar, som inte visste innan de kom iland hur främmande de egentligen var... De kom från platser där sydvästen inte hade någon makt. Där byråkratin härskade enväldigt, också över vindpinade landskap i norr som utövade en exotisk lockelse på en och annan. Hurtigruten kom och släppte de förvirrade gökungarna ifrån sig på de breda ärrade kajplankorna.

Människorna på kajen i kråkornas land såg gärna med misstro på sådana främlingar de första minuterna. Precis så länge de orkade tygla nyfikenheten. Det hörde till gott folkvett här. Ett tillslutet misstroget ansikte mot det svarta hålrummet som spydde ut mörka gestalter nerför landgången. Men det varade aldrig länge. Och var absolut inte illa ment. Bara att visa takt och behärskad vördnad. Nåja, det var förstås århundradens avvaktande rädsla för vilken ämbetsman som nu skickats till dem i Guds och Konungens namn. En ämbetsman var som en potatisskalare. Somliga var ohyggligt effektiva och vassa. Andra slöa och trubbiga. Alla skar obönhörligt, djupt nog att få med det goda vitaminrika köttet innanför skalet.

Den gamla tiden stod fortfarande kvar på kajen och tog emot främlingarna. Den gamla tidens trots ska alltid stå kvar på kajerna.

För Tora var hurtigruten en saga av ljus, rörelse och röster. Hon kände en upprorisk avund när hon såg att somliga kunde ta sin resväska och bära den uppför landgången.

Ungdomen samlades på hurtigrutens kaj. Med cyklar, cigarretter – och sensommaren ännu i blodet. Om vintern – när senhösten inneslutit dem i det fina mörkret och låtit händer hitta händer och unga höfter gå tätt och taktfast längs vägarna, stod de på kajerna och hängde väl skyddade av halsdukar och skidbyxor och anoraker. En och annan i nya teddyfodrade jackor som inköpts på A/S Konfeksjon i samstämda färger. De vanliga långbyxorna var sig lika. Och kalla.

Var det riktigt kallt måste de mörkblå gabardinskidbyxorna på över långa yllekalsonger. Så vandrade ett muntert följe nerför kajvägen. Ett leende kärlekstörstande följe. Ett två-och-två-följe fyllt av oprövat livsmod och öppna leende ansikten.

Ibland var det några som gav sig hän inne bland skuggorna. Människokryp med varma munnar och bankande ängsliga hjärtan. Skuggor är bra att ha – också om vintern.

Tora var med och skickade iväg den sydgående hurtigruten två gånger i veckan. Onsdag och lördag. En samlingspunkt. En god stund som ännu höll ett slags utrymme för henne. Men förväntan var död. Den som börjat redan i skolan – och hållit sig vid liv genom det sparsamma middagsmålet och läxarbetet. Det som legat som en varm fläck på pannan de första veckorna. Toras nya liv hade varit en härlighet och en glädje. Hon hade väntat på varje ny morgon som ett spännande paket under granen.

Hästsvansen hade hoppat i sitt stolta fäste högt uppe på huvudet. Hon hade varit så glad. Hela tiden. Alla människor hade gått omkring henne och varit statister i en musikfilm där bilderna gled i varandra över mjuka gröna gräsmattor med en evigt blå himmel ovanför.

Alltid varm om fötterna. Det hade stuckit och kliat i fingertopparna av ogjorda saker och trygg skön värme.

Ingen hade någonsin sagt henne vem hon var.

Tora hade varit fullständigt trygg för första gången hon kunde minnas.

Därför var hon lätt att krossa.
Han hade hämnats sparken.

Det var dagar och nätter när fjorden gick i skumvit rock och allt var ett iskallt kok kring kajstolpar och skrov. Det var sådana timmar klipporna inte syntes i fradgan och människorna stängde in sig med sina tankar och lät hurtigruten mot norr eller söder stampa i farleden utan en tanke på att hälsa den nerifrån kajen. Då gick karlarna i stora sjöstövlar på kajerna med styva oljeställ kring lemmarna och gjorde vad de måste. Bara fartygens visslor och vinden hördes. Och en eller annan vädersjuk mås. Ibland sände lyftkranarna sin jämmerliga klagan ner i öronen på dem som försökte styra lastpallarna. Annars var det blåst och regn som huserade och ägde världen.

Sådana dygn eldade de och kokade kaffe mitt i natten i kråkornas land. Det steg en jämn ström av rök ur de höga skorstenspiporna och vindflöjlarna pekade åt samma håll. En stum och avvaktande härskara stoltserade på neryrda och regnsvarta tak och önskade de tysta röksignalerna åt helvete in i dimman och det larmande havet. Innan röken kommit så långt som till Kirkegårdsnesset hade den blandats med frisk salt havsluft och gjorde varken skada eller nytta.

Ritualerna fanns där.

Spindelväven blev sällan gammal i hurtigrutens kölvatten.

I stormnätterna tändes bleka torra ljus överallt.

Det hände att de måste avlysa en och annan gudstjänst och att lik inte kom i jorden den dagen det stod annonserat i Breilandsposten.

Det gjorde detsamma.

Alla visste att det skulle komma och gå många båtar. Senare.

Människorna hade vett att hålla andan.

Om senhösten frös myrdikena till. Stod som smala svarta streck och styckade upp landet. Kom det mycket snö yrde de igen och dolde sig så väl att folk glömde dem. Tills blidvädret kom och gjorde snön rutten, så en stackars flicka trampade igenom ifall hon försökte forcera myrdikena. Då stod myrvattnet över stövelskaften innan man hann rädda sig, med dunster av alltför tidig födsel och instängd förruttnelse.

Tora rörde sig i två världar.

Bägge var lika overkliga. Hon beslöt att inte tänka på DET när hon var tillsammans med kamraterna. Skolan och det som hände där, kaféet och bion – det blev en värld som flöt förbi henne som en räddningsplanka varje dag. Hon höll sig flytande på den korta timmar åt gången. Gemenskapen i skolan blev livsnödvändig.

Hon ansträngde sig för att vara glad och hjälpsam. Lyssnade till förtroenden och småskvaller. Gick på bio om söndagarna. Men när hon kom upp på rummet om kvällarna flöt allting ihop i svart slam. Kunde inte tänka på någonting annat än att hon måste dölja sin kropp för människorna. Snart skulle den avslöja henne. Den skulle svälla ut i all sin fulhet och ropa ut skammen för hela världen. Ibland var hon modig nog att försöka föreställa sig hur det skulle bli. Men tanken räckte inte så långt. Det blev omöjligt.

Om nätterna – när hon inte vågade somna om efter mardrömmarna som ännu hängde kvar i sängkläderna och fönsterspröjsarna, i själva luften – hände det att hon lyckades frammana bilden av farmor. Men det blev aldrig som förut. Farmor kunde också se den svällande magen. Farmor skulle också fråga var den kom ifrån. Vem som... Farmor skulle också förakta. *Alla måste det*.

Det hände att hon vaknade och såg *honom* stå i dörren. Visste att han kom för att hämnas sparken. Hon förberedde sig. Kröp ut ur sig själv. Gömde sig i det becksvarta nattmörkret. Tills hon begrep att hon fått en tidsfrist ännu en gång. Då kröp hon darrande intill sig själv. Värmde sig med klamrande tunna armar.

Hon vaktade på sin kropp. Granskade den i den stora spegeln i trappuppgången när fru Karlsen gick till ålderdomshemmet. Den var fortfarande kantig och platt. Hon var magrare än innan hon kom till Breiland. Slogs hela tiden med illamåendet. Satte klockan på ringning tidigt i ottan för att vinna en tillräcklig stund att bli kvitt illamåendet innan hon gick till skolan. Det gick på något vis. Ett par gånger hade hon tvingats till toaletten under första lektionen.

Rummet hade en hotfull tvåsidighet. Tvingade henne in i bägge verkligheterna. Den goda och den förstörda verkligheten.

Den goda: Bakom den låsta dörren. Där ögonblicket var tryggt och varmt med otaliga vardagsdetaljer. Dyrbara stunder när hon glömde att skammen skulle komma och hämta in henne. Att det bara var frågan om tid, om veckor. Hade hon tur – månader.

Skillnaden mellan att leva – och att leva. Tora samlade de minimala fläktarna av värme vardagen skänkte henne så mycket närmare huden än förr. En kopp choklad. Knäppa ihop koftan ordentligt och sätta fötterna framför den öppna kaminluckan. De plötsliga vänliga ögonkasten från människor hon tillfälligtvis mötte. Ännu visste de inte... Ännu hade hon lov att samla på värmen hon fick. Överallt. Hon gjorde så. I en hungrig visshet om att hon hade utmätt tid att samla så hon kunde minnas hur det kändes.

Det onda tillståndet: Efter mardrömmarna i de svettiga sängkläderna. Hon hade vant sig vid det på något sätt. Visste att det alltid gav vika ifall hon bara höll sig vaken en stund tills hon fick drömmen ordentligt ut ur sig. Hon kunde gå på toaletten och sitta där och frysa verkligheten in under kläderna – så hon förstod att det hela var en dröm. Hon kunde sve-

273

pa det stickade överkastet omkring sig och sätta sig framför kaminen och läsa tills hon trodde hon glömt alltihop och kunde lägga sig och lura till sig lite sömn.

33

Sputnik 2 hade åkt 154 gånger runt jorden. Hunden Laika måste dö. Det var inte väntat att den skulle leva så länge som den gjorde.

Tora hade varit med när de andra i klassen diskuterade hundens öde på rasterna. En blek overklig tanke hade format ett slags inlevelse hos henne. Det var bara en hund. Men ändå hade Tora känt hundhjärtat slå inom sig. Det hade kämpat en desperat kamp mot ett låst rum som vred sig i svindlande fart runt och runt i världsrymden. Den hade ingen chans att överleva.

Till sist låg den utsträckt med stela lemmar och brusten blick framför alla instrumenten i sputniken. Den var född till just detta. Tora visste att det var så. Och ändå kämpade hon emot det med hela sig. Några var till för att stängas inne. Tills de inte orkade mera.

Hon stod i den halvmörka hallen och tittade förskrämd upp mot den stora spegeln i trappuppgången. Så höll hon sig för magen med darrande händer. Det sprängde. Gråt? Tomhet.

Hon var fånge. Och hon höll någonting fångat. Det fanns en hämnd planterad inuti henne som skulle förtära henne helt. Skulle aldrig ge vika. Ändå var den lilla vingen själv ett offer. Men hon hade inte råd att kosta på sig sådana tankar.

Och Tora glömde med vilja vad hon lärt om rätt och fel. Hon satte sig över det Elisifs Gud fått henne att frukta. Det stod långsamt klart för henne att ingen annan råd fanns än att hon ordnade allting själv. Visste att hon hade allting att förlora.

Dagen efter att Laika blev förklarad död – och bara en hund, trots allt, köpte Tora två nyanser grått garn i Nøstebua vid korsningen. Hon la upp ordentligt med maskor och stickade en fem centimeter hög kant. Hon visste att hon skulle behöva ett skydd åt sin avskyvärda kropp inom kort. Hon beslöt att vänja folk vid anblicken medan hon ännu ingenting hade att dölja. Hon använde all sin klokhet till att hitta på ett sätt att rädda sig undan blickarna, och sparade pengarna hon fick på postanvisning från mor tillsammans med undanlagda middagspengar. Hon skulle använda dem till att köpa två vida skjortor. Dem skulle hon behöva.

Snart skulle det bli svårt att dölja sig på gymnastiken. Tora drömde mardrömmar om just detta. Väninnornas ögon när de stod i duschen. Hon drömde att hon kläddes naken och tvingades gå runt hela skolgården medan alla tittade på henne. Ingen sa någonting – de bara tittade.

Hon hade klart för sig att hon måste hitta ett skäl att slippa gymnastiken när den tiden kom.

Hon kunde ramla i trappan! Men hon hade inga garantier för hur mycket hon skulle skada sig. Hon kunde trampa på ett häftstift! Nej, det skulle vara läkt på en vecka.

En månad till jullovet. Det var också en mardröm och ett nattvak. Då måste hon hem till Ön. Tora kände sig vanmäktig ibland. Så tröstade hon sig på något vis. Hittade något att läsa. Koncentrerade sig på skolarbetet. Lyckades på så sätt glömma sig själv. Hon förstod att hon måste ta en dag i sänder. Intalade sig att förändringen med kroppen inte skulle komma över en natt. Det var bara någonting hon drömde när mardrömmarna plågade henne. Det hände att hon måste stiga upp och tända lyset och smyga ut i hallen, lyfta nattlinnet och titta på sig själv för att försäkra sig om att magen inte svällt ut annat än i den vidriga drömmen.

Så fåtaliga var glädjeämnena, så ynklig var flickungen To-ras trygghet att det kändes som att bli frälst för evig tid – det-ta att hon fortfarande var likadan att se på. Och hon kunde krypa upp i den kalla sängen igen och falla i djup och lind-rande sömn. Hon hade ännu tid...

Men i sömnen fanns ändå en förtvivlan. Vissheten om att hunden Laika aldrig haft någon chans till liv. Och hon insåg att det fick bli likadant för det som växte inuti henne – eller för dem bägge.

Men hon visste inte exakt hur.

Medan hon stickade på koftan sent som tidigt var hon aldrig fredad för blickarna som kunde se henne. Det var som om de stirrade överallt ifrån. De svarta träden som stod nakna i novembermörkret hade ögon på alla de plundrade grenarna. Hon trodde flickorna sneglade på henne i hemlighet när hon klädde av sig till gymnastiklektionerna. Tyckte ögonen häng-de vid henne när hon skickades fram till svarta tavlan för att skriva engelska och tyska översättningar.

Men när koftan var färdig kom hon liksom till ro. Hon pressade den fint när hon monterat den. Vek prydligt ihop den på stolen om kvällen innan hon gick till sängs.

Så kom sömnen. Drömlös. Utjagad som efter hårda dagar på slåtterängen. Men utan lukten av sommar och hö i näs-borrarna. Istället fanns lukten av våt ull och pressduk i hela rummet. Hon andades in den som om den skulle vara en räddning undan allting som ont var.

Breven från mor kom med jämna mellanrum. Hon brände dem i den höga svarta kaminen i hörnet så snart hon läst dem. Svarade med engång. På det viset fick hon skulden till mor ut ur rummet. Sveket. Skammen. Farligheten. Allt. Hon klistrade igen kuvertet och fick iväg det med detsamma. Klädde på sig det nödvändigaste och gick ner till busshåll-

277

platsen och brevlådan.

Alltid samma ljud när locket till brevlådan föll på plats. Ett övergivet ljud. Det kändes som om mor stod på land och hon låg i havet. De såg inte varandra. Visste inte om varandra. Tora fick själv hålla sig flytande. Hon hade aldrig lärt sig orden som skulle bära ropet mot land. Hade aldrig lärt sig annat än skam.

Hon hade fått ett varsel under stormnatten. Den väldiga rockan hade missat. Men hon visste att den skulle komma tillbaka.

Det hände att hon gick ut till de andra om kvällarna. Satte sig i klungan av ungdomar och lät sig uppfyllas av den mättade atmosfären. Matlukt, lukt av kläder och skor, frisk kaffelukt, lukt av förväntansfulla kroppar.

Tora värmde sig i gemenskapen. Hon skrattade när de andra skrattade. Ansiktet fick en röd fläck högt uppe på de bleka kinderna. En gång satt hon tätt intill Jon. Han lutade sig mot henne och la armen om livet på henne. Paniken fick henne att vrida sig ur hans grepp. Hans ögon slocknade och han drog armen till sig.

Men ändå måste det vara så. För han fick aldrig komma henne så nära att hon avslöjade sig för honom.

Hon gömde sig i den gråa koftan och passade på att bordet kom emellan så ofta hon kunde. Så länge hon dolde kroppen kunde hon se honom i ögonen och låta det finnas ett slags värme mellan dem. Men hon såg alltid till att någon fanns mellan dem när de gick. Eller hon gick på toaletten och dröjde så länge att han tröttnade och försvann.

Nästa dag hade hon svårt att möta hans blick. Hans ögon var nakna och frågande, och hon hade inte något svar. Sådana stunder gled han ihop med Frits. Hon såg för sig Frits vidöppna ögon. Kände den lilla stöten när han kommit henne till mötes den gången på skolvägen för längesen, och hon hade flytt ifrån honom.

Så fanns den där – den vämjeliga overkliga tyngden över henne bland ormbunkarna i hästhagen. Skam och skuld vävdes ihop till en knut. Hon visste inte längre vad som var gott eller ont. Hon kunde inte titta på Jons nacke och glädja sig åt den längre, som hon kunde första tiden i Breiland när de gick sina vändor tätt omslingrade längs vägarna. Hans nacke blev lika otäck som allt det andra. Det växlade så tvärt att hon inte orkade med det. Hon hade ingen mening om Jon längre.

En kväll stod han inne i rummet hos henne.

Jon.

Allt det muntra var borta. Han stod stum och lite tafatt på tröskeln utan att stänga dörren bakom sig.

Tora kände hjärtat hamra. Det var det enda hon kände. Hade rest sig halvvägs från stolen. Hon satt med läxorna.

Den första tanke hon fick när hon sansat sig var: Vilken tur att jag har koftan på.

– Hej, sa han slutligen. Det kom som en djup suck.

– Hej, sa hon.

– Jag sa åt hon Karlsen att vi skulle göra nåt arbete – grupparbete...

– Å?

– Ja, ifall hon inte gillar att du får besök. Du sa ju det... att hon var sträng – med sånt.

– Ja?

– Jag måste få prata med dej.

– Ja?

– Du driver med mej.

– Vad menar du?

– Du... du är ibland sån så jag tror du tycker om mej, och sen plötsligt är du som ett vedträ. Att du inte engång ser mej. Varför?

Tora hade aldrig väntat detta. Det var ett annat mönster

279

än man använde på Ön. Jon överrumplade henne. Blev ett hot. Han kunde få henne att avslöja sig. Avslöja allt. Fick henne att känna sig svag och med gråten i halsen. Det blev alltför farligt. Hon kände en plötslig lust att ha honom tätt intill sig. Tätt! Känna hans hårda varma kropp emot sin. Som en gemenskap. Ett värn. Mot hela den fula världen.

Men det var omöjligt. Hon stålsatte sig. Tittade i väggen ovanför huvudet på honom och sa utan att riktigt veta varifrån hon hämtade orden:

– Jag tycker om dej, men...

– Vad är det då?

– Ingenting. Men jag har så mycket att göra. Läxor och...

– *Jag* ska ta examen till våren. Och jag har tid!

– Jag känner dej inte...

– Känner du mej inte? Vi var ju ihop... Har du glömt allting?

Nej, hon hade inte glömt.

Det blev så tyst i rummet. Han kämpade för att behålla värdigheten. Hade mobiliserat hela sin stolthet inför detta. Och flickan från Ön satt där och stirrade i väggen. Raseriet och besvikelsen fick honom att slå igen dörren hårt och komma ända in i rummet. Ända bort till skrivbordet. Nära intill henne. Böjd över henne.

Då såg han det. Att hon satt och skalv. Det darrade svagt i hela ansiktet. Den ena mungipan hade dragits ner så tänderna syntes i ett grin.

Han ryggade inför åsynen.

– Vill du jag ska gå? frågade han till sist.

– Ja.

Tora lät elden brinna ut i kaminen. Hon vågade inte klä av sig koftan och lägga sig i sängen den kvällen. Hon visste att *han* skulle komma in i rummet. Hon gick fram och tillbaka mellan fönstren och sängen så länge hon tordes för fru Karlsens nattsömn. Sedan svepte hon det stickade överkastet om kroppen och satte sig i en stol. Ögonen stirrade. De såg ingenting.

Vid tretiden kom hon att tänka på att hon glömt göra den tyska översättningen. Hon tvingade sig att arbeta. Allt eftersom följde tankarna med. Hon gjorde allting snyggt och prydligt i den gula skrivboken utan att hitta någon mening med det. Tog sig lång tid. Om morgonen var hon stel och frusen och ögonen sved som sår. Hon gick uppför backarna till skolan. Vid sidan av sig själv. Kunde tydligt se en liten mage bukta ut. Hon böjde sig över sig själv för att värja sig mot alla hon mötte. Och när hon gick över skolgården hade hon fattat ett beslut. Hon skulle ge upp alltsamman. Hon skulle inte kämpa mera.

På några av rasterna såg hon Jon. Han stod i en grupp med flickor och skrattade. Hon kände ingenting när hon såg det. Han levde i en annan värld. En värld som inte var för henne.

Så böjde hon huvudet och gick förbi. Nära intill dem. Men förbi. Över gården. In genom de breda dubbeldörrarna och uppför trapporna. Fötterna vägrade bära henne. Ändå tvang hon dem framåt. Trötttheten kändes som en gammal vän som hon länge svikit och glömt.

Vid klassrumsdörren stod Anne och Gunn och diskuterade över ett paket nylonstrumpor. Franska crêpenylonstrumpor för 12:50. Tora slank förbi dem och bort till sin plats. I en glimt såg hon Annes smäckra midja. Formad av ett gyllene metallbälte.

Efter skolan drog hon på den gamla hemmasydda anoraken som var alltför trång när hon hade koftan under. Sedan gick hon upp i fjällsidan som ruvade ovanför Kirkegårdsnesset. Gick så det ångade om henne när hon nådde toppen.

På ett ställe stupade fjället rakt ner i havet. Ett par hundra meters fall. Hon stod en stund och tittade ner i det rasande skummet. Hon skulle krossas nere i stenraset innan hon rullade ut i vattnet, tänkte hon kallt. Det var som om en annan än hon stod där. Det var inte så farligt, för det angick henne inte.

Hon stod ytterst vid stupet nu. Bilder kom seglande in över fjorden. Bilder av Viken hemma, från rummet i fiskeboden hos Randi och Frits. Bilder från Bekkejordet. Bilder från Hesthammeren – den gången hon var liten och *han* tvingade henne bort mot kanten och lät sina skrattsalvor dundra nerför branten. Men HAN fanns inte med i bilderna. Hon tillät det inte. Han var en utstött tanke som hängde över allting.

Så! Åter stod hon i småbåten vid Simons brygga. Hon stod i flammorna. Hon blev omfamnad och skyddad. Hon kände Simons hamrande hjärta. Och hon glömde att hennes kropp var det mest avskyvärda. Det värsta. För den var kroppen Simon hade skyddat. Det var henne han kostat på realskola. Det var henne, Tora. Och hon gömde bilden av Simons ansikte. För hon behövde den så mycket.

Hon hade ingenting annat.

Det blev att hon kom sig ner till den täta husklungan. Människorna. Eftermiddagsdunklet.

Husen stod så tätt. Människorna tittade inte på henne, var som en mur och stängde henne ute. Men det gjorde ingenting. Hon värjde sig. Själv. Knöt utan att veta det nävarna i vantarna tills de glödde. Så kröp värmen in i armarna och höll den grova vinden borta.

Tora gick långsamt hemåt. Skulle gärna gått till kaféet. Skulle så fruktansvärt gärna *se* någon. Men hon var såpass närvarande att hon begrep hon aldrig skulle klara det.

När hon kom fram till det vassröstade huset med höga fönster mot gatan hade hon övervunnit skälvan.

En dag repade hon mod och gick till biblioteket. Hittade en bok på hyllan. Om havandeskap. Läste det hon behövde veta för att vara säker. Satt mellan hyllorna på en skev pinnstol och läste medan bokstäverna av och till flöt ihop. Till sist hade hon ingenting att tvivla på. Hon hade ju vetat det – länge.

Det var en osedvanligt klar dag. Men solen höll på att försvinna när hon kom ut på stentrappan. Mörkertid. Det var rött i väster. Blodigt. Med en kall violett ring runt. Träden stod svarta och bortglömda kvar. Snön hade inte kommit. Jorden tillfrusen och full av djupa ärr framför henne. Ingen dimma från havet. Ingen luden och hes mistlur på fjorden. Dagen var en kniv. Den stod ännu ansikte mot ansikte med vintern och hotade.

Hon mindes inte längre om hon ställt tillbaka boken på hyllan. Ett ögonblick kom paniken över henne. Så bestämde hon att det inte spelade någon roll.

34

Agnar Mykle blev frikänd.

Eleverna i Breiland Kommunale Realskole hade viktiga åsikter om "Sangen om den røde rubin". De flestas sympatier fanns på den unge författarens sida. De förbannade gamla mossiga gubbar som slog vakt om moralen och runkade i smyg. De höll långa flammande nidtal över dem som bestämde vad som var rätt och fel.

Några av flickorna förklarade iallafall att alltihop var ett svineri. Hela boken var svineri från pärm till pärm. De blev beskyllda för att ha öppnat boken bara där den föll upp av sig själv för att folk bara läste de sidorna där *det* stod. Och de som talat om svineri tog på en förnärmad uppsyn och gick arm i arm runt skolan och stack ihop huvudena.

Jon var den som pratade mest högljutt om den lagmäktiga förgubbningen i detta förbannade trångbröstade land. Han klippte ut bilder och text ur tidningarna och samlade i ett stort gult kuvert.

Tora hade inte läst boken ännu. Hade inte haft modet att fråga efter den på biblioteket. Hon höll sig på avstånd. Tittade på Jon när han la ut texten. Han vågade ha åsikter. Vuxna åsikter. Hon kände ett slags stolthet som gällde för henne själv också – över det. Det var som om det ingenting betydde att hon inte hade någon åsikt – när han hade det. Tills hon plötsligt såg för sig moster Rakels ivriga ansikte. Hon skulle alldeles säkert haft en åsikt. Hon skulle inte nöjt sig med att lyssna medan Simon la ut texten om en bok utan att hon gjort något för att ta reda på ifall han hade rätt.

284

Men Tora hade inget utrymme för sådant. Det fanns i en verklighet som inte angick henne. Var visst utanför allting som hade en åsikt. Gick sin egen kosa i labyrinten.

Hon kände sig trött – jämt. Morgonen var som en full karl som måste snällpratas med för att han skulle lugna sig. Hon rörde sig långsamt och utan glädje. Men ändå måste hon *visa* glädje. Ingenting kunde hon äta. Det kom tillbaka upp. Hon måste sitta flera minuter på toaletten innan hon lyckades räta ut kroppen utan att kräkas.

Hon bäddade inte sängen förrän hon kom från skolan.

Hade hon bara kommit ut i luften gick det oftast bra. Skolan krävde att hon spelade en roll. Hon kände sig lite tryggare i den rollen. Särskilt efter att hon stickat färdig koftan. Hon höll sig själv utanför ända tills hon gjort hemuppgifterna. Då var det som om förtvivlan släpptes ut ur en säck. Hon hade förbrukat all sin styrka på den nödvändiga leken. Leken på liv och död. Leken om att hon var en Tora som gick i Breiland Kommunale Realskole och ingenting annat hade att tänka på än det.

Leken blev livsnödvändig. Den dagen det inte nyttade att leka sig själv bort från kroppen, och alla ögonen fick grepp om henne, då var det slut.

Det var bara en fråga om tid.

Likväl slog hon det ifrån sig.

Livet blev så dyrbart. Timmarna i skolan där hon blev godtagen. Hon sög dem i sig. Ville förtvivlat hålla dem kvar i minnet. Ansiktena, orden, arbetsglädjen, den nya känslan av att tillhöra en gemenskap, vara en självklar del av en grupp. Allt det hon drömt skulle ske när hon bara kom ut – bort från Ön och alla skuggorna där, det hade hänt. Och hon slogs för att hålla skuggorna borta. Hon blev medveten om de små ögonblicken av glädje – som en dödsdömd höll hon om den varma thekoppen, värmde fötterna vid kaminen om kvällen, sög in intryck från skolgården. Mörkret skulle bli så stort –

efteråt. Hon hade det bara till låns.

Det hände att hon medvetet tänkte på hur slutet skulle komma, att hon kände sig stark nog att föreställa sig att också *det* måste hon stå för själv. Tanken drev kallsvetten nerefter ryggen på henne. Och mungipan sjönk i vanmakt. Skälvan. Skräcken.

Ibland dök Rakels ansikte upp. Vad skulle hon gjort? Men det var omöjligt att föreställa sig. Moster hade ingen skam. Hon hade frejdiga stolta ögon. Rakt på.

Tora hängde ibland upp sin förtvivlan på den sköra tanken att hon skulle resa hem till Ön och springa upp till Bekkejordet och gömma sig i mosters famn. Men det var omöjligt.

Toras liv var alltför fult. Hon kunde inte gömma sig någonstans utom hos sig själv.

Någon sällsynt gång släppte hon HONOM ända in i rummet. Försökte mana fram hatet. Värma sig vid det. Men det kom inte. Det försvann i en önskan att dränka avskyn och skammen. Det släpptes inte fram för hon måste tänka på honom som en människa då. Och hon visste att i det ögonblicket hon släppte in honom som en människa skulle hon själv vara förlorad.

Stormen! Varför hade inte den stora korrugerade plåten träffat henne den gången? Den väldiga rockan hade sparat henne. Varför? Var det för att sakta pina livet ur henne? Se efter vilket virke hon var gjord av? Var det Elisifs Gud som hade ordnat allting så?

Mitt uppe i detta fick hon brev om att hon erhållit friplats i skolan. Det betydde att hon var rik. Hon fick tillbaka 60 kronor som hon redan betalat in. En hel dag höll hon sig flytande på den nyheten. Hon gick till A/S Konfeksjon och köpte Ingrid ett klänningstyg för nästan alla pengarna. Kungsblått lätt ylle.

Hon plockade fram det flera gånger när hon kommit hem.

Lät händerna glida över det mjuka tyget. Och det kändes som hon köpte sig avlat och förlåtelse av mor. Något hon inte riktigt förstod själv, men som gjorde dagen ljusare.

Tora kröp ihop i sin rymliga kofta och hade fått en tidsfrist med allting.

På Bekkejordet satt Rakel och läste att kärleken kunde besegra kräftan! En berömd engelsk forskare hade skrivit flera artiklar om någonting han kallade "mirakelläkedom". Han påstod att en total stämningsmässig omprogrammering av människans psyke kan vara avgörande för sjukdomsbilden. Stora sorger, svartsjuka – är farliga sjukdomsalstrare, medan glädje, tillfredsställelse, lycklig kärlek skulle motverka kräftan.

Rakel lät tidningen sjunka. Suckade. Tröttheten hade kommit över henne den här veckan. Släppte inte greppet om henne. Hon hade rentav avvisat Simon...

Så måste hon väl kosta på sig lite kärlek! Hon var ju frisk igen – så långt. De hade sagt det till henne vid förra kontrollen.

Men gnistan var likväl borta. Det var som om hon inte hade krafter nog att ordna jul för katten engång – i år. Hon orkade inte glädja sig över att hon gjorts frisk... Det var som om de skar någonting viktigt ur kroppen på henne den gången, som om ett kraftcentrum var borta. Rakel gick för första gången i sitt liv och grubblade över meningen med tillvaron. Var det bara detta?

Hon saknade Tora. Först när Tora reste till Breiland blev hon medveten om vad flickungen betydde för henne. Den tysta generade ungen hade i verkligheten varit hennes ansvar, hennes glädje.

Hon bestämde sig för att prata med Tora om sin sjukdom när hon kom hem till jul. Hon skulle prata med henne som med en vuxen. Inte för att vara snäll, utan för att Rakel kommit till den insikten att hon inte hade någon. Det hade sjukdomen också lärt henne. Ensamhet.

Inte engång Simon förstod. Han var ett levande aktivt knippe muskler. Han kunde aldrig förstå hur det var att knäckas. Simon levde som om han skulle leva i evig tid. Han betraktade sin sega starka kropp som en självklarhet. När saker och ting gick honom emot tog han det som en personlig förolämpning.

Hon hade suttit därnere och hört honom vandra fram och tillbaka på vävloftet den gången bruket brann. Hade känt det hårda skarpa motståndet mot kärlekens innersta – det motståndet som heter förakt. Hade inte glömt det. Men hon mindes det inte utan att hon tvingades. Hon betraktade Simon som om han var hennes stora pojke, ett barn som måste tröstas för att hans älskade mor var sjuk och borta från honom.

En sen novemberkväll bände det hårt i husväggarna och snön föll över kråkornas land.

Ytterst på det vindpinade näset mot farleden och storhavet låg några hundratal kvadratmeter stängslad jord. Låga snödrivor stängde vägen och grinden. De dystra järnkorsen vacklade mäktiga längst ute på näset. Ända ute på udden bland de granna stoderna fanns tre träkors. De hade varit vita engång. Hade pekat upp mot den fria himlen. Det var längesen.

Gravarna hade sjunkit ihop för många år sedan. De gick nästan i ett med den ovårdade marken omkring. Men under den här årstiden fanns det ingen skillnad på dem. De som hade trofasta besökare var lika vita som de glömda högarna med skeva kors. Lika kalla. Det blåste en genomborrande havsvind. De små snöhögarna med varsitt träkors, likt nyckfullt ditsatt spillvirke, tog emot de värsta byarna och ledde snön rätt bakom den pråliga biskopsvården. Det verkade som om de stora gömde sig bakom de små.

Tora var ute på vandring. Ett slags botgång inför framtiden. Hon hade fått en idé, och trodde det skulle göra allting lättare för henne ifall hon visade lite omtanke om Guds minsta. Hade upptäckt de små vindpinade gravarna redan innan snön kom.

Hon gick ensam genom drivorna och klev över grinden. Kände sina egna hjärtslag. Krökte på ryggen medan hon gick längs stängslet vid vägen. När ljuskäglorna inte kunde nå henne mera kände hon den friska sjölukten och det trotsiga drevet och visste att hon var ensam.

Hon knäböjde vid gravarna en i sänder. Borstade snön från de murkna träkorsen och låg alldeles stilla ett ögonblick eller två. Ända tills hjärtslagen försvann i dånet från havsvågorna, knäna var stelfrusna och händerna hittade sin egen väg ner i de kalla fickorna.

Ute på fjorden kom det långsamt stävande en båt med tända lanternor. Det arbetade taktfast i maskinen. En tung rörelse som blandade sig i vindens eviga jakt över allting och vågorna som bröt och drog sig tillbaka. Alltid.

Som ett slags förtvivlad bön till Elisifs Gud hamrade hjärtat i henne.

– Låt mej bara klara allting! Allihop...

Hon kände att det rörde sig därinne. En vinge. En liten stöt. En påminnelse. En slägga av skam och förnedring! Och hon gömde sig hos de små med de skeva flagnade korsen ytterst på näset för hon uthärdade inte att gå ensam. Måste söka tröst någonstans.

Flickungen Tora gjorde planer hon inte visste om. Hon hade värjt sig och intalat sig att det inte var hennes sak att hitta ut ur labyrinten mera. Hon kunde inte slåss ensam. Men hon visste att det bara var för att hon var rädd för sig själv. Rädd.

Hon hade sett vilken väg hon måste gå.

Och hon hade inte ork nog för rädslan.

Tiden var noggrant utmätt. Den skulle till sist spränga henne i stycken.

Det låg en tjock böljande hinna av just isad nysnö över strandstenarna och i vattenbrynet. Havet flöt upp och tog det varsamt med i sin eviga tvingande rytm.

Tora gick i sina egna spår tillbaka. De skulle yra igen om ett ögonblick.

Elisifs Gud hade många små som inte hade annat än elementen och den rasande himlen.

Hon var inte ensam.

35

Tora hade glömt att lukterna var så tydliga på Ön. Ljuden så klara. Människorna var aktiva på ett annat vis än i Breiland.

Hon kände en stor våg av liv häva sig över relingen när hon stod på däck och väntade på att lokalbåten skulle lägga till. Kände igen rösterna från kajen redan innan hon kunde urskilja ansiktsdragen. De hjärtliga svordomarna. Måsarna som hängde i flockar över fiskebruken berättade att båtarna kommit in med fångst. Det började bli den tiden nu. Så smått.

Hon såg Tobias fiskebod luta sig intill de nya husen. Avflagnad i färgen och skev i grundmuren. Ottar stod i kostymbyxor, vit skjorta och lagerrock som flaxade med skörten bak – och gjorde sig löjlig. Och ingen på kajen reagerade med att dra på munnen engång. Hon såg att ungarna var rufsiga, snoriga och lortiga där de hängde i trossarna och lutade sig mot varandra medan de glodde ogenerat.

Hon hade väntat att mötet med Ön, med Byn – skulle bli en smärtsam påminnelse om allting. Den gamla och den nya skammen. Och så stod hon där och kände sig lite klokare, lite bättre, lite mera värd än de andra. Hon ryste när tanken slog henne. Högmod – skulle Elisif ha kallat det. Högmod – går före fall.

Men ändå: Det kändes behagligt. Och ingen kunde se någonting ännu. Julen skulle hon klara. Hon hade tryckt upp blixtlåset på långbyxorna och dragit koftan ordentligt ner över baken. Hon hade visst lagt ut överallt. Klarade att behålla maten nu. Alla retade henne för att livet i hyresrummet hade gjort henne rundare, trindare. Och hon hade lärt sig läxan: Leendet och den glada uppsynen, det nödvändiga i att räta lite på ryggen medan hon log. Det var också säkrast att titta på den som fällde orden. Muntert. Sorglöst. Rodna lite gjorde inget. Ifall man lyckades dölja allting annat.

Hon hade blivit tämligen hög över bröstet. Hon fick inte på sig de gamla blusarna mera. Hade köpt sig en rutig blus och sytt sig en likadan. Lånade fru Karlsens gamla symaskin. Pinade sig och var gråtfärdig. Men fick blusen klar tills hon skulle fram inför mors blickar. Visste att det skulle bli ett eldprov, detta. Hade gått med svettiga armhålor länge inför blotta tanken. Inte ens de fina betygen till jul hade fått henne att glömma att hon skulle hem. Det faktum att också HAN fanns där kunde hon inte försona sig med. Det blev alltför mycket. Så det fick vara.

Och nu var hon här. Hade ridit ut illamåendet. Oljelukt och sjögång. Hon hade klänningstyg med till mor. Passersedel till hennes kärlek. Till hennes ord, så hon skulle titta på Tora. Prata med henne. Förlåta allt hon inte visste, och inte *fick* veta. Allt sköljde över henne i det ögonblicket hon såg Ingrid stå därinne vid lagerväggen under skylten:

DIVERSE/SKEPPSHANDEL
ALLT I REP OCH TÅG
TUNNOR OCH SALT

Det slog henne hårt. Det var som om hon aldrig sett denna kvinna tidigare. Det främmande bleka ansiktet över den välbekanta slitna kappan. Dragen i ansiktet kom seglande mot henne. Var de verkligen så hårda, med så många fåror? Eller hade mamma blivit gammal under de här månaderna?

Tora gick fram genom den välkända men overkliga världen och grep Ingrid stelt i handen. Någonstans grät hon visst? Orden var bortblåsta.

Det hade kommit som en chock att mors ansikte var så hårt. Så stängt. Trots att Ingrid log.

Ett ögonblick tyckte hon att mor kunde se hur det var ställt med henne. Se allting tvärs genom kläderna. Men så kom hon till ro – och in i den inlärda leken: Aldrig slappna av, alltid passa sig. Rörelser, ord, minspel...

Såg mamma någonting ändå?

Hon låg i den smutsiga snön på kajen. Rakt under den starka kajlyktan. Hon låg i rester av fiskrens och tobaksspott. Naken. Utfläkt under alla blickarna. Hon ville säga någonting, be om nåd – men orkade inte. Det var vinter – och ändå fanns ormbunkarna tätt intill hennes frusna hud.

Mammas ansikte virvlade runt i en skev cirkel.

Men Tora stod. Upprätt. Det höll, om än knappt.

Ingrid skulle handla – när hon ändå var i Byn och hade lånat skottkärran eftersom hon trodde Tora hade lika mycket med sig hem som när hon reste. Tora hade en nätkasse och den gamla resväskan. Det var inte mera än att de orkade bära. Resväskan var inte tung. Toras garderob var lättare att välja i nu än när hon flyttade hemifrån. Hon hade bara ett par tre ombyten till sin nya kropp.

Inne i Ottars butik var allting som förr – och ändå var det annorlunda. Tora förnam bara svagt den gamla känslan av underlägsenhet – behovet att göra sig osynlig. Det förundrade henne.

Ottars butik hade blivit så liten. Lukterna var desamma. Varorna hängde under taket på gammaldags maner. Eller låg stuvade i hyllorna. Allt mellan himmel och jord. Människor som visst inte tänkte en enda *hel* tanke.

Likväl visste hon att de hade makt att borra henne i sank. De hade makt över varandra. Hade få, men träffsäkra ord. Precis lagom giftiga. Precis lagom medvetna. Under bleck-

293

spänner och målarpenslar. En självskriven rättighet att köra över varandra.

Men det fanns en skillnad mellan förr och nu – för henne. Detta att hon flyttat bort och börjat i realskolan. Det fanns ett slags respekt omkring det. Man kunde driva gäck med folk som flyttade bort, man kunde beskylla dem för högmod och lättja. Men ändå: Respekt. Det gjorde dem dessutom dubbelt förvirrade att Ingrids unge kommit sig bort från Ön.

Samtalet tystnade medan de följde den långbyxklädda ungflickan med blickarna från dörren och bort till disken. Karlarna mätte henne utan ett ord, nickade bara stumt till Ingrid. Man behövde inte hälsa på en flickunge, även om hon kommit sig till skolan i Breiland. Det var inte som det skulle vara, heller. Storhetsvansinne. En unge från Tusenhemmet! Hade det åtminstone varit prästens eller Dahls unge.

Jaja, man visste ju vem som hade bekostat det alltsammans. Simon var mannen. Han gjorde sitt för att sona att han anmälde svågern sin för länsman för anstiftan av mordbrand. Han gjorde sitt... Sedan var det käringen Rakel! Hon var högfärdig nog att pocka på att Ingrids lösunge skulle till Breiland och utbildas.

Och karlarna tappade intresset. De vände sig mot varandra och återupptog samtalsämnet från innan kvinnorna kom in. De gömde tankarna och lät blicken smeka Toras stora röda hästsvans när den gungade om huvudet på henne. Blicken drogs ditåt, vare sig de ville eller ej. Det var så. Men samspråket flöt jämnt igen. Tvingade sig fram genom tobaksröken som en sömnigt malande kaffekvarn. Orden brusade och skramlade genom den jämna monotona förjulseftermiddagen. De fortplantade sig till rörelserna, bet sig fast i väggar och tak som osynliga djur. Alltid på plats. Alltid där. Ett lättjefullt självklart ljud fyllt av vardaglig självhävdande manlighet.

Bara Ottar pratade med Tora. Han bugade som inför en vuxen. Frågade med blyertspennan bakom örat och ett stort svep med handen över håret och benan – hur hon hade det, hur hon trivdes i Breiland. Och Tora svarade att allting var bara bra.

För första gången såg Tora att Ottar också var en sådan. En som inte hörde hemma på Ön – egentligen. Han hade inte samma åtbörder, skilde sig ut. Ville förtvivlat leva upp till att han var handelsman Ottar Larsen. Och föll igenom. Helt enkelt för att han inte var Dahl, eller prästen eller doktorn. Blev föraktad för han ville hävda sig utan att äga styrkan av att komma utifrån. Från en värld som ingen visste någonting om. Han var en av dem – men ville inte vara det. I detta enkla låg deras rätt till förakt. Tora såg Ottar som hon aldrig hade sett honom tidigare.

Det gulvita skenet över disken. De mångfaldiga lukterna som vällde emot henne så snart hon öppnade dörren till butiken. De tomma ansiktena med en svag gnista av nyfiket intresse när de fick syn på mor och henne. Detta tysta och trånga sätt de hade. Allting! Det tycktes henne som resterna av en mardröm hon haft för längesen. Men det mäktade inte längre göra henne liten. Aldrig!

Utan att veta det rätade hon på ryggen. Hon lyfte huvudet på ett sätt som provocerade alla som stod omkring. Den här flickungen uppträdde som om hon skulle vara någonting.

Och ännu visste de inte...

Han satt inte vid bordsänden som hon förberett sig på.

Tora gick in i kammaren. Ingrid hade gjort fint därinne. Berättade att hon brukade sitta där med symaskinen. Så slapp hon all oreda i köket. Hon hade förtjänat ganska bra på sömnaden i höst. Hon hade haft ett inflammerat finger som gjorde att hon inte kunnat följa ackorden i fabriken... Nej, hon hade inte skrivit om det, det var inte nånting...

Ingrids blickar hängde vid dottern hela tiden. En skugga av ömhet drog ibland över ansiktet. När ingen såg det.

De satt i köket och åt när *han* kom. Nykter. Tora hade varit i kammaren efter en bok hon ville visa mor. Stod i dörren och mötte hans blick. Sökte den när den vek undan. Kände ett slags styrka. Visste det knappt själv. Ingenting kunde åtminstone bli värre. Hon skulle inte längre ner.

Var får människan sin styrka ifrån?

Dessa som hela livet har underkastat sig andras styrka?

Hur kan det komma sig att de plötsligt reser sig när de borde varit slagna och jämnade med jorden?

Är det den svages förmåga att lagra – alla olyckor, alla knytnävsslag, all förnedring, allt hån – tills allt slutligen blir en självantändande kraft som alstrar gnistor av hat och hämnd? Som verkligen kan övertända allt? Allt!

Tora hade gömt det alltsamman. Gömt det väl. Bakom rädslan.

Hon stod i den förhatliga kammardörren bräddfylld av söndersliten självkänsla, och med ett liv planterat under hjärtat som en dödsdömd parasit. Ändå betraktade hon mannen tills han vek undan med blicken. En underlig kall glädje spred sig inom henne. Hon tänkte beska tankar. Onda tankar. Som gjorde outsägligt gott.

Hon uppförde sig som folk – för Ingrids skull. Men matade en låga av rent och gott hat när hon märkte att det fanns ett tomrum i mannens mun. En tand var borta i överkäken.

Plötsligt fanns inga behov mera att gömma det fula i drömmar och mana fram de goda tankarna. Hon kostade inte på sig någonting annat än en ljuvlig känsla: Hon hade träffat. En gång hade hon träffat honom så det syntes! Han bar ett märke mitt i synen, tänkte hon glatt.

Om kvällen när hon låg ensam i kammaren kom rädslan iallafall. Hade han sett vad hon tänkte? Om han skulle komma, ändå?

Så kunde ingenting bli värre!

Och hon låg åter bland ormbunkarna. Hon sparkade och sparkade på någonting som hade varit, någonting mjukt blödande. Det växte upp ur det gröna. Vältrade sig överallt. En fasansfull massa av blod och kött – och hon förnam ingenting annat än att hon sparkade och sparkade. Och sedan det krympt ihop till ett litet bylte som låg och grät som ett spädbarn – sparkade hon. Hon hade sådana stora krafter. Hon var så stark att skrattet bubblade ur henne överallt ifrån. Det gav en stor god återklang över hela världen. En fruktansvärt stor glädje.

Några gånger kände hon farmors andetag mot ansiktet, men hon sköt undan henne.

Tora gjorde sig ärende ner till Simons fiskebruk dagen efter hemkomsten. Det blev så viktigt att träffa Simon innan hon mötte Rakel. Träffa honom ensam. Eller var hon rädd för mosters snabba blickar? Rädd att Rakel skulle se det ingen annan såg?

Tora tog med sig några av mors julkakor och en stearinljusstump. Hon ville ordna fest på kontoret och koka kaffe åt Simon.

Gick hela vägen till Byn och värmde sig vid tanken. Så överraskad han skulle bli! Plötsligt tänkte hon att han kanske skulle lyfta henne uppi taket. Gripa runt midjan på henne. Som i gamla dagar... Nej, det kunde hon förhindra! Hon kunde slinka undan. Så här! Hon tog ett hopp åt sidan så det skramlade illavarslande från kakburken i nätkassen. Mandelflarnen!

Hon gick som en vuxen flicka resten av vägen.

Simon stod redan i kafferummet. Karlarna som inte tagit helg hade samlats där till kaffe och samtal.

Almar i Hestvika hade arbetat fast och lagat garn sedan han förlorade båten och huset i stormen. Han var krasslig och hade tappat humöret. Gick mest som en argsint och underlig halvfåne bland de andra. De tålde honom precis, och efter hur mycket överskott de hade för hans räkning.

Simon pratade lite med gubben om vädret eller om de sönderslitna garnen ibland. Tog sig i kragen – och sörjde för att inte bli ensam med bitvargen. Då var det lättare att komma undan igen.

Sedan den fina lärarinnan från Sørlandet flyttade gitte han inte sköta jobbet som skolvaktmästare och kaminskötare. Han skällde på ungarna och var så ilsken att folk tyckte det var rena skammen. Gammal var han ju inte. Men ändå var det bara gräl och spott och skällsord som kom ur kroppen på karln. Och så detta enfaldiga prat om att spränga skäret i Viken. En gudlös tanke. I oväder nyttade det föga – iallafall. Ett skär var ett skär. Kunde han inte låta sig nöja med det? Det som var borta var borta. Det var bara att starta pånytt. Han kunde väl köpa en annan båt? Låna pengar? Kunde väl åtminstone hålla käften så en annan fick röka ifred?

Men nej! Almar i Hestvika hade blivit en underlig gammal garnbindare som inte dagtingade – varken med Vår Herre eller djävulen. Och avgjort inte med folk. Han tog det avskyvärda nylongarnet över knäna med låga tydliga eder. Trädde fingrarna genom telnen. Inte fort, bara segt och taktfast – som en gammal överdimensionerad motor. Nylontråden var hård och hal och förbannad att få grepp om. Rätt som det var gled dragmaskorna ur knuten och for kors och tvärs genom hela garnet.

En tobaksstråle fick kanske en knut eller två att hålla. Men fanskapet hade över 20 000 knutar! Man kunde bli som en öken i käften av mindre.

Almar kände att han hade gikt att vänta. Det var snart jul och elände, och rovdjuret, Huckle-Johanna, hade basunerat ut för hela Byn att Almar hade två dynamitgubbar under sängen. Han var ett hot mot all god grannsämja. Ja, mot själva världsfreden.

Som om det inte var torrt nog för två stadiga dynamitgubbar under sängen! Till domedagen om så var.

Simon satte sig och kikade på de andra karlarna bakom ryggen på Almar. Skrattet låg som nyspulver i luften och hotade att avslöja dem.

– Det kommer bättre tider, Almar, sa han muntert.

– Puh, bättre tider? Båtarna kostar en miljon och torskgarnen nästan 10 000 kronor, och dynamiten är förbjuden. Är det bättre tider? Fiskarna har lakejer på land, såna som jag, som lagar garnen åt dom för att dom inte orkar laga själva – utan ligger i käringröva så snart dom går iland. Oljan! hon kostar pengar! Kaminerna i hytten är oljeeldade. Ifall du har råd att köpa båt, så har du inte råd att använda'n. Man får börja *prata* fisken över relingen, säjer jag! Och ungdomen är bara skräp och tjuvpack – och vill ha betalt för att *äta* på arbetstid! Nu ska dom ha betalt för att vara sjuka också. Och för att ha *semester!*

Simon kunde inte annat än flina. Han gav upp. Mannen hade en skruv lös. Han drack kaffe och slog dövörat till ordströmmen så gott han förmådde.

– Nu har käringarna också blitt med i jämmerkören. Vart det inte att hon Rakel hade fårklippare iår? Va? Var det inte såpass krut i'na tillförne att hon själv skrevade över fårskrottarna och fick av dom raggen?

Simon blev stram kring munnen när Rakel drogs in i detta. Han mindes hur hon gick där mager och klev efter sjukhusvistelsen och att de hade lejt en fårklippare. Han glömde nog inte det, nej. Skulle just täppa till käften på karln – när dörren gick upp och Tora stod där.

Han var inte beredd.

Hon hade det stora håret löst omkring sig. En eld i det gråa decemberrummet. Kylan hade färgat hennes ansikte. Hon försökte hålla tillbaka ett blygt leende.

Och den unga Rakel stod livs levande framför honom. Chocken var ett rapp i synen på honom. Han hukade lite för slaget och behärskade sig. Så lät han ansiktet spricka upp och tog ett språng över golvet bort till henne. Mandelflarnen rumsterade ohämmat i burken. Hon värjde sig inte när han grep henne om livet och ville ha henne uppi taket. Hon kände att han skickade henne rakt upp i himlen bland alla karlarna. Hon såg hans mjuka röda mun under sig. De glittrande ögonen. Hon kände att han använde armarna så det darrade i dem. Så hängde hon. Glömde att hon hade så knappt utmätt tid. Att hon inte var ensam om midjan längre. Att hon inte hade något liv, eller någon framtid. Glömde allting. Och hon brände hans ansikte in i sig. Där skulle hon ha det. Alltid.

Ögonblicket var så stort.

Karlarna flinade litegrand. Men på ett annat vis än för några ögonblick sedan.

De bänkade sig vid kaffebordet igen. Tora plockade fram de spräckta mandelflarnen. När de gått runt en vända – fanns det fortfarande två kvar. Och bitar av andra. Tora kände plötsligt en stor skön matlust. Hon tog ett mandelflarn och satte sig intill Simon på bänken.

Och Simon drog henne in i samtalet. Frågade om allting. Om skolan, rummet, läxorna. Hon blossade. Knäppte upp kappan och svarade honom med snabba träffsäkra meningar. Karlarna rycktes med. De glömde sig. Glömde den tröga verkligheten, de frågade och kommenterade. Pratade med Tora som om hon skulle vara vuxen och en av dem. Almar tinade upp, han också. Blev riktigt pratsam när Tora berättade att de inte hade någon sådan som Gunn i realskolan i

Breiland. Han välsignade Gunn och all hennes tid. Hon var och förblev en älskandes människa. Men hon hade rest...

– Det skulle väl blivit ett par av er bägge? menade en av karlarna.

Simon skickade en varnande blick över bordet och Tora tog upp ett annat samtalsämne.

Almar glodde under lugg och började med garnen igen.

– Nej, att du blivit så vuxen på några få månader! förundrade sig Simon när de var ensamma uppe på kontoret. – Du trivs? frågade han med samma glittrande ögon hela tiden

Då föll skammen över Tora som en stor sorg.

Simon hade kostat på henne så mycket pengar. Och till ingen nytta.

Uppför backen, över moarna – upprepade hon ändå en mörk iskall tanke om och omigen för sig själv:

Det fick bli *det* eller hon.

36

Tora satt ovanpå torvlåren på Bekkejordet. Igen. Livet var värt alla de svarta dagarna och nätterna.

Rakel hade inget annat än goda ögon för Tora. Hon tänkte nog att flickan blivit i kraftigaste laget, spädväxt som hon var. Men hon sa ingenting. Rakel hade en idé om att man inte skulle bekymra folk med sådant de på inga villkors vis kunde hjälpa. Fast hon undrade över att valpfettet satte sig så på Toras kropp och gjorde henne så hög över bröstet och bred över ryggen. Men det var väl hennes sätt att bli vuxen. Först allt fettet när hon slutat växa. Sedan skulle det väl sakta jämna till sig. Rakel kunde minnas att det varit så för henne också. Men hon sa ingenting om det.

Däremot sa hon att det klädde Tora med håret löst och fritt. Hon berättade om allt som hänt på Ön under tiden Tora varit borta. Hon förklarade varför gubben Almar – hade blivit så konstig. Rakel trodde för sin del inte att skinnluvan dämpat hela smällen den olycksaliga orkannatten.

Hon berättade att Sol hade satt kurs mot Oslo. Hade fått arbete på kontor där söderut. Sol hade den hårdheten och framåtandan som krävdes. Gud vet varifrån hon fått den, undrade Rakel.

– Hon Elisif – kanske, tillfogade hon med ett leende.

Tora var inte så säker. Men Oslo? Det var stora saker. Att hon vågade? Alldeles ensam?

Tora mindes festen på Simons brygga. Sol i den främmande nya klänningen. Sol när hon satt vid totempålen och diktade sig snuskiga visor i rena raseriet över att hon inte slapp

loss hemifrån.

Tora kunde plötsligt förstå alla blickarna hon mött på vägen när hon kom hem. Ritas. Jørgens. De andra. Lite brydda hade de hälsat på henne. Som om de aldrig skulle ha lekt eller slagits. Aldrig kastat boll eller gått på bio. Ihop. Var det detta: Att hon kommit sig iväg? Gick i skolan i Breiland? Hade blivit en annan? Och därmed otillgänglig och främmande.

Rakel berättade att Randi och Frits hade flyttat till Bodø. Tora lät blicken hastigt svepa över sin kropp – och kände en djup lättnad över att hon inte skulle träffa dem. Samtidigt en skarp och smärtsam längtan efter musiken, böckerna, chokladen. Randis småprat. Frits fullständiga tystnad. Hans händer på det stickade överkastet i sängkojen...

Flickungen sjönk ihop lite. Inte mycket, bara såpass att det märktes. Hon var så ung och hade förbrukat hela sitt liv.

– Har du varit frisk? frågade Tora försiktigt.

– Både och. Jag fick mej en knäck. Och det får jag bygga upp igen. Dessutom... är det som om folk tror jag är spetälsk. Kräfta... Folk tänker som barnungar. Allting dom inte begriper är smittsamt och farligt. Det är som dom undviker mej på nåt sätt... Och han Simon...

Hon hejdade sig. Där gick gränsen för Rakel. Hon gav Tora ett hastigt ögonkast. Så skrattade hon. Nästan samma skratt som förr.

Men Rakel undrade över att Tora vågade fråga. Så sent som i augusti nämnde inte heller Tora sjukdomen. Ungdomen var läraktig, tänkte hon. Hos dem fanns det hopp. De kunde läras till mänsklighet och öppenhet. Tänk att Tora frågade! Det strömmade över ansiktet på henne ett ögonblick – så hon måste vända ryggen till och göra sig ärende in i vardagsrummet.

När hon kom tillbaka med två blommiga finkoppar och småkakor till kaffet pratade hon om sin sjukdom. Berättade om sjukhuset. Om lättnaden efter operationen. Tröttheten. Den tunga isoleringen. Men hon nämnde inte Simon.

Den goda mättade lukten av bröd, grönsåpa, husdjur, och Rakel. Köket på Bekkejordet var det hon saknat mest, tänkte Tora.

– Hur går det hos er? Rakel skar mera bröd och la ordentligt med lammrulle på. Rödbetor. Det rann ut lite av saften. Färgade köttet purpurrött. Illamåendet stod Tora uppi halsen. Plötsligt. Men hon lyckades samla sig.

– Vad menar du? frågade hon osäkert.

– Jag menar han Henrik.

– Å det går – på nåt vis. Det är hjälpligt lugnt.

– Det har varit tyst hela hösten. Så tyst att jag måste titta ner till mor din rätt som det var. Jag blir orolig när folk plötsligt tystnar så där. Man kan inte lita på att allting står riktigt till då.

Rakel suckade.

– Jaja. Det är en strid med allting, vet du. Hon mor din hade det väl bättre när han satt på straff. Fast det var hårt det också.

Tora betraktade henne med vidöppna ögon.

Rakel sa allt sådant som folk aldrig annars sa. Bara tänkte. Alla de skamliga sakerna lät som ett ombyte kläder eller en mattväv, det blev alldeles rätt – när hon sa det.

– Men hon klagar inte ifall dom så pinar livet ur henne – mor din. Där är hon som hon alltid har varit. Den damen är seg som en sälgbuske. Hon diskuterade ingenting... Inte med mej engång.

– Tror du han pinar livet ur henne?

Tora var en rädd liten flicka igen. Det var skönt som i en varm famn att vara rädd liten flicka på Bekkejordet.

– Det har ju alltid varit en strid för oss kvinnor. Du är så vuxen att du begriper allt det där. Det är visst nåt slags förbannelse. En strid att få allting att bestå. Överleva. En strid

304

för andras bästa. Jag blir förbaskad när jag tänker på alla dom strider jag måste lägga i havet och låta försvinna – för att jag inte orkar med allting. Du Tora – har visst blivit en sån dränkt strid... Det – det får du förlåta mej. Du är ingen dununge mera...

Någonting i Rakels ögon kom henne till mötes. Den lilla gula pricken invid pupillen. En i vart öga. Som en trotsig liten förtöjning som höll dem samman. Länkade ihop deras tankar i en förtrolighet Tora inte kände med någon annan människa. Det var nästan som att sitta ensam. Bara att denna stund var god och de var två.

Rakel hade haft en "sjösjuk" dag. Nu var hon på bättringsvägen. Ingen på hela Ön var envisare än Rakel när hon frisknade till efter sjösjuka. Tora visste det.

Och moster bar hennes strid. Om det var förgäves. Hon skulle förstå. Hon skulle inte stå i vägkanten och glo med fördömande ögon. Rakel var en sådan människa som kunde känna andras smärta. Hur få var de? Tora tänkte att de måste vara fruktansvärt få. Moster hade insett att hon måste bära Toras strid för att mor bar *hans*. Rakel var den enda människa hon kunde prata med om mor utan att känna att hon förrådde henne.

– Hade han bara fått sej ett arbete nån annanstans – så.

Rakel sa det eftertänksamt, som om hon redan tänkte på ett bestämt arbete på någon bestämd plats.

– Han håller sej bra nykter nu, tror jag.

– Nja, det är opp och ner med den saken, vad jag kan se och höra.

Rakel tittade hastigt på Tora och hällde mera kaffe i koppen som Tora hade med sig bort på torvlåren. Själv satt hon på soffan i hörnet med koppen i knäet. De satt aldrig vid bordet, när det bara var de två. Något som inte var nödvändigt att diskutera. En vana som fick Bekkejordet att bli – hemma.

– Han skulle varit som – han morbror.

Orden bara ramlade ut. Tora bet sig i läppen och ville inte titta på Rakel.

Men Rakel skrattade och tyckte att *en* Simon var tillräckligt på Ön. Det fanns någonting i rösten. Var det någonting hårt? Vad var det hon ville säga med det? Var fanns den gula fläcken i hennes ögon?

Rakel vilade blicken på katten som rullat ihop sig i hennes knä.

Tora kände en farlig lust att berätta om allting, en vanmäktig längtan efter att lägga huvudet i Rakels knä och vräka ur sig alltihop. Det fula, outhärdliga.

På hemvägen råkade hon trampa i en tillfrusen gyttjepöl. Det krasade och klirrade. Ett sprött ljud som övergick i ett slags sång därnere på vägen. Länge. De tunna isskärvorna for bort över den glashala vägen och blev liggande någonstans och spelade i mörkret. Månen satte blixtar i de sköra isstyckena. Ljus och ljud trängde in i henne och smälte samman med stämningen från köket på Bekkejordet. Och klangen fick hjälp. Den spred sig inåt och inåt. Som en oändlighet.

De stora träden vid prästgårdsstaketet hängde sina spretiga svarta mönster mot himlen. Ju närmare Tora kom det stora smutsgråa huset på Stranden och de fuktiga overkliga näten, desto svagare blev tonen. Och när hon la handen på den mörkbruna ledstången under den nakna glödlampan i hallen, återstod bara ett svagt sus. En liten tröst.

Hon mindes plötsligt det gamla fiskebodsloftet. Innan branden. Där hade hon suttit ensam. Räddad och osynlig. Hade ägt sig själv. Ägt sin egen kropp. Det var längesen hon hört de spröda flöjttonerna inom sig. Hon mindes att hon kunde frammana anblicken av himlen och havet – som flöt samman. Hon hade hört musik på det tomma loftet. Musik som kom från ingenstans. Ett lättskrämt ljud som försvann så snart hon reste sig från de gamla yllefiltarna och segelduken, så snart hon stoppade sina papper under sillådan ihop med anilinpennan och klättrade nerför den branta stegen.

Det var bitande kallt.

När Tora kom in hade mor just lyft en kastrull med varmt vatten från spishålet. Hon hade kokat upp några diskhanddukar och spädde med kallvatten såpass att hon kunde sticka ner händerna och få dem tvättade.

Ångan satt på fönsterrutorna och över alla de slitna ytorna i köket. Väggar och dörrar. Spegeln över vasken grät med tre små droppar som rann ojämnt neråt och tvingade fram ett vacklande spår i den fuktiga hinnan.

Tora stack ner bägge händerna i kastrullen. Kände den välsignade lisan av att spreta med fingrarna i det varma vattnet. Utan ett ord tvättade hon upp diskhanddukarna. Stod med kappan på borta vid spisen. Vred och kramade det slitna bomullstyget, långsamt. Andades in den syrliga lukten av tvättmedel och vattenånga.

Tora hade provat klänningen hon måste ha till julen. Den enda hon hade till vinterbruk. Hon hade inte fru Karlsens stora spegel. Men hon kunde ändå räkna ut att det gick. Hon hade lagt ut jämnt över hela kroppen efter att hon slutat inleda dagarna med att kräkas. Hon verkade ha växt sig frodigt stark. Det blev en så djup lättnad att hon gav sig ikast med de stora trätrapporna från tredje våningen och neråt ända till glasverandan. Därnere frös golvet med engång hon försökte skura, så Ingrid ropade varningar till alla som gick nerför trappan eller kom in utifrån kylan.

Klänningen hade blivit sydd ifjol vinter. Till att växa i – som Ingrid sa. Den hade frälst en förtappad – än så länge.

Henrik Toste blev inhämtad av Elisifs Gud eller hin onde den här julkvällen. Han hade varit nere i Tobias fiskebod ilag med sådana som inte heller hade bråttom att fira jul hos käringar och ungar. Han hade hala läderstövlar och klev genom ytterdörren just när Elisif och Torstein och ungarna sjöng in julen. Det rungade en flerstämmig lovsång nerför trapporna. Taket lyfte sig högtidligt däruppe på vinden. Det skallade fromt mot alla tak och väggar, så Ingrid hörde inte att någon gick i ytterdörren. Hann inte varna i tid.

Henrik Toste bröt foten och måste gipsas och skötas om. Sedan satt han nykter och folkilsken vid köksbordet och skapade sin egen julstämning. Ingrid plågades av det varje minut. Hon kunde inte byta ett ord med Tora utan att han hörde vad hon sa. Alla de samtal hon tänkt ut, all den vuxna förtrolighet hon bestämt sig för att våga – nu när Tora äntligen var hemma några dagar, allt blev fördärvat.

Men Tora blommade upp. Hon skaffade sig en ny lek. En lek hon fick utnyttja all sin list till att utveckla. Det började med att hon ställde kaffekoppen alltför långt ifrån honom så han inte nådde den när han skulle ta en klunk. Han måste be henne om hjälp.

Hon härdade sig. Skar av sirapskakan utan att bjuda honom. Medan hon tittade på honom. Styrkan kom rakt från Breiland Kommunale Realskole. Rakt från flocken av ungdomar. Styrkan han inte visste någonting om, för att hon inte ägt den på Ön. Den kom över två fjordar och en vindlande väg ända hit till henne. Kom från en värld som bara var hennes. Den slog ner på hennes axel och sa henne vad hon skulle göra. Och Henrik fick vänta på allting han bad henne om. Han vrålade. Han vädjade. Han grälade. Men Tora teg ihjäl hatet och gjorde färdigt vad hon skulle innan hon hjälpte honom.

En dag måste han på gården. Måste nerför alla trapporna. Det var i mellandagarna och kallt och Ingrid var ute ett ärende. Han måste be Tora. Då skrattade hon. Skrattade så det dånade. Hon frös själv när hon hörde det:

– Hjälp dej själv! Jag gör det inte! Skit dej ut!

Mannen stirrade på henne. Glömde bort att svära. Glömde vem han var. Ett kort ögonblick. Innan det brakade löst så Huckle-Johanna dunkade en varning åt dem.

Men Tora stod borta vid dörren och skrattade. Hon skrattade så hon kände gråten trycka på bakom alltihop. Hon stod på språng ifall han skulle hitta på att kliva med den brutna foten och kasta sig över henne. Men det klarade han inte ännu. Hon hade ännu tid...

Hon betraktade honom där han satt och skummade med det svarta hålet mitt i munnen. Visste inte själv att hon hade sådana krafter inom sig. De kom liksom utsläppta ur en säck.

– Din krympling, din krympling! Hjälp dej själv! Sitt du i din egen skit tills du dör: Hör du! HÖR DU VAD JAG SÄJER!

Hon var nere i trappan redan när hon hörde hur han tjöt och föll för att han försökt resa sig.

Äntligen hade hon lyckats lyfta fram allt i dagsljuset och stiga ut ur tystnaden. Hon hade format det till ord och låtit honom höra dem. Hon ville att han skulle veta, känna det som ett hot. Det skulle alltid förfölja honom – när allting var över. Hon skulle tvinga honom begripa att flickungen Toras hat var mycket mycket större än hans eget.

Men hon hittade sig själv på knä framför potatisbingen i källaren, darrande och ur stånd att röra sig. Det var en lycka att dagen var så sen att ingen hade potatis att hämta.

Hon pressade händerna mot magen och kände sin egen kroppsvärme.

Ett människobylte under det stora huset med alla de dova ljuden. De tjocka gråstensväggarna ruvade omkring henne med sina skuggor och sina sprickor med åratals damm och spindelvävar. Hon kände det som om hon måste bryta sig ut genom all denna metertjocka gråsten för att någonsin komma ut i luften.

"Sju dagar till ska jag vara här.
Bara sju dagar och sju nätter."
Detta var vad hon tänkte.

Så småningom såg hon allt som fanns därnere. Tunnorna. Bockarna med den tjocka ekplattan som användes att stycka köttet på efter slakt. Lådorna, alla de fulla potatisbingarna. Alla de röda groparna i den gulvita potatisen. Under den skarpa glödlampan. Den gungade sakta. En lysande pendel i källarmörkret.

Han blev sittande där de dagarna hon var hemma.

Ingrid medlade mellan Toras ögonkast och mannens ilskna utbrott.

Tora utvecklade leken. Hon gav sig hän när mor gick ut. Stod vid dörren och skrattade elakt mot mannen. Utan att säga någonting.

Som en dödsdömd som ingenting annat hade att leva ut än sitt eget hat mot bödeln – stod hon där och bespottade honom.

Hon bad någon gång en hastig bön till Elisifs Gud om att slippa ut ur kroppen sin. Men det var ju omöjligt. Hon fick hjälpa sig själv.

Hon hade kort tid på sig för det hon måste hämnas, Tora. Och hon hade lika dåligt med tid för Elisifs Gud som han i alla år haft för henne.

37

Det smällde!

Ett klart och tydligt dån skakade hela Byn. Det var den sista dagen på året. Men dånet var alltför stort.

En kaskad av sten och tång och vatten kom farande som ett domedagsvarsel in över de korrugerade plåttaken på bryggorna. En stor sten banade väg genom en av agnbodarna och krossade tre baljor med färdigagnade linor till en oigenkännlig härva av sillrens, tunnvirke, krokar och rep.

Det var mitt under middagsvilan, folk uppskattade inte den sortens skämt vid denna tid på dygnet. Det dröjde en stund innan skränet från ungarna gjorde dem uppmärksamma på att detta inte bara kunde vara en tidig raket.

Ropen började utspritt och förvirrat. Blev större och kom närmare efterhand. Till sist var de ända inne i husen. Det fanns olycka och skräck i dem. Folk hade hört sådana rop förr. Vid förlisningar och oväder. Vid brand och arbetsolyckor.

De kom på benen. Karlarna. Kvinnorna. De slängde på sig det allra nödvändigaste och rusade ut i den mörka eftermiddagen.

Årets sista eftermiddag.

De hittade dem bland strandstenarna. Nere vid piren. En levande och en död. De hade inte igenkänt den döde om det inte varit för kläderna. Ingen där i Byn hade sett ett sådant lik. Han hade sprängt sig själv på land för alltid. Skinnluvan hade inte hjälpt stort – den här gången. Ingen hade sett någon människa så illa tilltygad. Det stod en stor ånga av förstörelse omkring det fortfarande varma köttbyltet.

Tora hade vandrat sina stigar. Fanns strax intill när det smällde. Det kändes som om hon var i stormen igen. Rockan kom flygande. Hotade att kapa henne itu. Men istället landade den rakt framför henne och var en sönderriven rödstänkt kropp. Liknade ingenting hon tidigare hade sett.

Så försvann det alltihop...

Hon kom tillbaka till sig själv över en sten. Ingen hade tid med henne. En outhärdlig smärta i ryggen. Det kändes som om den brutits tvärs av. Hon visste var hon befann sig genast hon vaknat. Det var som om Almars söndertrasade kropp var hennes egen. Hon kunde vrida huvudet åt sidan och se att folk hade samlats runtom byltet. Hörde den fruktansvärda tystnaden och andetagen från dem som stod närmast. Hävde sig mödosamt upp på den isiga stenen hon fallit emot. Någonting hade lossnat inne i henne. Hon kände det nu.

Någon hjälpte henne upp och stöttade henne inomhus. Det var en av flickorna från filéfabriken kunde hon se. Hon ville prata med henne, men det passade sig inte och hon lyckades inte få mål i munnen. Det var som om hon förstod det. Den andra. De tog sig in i Simons fiskebod. Där var tomt på folk. Dörrarna stod öppna. Hon välte sig omkull på en koj. Så var fabriksflickan borta. Ett dirrande kallt ljus kom in genom det igensnöade fönstret. Tora låg stilla på ryggen och kände att någonting arbetade inne i henne, en vass flisig smärta. En kallsvettig kamp. Så gled hon bort.

Det rörde sig någon inne i rummet. Någon grep i henne. Hon ville värja sig. Kavade med händerna.

– Ligg stilla!

Rösten var mors, en jämrande bekymrad röst. Rädd.

– Herregud! hörde hon mor säga. – Herregud! Att det skulle vara nån av mina som hittade honom. Herregud, herregud! Vad är detta för en värld?

– Ta det lite lugnt. Var glad att hon inte strök med.

Rakels stämma var som ett litet skorrande läte. Tora kände att de bredde någonting över henne. En underlig lukt av tobaksrök och svett följde med den grova yllefilten. Så gled hon bort igen. Den här gången kämpade hon inte emot.

Hon låg utanför sig själv. Mot stenen. Och såg rakt in i Almars brustna blick. Då hade han nickat med huvudet och flinat mot henne. Precis som den gången han eldade i skolan och kom brakande med de tunga kolhinkarna och gjorde sig ärende in i klassrummet under Gunns timmar. En barnslig glädje i ansiktet. En förlägen och tafatt rörelse med handen. Ett försök att vara den hjälte han inte var. Så vände hon bort huvudet och lät honom vara ifred med sin flådda döda blick. Hon såg sig själv där. Det var hennes kropp som låg sönderslitten i strandkanten. Inuti Almars vadmalsbyxor och kofta. Det var hennes blod och kött. Det fanns ingenting att reparera. Det var över. Allt var slut. Hon visste inte att det kändes så uselt. Så meningslöst.

Frampå kvällen gick hon själv hem. Mellan Simon, Rakel och mor. De pratade inte om det som hänt. De pratade om mat. Och om att det var snöväder. Ett underligt generat samtal bara för hennes skull.

Nyårsaftonen var lika tyst som vilken annan förbannad kväll som helst. Det började snöa ymnigare efter hand. Blodsörjan bland stenarna där Almars kropp hade hamnat fick först ett vitt täcke som smälte ner och gjorde alltsamman rosa. Så frös det på. Långsamt. Som om Vår Herre tyckte det fick vara någon måtta. Vattnet steg och gömde det hela. Ett och annat spår bortefter vägarna efter sjukbåren fick ett vitt täcke över sig. Varsamt och omsorgsfullt dolde naturen det sista spåret efter Almar.

Rakel stod ett ögonblick och grät som ett piskat skinn när Simon och hon kommit till farstun på Bekkejordet. Sedan slog hon näven i dörren och tjöt ut i den snödigra natten:

– Fan ta all galenskapen!

Simon lindade bägge armarna om henne och la ansiktet tätt intill hennes huvud.

Han grät. De stod tätt ihop och grät.

Almar hade ju sagt det gång på gång: Skäret skulle bort! Det hade blivit själva symbolen för storm, ödeläggelse och vanmakt. Huset var det inte så farligt med. Det var bara ett hus – som alla andra hus. Men båten... Den välsignade...

Alla hade skrattat och skakat på huvudet. Han Almar hade fått sig en smäll den där stormnatten – det var så. Ingen hade gjort något för att hjälpa honom till en ny båt. Simon hade satt honom i arbete. Folk hade skrattat åt honom i smyg. Ett självbelåtet skratt.

Till Tusenhemmet hade han kommit som ett extra besvär. En inträngling i det vanliga. Med alla sina hämndhistorier. All sin surhet. All sin klagan. Han hade tagit ett rum från Huckle-Johanna och skrämt dem med historien om dynamiten under sängen.

Och Rakel slog nävarna i farstudörren och begrep inte hur folk som hon – som Simon, kunde vara så hjärtlösa och enfaldiga.

Elisif satt på vinden och bad för Almars odödliga själ. Han kunde nog behöva det, ansåg hon. Bad medan tystnaden ringde in det nya året. Huckle-Johanna väntade tills veckan var förliden innan hon flyttade in i rummet hans. Hon kände sig kränkt av att han bott där. Men det mildrades efter hand.

Tora låg till sängs utan en tanke på att det kunde vara någon fara med henne. Det hade med ens blivit oväsentligt. Hon bar en hel stapel av ord – som hon inte fick ut. Hon grep bara efter Ingrid ibland. Famlade efter hennes hand när hon kom in. De pratade till sist om att hämta doktorn till henne. Hörde rentav att *han* pratade om doktor därute vid köksbordet.

Hon kom på fötter. Hon hade blött. Därnere. Mycket. Tvärs genom allting. Stod på det kalla dasset och kände en förundran över det. Att hon hade blött. Hon gjorde sig nödtorftigt iordning innan hon gick in. Allt blev bättre under det dagarna gick. Smärtorna i ryggen avtog.

Men bilden av Almars lemlästade lik hade lagt sig över allting hon försökte titta på.

Den dagen hon stod på däck och såg kajerna bli mindre och mindre därinne i Viken – upptäckte hon det:

Skäret var borta.

Och sedan hon kommit tillbaka till hyresrummet stod synen tydlig för henne. Inte den hemska. Inte det blodiga byltet i strandkanten, utan den fantastiska: Att – skäret var borta!

Annars var mörkret totalt.

Hon tänkte inte längre medvetet på det hon måste igenom. Hon hade bestämda ritualer som hon påtvingade sig själv dagarna och nätterna igenom. Till och med sömnen försökte hon kontrollera. Hade gjort det länge redan. Innan hon reste hem till Ön till julen. Innan Almar...

Hon satt ofta i koftan borta vid kaminen. Men hon öppnade inte kaminluckan. Det var inte nödvändigt.

Hon gick inte mera till kaféet eller på bio. Hon satt olustig och förtärde två måltider på den nya vaxduken. Ibland ropade fru Karlsen uppåt trappan att hon måste komma ner och få middag. Få nybakt bröd, få kaffe.

Hon gick lydigt ner. Alltid i någon av de två stora yllekoftorna. Alltid lite framåtböjd och med blicken på tavlorna på väggarna, ut genom fönstret eller mot den broderade kaffeduken.

Och fru Karlsen pratade om saker som hänt i den lilla tätorten vid havet.

Kråkskvaller, till och med inomhus. Här fanns ingen fisklukt och inga torrfiskhässjor, ingen filéfabrik, ingen butik som Ottars, inte något Tusenhem. Bara några få tyskbaracker kvar. Och för tillfället en tyskunge, som ingen la särskilt noga märke till.

Hon läste tyska och engelska parallellt med norskan. Hade ett ställe i huvudet där hon fick vara ifred för sig själv och andra. Ensam, över läxorna eller på det stickade överkastet i den smala sängen. Så klarade hon sig. Också utan drömmen om farmor. Utan huset och gatorna i Berlin. Men med en otrygg vilja att överleva.

En tisdagkväll kom hon från biblioteket med en trave böcker i det svarta nylonnätet. Hon stoppade ved i kaminen och skrev en tysk översättning innan hon plockade fram böckerna. Lugnt. Hon bytte till en ren blus sedan hon tvättat sig. Detta att gå till biblioteket – möta andra människor än dem hon vanligen måste dölja sig inför, gav henne svettattacker och ett slags fuktig rädsla som höll i sig ända tills hon kom upp på hyresrummet och fick vrida om nyckeln och tvätta och ordna sig. Hon visste att hon måste igenom det, ändå gick hon till biblioteket, till butiken, till posthuset, till bokhandeln. Stålsatte sig. Visste att detta bara var en övning innan allting gick i stycken. Hon tvang sig att vara förberedd.

Lyckligtvis hade hon slutat blöda nu. En gång hade hon känt vingen därinne. Hon satt vid skrivbordet och tvingade sig att inte reagera. En disciplin som efter hand kostade henne mindre och mindre.

Hon var inte längre huvudpersonen i sin egen tillvaro, hon var ett medium för sin egen kunskapstörst. Skolan blev hennes enda verklighet. Så blev fiktionen verkligare, viktigare för flickungen Tora än hennes eget liv.

Sedan hon gjort vad hon skulle kröp hon upp på det stickade överkastet och tog itu med den redovisning som skulle förändra ett och annat, rycka förlåten åt sidan, avslöja saker som ingen visat henne förrän nu. Ingen hade berättat för Tora att krig har minst två sanningar. Så började hon läsa en liten tunn bok på ungefär 200 sidor. "Under en hårdere himmel" av Jens Bjørneboe.

Tora visste inte om sin egen oskuld. Hade ingen aning om att det varje dag i alla väderstreck vänds uppochner på rätt och fel. Att rätt blir rätt bara ifall den utropas som den starkares rätt. Och att det rätta förändrar sig lika snabbt som årstiderna, eller åtminstone: Lika snabbt som generalerna och partiledarna. Rätten står alltid på den starkares sida. Alltid.

Men hon hade jämt känt till vikten av att vara starkast.

Medan nattimmarna långsamt la huset i mörker läste hon om sig själv. Om mor. Om att välja fel sida. Hon fick bekräftelse på Rakels ord: Krigen och liken var inte kvinnornas skam. Inte minst förstod hon glädjen av att finnas till. Förstod: Hämnden. Någon måste utses. Hon begrep varför mor miste håret på ungdomshuset och inte ville blanda sig med andra än moster och flickorna på fabriken. Att mor måste ta tillvara sin egen ynkliga stolthet, att hon aldrig pratade med henne – Tora – om dessa saker. Språket på Ön hade inte ord för allt det mor måste säga ifall hon började prata.

Och Tora längtade efter Rakel mera än någonsin. För moster hittade ord för det mesta. Eller hon förenklade orden så folk begrep iallafall. Moster hörde inte hemma i det stumma rummet. Var utanför alla rum. Tora undrade om det alltid varit så. Att moster alltid fanns utanför hämnden, hatet och tystnaden. Plötsligt, mellan raderna, inne i berättelsen om Fransiska på det tyska sjukhuset, medan hon skötte de sårade männen, såg hon för sig Rakels röda ansikte. Moster skulle nog gå över till fel sida – ifall hon tyckte det var nödvändigt. Hon skulle säkert offrat håret och hedern för morbror Simon... Och mor fick upprättelse i Toras tankar av detta.

Hon la varsamt två skyfflar kol i kaminen. Hon fick inte störa fru Karlsen. Klockan var ett. På natten.

Så ställde hon sig framför fönstret och stirrade på sin egen skugga på rullgardinen. Lyfte blicken och tittade på det andra fönstret. Där fanns en sned bräckt skugga på rullgardinen. Hon var två skuggor. En bräckt och en hel.

Tora stirrade tills bilderna inte skrämde henne mera och hjärtat lugnade sig till sin invanda rytm. Så klädde hon långsamt av sig och tog boken med den hårda himlen med sig i sängen.

Nazismen, Fransiska i fångläger, de dömda kvinnorna efter befrielsen – mor, steg upp i sängen till henne. Frysande och kalklippta bar de henne, Tora, under det strama skinnet över magarna. Tora såg ungdomshuset och ansiktena som stirrade medan det hela blev gjort: Händerna som grep efter mor och tvingade henne stilla under saxen. Tora såg det allt. En långsamt framspolad film.

Och hon kände ett våldsamt raseri växa och fylla hela henne. Det kunde inte hjälpas att hon för en halvtimma sedan hade förstått hämnden. Att hon kunde se varför människorna reagerade som de gjorde. Hon kunde inte komma förbi mors ansikte och böjda nacke. Under alla dessa år en böjd nacke. Medan händerna for som trumpinnar och utförde allt slags arbete åt dem som inte tvingats välja sida.

Mamma! Som gick på sina fötter från Trondheim till Bodø med henne, Tora i magen! Ensam. Utan framtid. Utan vilja eller mod att göra slut på alltsamman.

Tora ville inte ha det så. Aldrig! Hon skulle rädda sig. När hon läst boken till sista pärmen föll henne ingenting annat in än att den var skriven för henne. Hon brydde sig inte om det politiska systemet författaren velat avslöja och förklara. Eller krigets obönhörliga återverkningar. Brydde sig inte om annat än det hon igenkände som sitt eget och mors.

Till sist stängde hon boken och sov tungt tills väckarklockan hamrade och klämtade och varslade morgon.

Hon hade tänkt igenom alltihop efter hand. Tänkt sig hur det skulle bli. Hon studerade noggrant böcker om barnafödsel. I hemlighet lyfte hon ner dem från hyllorna i biblioteket, och i smyg ställde hon dem tillbaka igen.

Dold bakom hyllorna läste hon ord för ord. Såg till att ha flera andra böcker i knäet så hon snabbt kunde stoppa den hon läste underst – om någon skulle komma och överraska henne.

Modet räckte till precis. Så hon kunde planlägga vad hon måste göra. En kniv av nykterhet: Kväva rädslan. Ensamheten. Den stumma skammen. Allt satsat på att få det överståndet. Hon skulle hålla sig själv i handen. Hon skulle vara densamma inför kamraterna efteråt. Det var viktigt att vara densamma. Ingenting utanför det vanliga beteendet. Lugn. Duktig och vaken. Lyssnande. På kaféet. Med i samtalen. Lagom med! Inte med känslor. Inte med glädje eller ilska. Bara lugn. Utan att skifta färg i ansiktet. Utan att såra eller förarga. Neutral. Oåtkomlig.

Efteråt! Herregud!

Men hon lyckades ändå inte föreställa sig det. Visste bara att *efteråt* – skulle glädjen genomborra alla porer och stå som ett stort gott skratt in genom dörr och fönster och fylla hela rummet. Hon skulle dansa! Och skratta. Och hon skulle vandra i regn och solsken och det skulle vara vår och luft och vind.

Tora längtade så efter den totala glädjen. Den som bara Rakel kunde visa. Den glädjen som kom ur en trygghet som var större än människornas dom och lag och makt. Glädjen...

Hon drömde att hon gick på myrarna. Gräset övervann ljungen. Stack upp mellan tuvorna. Ärggrönt och mjukt för fötterna att stiga på. Ljuset var som en god tanke. Ingenting att vara rädd för. Och hon kände att hon fick armar och ben fästade på kroppen tills hon äntligen var en hel människa. Och inne i magen föll allting på plats. Allt helade sig. Och hon bar på den broderade köksduken som moster Rakel och hon gjort tillsammans. Hon gick uppför alla trapporna, och hon gick nerför alla trapporna i Tusenhemmet. Flera gånger. Och fortfarande var hon på myrarna. Fortfarande gick hon i gräset. Färgerna fanns i ljuset – inte i tingen. Naturen var genomskinlig. Flimrade och levde i ljuset. Och hon ägde det alltsamman. Hon gick genom det och kände att hon var hel och ren och att fingrarna böjde sig kring det mjuka tyget. Hon kände håret virvla omkring i den varma vinden. Hon ägde luften hon gick igenom. Hon ägde sig själv. Och ingenting var fult eller farligt eller hotfullt. För hon var ensam.

Toras räddning var i flera veckor att gymnastiklärarinnan blev sjuk. Ingen annan fanns att uppbringa. Flickorna gick fjällturer under gymnastiktimmarna. Eller satt i snödrivorna längs vägarna bortåt kyrkogården och åt matsäck och skrattade mot solen. De var nio stycken. De hade roligt. Solen kom som en smältande välsignelse i januari.

Ingen kände medömkan med henne som låg på sjukhus. De gick längs vägarna i solskenet och i gråvädret och pratade om lördagkvällarna och kärleken och livet.

Tora fick tvätta sin växande kropp i ensamhet. I den stora plastbaljan uppe på hyresrummet. Hon blev jämnrund efter hand. Ett jämnt kamouflerande späck la sig värnande över den späda kroppen. Täckte den växande magen genom att göra armarna och låren och kroppen runda. Hon hade växt ur långbyxorna. Måste tära på matkontot och köpa ett par nya. Ingen tyckte det var någonting konstigt. Ingen kommenterade det. Flickorna nickade bara och kikade på henne från sidan. De nya byxorna var fina. Hade fint rutiga slag. Nitar vid fickorna. Hon var så duktig att sticka mönster!

Koftan var fin! Om Tora ville hjälpa dem med koftorna? Och Tora log vänligt. Kanske. Om hon inte fick för mycket läxor.

Hon undvek Jon så många gånger att det inte gjorde ont längre. Det var tvunget. Hon tog inte risken att ha någon så nära sig.

En dag i mars ropade fru Karlsen in henne när hon kom från skolan.

Hon såg annorlunda ut än hon brukade. Tora kände en skräckslagen yrsel. Visste hon någonting? Hade hon fattat misstankar om henne?

Nej då. Fru Karlsen berättade att hennes man var död. Lika oberört som hon berättat om grannarnas brister och olyckor. Hon serverade Tora köpebullar med russin och jordgubbssylt. Berättade i detalj om det sista dygnet. Att herr Karlsen hade svettats kraftigt. Att han varit medvetslös och låtit allt komma i sängen. Att han haft stora ryckningar i ansiktet och svårigheter med andningen. Att hon inte vikit från hans sida en enda stund från det hon kommit igår kväll vid sextiden och till dess han slocknat vid fyratiden om natten. Hon hade kunnat få avlösning om hon velat. Men hon ville inte. Hon skulle till kontoret i morse. Men bankdirektör Kristoffersen hade skickat hem henne. Resolut. Bankdirektören var en god människa! Och så var han en sådan duktig bankdirektör! En ordningsmänniska. Synd bara att han inte var bättre på att prata för sig, stackarn. Att han var lite försagd. Han hade ett sådant rivjärn till hustru. Ja, inte för att hon, fru Karlsen, ville sätta sig till doms över någon – allra minst över fru bankdirektör Kristoffersen. Men att hon kom svepande in på kontoret och satte mannen på plats – det borde helt enkelt ingen bankdirektör tolerera. Nog om det: Han var en god människa!

Toras ögon rullade nästan ur huvudet efterhand som fru Karlsens historia flög fram mellan de smala läpparna. Hon

321

såg att fru Karlsen mitt i sorgen krusade sina rynkiga mungipor in och ut medan hon berättade. Oföränderlig. Alltid densamma. Hon hade vakat hos sin döende man. Hon hade sett en människa dö. Och hon kunde komma på att berätta om bankdirektörens omöjliga hustru!

Tora åt inte upp ena bullen hon försett sig med. Hon försökte blicka in i huvudet på denna människa, och hon kunde det inte. Samtidigt slog det henne: Det var sådan hon själv skulle tvingas bli om en tid. Ja, det var sådan hon tvingades vara – nu också. Hon hade dolt sig när Almar dog. Dolt sitt blod.

Utanpå var hon ett pansar av det folk förväntade sig. En snigel som tvingades krypa sakta mitt i hjulspåret.

Var det detta som felades fru Karlsen också? Försökte hon hela tiden dölja sig bakom en ström av ord? En ordmaskin som förblindade folk så starkt att de inte märkte hennes ensamhet...

Och Tora blev oförsiktig. Glömde sig och satte koppen varsamt på thefatet medan hon sa:

– Stackars dej.

Ett ögonblick var det tyst i rummet. De fina gardinerna av grön velour hängde vaksamt och vaktade på sitt vinterdamm. Klockan hade ingen tid att slå för ännu. Tickade bara sorgmodigt från väggen mellan bokhyllorna och dörren. Eftermiddagen var sömnig mot den kalla taklampan. Ett vackert blått skimmer stod mot fönsterrutorna.

Fru Karlsen sände en snabb blick mot realskoleflickan. Hon hade blivit avbruten i en lång inledning om den goda pensionen hon väntade efter sin döde man, men att hon tänkte behålla arbetet för hon kände sig ung och arbetsduglig. Skulle bara fattas.

Och fru Karlsen svalde den förödmjukande repliken och slöt munnen till ett streck. Svarade inte. Låtsades i sanningens namn som om hon inte uppfattat den. Reste sig hastigt och sa hon måste ringa några telefonsamtal. Det var tusen saker som skulle ordnas. Begravningen. Släktingarna. Ja, självfallet skulle tullmästare Karlsen komma, söderifrån. Till begravningen. Han var en besvärlig människa att ha på besök. Men vad gick man inte igenom. Inte var det bara sorgen. Nej. Det var allt det andra som följde med en begravning. Alla papperen. Ja, ja.

När Tora var påväg genom dörren ut i hallen var det som om fru Karlsen plötsligt *såg* henne. Ett ögonblick darrade munnen lätt på henne. Sedan tog hon sig samman:

– Du måste verkligen komma ner och äta med oss den dagen. Hit kommer nog många. Min man... var omtyckt av alla.

Dörren gick ilås med ett hårt knäpp bakom henne. Det var halvmörkt i hallen. Tora kände plötsligt en fuktig vantrevnad lägga sig över hela huset. Alla dog nuförtiden...

Hon eldade i kaminen och tände alla lamporna. Men det hjälpte inte. Det var lördag. Hon måste ut. Måste plötsligt vara ung. Måste vara frisk och hel. Tillsammans med några. Tillsammans! Det blev ett magiskt ord. Starkt nog att stänga allting annat ute.

Hon gick till Anne och mötte en stängd dörr. Hon gick in på kaféet och hittade ingen där. Så mindes hon att det var klassfest och att hon ljugit att hon skulle få besök – hemifrån, så hon inte kunde komma. Hon smög sig hemåt som en tjuv och gick så tyst i dörrarna och uppför trappan hon kunde. När hon stod högst uppe vände hon sig och upptäckte sin egen spegelbild!

En gammal spädväxt käring som hade tassat uppför trapporna. Hade listat sig steg för steg så människorna inte skulle se eller höra att hon fanns till.

Hela natten var hon mörkrädd och måste hålla sig vaken

323

för hon fruktade drömmarna, och att bli väckt av vingslagen i magen.

Hon kunde ta dem när hon var vaken och förberedd. Hon kunde ta dem när hon satt i sin bänk i skolan. Även om hon satt mitt i ett läxförhör.

Nu hade det länge varit stilla därinne.

Hon hade sett bilder i böckerna av foster – små djurlika väsen. Men hon tvingade sig att inte tänka på detta hon bar inom sig som ett sådant väsen. Hon lät det aldrig bli någonting annat än en vinge. En krävande utväxt som måste tålas tills tiden var inne. Hon hade *bestämt* att det var så. Kunde inte uthärda att drömmarna gjorde det annorlunda.

Dödgrävaren i Breiland hade problem.

Visserligen var kyrkogårdsjorden nästan fri från tjäle och det var blidvädersvinter. Visserligen låg kyrkogården ut mot sydvästen och salta havet – ytterst på Vår Herres utpost med ett nerbrutet gammalt ståltrådsstängsel som slutade i påkostade grindstolpar av smidesjärn på bägge sidor. Visserligen! Men det *var* ett jävelskap att stå här och gräva i den stenhårda jorden. Han hittade ett och annat också...

Här en kväll hade han tillfälligtvis gått förbi och tydligt *sett* någonting! Han hade aldrig tänkt gå in på kyrkogården. Det föll tätt snöblandat regn, samtidigt som månen seglade in under ett söndertrasat moln och kastade sitt kalla ljus över de blåsvarta gravarna och de svarta barrkransarna som släppt alla barren och var lika döda som dem de skulle pynta för.

Under julen hade folk hängt på sig ett slags medömkan för de döda och kommit med tända ljus, kransar, vaxblommor och tårar i ögonen. Det sista delvis på grund av sydvästen som härjade över fjorden och slet all värme ur folk som fick ansikten som vindpinade vattniga skinn i den långa sega mörkertiden.

324

Nu fanns det ingen som tänkte på gravar. Solen hade kommit och julen var ett kolorerat spöke som för längesen förlorat makten över folks känsloliv. Och de vattensjuka vaxblomstren hängde som gamla horor över stenar och urnor, och barren låg som musskit i alla gropar medan ståltråden ännu höll de nakna böjda grangrenarna fångade i sitt obarmhärtiga grepp.

Här en sen kväll hade alltså dödgrävaren för sin trötta åsyn upptäckt en liten krum gestalt bland gravarna. Det verkade som om hon kom klättrande rakt upp ur någon av de små barngravarna nederst i strandkanten. Hade han inte själv sett det skulle han kallat det dumheter. Men han *hade* sett det. Och han hade berättat det för några få utvalda med låg ödesmättad röst. Han hade nog sett att de bytte blickar. Han visste de sa om dödgrävaren i Breiland att han var mörkrädd. Men han hade beskrivit allthihop så målande att de lyssnat. Hade inte vetat vad de skulle tro.

I kråkornas land sa man inte *till* varandra att någon for med lögn. Och folks lögner kunde bara förklaras som lögner ifall lögnaren själv inte fanns på plats. *Så* hövlig var man.

Han bestämde sig för att tiga med vad han såg – till eftervärlden. Folk var inte värdiga eller mogna nog för parapsykologi och trolltyg.

Han svor en ed, spottade i nävarna och var färdig att stiga upp ur det förhatliga hålet. Han hade fått det raskt undanstökat.

Allt var fullbordat för plåtdirektören och hans årslånga senilitet.

38

Först en dovt glödande smärta genom skötet. Så kände hon greppet. Det var ingenting av vad hon kunnat föreställa sig: Klor. Rivjärn. Stora fiskekrokar. Hon hade inte vetat att det skulle börja så tvärt. Man måste igenom tid och rum för att få det överståndet. Det handlade om att ingen frågade – att ingen undrade. Det blev inte tal om att plugga engelska glosor mera den dagen. Hon kände som en fattig tröst att hon var inomhus.

Hon hade nyckeln på insidan. Vred om den. Hon mindes Elisifs skrik när det bar till. Men tillät sig inte att tänka tanken. Det var en lyx som en människa övergiven av Gud och människor inte fick kosta på sig.

Hade allting att förlora, ingenting att vinna. Allt var bestämt av krafter som var större än någon kunde tänka sig. Och hon visste att det kunde bli besvärligt nog att hålla sig vid liv – för det var alltför tidigt och hon hade blött så länge.

Den lilla människokvinnan. Den fruktsamma. Hon: Redde sig ett läger av ett gammalt vaddtäcke på det hårda golvet. Bredde över fru Karlsens gamla vaxduk. Hon hade sett Elisifs madrass efter det döda barnet. Hon hade inte råd att riskera en hel säng. Hon hade ett minimalt hopp att det skulle komma andra nätter. Nätter att sova i – med stort mörker där man fick gömma en söndersliten rengjord kropp. Sängen ville hon skona.

Så vandrade hon från sängstolpen till fönstret.

Från fönstret till sängstolpen.

En gång hörde hon värdinnans vardagsrumsklocka slå.

En gång fylldes huvudet av gammal svettig skräck.

Hon gick hastigt till dörren.

Måste ut.

Men smärtanfallet räddade henne.

Och vaxduken var kall och klibbade mot underarmarna när hon sjönk ner över den.

Sedan visste hon inte hur många gånger hon hört värdinnans vardagsrumsklocka. Eller hur många gånger halldörren slagit igen. Timmarna var en luden ring runt hennes läger. Fönstret. Gardinerna. Blev gråare och gråare. Tills det exploderade blodrött framför hennes ögon. Denna smärta var inte verklig. Den var av ett annat slag. Sprängde inne i människan. Rå styrka. Sprängde ut. Väldiga krafter. Gav aldrig vika. Skulle aldrig ge vika. Fanns till för en enda sak: Att aldrig ge vika. Kämpa för livet.

Overklig? Att allt overkligt kunde kännas så verkligt! Var detta slutet?

Dess emellan låg hon och visste inte engång om hon önskade sig livet.

Plötsligt: Lukt av torrt hö.

En annan gång var hon i stormen. Hon såg den väldiga rockan svepa förbi. Men den hade inga ljud.

Hon såg den sitta i fiskebodsväggen på den lösslitna kajen långt ute i Viken.

Så kom ansiktena fram.

Rader av ansikten. Ögonen gled över varandra.

De speglade en sådan stor avsky.

Moster Rakel såg Tora där på vaxduken. Hon hade sett henne!

– Käre Gud du skulle väl inte låta hon moster se mej... Hur kunde du?

Mors ansikte: Var ett med hennes egen smärta. Det gled snabbt bort och kom snabbt tillbaka – ihop med och över de

327

andra ansiktena.

Mitt i alltsamman fanns längtan efter någon! En människa som andades inne i rummet, som bara satt där – eller stod där. Det var också en smärta. Kunde det inte finnas en människa som inte bara såg skammen?!

Sedan fick hon nog med att hålla ihop kroppen. Hon höll igen. Höll krampaktigt ihop sig. *Ville* pressa ut det. *Ville* få det överståndet. Men vågade inte hänge sig förrän det till sist kom krafter som bröt ner allting hon ägde och splittrade hud och kött och gled ut som ett tungt halt bylte. Tora kände byltets tyngd lämna hennes kropp. Hon skulle alltid känna det senare. Alltid! Det dova ljudet, ett litet plask mot vaxduken, ett bylte påväg ut i det döda livet. Utan att ha bett om det.

I två attacker av smärta hade hon mäktat det sista stora taget. Och hon visste att nu ägde hon åter sin kropp. Tills vidare.

Hon låg länge och silade luften i ojämna sönderryckta flämtningar.

Ljuset över sängen! Men hon vågade inte tro på det.

Ljuden i rummet var så långt borta. Det var inte ljud. Bara en ändlös ström av förbrukade andetag. Luft som inte kunde hållas inne. En gång hörde hon liksom en snyftning där nerifrån. Men det varade inte så länge.

Hon såg HONOM som en skugga stryka förbi borta vid dörren. Han vände ryggen till. Stod i hörnet vid dörren. Såg henne visst. Men hon kunde inte se honom. Hon vände huvudet från dörren och låg stilla. Han måste väl gå. Begrep väl att det inte fanns någon plats. Hon hade inte utrymme för mera nu. Hon kunde inte vara rädd för så orimligt mycket. Hon var fri från honom. Det var över.

Snart skulle hon nog stiga upp från golvet och tvätta sig.

Snart skulle hon väl tillbaka till de andras verklighet. Men inte nu.

Hon låg tills hon kände kölden bränna i ansiktet och på de

nakna delarna av kroppen. Det måste vara länge sedan det brann ut i kaminen. En rå ånga steg upp från henne. En stor och tungt påträngande lukt av blod och svett.

Så kom plötsligt flera smärtattacker efter varandra utan att hon egentligen märkte det. Och resten av förbindelsen mellan *honom* och henne slets av. Hon tvingade sig att tänka på det. Fast allting blev till ett omockat fähusgolv, och var outhärdligt.

Ännu hade hon inte tittat neråt sig själv. Hade inte gjort det hon visste hon måste igenom: Kröka kroppen och titta på byltet därnere. Ännu måste hon vila sig.

Vilan kom inte. Bara en folkhop som kom och ville glo på henne. De gick förbi henne. De stannade till innan de vände sig bort i avsky. De betraktade henne som om hon var katten på staketet.

Käre Gud. Låt mej inte dö här på staketet.

Och hon sköt ifrån sig alla ansikten. Kavade i luften.

Föste och fäktade. Knep ihop ögon och läppar.

Nekade dem insyn. Varför var verkligheten så ful? Var det nödvändigt?

– Gud! Ta bort det nu – *allt*!

Var det röster i hallen? Var det rösterna från vägen? Plötsligt bröt deras värld in till henne, där timmarna gick som en slö ritual och ingen var alldeles ensam på en blödande vaxduk i ett rum där dörren kunde låsas.

Och ett slags tomhet slog ner henne.

Hon låg stilla och tänkte på ingenting. Kände kylan. Kände den stelnade svetten. Kände sin egen lukt från och nära. Men det angick henne inte. Ljuset var inte längre någonting att sträcka sig efter. Var för de andra. De med rösterna och ljuden. De som vågade bära sitt eget ansikte därute på vägarna i det trygga marsdunklet. Det måste vara kväll nu?

Verkligheten blänkte till och väckte henne liksom lite i taget, men hon slöt ögonen och låg alldeles stilla. Ville så gärna gråta. Men hade ingen luft mera. Det fick vara. Hon orkade inte släppa ut den.

En gång vände hon på huvudet. Någon hade kräkts alldeles intill hennes ansikte. Det var väl så...

En annan gång sträckte hon ut ena foten. Hennes lår stötte emot någonting. Hon visste skillnaden mellan död och levande hud efter den rörelsen. Och hon visste att *hon* hade den levande huden.

Hon stöttade sig upp på darrande armar – tittade neråt.

Och utan förvarning kom en stor sorg över henne. Den krälade i hela hennes sönderslitna kropp. Hon försökte hålla den borta från huvudet. Men den fanns redan där. Den satt i strupen som en kvävd slipprig massa. Sorg. Över någonting hon inte visste.

Tora hade låst dörren.

Människokvinnan, som måste förneka sig själv.

Hon – hade sorg som var alltför stor för att hon helt skulle förstå den.

Efteråt visste hon inte riktigt vad hon sett. Ett blåaktigt litet hopkrökt hudbylte. Det hade igenklistrade ögon. Liknade en nykläckt fågelunge. Den vridna och slemmiga hudsträngen som satt fast någonstans därinne hade sin andra ände förgrenad i den blodiga lösslitna moderkakan.

Liknade en knotig rot. Gjord av hud. Det var inte så hemskt som hon fruktat. Var inte fult. Bara underligt. Det var också hon, en liten del... Det stelnade blodet... Gammalt blod var alltid otäckt att titta på.

När hon makade sig på knä kom solljuset in till henne, ett varsel från en värld hon inte längre tillhörde. Solstrålarna la sig över knytet på vaxduken. Hon såg det fina ådernätet i pannan. De små händerna som stelnat i ett vanmäktigt knytnävsslag mot en värld som inte heller var till för *det*. Knytnävar som aldrig skulle slå andra än henne som skänkt det liv.

För så vist är allting inrättat. Den som blir slagen ska bli slagen i all evighet. Gång på gång. Och de som slipper undan – ska få lov att slippa undan. Rättvisa är en utopi ingen har råd att offra någonting på. Det är bara att storma vidare.

Ett ögonblick lät hon handen sluta om den lilla kalla ryggen. Hon la bägge händerna på människoknytet. Ville värma det tillbaka till livet. Hon bytte och höll händerna på olika ställen. Smekte och smekte. Vilda glupska rörelser. Det krävdes värme! Hon visste ju det. Gode Gud! Hon måste tvinga denna otäcka köld ur den lilla kroppen. Måste! MÅSTE! Sol! VÄRME!

Hon vågade inte dra ifrån gardinen. Någon kunde se in. Men hon fick tag i fliken av överkastet på sängen och drog det ner till sig på golvet. Lindade in den lilla och höll byltet intill sig.

Hon hade glömt att hon skulle skona sängen och allt som fanns i den.

Men det var för sent. Det hade varit för sent länge nu.

Världen hade påbörjat en ny dag. Hon hade inte lyckats följa med i det stora loppet. Tora hade hamnat på efterkälken. Men människokvinnan hade löpt maraton för sitt liv.

Till sist sköt hon knytet i överkastet in under sängen. Så drog hon golvmattan över sig och flyttade sig undan blodet så gott hon förmådde.

Hon frös så fruktansvärt. Låg darrande och önskade sig eld i kaminen. Men den var alldeles kall. Det låg några kolstycken på golvet. Dammet stod i morgonljuset och hånade henne där hon låg. Hon slöt ögonen. Hade en underlig död smak i munnen. Så insåg hon att hon var törstig.

Långt efter – när ljuden nerifrån berättade för henne att huset var tomt och fru Karlsen hade gått ut, reste hon sig mödosamt och vacklade ut i hallen till vasken. Drack av det rinnande vattnet. Hon ville värma vatten åt sig. Skulle städa efter sig. Sakta. Grundligt. Det var som om hon skulle använda år till det. Hon gjorde sig iordning med två bindor för att hålla det friska blodet borta från kläderna. Hon stoppade i kaminen. Det gick så långsamt. Visste inte ifall hon någonsin skulle bli färdig.

Hon klippte vaxduken i lagom bitar, så hon skulle få in dem i kaminen. Brände och brände. Orkade först inte se allting som skulle brännas – hittade det liksom efter hand. Hon tog ostadiga steg runt i rummet. Tittade sig omkring. Ögonen ville inte lyda.

Till sist tog hon överkastet med människoknytet och la in det i klädskåpet för att få bättre syn på de andra sakerna. Det hjälpte. Det tändes ett litet mod inom henne. Och hon utförde arbetet som ett slags avsiktslös plikt. Hon undrade lite över att hon inte visste när hon kräktes. Emellanåt sjönk hon ner på golvet igen. Fötterna var inte att lita på.

Till sist hämtade hon den stora plastbaljan hon använde att tvätta kläder i – och gjorde sig ren. Oändligt långsamt. Det varma såpvattnet gjorde gott. Men det var liksom overkligt. Hon visste inte ifall det hon kände mot huden var minnen från gånger hon tvättat sig förr, eller om det var *nu* hon kände det.

Hon gled in i ett slags slött tillstånd som varken var ont eller gott. Suset från kaminen. Blodet som var borta. Hon brände allting som hade blodfläckar. Rummet var synbarligen utan spår efter det som skett. Smärtorna i underlivet var inte värre än att hon känt av värre förr. Det kom för henne att hädanefter skulle hon alltid vara i den situationen att hon känt värre smärtor förr...

Hon skulle aldrig slippa fri från detta. Det skulle aldrig kunna glömmas. Det skulle förbli ett osynligt märke hon hade att bära.

Emellanåt sjönk hon ner på den smala sängen. Den hade inget överkast, sängkläderna lyste blåaktigt vita emot henne i det bländande morgonljuset. En smal strimma av sol hade letat sig in mellan gardinerna. Hade klättrat upp på bordet vid sängen. Låg tryggt och självklart på bokpärmarna och papperet.

Och Tora mindes plötsligt att hon kommit igenom det.

Hade någon varit och knackat på? Var det igår? Imorse? Hade de hört någonting? Nej, hon slog det ifrån sig. Det var inte så lyhört att någon kunnat höra henne andas. Men när hon inte visste att hon kräkts? Kunde hon då säkert veta att hon inte skrikit? Smärtorna... Visst hade hon skrikit!

Nej! Hon hade inte skrikit. Hon ville inte tänka på det. Hon bestämde att hon inte skrikit eller jämrat sig. Och skorna hade hon tagit in. Kappan likaså. Hon hade helt enkelt inte varit där.

Men var hade hon då varit? Vad skulle hon svara när fru Karlsen frågade? Att hon varit sjuk? Sjuk! Ja, hon hade varit sjuk. Hon hade varit här hela tiden.

Hade hon sovit så hon inte hört någon knacka? Ja. Hade hon sovit så tungt? JA. JA. JA!

Hon förhörde sig själv tills svetten rann.

Hon stirrade på solljuset som fick böckerna att ånga av värme.

Hon kände hettan äta sig in i huden och köttet från den svarta kaminen i hörnet. Huvudet glödde. Underlivet brann. Brann det? Ja, det brann.

Hon låste upp dörren, vacklade ut i hallen och lutade sig över räcket i trappan. Grep med bägge händer om en rödbrun ledstång. Betraktade sig själv i den höga spegeln därnere. De vilda ögonen, det vita ansiktet. Håret som hängde i svetiga tovor nerefter trappräcket. Hon var uppochner. Upp och ner. Katten i räcket. På staketet. Fast. FAST.

NEJ! Hon hade klarat det, så långt. Klarat sig. Hon var ensam. Ingen visste. Ingenting skulle fram i ljuset. Solen kunde skina så mycket den bara ville, ansiktena som betraktat henne inatt var bara fantasier. Bara någonting hon trott på – när allting var så hemskt. Ingen – visste. *Ingen – skulle – någonsin – få – veta!*

Hon andades ut. Ena mungipan hängde ner och röjde henne. I spegeln. Den skeva mungipan. Hon hade sett den förr. Men aldrig hade hon sett den så ful som nu. Upp-och-ner, hängande fast med henne. Någonting hade blivit avslitet en gång för alla. En sträng som skulle skydda hennes nakna ansikte hade spänts för hårt en gång.

Men de skulle aldrig få henne! DE!

Kanske kunde hon gå ner till badrummet och tvätta sig ordentligt? Håret?

Nej, det vågade hon inte. Det var bäst att komma sig in bakom den stängda dörren.

Hon hittade åtminstone en borste och försökte få ordning på håret. Ostadiga rörelser.

Hon hade kämpat sig igenom det! Allt. Sånär som på byltet i skåpet.

Försiktigt gick hon bort till skåpdörren. Öppnade. Där låg det stickade överkastet. Röda och gyllene färger glödde ur skåpmörkret. Glödde hål i ögonen på henne. Det var som att stå ytterst på stupet och vilja... men inte våga. Tusen hästar som galopperade genom den trötta hjärnan. Hur klara detta sista?

Senare. Senare...

Hon la byltet bättre tillrätta, sedan hon lyft bort skorna som stått där. Så slog det henne att hon borde hitta någonting annat att lägga det i. Medan hon ännu orkade.

Vad var det hon tänkte? Orkade! Skulle hon då inte orka? Vem var hon? Som tänkte så? Fanns hon då inte längre till? En gammal rädsla kom över henne, men större än någonsin tidigare. Kanske var hon inte till för någonting annat än detta? Gång på gång ta sig igenom? Gång på gång kämpa sig ut? Fanns då ingenting annat?

Asken som hon fått med kakor hemifrån stod fortfarande borta i vrån. Hon hämtade den tveksamt. Tillredde en liten bädd.

Hon var flickungen Tora som skulle begrava en död fågelunge som hon hittat. Så kom ordet in i det lilla vindsrummet i Breiland: Död.

En bädd av ett slitet örngott och en handduk. Hon borde ha tvättat fågeln. Men det blev alltför svårt.

Oval, fint formad. Svart hår. Tätt intill – huvudet. Det låg ännu en blåaktig hinna över. Som om den aldrig hade tänkt komma ända ut i denna världen. Uråldrigt rynkigt ansikte. Bilden av en outvecklad fågel. Död. I en ask.

En gång blir det kväll. Våren blånar därute över fjorden. Blånar av isflak som trängs påväg ut mot öppna väldiga havet. Där skulle de offras och göras osynliga för den nya sommaren.

Osynlig! Så ful var verkligheten. Lite i sänder fick man gå små raka gångar till nästa korsväg. Och så göra alla spår osynliga. Ensam.

Hon tog den lilla ryggsäcken hon använde när hon gick till fjälls. Den som hon brukade ha matsäck och termos i. Kofta. Hon visste inte om hon skulle få fötterna att bära nerför trappan engång. Men hon hade viljan. Hon fick gå på prov.

Det var så lätt – krypet. Fågeln. Så lätt, så lätt. Hon hade noga lindat in det i tygstyckena så det inte skulle kastas runt i asken och komma i oordning medan hon bar.

Steg för steg. Hon hade inte tittat sig över axeln. För hon hade allting med sig. Allt!

På vägen mötte hon ingen.

Vinden. Mot huden i ansiktet. Konstigt att världen ännu fanns.

Mindes att hon känt kall fjunig hud mot låret – mot händerna. Kallt stelnat slem med blodsträngar.

Var det längesen?

Saltdrev. Hon var ända nere i strandkanten nu. Kunde inte se hus längre. Visste inte hur långt hon hade gått. Men fyrlyktan fanns där. Ute i viken. Hon hade varit duktig. Var snart vid Kirkegårdsnesset. Hon hade plötsligt insett att det var dit hon skulle.

"Käre Gud, du vet jag måste detta. Du vet det? Att jag måste? Så ska du hjälpa mej! Hör du, Gud! Jag ber dej inte om nåt mera. Men detta ska jag göra!"

Hon bad med blodlösa läppar och utan röst. Och hon trodde hon ropade. Hon vädjade så svetten rann ur alla porer. Nu skulle han komma. Gud. Han skulle hjälpa henne med detta. För så tungt var det. Hade han prövat på själv? Att leva?

Hon höll säcken framför sig det sista stycket. Tätt intill kroppen. Som om hon lindrade allting litegrand med det.

Det finns stunder när livet inte tröstar med annat än döda fågelungar hårt tryckta till bröstet.

Så kravlade hon över ståltrådsstängslet och var framme.

Hon hittade den nygrävda graven. Visste inte själv att hon planlagt att hitta den.

Den korta kraftiga stegen stod alldeles vid grinden vid den vitmålade redskapslådan.

Hon stod en kort stund och andades. Försökte krympa in i sig själv och bli till ingenting här bland gravarna. Skulle just gripa fatt i stegen och släpa den mot den tomma graven, när hon insåg att hon redan var ifärd med att svika sig själv. Innerst inne visste hon att hon inte var stark nog. Hon skulle inte förmå klättra ner i det mörka hålet och gräva den lilla gropen på botten med träsleven hon hade med.

Vågorna bröt mot is och sten – i vattenbrynet. Ett skorrande hotfullt ljud. Allting var löst. I rörelse. Hårt. Kallt. Fientligt. Kanter slipades mot kanter. Skoningslöst. Vinden höll andan – som för att smyga sig inpå henne. Ta henne när hon minst väntade det. Bryta ner henne i den svarta graven. Ensam med den döda fågeln. Vräka över henne de stora ruvande biskopsstenarna. Täta alla hål med tung snö och knäckta kors. Göra henne till fånge därnere. Så hon för alltid måste se: Himlen och korsen. Alltid.

Hon stod på kanten.

Och hon vek undan.

Hon hade stått på krönet – över stupet den gången.

Längst ute på kanten. Det hade varit tillräckligt med en enda liten rörelse.

Och hon hade vikit undan.

Hon släppte stegen hon hade dragit med sig. Släppte ner den långsamt vid det svarta hålet. Försökte att röra sig. Bort! Likväl förföljde jordkäften henne. Hon vågade inte vända ryggen till, förmådde inte springa, och hon vågade inte röra sig långsamt.

När hon kom till grinden – vände hon sig blixtsnabbt och försökte springa. Men bindorna i skrevet påminde henne om vem hon var. Hon kände ömsom den hårda stelnade blodkanten – och det varma sipprande friska.

Hon hade svikit sig själv.

Det hade varit så enkelt. Gräva en grop i graven. Djupt därnere. Sätta stegen på plats. De skulle komma och begrava fru Karlsens man. Sedan skulle det vara gömt.

Men först måste hon ner dit.

Och det förmådde hon inte.

Hon drev vidare. Längs stranden. Gick ovanpå skaren. Trampade igenom. Släpade fötterna över torrt gult fjolårsgräs. Och sten. Klirrande skrämda små stenar flydde under hennes fötter och hotade att rycka omkull henne.

Hon fick låta asken gå i havet. Havet var så stort. Men hon visste medan hon tänkte tanken att det aldrig skulle gå. Hon tittade på allt skräpet som dök upp framför henne i dunklet. Allt som människorna förlorat eller stött ifrån sig. Plastdunkar, repstumpar, flaskor, lådor, plankor, krok – och askar. Uppblötta utfläkta askar. Som inte var istånd att dölja någonting.

Ovanpå en stor tånghög – mellan två stora stenar, låg styckena av en celluloiddocka.

Den låg mitt i hennes åsyn som ett spöke. Huvudet var halvt losslitet, och den hade varken armar eller ben. Hon sjönk ner på knä, och försökte lugna sitt hamrande hjärta. Insåg att hon var fången i sin egen rädsla. Att det var *det* som skulle komma att bryta ner henne. Allt det andra hade hon klarat.

Men hon förmådde inte stiga ner i ett hål i jorden till de döda och lämna ifrån sig skammen och skräcken i en pappask.

Dockkroppen lyste vitrosa emot henne, ansiktet var bortspolat. Dunklet var skönt att ha just nu.

Hon hukade sig och försökte stänga ögonen mot synen. Men den trängde igenom ögonlocken.

Dockkroppen kom långsamt emot henne i den blåskimrande luften. Den lyfte det platta ansiktet mot henne. Växte framför henne. Vecklade ut sig och hade det konturlösa ansiktet mitt inuti. Ansiktet blev ett stort vitt öga med en svag rodnad. Som om där fanns ett slags skälvande liv som kämpade sig fram. En blodfattig liten rocka. Den kretsade i cirklar runt henne.

Hon låg med huvudet vridet och stirrade genom hopknipta ögonlock. Ju hårdare hon pressade samman ögonen desto snabbare svirrade rockan omkring henne. Dök i små girar ner mot henne. Stirrade henne i ansiktet. Hon kunde känna att den andades. Där fanns liv. Det rosa blev långsamt rödare. Det blödde! Hon såg blodet rinna över. Pressa sig ut i små sipprande stötar. Den rämnade. Rockan var inte av celluloid längre. Den var en blodig söndersliten kropp bland strandstenarna på Ön. Sprängd i stycken. Allt vältrade ut. Allt. Hela världen blev blodröd och pumpande. Taktfast. Stötande. Ända in i henne. Hon kämpade emot. Men hon skickades in i en varm ånga.

Där var hon länge.

Hon kände den styva kanten på asken mot knäet och bröstet.

Solen hade börjat hålla ljuset vid liv över fjällen dessa blå genomskinliga kvällar. Det luktade av frusen kall strand och nerisad tång.

Långsamt såg Tora allting som det var. Hon kunde inte gå hem med asken. Det fick bli hon eller asken. Det hade hon bestämt för länge sedan. Det var därför hon kämpat sig igenom. Begrep inte Elisifs Gud det?

Hon satte sig upp. Han fick se henne nu! Han hade ännu tid.

Det började sippra blod genom bindorna. Det rann varmt först. Men så blev det iskalla nålar nerefter låren. Hon hukade sig. Tog av halsduken och la den i skrevet.

Skulle hon gå hem iallafall? På vindsrummet var det varmt. Där kunde hon vila sig. Tänka. Finna råd.

Nej!

Hon reste sig och vacklade uppför stranden mot ljungmoarna. Ända till rasbranten. Stenras. Brett och mossbeväxt. Började ända uppe under krönet. Lyste grått i dunklet.

Där fick det bli!

Hon tvingade sig ytterligare ett stycke – upp mellan de stora stenarna som hade rullat längst ner. Ett par ensliga kråkor kretsade omkring henne och drev fram svetten över kroppen med sina skrik.

Så äntligen var hon i skydd och kunde börja. Hon lyckades rulla undan några stenar. Kände att det började sippra genom halsduken också av ansträngningen. Men kunde inte låta sig hejdas nu. Visste genast att hon kunde klara det.

Hon stod på Hesthammeren och såg att *han* hade fått henne utför stupet. Såg sig själv ligga därnere bland stenblocken. Sönderslagen. Men hon såg det på avstånd. För hon stod däruppe. Högt, högt. Hon hade räddat sig. Själv. Ingen visste att hon låg där bland stenarna. Ingen.

Vissheten om detta fick den ljusa randen vid horisonten att framstå som en ensam darrande linje mellan henne och de andra.

Hon fick sådan styrka av det. Reste sig upp från stenarna gång efter gång. Det dög inte att gräva med vantarna på. Träsleven hjälpte den högra handen bra. Den vänstra fick klara sig bäst den kunde. Naglarna höll en stund.

Hon föll på knä och hämtade andan med pannan mot den frusna mossan. Det luktade salt. Smakade salt.

Till sist var hålet stort nog, asken gled på plats.

Jord. Mossa. Sten. Rullsten.

Hon hade glömt Elisifs Gud.

Han var inte där.

Länge satt hon bland de stora stumma stenarna. Tills hon inte kände kölden längre. Kände ett isgrepp mot underlivet när världen vällde in – ett ögonblick, medan hon öppnade och la också luvan i skrevet. Så slog hon ihop knäna om sig så hårt hon förmådde.

Vacklande. Sina egna spår tillbaka. Det var nästan helt mörkt nu. Så mörkt det kan bli när hela naturen går och väntar på det stora ljuset.

Det började snöa. Stora rena flingor. La sig stilla tillrätta i de vacklande spåren efter henne. Täckte snart den ruttna skaren.

Det gick en liten fågelmor utan vingar och vände sina egna spår bakfram. Kinderna lyste blåaktigt inuti det stora röda håret. Nysnön låg snart som en vit slöja över hennes hår och axlar. Ylleluvan var röd och genomdränkt av dött liv. Osynlig.

Båtarna gled ut över fjorden. Alltid fanns det båtar påväg någonstans.

Innan hon gick in i ljuskretsen från de närmaste husen stannade hon ett tyngdlöst ögonblick. Drog djupt och skälvande efter andan.

Det var det sista hon gjorde innan hon gick ut till människorna.